UN SI JOLI VISAGE

Lori Lansens

Un si joli visage

Traduit de l'anglais (Canada)
par Lori Saint-Martin et Paul Gagné

Alto

**Catalogage avant publication de Bibliothèque et Archives
nationales du Québec et Bibliothèque et Archives Canada**

Lansens, Lori

  [Wife's Tale. Français]

  Un si joli visage

  Traduction de : The Wife's Tale.

  ISBN 978-2-923550-63-3

  I. Saint-Martin, Lori. II. Gagné, Paul, 1961-   . III. Titre.
  IV. Titre : Wife's Tale. Français.

PS8573.A586W4414 2011   C813'.6   C2011-940218-1
PS9573.A586W4414 2011

Les Éditions Alto remercient de leur soutien financier
le Conseil des Arts du Canada et la Société de développement
des entreprises culturelles du Québec (SODEC).

Nous remercions le gouvernement du Canada de son soutien financier
pour nos activités de traduction dans le cadre du Programme national
de traduction pour l'édition du livre.

Les Éditions Alto reconnaissent l'aide financière du gouvernement du Canada
par l'entremise du Fonds du livre du Canada pour leurs activités d'édition.

Gouvernement du Québec – Programme de crédit d'impôt
pour l'édition de livres – Gestion SODEC.

Illustration : Matte Stephens (www.matteart.net)

ISBN : 978-2-923550-63-3
© Éditions Alto, 2011, pour la traduction française

Pour Maxim et Natasha

UN SI JOLI VISAGE

Seule le soir, lorsque la lumière avait abandonné le toit d'ardoise de sa petite maison à la campagne et que son mari était encore au travail, Mary Gooch, debout devant la fenêtre ouverte de sa chambre à coucher, exécutait un striptease à l'intention des étoiles : elle s'extirpait de son pantalon fripé, ôtait son ample blouse, libérait ses seins, se débarrassait de sa culotte, et sa chair crémeuse se répandait jusqu'à l'instant où éclatait sa nudité complète, sublime. Dans l'obscurité, elle implorait son amant le vent de la prendre et, pour finir, devait s'appuyer sur le rebord de la fenêtre. Puis, inhalant la nuit telle la fumée d'une cigarette post-coïtale, Mary se tournait vers le miroir, qui l'observait depuis le début.

La glace révélait l'image que Mary connaissait par cœur : une brune de quarante-trois ans, mesurant un mètre soixante-sept et si enrobée de graisse qu'aucun os de son squelette ne parvenait à s'insinuer dans son reflet. Pas l'ombre d'une omoplate ni d'une clavicule, pas d'aspérité de la mâchoire, pas d'enfoncement au genou, pas de saillie de l'os iliaque, pas de creux aux jointures, pas de phalange aux plus petits de ses doigts. Et aucune trace de muscles. Comme si elle était enveloppée dans un duvet sous-cutané.

À neuf ans, Mary était descendue du pèse-personne du Dr Ruttle et l'avait entendu murmurer *le mot* à l'oreille d'Irma, sa mère si menue. Bien qu'inconnu, le mot, dans le contexte des contes de fées, lui avait semblé tout à fait sensé. *Obête*. Il y avait bien des sorciers et des sorcières. Pourquoi pas des ogres et des obêtes? La grosse petite Mary ne fut pas déroutée par le diagnostic. Dans son esprit d'enfant, il était tout naturel que son corps ait pris la forme de l'animal affamé qui se terrait dans son ventre.

Elle a un si joli visage. Les gens ne cessaient de le répéter. Lorsqu'elle était petite, ils formulaient le commentaire à l'intention de sa mère en faisant tss-tss en signe de pitié ou d'amer reproche, selon leur nature particulière. Lorsqu'elle fut plus vieille, ceux qui la plaignaient ou la condamnaient lui adressaient les mots directement. *Un si joli visage.* Message implicite : la honte de ses volumineuses proportions, le gaspillage de ses yeux verts et de ses lèvres arquées, de son nez aquilin, de sa fossette au menton et de sa peau douce, pareille à de la pâte levée, et pour ainsi dire dépourvue de rides, fait en soi remarquable dans la mesure où, quand elle ne mangeait pas, Mary Gooch se faisait du souci.

Elle s'inquiétait de ce qu'elle allait manger et ne pas manger. Du moment et de l'endroit où elle mangerait ou ne mangerait pas. Elle s'inquiétait d'avoir trop mangé ou de ne pas avoir assez mangé. Elle redoutait l'hypertension, le diabète de type 2, l'athérosclérose, la crise cardiaque, l'AVC, l'arthrose. Le mépris des inconnus. La vérité qui sort de la bouche des enfants. La mort subite. La mort lente. Elle se faisait d'autant plus de souci que tous ces soucis l'empêchaient de dormir ; pendant ces heures sans rêves, elle s'inquiétait encore : de son mari, Gooch, et de l'imminence de leurs noces d'argent, du poste de subalterne qu'elle occupait chez Raymond Russell Drugstore et de sa liste, celle qui, dans son esprit, avait pour titre *Choses négligées* et non *Choses à faire*.

Le poids n'est qu'un chiffre sur une balance, se répétait-elle, et le miroir seulement un point de vue différent. En examinant de côté son corps nu dans la glace, lorsque la lune croissait et que l'angle était idéal, Mary Gooch percevait la beauté de sa silhouette poétique, de sa chair éloquente, généreuse et comestible, et concevait qu'un artiste puisse avoir envie de croquer le ventre monumental, de rechercher le rivage criblé de trous d'une cuisse inclinée, de se délecter des ombres et des profondeurs des seins pendants et des multiples mentons. Une forme ample et sensuelle, comme celle de l'énorme vase rond que, du côté des Brody, on se transmettait de génération en génération, et dans lequel, le printemps venu, Mary disposait ses lis orangés. Ou celle des dunes de neige vierge qui recouvraient les collines derrière sa maison en bordure de la petite ville de Leaford.

Mary, qui aurait voulu se rebeller contre la tyrannie de la beauté, lui vouait plutôt un culte : elle surveillait son cours, dévorait les images des magazines de luxe et des émissions de télévision, en particulier celles qui portaient sur la vie des gens riches et célèbres. Elle s'attardait sur les corps, dont elle touchait le contour du bout du doigt, comme une amoureuse en pâmoison, suivait les abdominaux de pierre et les ventres de béton, les bras musclés à bloc et les

11

deltoïdes gonflés (si audacieux chez une femme), les jambes de pouliche, la taille de guêpe, le cou de cygne, la crinière de lion, les yeux de chat. Elle acceptait la suprématie de la beauté et ne pouvait que se reconnaître complice du sabordage de la sienne.

Pour Mary Gooch, le double fardeau de son poids et de sa responsabilité personnelle se révélait souvent trop lourd à porter. Naturellement, elle cherchait des coupables. Sa cible de prédilection étaient les médias, lesquels comptaient par ailleurs au nombre de ses dépendances. Elle dévorait les pages des magazines, se réjouissait à la vue de certaines vedettes atteintes de cellulite, se désolait des fabuleuses beautés anorexiques, prenait note des musts de l'automne et se gaussait avec les critiques des désastres vestimentaires avant de s'apercevoir qu'elle avait ingurgité un litre de crème glacée de qualité supérieure, poussée par la pub sous la photo d'une belle de la télé qui n'avait pas de chance avec les hommes. Mary savait que les médias étaient la cause de tout, mais les montrer du doigt constituait un exercice trop violent, et elle se fatiguait vite. Surtout qu'elle se butait souvent à une évidence bête : il aurait suffi de dire non.

Jimmy Gooch, l'époux de Mary depuis près de vingt-cinq ans, lisait *Time, Newsweek, Scientific American, The Atlantic* et *National Geographic*. Il regardait CNN, même quand l'Amérique n'était pas en état d'alerte rouge, et aimait les débats présentés par les chaînes spécialisées, ceux dont les invités brillants rient même quand il n'y a rien de drôle. Puisque Gooch travaillait tard tous les soirs, ou presque, et qu'il jouait au golf les week-ends, Mary s'était rendu compte que, durant la semaine, ils ne disposaient que de quelques heures de veille communes. Elle aurait voulu meubler le silence qui s'était installé entre eux, mais elle ne partageait pas la passion de Gooch pour la politique. Parfois, la bêtise humaine leur fournissait un terrain d'entente. «Lis donc le dernier article», lui avait récemment dit Gooch en lui donnant une tape sur la tête à l'aide d'un magazine roulé. Elle avait perçu de l'agressivité dans ce geste, que lui-même avait plutôt qualifié de «badin».

Dans l'article, il était question des maux de la culture nord-américaine, de l'erreur qu'on commettait en assimilant l'accumulation de biens à la réussite, la gloutonnerie à la réalisation de soi. De toute évidence, Gooch souhaitait que Mary établisse une comparaison avec sa propre complaisance alimentaire, ce qu'elle ne manqua pas de faire, mais le texte était en soi provocant dans la mesure où il posait la question suivante : *De façon générale, les gens sont-ils plus heureux en cette ère de gratifications immédiates et de solutions instantanées, de prolifération par milliers des chaînes et des marques, qu'ils ne l'étaient avant la Révolution industrielle? Non*, décréta Mary, sur-le-champ. Elle se demanda même si ce n'était pas plutôt le contraire : ses ancêtres, pionniers qui avaient mené une existence âpre au service d'un but unique, n'avaient guère eu le temps de réfléchir au bonheur. Le bois à couper. L'eau à transporter. Difficile d'imaginer qu'un des Brody, qui avaient défriché Leaford du Burger King jusqu'à la station-service, ait déjà passé une seule nuit blanche.

Après avoir lu d'innombrables magazines et passé des heures à éplucher les pages consacrées à la croissance personnelle, Mary Gooch savait ne pas être la seule victime d'obésité morbide ou d'un vague malaise. Les symptômes du désespoir étaient omniprésents, les formules gagnantes à portée de main. On pouvait dormir comme une souche et se réveiller revigoré, se débarrasser de ses kilos en trop sans faire le moindre régime, préparer un repas pour six personnes en vingt minutes ou moins, ranimer sa libido endormie et réaliser cinq objectifs personnels avant la fin du mois. Tout cela était possible. Malgré les directives détaillées, Mary, elle, n'arrivait à rien. *Classé secret.* Un ingrédient essentiel, quelque chose de simple et d'insaisissable comme l'honnêteté, lui faisait défaut.

Mary avait été élevée sans religion, mais, d'instinct, elle établissait une distinction entre son esprit et son corps. Le premier échappait à la gravitation. Sur la Terre, le second pesait cent trente-cinq kilos et demi (le demi-kilo n'était pas banal : elle s'était un jour promis de se suicider si elle dépassait le seuil des cent trente-cinq kilos). Autre promesse non tenue. Autre sujet de récrimination. La vérité sur ce qui motivait sa faim était aussi présente et mystérieuse que n'importe quel dieu.

Il est certain que le chagrin nourrissait la bête. À mesure que l'âge moyen gagnait du terrain, les occasions d'en éprouver se faisaient plus nombreuses et plus marquantes. Les passages, en particulier, de vie à trépas, ajoutaient au poids de Mary Gooch. Treize kilos pour sa mère, gagnés sur des mois des années auparavant, même si Irma n'était pas morte. Des lustres plus tôt, les bébés avaient ajouté sept et neuf kilos respectivement. Et sept autres lorsque son père était mort au printemps. Et cinq de plus pour M. Barkley pendant l'été. Elle avait vaguement le sentiment de se montrer charitable en attribuant ses kilos en trop à ses êtres chers, de la même façon qu'elle trouvait un certain réconfort dans le fait d'exprimer son poids en kilos plutôt qu'en livres nord-américaines.

Pendant ses douloureux cycles de peine et de prise de poids, Mary se disait qu'il aurait mieux valu avoir une religion et la perdre plutôt que de ne pas en avoir du tout. Sur la foi de connaissances douteuses et de conceptions limitées, elle avait échafaudé un système de croyances qu'elle corrigeait et amendait sans cesse, au gré des articles de magazines ou des recommandations faites par des vedettes tant soit peu convaincantes. Sauf à propos de la règle de trois qui, bien qu'elle ne soit fondée sur aucun texte religieux, faisait l'objet d'une croyance tenace. Les malheurs arrivent toujours par groupe de trois. La mort, les accidents graves, la ruine financière. Un. Deux. Trois. Elle se demandait ce qui, après son père et M. Barkley, viendrait clore la trilogie. Un autre décès? Ou, plus simplement, un autre de ces malheurs qu'on croit à tort supportables?

Du stationnement jusqu'à la porte de derrière de la pharmacie Raymond Russell, le souffle court, les valves de son cœur affolées, Mary se disait: *C'est moi. Je vais clore la trilogie. Voici venir l'infarctus mortel.* Inondée de regrets, elle voyait tout avec netteté, mais trop tard, comme souvent chez les adultes insouciants. Mais, à la manière de toutes choses, la sensation finissait par passer, et, clic, elle allait d'un souci au suivant, chacun assez dense et nuancé pour soutenir son intérêt et assorti de liens qui l'absorbaient et la détournaient du portrait d'ensemble. Le tic-tac du temps. Le dédale du déni.

À strictement parler, Mary Gooch ne priait pas Dieu, à propos de qui elle avait par moments des doutes. Elle le prenait plutôt à témoin de ses souhaits. Elle souhaitait la fin des guerres. Elle souhaitait que le gérant de la pharmacie se coince le scrotum dans le tiroir-caisse. Elle souhaitait que sa mère meure paisiblement. Et elle souhaitait trouver quelque chose de joli à porter pour ses noces d'argent. Sans parler du souhait qui l'emportait sur tous les autres et que, de toute éternité, elle avait en tête à chaque heure du jour : *si seulement je pouvais perdre du poids*. Ce vœu, Mary l'adressait à son Dieu incertain en empruntant la voix la plus petite et la plus humble qui soit. Si seulement je pouvais perdre du poids, Gooch m'aimerait de nouveau. Parfois c'était plutôt : je pourrais laisser Gooch m'aimer de nouveau. L'état de son corps était indissociable de celui de son mariage et de l'univers.

Si seulement je pouvais perdre du poids.

Car malgré ses doutes sur l'existence de Dieu, Mary Gooch, en plus de la règle de trois, croyait aux miracles.

LE RÉVEILLE-MATIN DANS LA NUIT

Pour Mary, le réveille-matin ne faisait jamais tic-tac. En cette soirée d'automne, à la veille de ses noces d'argent, il faisait *boum, boum,* marquait le temps au rythme de son cœur, jouait une sorte de jazz alternatif, énervé, tel un pied qui tape ou un œil qui erre, dans l'attente des premières notes d'une mélodie inattendue.

À la dérive sur son matelas qui fuyait dans l'obscurité, alors que ses réflexions se précipitaient par des portails, tiraient des conclusions, mêlaient les métaphores, Mary sentait les gouttes de sueur former une rigole sur sa tempe. Lisse comme un phoque dans sa chemise de nuit gris délavé, un triangle de transpiration lui couvrant l'entrejambe, elle était en proie aux sensations vertigineuses et opposées de la chaleur et de la faim. Dans la petite maison de campagne, le souffle de la chaudière, qu'elle avait plus tôt tenté d'éteindre, montait par bouffées cuisantes des bouches du parquet. La faim, comme toujours, hurlait pour faire entendre sa voix.

Mary retint son souffle, écouta, au loin, la rumeur d'un véhicule. Son mari, Gooch? Non, Gooch viendrait de l'est. Elle retourna sa chair ondulante et surfa sur des vagues immenses jusqu'à ce qu'elle se retrouve sur le dos, essoufflée, et se mette à fredonner pour distraire l'obête tapie au fond d'elle. Elle fredonna plus fort, entendit un chœur lointain lui jurer sans conviction qu'elle n'était pas seule. Il y eut de l'espoir dans cette harmonie jusqu'au moment où, dans la cuisine, la faim se mit à hennir.

Dans le couloir, sa chemise de nuit plaquée contre ses chairs prolifiques, Mary, mangeant à même le sac en papier d'aluminium qu'elle avait pris dans la cuisine, consulta le thermomètre en léchant son doigt salé. Elle remit la chaudière en marche, puis l'arrêta de nouveau. Faisant fi de ses directives, l'appareil se mit à ronronner. En soufflant, elle posa le sac et ouvrit la porte du sous-sol. Au moment où elle allumait, des molécules odorantes de moisissure s'échappèrent, tels des oiseaux retenus prisonniers, et elle fut frappée par la vue de la dernière marche en bois, qu'elle avait cassée l'hiver précédent. Elle hésita, puis referma la porte en se disant qu'elle supporterait la chaleur jusqu'au retour de Gooch.

Elle jeta un coup d'œil à l'horloge, se rappela que son mari était souvent en retard, parfois même très en retard. Depuis des années, Mary veillait ainsi sans jamais se demander où était Gooch, son mari, sans jamais s'avouer qu'elle avait peur du noir. Elle retourna à ses chips, dont les éclats frits en marmite lui trouaient le palais, à la fois douloureux et apaisants, comme le blues. *Ça suffit,* se dit-elle. *Juste une dernière.* Une autre. Et encore celle-là.

Assoiffée, elle ouvrit le vieux réfrigérateur de marque Kenmore et, en avalant le soda à même une énorme bouteille en plastique, vit dans la fenêtre au-dessus de l'évier la lueur de la lune filtrée par des nuages pressés. En donnant un petit coup à ses cheveux chocolat retenus en queue de cheval, elle parcourut les carreaux et ouvrit la fenêtre, accueillit la brise, bouleversée par le parfum automnal des pommes rouges bien mûres et des poires jaunes blettes, de la terre humide et des feuilles en décomposition, délicieuse pourriture qui s'effacerait bientôt, dès que l'hiver aigrirait l'air empuanti par les pots d'échappement.

La brise embrassa sa peau douce et elle frissonna en pensant à Gooch. Au loin, un chat sauvage miaula et, d'instinct, Mary se tourna vers les bols argentés posés par terre, près de la porte de derrière. La nourriture et l'eau de M. Barkley.

Élan de douleur. Parti. Plus de M. Barkley. Plus de souci à se faire au sujet de la nourriture et de l'eau de M. Barkley. Des vers de M. Barkley. Des caries de M. Barkley. M. Barkley, petit garçon de Mary, n'avait pas été moins aimé qu'un enfant par sa mère. Dix ans plus tôt, elle avait tiré le chaton du trou dans lequel il était tombé au fond du garage et, dans l'espoir de forcer Gooch à s'attacher, lui avait donné le nom d'un joueur de basket. Elle avait nourri le misérable petit miauleur à l'aide d'une poire à jus qu'elle remplissait de lait maternisé acheté à la pharmacie, l'avait emmitouflé dans une serviette, l'avait peigné doucement avec un petit pinceau mouillé qui avait pour fonction de simuler une langue. Quand Gooch n'était pas dans les parages, elle devenait la «maman» du chaton. Maman réduisait de la dinde en purée pour M. Barkley. Maman laissait M. Barkley dormir dans le creux de son décolleté. Comme une vraie mère, Mary n'aimait pas moins M. Barkley du fait qu'il était méchant, lui qui avait passé leurs dix années de vie commune à se cacher derrière les rideaux du salon, à perdre ses poils roux sur le fauteuil vert et à cracher quand maman lui servait son repas en retard.

Un soir de canicule du mois de juillet, Mary, entrée furtivement dans la cuisine pour s'offrir une collation, avait eu la surprise de trouver M. Barkley effondré sur les carreaux frais. Elle l'avait poussé du bout des orteils et avait paniqué en ne le voyant pas cracher et déguerpir. «Monsieur Barkley?»

Incapable de s'agenouiller, elle avait tiré une chaise recouverte de vinyle rouge près du chat étendu et, en utilisant ses pieds comme levier, elle avait réussi à le soulever assez pour pouvoir attraper ses pattes avant et serrer son corps tout mou contre sa poitrine. Constatant qu'il agonisait, elle avait caressé sa tête rousse et murmuré: «Maman t'a acheté du thon.» Ainsi, les dernières pensées du chat seraient heureuses. Un spasme bref. M. Barkley était là, M. Barkley n'y était plus. Aucune idée de la cause possible de son décès, sinon peut-être qu'il avait avalé un rongeur empoisonné. La chaise en vinyle pleura tandis que Mary se balançait de gauche à droite et embrassait le museau de M. Barkley, ce qu'elle n'avait encore jamais fait, de crainte qu'il lui morde le nez.

Les lumières étaient allumées et l'air irrespirable lorsque Gooch, très tard le soir, avait trouvé la table jonchée de tout le contenu du réfrigérateur. Mary, qui mangeait de la tarte à la rhubarbe à l'aide d'une grosse louche en argent, se moquait complètement d'avoir été prise en flagrant délit. Devant le regard ébahi de son mari, elle avait réussi à articuler : « M. Barkley. »

Comme Gooch ne comprenait toujours pas, elle avait montré le frigo. « Je ne voulais pas que les insectes se jettent sur lui. »

Complètement bouleversé par la présence du chat dans son réfrigérateur, Gooch posa néanmoins ses grosses mains réconfortantes sur les épaules de sa femme et lui promit de creuser un trou aux premières lueurs de l'aube. Il l'embrassa sur la joue et dit : « Près des grands arbres, au fond, Mare. On plantera des bulbes pour marquer l'emplacement de la tombe. »

« Des iris, consentit Mary en mâchant et en avalant. Mauves. »

Des oiseaux pépiaient gaiement et Gooch trônait au-dessus d'elle lorsque Mary répandit de la terre sur M. Barkley, dont elle avait enveloppé le corps tout raide dans soixante mètres de pellicule plastique avant que Gooch le dépose dans le trou sombre et humide.

À présent, Mary, en contemplant la nuit maussade au-delà de la ligne des arbres et de la tombe de M. Barkley, regretta de constater l'absence de lumières aux fenêtres des voisins. Elle se sentait moins seule lorsque le tranquille désespoir des autres existences s'offrait à sa vue. Les belliqueux Feragamo, avec leur couvée d'adolescents, vivaient dans la maison victorienne branlante, à environ un demi-hectare à l'ouest. Penny et Shawn, les jeunes qui s'engueulaient chaque fois que leur nouveau-né pleurait, habitaient de l'autre côté du ruisseau. La maison des Merkel, à l'autre bout des champs de maïs, était beaucoup trop loin pour que Mary puisse espionner ses occupants sans jumelles, mais elle se doutait bien qu'il n'y avait pas grand-chose à voir. Et la maison de ferme orange et rabougrie où avaient autrefois habité les jumelles Darlen (célèbres parce qu'elles étaient nées attachées par la tête) abritait à présent le musée d'histoire locale et n'était ouverte que l'été.

Soudain, une bourrasque assaillit le vieux saule qui se dressait au bout de l'allée. Garée sous l'arbre, la camionnette Ford rouge au toit ouvrant fait sur mesure collectionnait les feuilles mortes en forme de larme. Depuis le printemps, le toit était coincé en position ouverte. Depuis le printemps, le toit figurait en tête de la liste des choses à faire de Mary. *Faire réparer le toit ouvrant.*

Rentre, Gooch. Rentre. Pourquoi si tard ? Où es-tu ? L'inquiétude de Mary attisa sa faim et elle déterra le bâtonnet de bœuf séché qu'elle avait caché d'elle-même, au fond de l'armoire, derrière les boîtes de soupe. En mâchant, elle ressassa la liste. *Faire réparer le toit ouvrant. Faire réparer la chaudière. La faire remplacer ? Préparer des chèques pour la maison de retraite St. John. Remplacer Candace au travail. Passer prendre le costume de Gooch chez le nettoyeur.* Lasse de la liste, elle ouvrit les boutons de sa chemise de nuit et, à pas feutrés, regagna sa chambre en laissant échapper un pet indigné. Déjà, elle élaborait des promesses pour le lendemain. Demain, confiance en soi. Demain, maîtrise de soi. Équilibre. Retenue. Grâce. Demain.

Reniflant le parfum de l'autoapitoiement au moment où elle retrouvait son lit solitaire, Mary Gooch, comme cela lui arrivait souvent, songea à un garçon qu'elle avait connu autrefois.

Dans sa jeunesse, Mary passait volontiers ses étés à lire des romans dans sa chambre ou à écouter de la musique à tue-tête à la radio, tandis que les autres filles, en bustier tubulaire, se réunissaient pour fumer les Peter Jackson de leurs mères et partager leur authentique désespoir. Au bout de la rue, il y avait deux filles, Debbie et Joanne, qui, comme Mary, aimaient lire dans leur chambre, mais Mary préférait rester seule avec sa faim.

Tout en se gavant, Mary, qui redoutait la conscience aiguë qu'avait sa mère des stocks de nourriture de la maison, effectuait de fréquentes expéditions au Klik, le magasin du coin, afin de refaire le plein. Elle puisait dans l'argent que lui envoyaient des Brody éloignés pour Noël et son anniversaire. Lorsque Mary avait cinq ans, Irma avait commencé à travailler à temps plein comme secrétaire à la fabrique d'outils. En cas d'urgence, avait-elle dit à Mary, elle n'aurait qu'à demander l'aide de M. ou Mme Klik.

Les Klik, couple à la mine sévère, avaient six enfants, dont l'un, Christopher, avait le même âge que Mary. L'année de ses douze ans, on avait diagnostiqué chez lui un cancer rare. Mary, la fille grasse, et Christopher, le garçon malade, avaient donc une affinité distinctive, même s'il leur arrivait peu souvent d'échanger autre chose que des regards irrités.

À l'occasion, Mary, devant le magasin poussiéreux des Klik, trouvait le garçon devant le support à bicyclettes, près des poubelles, perché sur sa mobylette à nulle autre pareille, laquelle lui avait été offerte par Chatham Cycle Sport parce qu'il se mourait. La photo de Christopher était parue à la une du *Leaford Mirror,* ses doigts frêles et blancs cramponnés au guidon, tandis que les propriétaires, attendris par leur propre générosité, tenaient son corps émacié en équilibre sur la selle. Mary espérait que Christopher n'avait pas lu l'article qui accompagnait l'image, même si elle lui enviait son pronostic. En raison de son départ imminent, on semblait l'aimer davantage.

Un jour qu'elle était en septième année, Mary, sortie du magasin avec une miche de pain, un pot de miel et un sac de bonbons assortis, eut une grimace gênée en voyant Christopher prostré à côté de la mobylette, tenant ses chevilles dans ses mains. Il semblait souffrir, même si rien ne laissait croire qu'il était tombé.

Elle s'arrêta et, sans s'approcher, lui demanda :

— Tu veux que j'aille chercher ta mère ?

Le garçon la foudroya du regard.

— *Non.*

Leur attention fut attirée par une grosse corneille qui tournait autour de la poubelle. L'oiseau se posa sur un sac en plastique et les observa, la tête inclinée.

— Je déteste les corneilles, dit Mary.

— Elles te détestent, toi aussi.

— Qu'est-ce que tu veux que ça me fasse ?

— Tu aimes ma mobylette ?

Elle haussa un sourcil, fit semblant de la remarquer pour la première fois.

Le petit garçon se rassit, trouva les jolis yeux de Mary, puis demanda :

— Tu veux faire un tour ?

Mary crut qu'il posait la question uniquement pour la forme.

— Personne d'autre que moi n'est monté dessus.

— Je sais.

— Tout le monde en meurt d'envie.

— Je sais.

— Je peux faire une exception pour toi.

Christopher balaya la rue des yeux pour s'assurer qu'il n'y avait ni voitures ni passants. Puis il remonta sa chemisette sur sa poitrine concave.

— Fais ça, dit-il en pinçant le mamelon rose de son sein droit, et tu peux aller faire un tour.

Cet été-là, Mary n'avait pas encore monté son propre vélo, certaine que l'effort qu'elle devrait déployer pour se redresser et garder son équilibre serait trop considérable pour son gros corps fatigué. La perspective d'une telle liberté de mouvement l'électrisa. Si Christopher avait été un garçon en bonne santé, Mary aurait peut-être couru le dénoncer à Irma, mais il était malade, et elle jugea sa requête bizarre, mais pas indécente.

Elle s'avança, toucha du bout de son doigt boudiné la peau translucide du garçon. Lorsqu'il la repoussa, elle fut étonnée par la force et la vivacité du geste.

— Pas moi, andouille.

— J'ai fait ce que tu as demandé, répliqua Mary, dont le visage se chiffonna.

— Je veux que tu te le fasses à toi, précisa Christopher d'une voix sifflante.

— Ah bon, souffla-t-elle. Désolée.

— Fais-le et tu peux monter ma mobylette.

Donnant-donnant. Elle remonta son maillot côtelé, libéra son sein moelleux et pinça doucement son mamelon rose avant de le couvrir de nouveau.

Christopher sourit de toutes ses dents.

— Cochonne.

— Je peux faire un tour, maintenant, Christopher?

Les regrets du garçon semblèrent sincères.

— Je ne pensais pas que tu le ferais pour de vrai. Mon père me tuerait si je prêtais ma mobylette.

Mary s'assit sur le trottoir à côté de lui. Elle pêchait des bonbons haricots tout gluants dans son sac et les mâchait avec vigueur. Se rappelant ses bonnes manières, elle en proposa à Christopher, qui déclara :

— Je n'aime pas les bonbons.

Mary n'en revint pas.

— Mais le magasin est à toi ! Tu pourrais en manger tant que tu veux !

Christopher observa une pause théâtrale.

— C'est vrai.

Ils restèrent un moment sans rien dire. L'idée de la mort prématurée du garçon attisa leur sentiment d'injustice réciproque.

— C'est pas juste, trancha enfin Mary.

Christopher fit la moue et, succinctement, renifla sa morve. À cet instant, il n'y avait aucune distance entre eux.

— Si tu n'étais pas si grosse, tu serais jolie, déclarat-il sans ambages.

— O.K.

Mary, flattée, haussa les épaules. En examinant Christopher, elle se demanda, une fois de plus, s'il savait qu'il se mourait. Elle fut saisie lorsqu'il répondit à sa question muette.

— Ma maladie me tue, alors…

Aux yeux de Mary, Christopher Klik était indiscutablement magique, ou mystique.

— C'est une question de semaines ou de mois?

À table, les parents de Mary s'étaient interrogés à ce sujet.

— Tu parles d'une question…

— Désolée.

— D'ailleurs, tu te meurs, toi aussi. Tout le monde se meurt.

Stupéfaite de constater que le garçon magique avait raison, Mary contempla son infime blancheur, dans l'attente d'autres révélations.

— Fais-moi voir ce lolo une autre fois, ordonnat-il.

Croisant son regard, Mary souleva son maillot et, avec hésitation, avança la main vers son sein et se pinça le mamelon, tandis qu'il l'observait, bouche bée.

Après, Christopher Klik eut un large sourire.

— Je vais raconter à tout le monde ce que tu as fait.

Mary lui rendit son sourire, sûre qu'il n'avait personne à qui se confier. Quand leurs yeux se rencontrèrent de nouveau, elle se pencha pour murmurer à son oreille :

— Jusqu'à ta mort, je vais être ta petite amie.

Le garçon ne prit pas un instant pour réfléchir. Il agita la tête d'avant en arrière, puis se releva avec difficulté. Sans se retourner, Mary, son sac de provisions serré contre elle, s'en fut à la hâte, terrifiée par la boule douloureuse qui s'était subitement logée dans sa gorge, persuadée que le garçon mourant lui avait communiqué sa tragique maladie. Elle ouvrit la porte du réfrigérateur de la maison silencieuse et déserte dans l'espoir qu'une lampée de jus de fruit soulagerait la brûlure dans sa gorge. Puis elle se dit qu'une tranche de pain grillé au miel lui ferait du bien, et aussi des Popsicles, des arachides enrobées de chocolat, les derniers bonbons assortis du sac, un reste de jambon.

Après ce jour-là, Christopher ne pilota plus sa mobylette. Ses funérailles eurent lieu trois semaines plus tard. Les Klik vendirent leur magasin à la chaîne Quick Stop, qui remplaça les bonbons par des cigarettes et des piles.

Irma disait :

— Quand tu te trouves trop à plaindre, Mary Brody, pense au pauvre Christopher Klik.

Et elle pensait effectivement à lui.

Boum, fit le réveille-matin posé près du lit de Mary. La fenêtre carrée de la chambre était ouverte et, à cause de la brise, les rideaux sauge étaient dans tous leurs états. Étourdie, moite et lasse de penser à Christopher Klik, Mary fit défiler les chaînes du téléviseur, où dominaient des émissions de téléréalité d'une fausseté absolue, dont les propos bêtifiants étaient entrecoupés de pubs cruelles vantant le goût exquis de ceci, la texture sucrée et fondante de cela. Pas de ragots concernant les vedettes. De la neige parasite à la chaîne de téléachat. Elle éteignit le poste et lança la télécommande, de façon qu'elle soit hors d'atteinte, et souhaita devant Dieu que Gooch rentre bientôt.

Les tablettes de la bibliothèque posée près de la fenêtre ployaient sous le poids de piles bien droites de magazines lus deux ou trois fois : représentations de la beauté sur papier glacé qui l'avaient fait saliver, décors de rêve déjà démodés, mariages de vedettes annulés des semaines plus tôt. Les tabloïdes, son plaisir inavouable, étaient cachés sous le matelas.

Récemment, Gooch et Mary avaient convenu de se priver de magazines (elle) et de la chaîne sportive (lui), jusqu'à ce que le marchand de tapis ait été payé. C'était Gooch qui avait eu l'idée de la nouvelle moquette, et elle savait que c'était parce qu'il n'en pouvait plus de voir le sillon qu'elle avait creusé entre son côté du lit et la cuisine. C'était le cadeau d'anniversaire de mariage qu'ils s'étaient offert l'un à l'autre, et Mary tirait une mince consolation du fait qu'il était argenté.

Pour l'anniversaire marquant qui se profilait à l'horizon, elle avait eu envie de demander une nouvelle alliance à Gooch, un bijoutier ayant dû couper l'original, un modeste solitaire, des années auparavant, lorsque le doigt dodu de Mary avait commencé à bleuir. Mais l'argent manquait, et Gooch avait fait valoir que les bagues, de toute façon, étaient des symboles désuets. Pourtant, il ne se départait jamais de son jonc en or, et sa présence sur le doigt de Gooch avait pour effet de rassurer Mary.

Sans écran à regarder ni magazine à lire, les yeux de Mary se posèrent, comme le font les yeux sans rêve, sur le plafond lisse et sombre au-dessus du lit plein de bosses. Elle se remémora le plaisir que procure la lecture d'un bon livre et regretta de ne pas en avoir un sous la main pour attendre le retour de Gooch. Jeune, elle avait aimé les romans d'amour et les intrigues policières, puis elle s'était intéressée aux romans féminins portant l'autocollant doré du club du livre. Gooch lui avait suggéré de se rendre à la bibliothèque de Leaford et avait même pris la peine de lui rappeler que c'était un service gratuit. Elle s'était vue un instant les bras chargés de livres encensés par la critique, mais l'effort qu'elle aurait dû déployer pour s'y rendre, parcourir les allées, consulter les titres et soulever les livres lui avait semblé si immense qu'elle avait invoqué toutes sortes de prétextes pour ne pas y aller. Dernièrement, c'était la planification de la modeste fête d'anniversaire qui l'avait mobilisée.

Les détails s'y rapportant avaient alourdi la liste pourtant déjà longue de choses à faire de Mary. Pis encore, elle n'avait qu'à s'en prendre à elle-même, car elle avait annoncé la fête des mois auparavant, le jour où elle était allée faire des courses dans la ville voisine de Chatham et avait déniché le tailleur-pantalon en soie verte déjà trop serré, lequel, selon une parfaite inconnue, faisait ressortir ses yeux *d'une façon incroyable*. L'ensemble l'avait incitée à agir, mais c'était avant la perte de M. Barkley et le gain de poids subséquent, et le tailleur-pantalon était à présent trop petit de deux tailles de plus. Comme d'habitude, Mary n'avait rien à se mettre.

Il n'y aurait que trois couples d'invités, Erika et Dave, Kim et François, Pete et Wendy, des gens qu'ils connaissaient depuis l'école secondaire, à l'exception d'Erika. Ce serait donc une soirée modeste : repas au restaurant de fruits de mer du bord du lac et poker ou bridge dans la cuisine champêtre des Gooch. «Nous avons exactement trois cent vingt-quatre dollars en banque, Mary», lui avait rappelé Gooch en insistant pour que le dessert soit servi à la maison.

Mary avait supplié ses amis : «Pas de cadeaux, s'il vous plaît.» Mais Wendy, dans son cours d'artisanat, préparait un album souvenir à l'intention des Gooch, une sorte d'hommage photographique à leurs années de vie commune. À cette idée, l'estomac de Mary se retournait.

L'obscurité. L'élan. Le changement de position. La chaleur. La faim. Le souhait. Les soucis. Pour bien se caler dans son lit, une personne comme Mary Gooch ne peut pas simplement bouger ; elle doit déployer des efforts d'une amplitude dégoulinante de sueur, déplacer des montagnes. Faire réparer le toit ouvrant. Apporter les chèques à la maison de retraite. Passer prendre le dessert pour le repas d'anniversaire.

«Vers dix heures, avait-il dit. Ne m'attends pas.» Pour sa dernière livraison de la journée, Gooch, qui travaillait pour Leaford Furniture and Appliance, devait se rendre à Windsor, près de la frontière, à côté de Detroit. À une heure de route environ, mais à quarante minutes pour son mari, qui avait l'habitude de rouler à tombeau ouvert. Son partenaire, aux prises avec une conjonctivite, était en congé, mais, armé de son diable, Gooch, avec sa taille et sa force extraordinaires, n'aurait aucun mal à s'occuper du lave-vaisselle et de l'ensemble de salle à manger de sept morceaux.

Il y avait un courant d'air. Et une odeur. Humide. Piquante. Électrique. De dures balles de pluie entraient par la fenêtre ouverte de la chambre, tandis que, au loin, tombaient les notes lourdes et basses du tonnerre. Mary scruta le ciel dans l'espoir d'apercevoir des éclairs. Enfant, se souvint-elle, elle s'était tenue sur le carré de pelouse, derrière la maison sans étage d'Iroquois Drive, et avait brandi au-dessus de sa tête détrempée le manche en métal de la vadrouille. Elle ne souhaitait pas mourir, comme M. Pline sur le terrain de golf. Elle voulait plutôt être illuminée, de la même façon que cette femme interviewée à la télé qui, foudroyée, avait vu Dieu.

Mary essuya la sueur de son front à l'aide de sa taie d'oreiller et écouta les grondements du tonnerre en imaginant Gooch en train de rouler sur la route rendue glissante par la pluie. Une petite voix qu'elle cherchait à ignorer lui disait à l'oreille que quelque chose clochait. Elle tendit le bras pour allumer la lampe de chevet, et une douleur cuisante lui scia le sternum. À bout de souffle à cause du poids écrasant de ses seins, son cœur battant à se rompre en raison de l'effort qu'elle avait dû déployer pour se redresser, elle ferma les yeux. *Respire,* s'ordonna-t-elle. *Respire.* Avec ou sans règle de trois, elle ne mourrait pas seule dans son lit, vêtue de sa chemise de nuit à l'odeur aigre, la veille de ses noces d'argent.

D'habitude, le simple fait de s'asseoir dans le lit lui procurait un soulagement rapide, mais pas ce soir. Elle ne parvenait pas à se défaire du sentiment que quelque chose couvait, au-delà de la pluie, une sorte de sombre présage né de l'orage. Le visage de Gooch avant son départ, ce matin-là, jouait dans sa tête comme un refrain tenace.

Après le petit-déjeuner, au moment où une corneille solitaire croassait dans le champ derrière la maison, Gooch s'était planté dans la porte, le front creusé de sillons, les commissures de ses lèvres gercées tournées vers le bas, et ses yeux bleus et ronds avaient cherché ceux de Mary. Dans ce regard, Mary avait vu la somme de leur vie commune et elle avait senti le besoin de lui demander pardon. Qu'y avait-il eu dans ce regard ? De la pitié ? Du mépris ? De la tendresse ? Rien de tout cela ? Tout cela à la fois ? Autrefois, elle avait eu la conviction de pouvoir lire dans ses pensées.

Pendant que le bruyant oiseau s'égosillait au loin, Gooch s'était éclairci la gorge avant de demander : « Tu as quelque chose à mettre demain soir, Mare ? »

Jimmy Gooch était semblable à un organe vital dont la fonction était mystérieuse, mais sans lequel, croyait Mary, elle périrait. Gooch avait été son premier amour. Son compagnon. Son partenaire. La seule famille qui lui restait. Pour elle, le temps se divisait en deux : « avant Gooch » et « après Gooch ».

Consciente des partis pris de sa mémoire, Mary savait que l'imagination jouait un rôle dans le souvenir qu'elle conservait du premier jour où elle avait posé les yeux sur Gooch. Elle faisait défiler la scène dans sa tête, comme, se disait-elle, les hommes et les femmes d'aujourd'hui fabriquent leurs souvenirs, à la manière de metteurs en scène filmant l'histoire de leur vie : grand angle pour le langage corporel, émouvant plan américain à deux personnages, gros plans au téléobjectif, musique sexy de Motown comme fond sonore. Au ralenti, suivant un mouvement héroïque, ses cheveux bouclés soulevés par le vent, Jimmy Gooch pousse la porte à double battant de l'école secondaire de Leaford et s'engage dans les couloirs. La foule des étudiants se fend comme la mer. À seize ans, Jimmy Gooch était une sorte de dieu. Éclairé par-derrière, avec ses airs de jeune premier, il était à la fois élève remarquable et athlète accompli, et on avait annoncé longtemps d'avance son arrivée d'Ottawa. Courtisé par les recruteurs des universités américaines, il devint aussitôt le centre partant des Cougars. De longs muscles noueux habillaient un magnifique squelette adolescent d'un mètre quatre-vingt-quinze, et des abdominaux et des obliques saillants faisaient bomber son t-shirt cool aux couleurs d'un groupe rock.

Lorsque Jimmy Gooch s'approcha de sa masse frémissante recouverte d'un ample pantalon extensible et d'un chandail trop grand portant le logo de l'école, les jolis yeux de Mary Brody ne cillèrent pas. Elle sentit son utérus se contracter lorsqu'il lui demanda : « Tu sais où se donne le cours de littérature avancée 3 ? »

Tels furent les seuls mots qu'il lui adressa au cours de cette année-là, même si leurs casiers étaient voisins et qu'ils suivaient quatre cours ensemble. Mais, en cet instant virginal où un très grand garçon-homme avait brièvement plongé son regard dans le sien, Mary Gooch avait reconnu l'âme sœur, eu un aperçu de l'avenir et de l'improbable entremêlement de leurs destins.

Tous les insomniaques se rejouent-ils les événements de leur vie comme des reprises à la télévision ? se demanda Mary, le cœur battant, de la salive aux coins des lèvres, en se remémorant une fois de plus ce matin-là. « Tu as quelque chose à mettre demain soir, Mare ? »

La voix de ténor de Gooch était érotique. Il lui suffisait de murmurer quelques mots dans l'oreille interne toute chaude de Mary pour l'émoustiller. Elle se demanda pourquoi elle ne le lui avait jamais dit et regretta que ce soit désormais sans importance.

En fronçant les sourcils, elle avait tiré sur la taille de son uniforme, le plus grand disponible pour les femmes corpulentes. Elle devrait passer aux uniformes pour hommes de forte taille. Il faudrait que Ray Russell Jr., propriétaire et gérant de la pharmacie, les commande pour elle. À cette pensée, les joues de Mary s'enflammèrent. Récemment, en effet, elle avait entendu Ray et Candace faire des commentaires désobligeants sur son derrière. Candace avait laissé entendre que les employés devraient se cotiser pour lui offrir un pontage gastrique et Ray avait répliqué qu'un cul d'une taille pareille méritait d'avoir son propre blog. À présent, elle devait se racler la gorge ou tousser avant d'entrer dans la salle du personnel.

Mary avait rassuré Gooch :

— Je trouverai bien quelque chose.

— Et l'ensemble vert que tu t'es acheté ? avait demandé Gooch avec circonspection.

— La fermeture-éclair est cassée, avait-elle menti.

— Tu te souviens de la dernière fois que tu as dû improviser ? Si tu n'as rien à mettre, va acheter quelque chose. C'est important. Trouve-toi quelque chose de joli.

Debout près de la porte, vêtu comme à son habitude d'une chemise de travail sur mesure, d'un veston de velours brun et d'un jean poussiéreux achetés à la boutique spécialisée dans les grandes tailles, la casquette vissée sur sa tête aux cheveux gris ondulés, la peau tannée comme le gant d'un receveur, Gooch, qui avait perdu deux ou trois centimètres au fil des ans, avait l'air séduisant mais fatigué. Elle se demanda s'il avait l'air plus ou moins fatigué que tout autre homme de quarante-quatre ans vivant dans une petite ville. Inclinant la tête, elle l'interrogea :

— Tu n'as plus envie de fêter, mon chou ?

Il s'arrêta avec un drôle d'air et dit :

— Vingt-cinq ans, madame Gooch. Ça fait un sacré bail, non?

— En effet, concéda-t-elle. À quelle heure tu rentres?

— Vers dix heures. Mais pas la peine de m'attendre.

Lorsqu'il prononça les derniers mots, la porte de derrière s'était déjà refermée avec fracas.

Vingt-cinq ans, c'était effectivement un sacré bail, mais personne ne se donnait la peine de demander à Mary le secret de la longévité de son mariage. Le cas échéant, elle aurait peut-être répondu:

— Ne dérangez jamais votre mari au travail.

En cas d'urgence, elle aurait évidemment pu joindre Gooch au moyen de son téléavertisseur ou de son téléphone cellulaire, mais sa vie était relativement prévisible et les tragédies rarement soudaines. Après avoir appris la mort de son père, Mary avait failli appeler Gooch au travail, mais elle avait décidé que, comme tout, sauf sa faim dévorante, la nouvelle pouvait attendre. Des années auparavant, elle avait composé le numéro de son téléavertisseur le jour où elle avait été prise de crampes utérines, mais elle avait raccroché en se rendant compte qu'une ambulance arriverait plus tôt. Elle avait laissé un mot sur la table de la cuisine. *Partie à l'hôpital pour cause d'hémorragie.* Encore récemment, le soir où elle avait franchi le cap des cent trente-cinq kilos, elle avait songé à lui téléphoner, mais, au souvenir de la promesse qu'elle s'était faite, elle avait plutôt sorti tous les analgésiques de la salle de bains. Au moment même où elle vidait les flacons sur la table de la cuisine, elle avait pris conscience de la fausseté de ses intentions et conclu que, de toute façon, la dose, compte tenu de son poids corporel extrême, ne suffirait pas. Soudain, la porte s'était ouverte derrière elle et Gooch était entré d'un pas lourd, saturant la maison de l'odeur de l'huile à moteur et de sa vigueur d'homme fort.

— Tiens, tu es encore debout, avait-il constaté.

Il avait ôté ses bottes et son veston d'un air préoccupé, sans remarquer les pilules et les flacons sur la table. Vite, Mary les avait lancés dans un sac en plastique avant de les jeter. À l'époque, elle s'était demandé si le comportement suspect de sa femme avait échappé à Gooch parce qu'il avait lui-même des choses à cacher.

Le réveille-matin. Les palpitations de son cœur. *Boum. Boum. Sss.* Les artères saturées de globules d'inquiétude. Elle tendit la main vers le téléphone, mais se retint. Une bonne épouse a confiance en son mari, ne le suit pas à la trace, ne l'interroge pas sur ses retards, ne fouille pas dans les tiroirs de sa commode. La vérité qu'elle avouait rarement, en particulier à elle-même, c'est qu'elle évitait de téléphoner par crainte de constater que Gooch était là où il n'aurait pas dû être et qu'elle n'avait nulle envie de supporter le poids de ses aveux, pas plus, se disait-elle, qu'il ne voulait subir les siens.

LE POIDS DU CHAGRIN

Sept kilos pour son père. Orin Brody était mort au printemps à cause d'un caillot de sang, d'une thrombose fourbe qui était remontée en ondulant de sa jambe à son poumon peu de temps après que Mary eut refermé la porte de son appartement avec vue sur la rivière de la ville voisine de Chatham.

— À demain, Murray, avait-il lancé.

Fidèle à son habitude, il avait utilisé le petit nom de Mary. Sa mère, elle, l'avait toujours appelée « ma chère ».

Le caillot de sang avait pris tout le monde par surprise, vu les antécédents médicaux d'Orin, marqués par les cardiopathies et la colite. Au moment de son autopsie, il pesait quarante-quatre kilos. Dans le noir, ce chiffre, qui avait piqué Mary à vif, résonnait encore à son oreille. Au cours de sa dernière année, Orin avait perdu tout appétit. Pour la nourriture, les sports à la télévision, la vie, entièrement, sans distinction. Son cadavre avait le même poids que la ronde Mary de neuf ans, à l'époque où le médecin avait chuchoté l'évidence à l'oreille de la svelte Irma. Quarante-quatre kilos. *Obête.* Mary excessivement développée. Orin cruellement réduit. Le poids du chagrin, oppressant, lui donna faim.

Le matin des funérailles de son père, elle était sortie du lit de bonne heure, au terme d'une nuit entièrement blanche, et avait mis le cap sur la salle de bains dans l'intention de se teindre les cheveux. Elle avait trouvé la boîte de teinture dans le sac de la pharmacie et l'avait ouverte avant de se rendre compte qu'elle avait pris la mauvaise : *Éclats roux* au lieu d'*Éclats châtains*. Résignée à supporter ses repousses argentées, elle était sortie de la salle de bains. Dans la chambre, Gooch, de sa grande main calleuse, s'occupait de son érection matinale. L'air coupable, il se redressa, haletant.

— Je pensais que tu te teignais les cheveux.

Plus excitée qu'indignée par cette habitude de Gooch, Mary, pendant un bref instant, s'était demandé ce qu'elle aurait ressenti si elle s'était assise à côté de lui et l'avait touché là, l'avait laissé flatter la chair de son dos, l'apaiser au moyen de caresses et de murmures, comme autrefois. Elle éprouvait un grand besoin de cet amour si fort, mais elle entendait distinctement les injonctions de son corps, qui ne souhaitait pas être touché.

— J'ai pris la mauvaise boîte, soupira-t-elle. Roux.

Plus tard, Gooch entendit un bruit dans la chambre et trouva Mary effondrée sur le lit. Elle n'avait succombé ni à un infarctus ni même au chagrin. Elle avait plutôt été terrassée par sa robe noire raide, déjà serrée lors des dernières funérailles, coincée sous ses bourrelets texturés. À la vue de son visage catastrophé, Gooch avait fermé les yeux et était sorti sans rien dire.

Enfermée dans la salle de bains, assise sur la cuvette, même si elle n'avait aucun besoin pressant à
satisfaire, Mary avait gratté ses cuisses glabres, sans
honte ni horreur particulières. Sa faim était constante,
mais sa détestation d'elle-même venait par vagues.
Les vêtements ne provoquaient pas nécessairement
une aversion pour sa silhouette ; le plus souvent, elle
en voulait aux articles inconfortables qui la serraient
et la grattaient. Tous, à l'exception de sa chemise de
nuit grise, lui irritaient ignoblement la peau. À la
pharmacie, l'adoption des uniformes l'avait ravie :
d'amples pantalons-tailleurs marine qui avaient pour
but de conférer aux membres du personnel une aura
de professionnalisme et dans lesquels ils avaient tous
l'air affreux.

Les femmes s'étaient amèrement plaintes des uniformes, surtout Candace, avec sa taille de guêpe et
ses seins en saillie, mais personne n'avait demandé
son opinion à Mary. Durant une nuit d'insomnie, elle
avait songé, sans la moindre trace d'apitoiement sur
son sort, qu'elle était, au sens propre, le fameux éléphant lâché dans le magasin de porcelaine. À cause
du secret qui l'entourait, son corps lui semblait plus
illusoire. Son poids réel ? Sa vraie taille ? Elle seule
était au courant. La nourriture cachée. Les collations
en privé. Elle nourrissait le corps affamé qui lui avait
été imparti, pliait devant l'énergie effrénée du manque, du manque permanent.

Agitée sur la cuvette, elle était passée d'un temps
à un autre, selon l'inclination naturelle des pensées
humaines, les allers-retours entre les souvenirs et les
angoisses présentes, et elle s'était demandé quel

prétexte crédible une fille pouvait inventer pour justifier son absence aux funérailles de son père. Puis on avait doucement frappé à la porte.

— Mary?...

— Désolée, Gooch.

— Je pense que j'ai trouvé une solution, Mare. Je peux entrer?

La vue du grand Jimmy Gooch arborant sa cravate étroite et son pantalon à plis lui donna le courage de se lever. Il lui tendit un pantalon noir qu'il avait emprunté au vieux Leo Feragamo, leur voisin court et replet, de même qu'une de ses propres chemises blanches amidonnées, qu'elle devrait porter ouverte sur le seul t-shirt blanc propre qui lui restait. Autour de son visage en forme de pleine lune, les racines de ses cheveux étincelaient comme des guirlandes de Noël. Elle cala un chapeau de soleil noir à large bord sur sa tête et se détourna du miroir. Gooch leva le pouce et déclara qu'elle avait l'air *funky*. La gorge de Mary se noua.

Pendant qu'ils roulaient en silence sur la route sinueuse longeant la rivière, Mary se demanda si un chagrin venait parfois seul ou si tous les trépas cachaient d'autres fantômes. Dans celui de son père, elle sentait la présence d'un défilé : l'érosion de la raison de sa mère, l'éclatement de son mariage, la disparition des bébés qu'elle avait nommés mais qu'elle n'avait pas connus.

Les funérailles eurent lieu par une journée de printemps inhabituellement chaude. Dans l'allée de la maison de retraite St. John de Chatham où sa mère en proie à la démence se languissait depuis des années, Mary sentit l'étreinte mauve des lilas. Elle s'arrêta pour en prélever quelques branches qu'elle mettrait dans un vase sur la table de chevet de sa mère, certaine que celle-ci ne pourrait ni apprécier ni comprendre le geste, elle qui ignorait tout des événements de ce jour, mais Mary se sentit moins triste à l'idée de lui apporter des fleurs. À la vue du bouquet, la réceptionniste grogna, expliqua d'un air pincé qu'il n'y avait plus de vase.

Irma était parquée dans la salle commune, soigneusement pliée dans son fauteuil roulant, ses boucles argentées bien bouffantes. Plus semblable à un arbuste en hiver qu'à un être humain, elle regardait au loin. Mary imagina qu'Irma lui souriait comme le faisaient les autres patients lorsque des membres de leur famille venaient leur rendre visite. Elle s'imagina blottie dans les bras cadavériques de sa mère. *Mary, ma chère Mary,* murmurerait-elle. Elle aurait aimé être embrassée par cette bouche béante, brûlait d'envie de toucher, d'être touchée, rêvait d'établir ne serait-ce qu'un fragment de contact avec l'Irma d'autrefois, la mère qui, en peignant doucement les cheveux de Mary, lui avait un jour confié :

— Ma mère arrachait les nœuds. Carrément. Si j'osais ne serait-ce que respirer, j'avais droit à un coup de brosse. Je m'en souviens encore. Jamais je ne te frapperais avec une brosse.

Ou par l'Irma qui avait un jour laissé tomber avec désinvolture :

— Tu as la plus belle écriture, ma chère.

Orin avait aimé Mary de la même façon, un peu à contrecœur, mais elle n'imputait pas à ses parents la responsabilité de son état actuel et ne leur en voulait pas de s'être montrés avares d'affection. Ils n'en avaient pas à revendre et lui avaient donné ce qu'ils pouvaient.

Quand Mary boudait, Orin avait l'habitude de répéter :

— Contente-toi donc de ce que tu as, j'en connais des pires que toi.

Lorsqu'il voulait qu'elle se taise, il faisait semblant de lui tendre une clé minuscule et disait :

— Chut. Ferme-la. Boucle-la.

Papa aurait détesté cet endroit, se dit Mary en éloignant sa mère absente des autres moribonds, heureuse que la maison de retraite se trouve en face du plus grand salon funéraire de Chatham. En poussant tant bien que mal sur le trottoir sa mère à la respiration sifflante et ses propres cuisses irritées, Mary songea qu'Irma était morte par étapes, dès ses cinquante ans. De petits fragments de son être s'étaient détachés d'elle, comme des sportifs quittent un terrain : la mémoire à long terme, la mémoire à court terme, la capacité de reconnaissance, la raison. Au moins, se rappela-t-elle, elle avait eu l'occasion de dire adieu à son père. *À demain, Murray.*

Réunis à l'extérieur, Jimmy Gooch le Géant et de vieux hommes voûtés faisaient circuler une flasque remplie d'une concoction maison qu'un membre de la parenté fabriquait encore dans son garage. En voyant sa femme pousser les restes de sa mère sur la rampe, Gooch agita la main et haussa les épaules en souriant faiblement. Sa façon à lui de dire : *Ah ! La vie, quelle histoire.* Elle hocha deux fois la tête avant de l'incliner, sa façon à elle de dire : *Je sais.*

Ah ! La vie, quelle histoire. Elle fut émue de penser au nombre de fois qu'ils avaient échangé de tels gestes au fil de leurs années de vie commune, puis contrariée de constater que Gooch ne se précipitait pas pour soulager les mains enflées de sa femme et pousser le fauteuil roulant. Peut-être était-il trop loin pour comprendre qu'elle était en sueur et à bout de souffle ; peut-être n'avait-il pas pris conscience des incapacités de Mary, de la même façon que les parents sont souvent les derniers à constater combien leurs enfants ont grandi.

Dévorée par l'envie de pouvoir vivre son deuil avec sa mère, mais heureuse d'être délestée du fardeau, Mary avait ramené la frêle créature à la maison de retraite après la veillée et avant le rassemblement au cimetière, où Orin et Irma avaient un lot double, non loin des autres Brody décédés. Bien avant la mort d'Orin et celle de M. Barkley, Mary avait passé de nombreuses heures d'insomnie à souhaiter la mort de sa mère, qui compléterait ou inaugurerait une série de trois, mais le corps palpitant d'Irma était un miracle de la biologie, en vie mais pas vivant. Peut-être ne comptait-elle pas.

Peu avant le décès de son père, Mary lui avait parlé de la sensation qu'elle avait d'être à la fois coincée et détachée de tout, de l'échec de ses tentatives d'optimisme, de son incapacité à voir le verre autrement qu'à moitié vide. Avec impatience, il avait répondu :

— Oublie le verre, Murray. Bois au tuyau d'arrosage du jardin et poursuis ton chemin.

Au cimetière, la cérémonie se déroula sur fond de chants d'oiseaux. Aux prises avec les tiraillements de la faim, Mary se fit la réflexion que l'esprit de son père avait été libéré par un pasteur qui ne le connaissait ni d'Ève ni d'Adam. L'homme demandait à Dieu d'accueillir l'âme d'Orin Brody, mais Mary savait pertinemment que le vieil Orin ne s'aventurerait jamais là-haut, à supposer qu'il soit au nombre des élus. Elle se le représenta sous la forme d'un nuage vaporeux en lutte contre des molécules d'oxygène dans l'espace aérien juste au-dessus de sa pierre tombale, heureux de rester là où il était, lui qui, sa vie durant, s'était accroché au comté de Baldoon. Orin et Irma, qui n'avaient jamais vu l'intérêt des voyages, avaient légué à leur fille leur méfiance vis-à-vis de l'errance.

Quant à la religion, Orin avait été élevé dans le catholicisme, foi à laquelle il ne s'était jamais vraiment conformé. Il ne l'avait donc pas exactement abandonnée en épousant Irma qui, malgré une éducation chrétienne, avait des idées bien à elle. Lorsque Mary l'avait interrogée à ce sujet, Irma avait répondu qu'ils n'allaient pas à son église parce qu'elle lui donnait des cauchemars et qu'ils n'allaient pas à l'église catholique parce que le prêtre était un ivrogne. Enfant, Mary avait vu des chrétiens effacer à la brosse à laver un graffiti du mur du Kmart. Les mots peints en lettres rouges dégoulinantes l'avaient beaucoup saisie : *Où est Dieu quand on a besoin d'elle ?*

Non, songea Mary, même la vapeur d'Orin Brody ne quitterait jamais Leaford, mais elle lança une prière vers les cieux, juste au cas. Elle leva les yeux au passage de quelques corneilles noires, qui soulevèrent la répugnance des amis et des parents du défunt. L'un des oiseaux descendit, se posa sur le cercueil rutilant, le parcourut de la tête aux pieds et s'arrêta pour examiner Mary Gooch, qui lui rendit un regard tout aussi lourd de haine. Lorsque l'oiseau s'envola, elle eut le sentiment d'avoir remporté une victoire.

Ayant trouvé les yeux de Gooch humides sous la frange des cils sombres, Mary eut envie de pleurer en compagnie de son mari. Elle avait éprouvé le même sentiment des années plus tôt en le voyant s'emparer d'un mouchoir lorsque Wayne Gretsky avait annoncé qu'il quittait les Oilers d'Edmonton pour les Kings de Los Angeles. Et le dimanche où des larmes avaient jailli de ses yeux pendant les dernières scènes de *Qu'elle était verte ma vallée,* film qu'ils avaient regardé sur leur nouveau téléviseur. Et aussi le jour lointain où son père à lui était mort : il avait sifflé toute une bouteille de Southern Comfort et pleuré après qu'ils eurent fait l'amour. Elle avait admiré son mari qui se sentait assez viril pour pleurer, mais elle s'était interrogée sur son incapacité à elle d'y parvenir.

Elle agita sa chemise blanche, dont le col était trempé de sueur, et se concentra sur son souffle ou plutôt sur son odeur, celle du *fromage*[1], curieusement agréable à ses propres narines. Tout de suite après le cimetière, il faudrait toutefois qu'elle tamponne et poudre ses vallées et ses crevasses.

La nourriture. La faim. Les détails de la veillée funèbre, une véritable bénédiction. Des serviettes en papier et des verres en plastique sur la table à cartes. Des plats mijotant à feu doux dans le four. Pete et Wendy étaient à l'extérieur, mais Erika et Dave seraient là, comme Kim et François. Les Rowland, les Loyer, les Feragamo, les Whiffen, les Stieler, Nick Todino et sa femme, Phil et Judy. Les Merkel ne viendraient pas ; c'est à peine s'ils sortaient de chez eux. Du côté des Gooch, personne.

Le père de Gooch était mort dans un accident de voiture pendant leur dernière année à l'école secondaire de Leaford. À peine dix-huit mois après, sa mère, Eden, et son nouveau mari, Jack Asquith, Américain qui fumait cigarette sur cigarette et que Gooch surnommait Jack Assassin, étaient partis s'établir en Californie où, dans un lieu appelé Golden Hills, Jack possédait une fabrique de produits destinés aux animaux domestiques. Eden avait promis qu'ils continueraient de se voir, mais, au bout de quelques années, elle avait cessé de venir pour Noël. Mary avait demandé à Gooch de ne pas tenter de communiquer

_____

1. Les mots en italique suivis d'un astérisque sont en français dans le texte. (N.d.t.)

avec sa tragique sœur aînée, Heather, sans domicile fixe.

La voix de Gooch était devenue distante. Pas seulement dans la voiture qui les ramenait à la maison après les funérailles d'Orin, mais pendant les jours, les mois et les années de leur mariage. Elle crut l'entendre dire : « Répands mes cendres sur le terrain de golf, Mare. Le dix-huitième trou. C'est ce que je veux. »

Des feuilles avaient poussé aux branches des arbres les plus précoces et les pluies d'avril avaient peint le gris en vert. Impossible de ne pas sentir la présence du dieu de quelqu'un dans le paysage pastoral. La résurrection des champs de terre noire. La gloire des rayons plongeants du soleil. La promesse des asperges saturées de beurre et des fraises fraîchement cueillies. Mary vit la lumière pommelée éclabousser le profil de son mari et se demanda s'il pleurait son père depuis longtemps disparu et sa mère partie au loin, la bourse qu'on lui avait promise pour étudier et jouer au basket. Il pensait sûrement aux bébés, même si leurs noms, telles des malédictions, n'étaient jamais prononcés.

Gooch tendit la main au-dessus de sa tête pour ouvrir le toit capricieux de la camionnette, lequel ne pourrait plus jamais être refermé. Il lâcha le volant un moment pour toucher sa femme à travers le fourreau de laine du pantalon de M. Feragamo. Lorsque ses énormes doigts rencontrèrent le paillis de ses cuisses, elle se raidit.

— Ne bois pas trop, ce soir, mon chou, d'accord?
Demain, tu vas à Wawa.

— Viens donc avec moi.

Il avait lâché les mots si rapidement qu'elle avait
feint de ne pas les avoir entendus pour lui donner
l'occasion de se raviser. Mais il répéta :

— Viens à Wawa.

— Demain?

— C'est une belle balade, Mare. Ça te changerait
les idées…

— J'ai rendez-vous avec l'avocat, répondit-elle. Et
je ne peux pas laisser maman.

Elle chercha son regard avant d'ajouter :

— Désolée.

Gooch ne s'était pas attendu à ce qu'elle dise oui.
Il lui avait cent fois fait la même proposition. Viens
avec moi à Montréal. Viens avec moi à Burlington.
Viens, viens avec moi. Tu viens? Viens avec moi. Il
appuya sur le bouton de la radio et une chanson de
Sly & The Family Stone envahit l'habitacle.

— Le vieil Orin va me manquer, dit-il.

Mary ferma les yeux et se laissa soulever par la
musique.

UN DOIGT ACCUSATEUR

Malgré la brise qui entrait par la fenêtre de sa chambre et soufflait contre sa chemise de nuit toute moite, la chaleur accablait Mary sans relâche. Comme la faim. Du sucré après du salé. Une prescription biologique, sans doute. Un irrépressible besoin physiologique qui chassait le visage de Gooch de ses pensées, la douloureuse disparition de ses parents de son esprit, les inquiétudes relatives au repas d'anniversaire de sa conscience immédiate, l'inconfort causé par la touffeur de l'air de sa figure. Pourquoi n'avait-elle pas pris le sac de bonbons d'Halloween à la caisse de l'épicerie? Qu'elle soit maudite, la voix de la modération.

Elle se concentra sur la liste. Des détails. Le repas de leurs noces d'argent. Confirmer les réservations au restaurant du lac. Passer prendre le dessert à la boulangerie Oakwood. Gooch? S'il ne rentrait pas bientôt dormir quelques heures, il serait trop vanné et mal en point pour fêter. Déjà, il se faisait du souci à l'idée de la dépense et craignait que leurs invités commandent des apéritifs et des plats chers, comme le *surf and turf* ou la côte de bœuf. Il avait souligné que Kim et Wendy tenaient à leurs cocktails exotiques et Pete à sa bière importée. Gooch aurait des sueurs froides à l'idée de l'addition à régler. Depuis des semaines, Mary redoutait l'album que préparait Wendy, témoignage photographique de celle qu'elle avait été, le temps d'un éclair, et de celle qu'elle était devenue.

À la demande de Wendy, Mary avait scrupuleusement trié ses boîtes de vieilles photos, torturée par son image sur papier glacé, s'était vue prendre du volume au fil des ans. À la fin, sur les seules photos qu'elle avait trouvées d'elle-même, on voyait sa joue détournée ou son derrière en train de fuir. Elle avait tenté de faire fi de l'impatience de Wendy en lui tendant une douzaine de photos tout au plus, toutes anciennes et pour la plupart prises au cours de la même année, celle où elle avait été mince.

— Bon, avait dit Wendy. Je vais devoir utiliser celles que j'ai à la maison.

En se levant, Mary sentit son cœur se serrer à la pensée des photos. Appuyée sur le mur du couloir étroit, ses fémurs en désaccord avec leurs charnières, elle se traîna jusqu'au thermostat et tenta une fois de plus, en vain, d'éteindre la chaudière. Elle déboutonna sa chemise de nuit, la fit passer par-dessus ses épaules et la drapa sur une chaise de cuisine, puis elle s'avança vers la fenêtre qui laissait entrer la brise.

En fouillant dans ses boîtes à la demande de Wendy, Mary avait mis la main sur une photo qu'elle avait gardée et glissée dans le tiroir de sa table de chevet : Mary Brody en compagnie de sa prof préférée, Mme Bolt, bras dessus, bras dessous sur les marches de l'école secondaire de Leaford. Sur l'image, Mary, vêtue d'un pantalon molletonné difforme et d'un pull qui laissait voir les bourrelets de son ventre, était loin d'être svelte, mais, à la vue de cette photo d'un temps révolu, elle s'était dit que son sourire n'avait jamais été plus mignon.

En plus d'enseigner les sciences sociales et d'être titulaire de classe, Mme Bolt donnait un cours facultatif intitulé « Pensée progressiste ». C'était la femme la plus noire que Mary, jeune encore et ayant peu voyagé, ait jamais vue. Elle donnait l'impression de flotter plutôt que de marcher, de balayer le sol avec ses caftans de soie, une douzaine de bracelets dorés tintant à chacun de ses poignets, ses seins si énormes qu'ils la précédaient dans la pièce, son derrière si volumineux qu'il semblait au contraire en retard.

Dans les yeux de la femme plus âgée, Mary voyait son propre reflet. Non plus la Mary Brody grasse et boudeuse, mais plutôt une étudiante enthousiaste, pourvue d'une voix bien à elle et d'un si joli visage. Elle avait le sentiment que Mme Bolt, qui paraissait non pas prisonnière de son abondance, mais plutôt libérée par elle, chacune de ses respirations une véritable fête, la connaissait intimement. Mme Bolt ne se rebellait pas contre la beauté, mais elle en était une adepte d'un genre particulier. Sa nature sauvage maîtrisée. Sa décontraction étudiée. Sous le regard admiratif de Mary, la femme était radieuse.

Interrogée à table sur son nouveau professeur, Mary avait tenté de décrire Mme Bolt à Irma.

— Elle s'appelle *Mme* Bolt, même si elle n'est pas mariée, avait dit Mary en insistant lourdement pour éviter tout malentendu sur les opinions politiques de la femme. Elle refuse le terme «mademoiselle». Elle est *noire*.

— C'est ce que je me suis laissé dire, avait déclaré Irma.

— Et elle est *magnifique*.

Dans la bouche de Mary, c'était comme une provocation.

— Elle est grosse. Mme Bolt est *grosse,* avait-elle ajouté.

— Comme Mme Rouseau?

— Plus.

— Elle est plus grosse que Mme Rouseau?

Mary roula les yeux. Mis à part les excès alimentaires, c'était son unique geste de défi.

— Elle s'accepte comme elle est. Ça fait d'ailleurs partie de son enseignement. L'acceptation de soi.

— Si elle est plus grosse que Mme Rouseau, c'est une obèse morbide, ma chère.

— Et alors? fit Mary en roulant de nouveau les yeux. L'acceptation de soi est une bonne chose, maman.

— Et tu crois qu'il est bon d'accepter un état que les médecins du monde entier qualifient de «morbide»? Franchement.

Seulement cinq élèves s'étaient inscrits au cours facultatif. Aucune des filles de la brigade de meneuses de claques, mais un joueur de l'équipe de basketball, Jimmy Gooch, qui relevait ainsi le défi que lui avaient lancé ses coéquipiers. Lorsque Jimmy était passé devant elle pour se rendre au fond de la classe, Mary avait senti un appel d'air, mais elle ne s'était pas retournée pour le voir. Elle avait appris à éviter les yeux des autres, certaine que son regard recelait quelque menace involontaire.

Les yeux scintillants, Mme Bolt fit tinter ses bracelets en joignant les mains, et elle flotta dans les allées comme s'il y avait cinquante élèves et non cinq.

— Sur votre pupitre, vous trouverez une feuille de papier et des ciseaux. Veuillez y percer un petit trou, je vous prie.

Les élèves s'exécutèrent. Au fond de la classe, Gooch signifia son ennui en soupirant bruyamment.

— À côté du trou, poursuivit Mme Bolt, écrivez à l'encre noire la lettre V. Puis tracez un cercle et des vaguelettes à l'intérieur.

Elle attendit.

— V. Un cercle parcouru de vaguelettes.

Les élèves menèrent la tâche à bien.

L'enthousiasme de Mme Bolt était communicatif. Elle était comme un prédicateur capable de vous insuffler la foi.

— Dans votre vie, mes magnifiques jeunes amis, des choix illimités s'offrent à vous. Vous êtes issus d'un monde privilégié, riche en possibilités. Vous pouvez tout faire. Et vous avez le devoir de profiter de cette chance. C'est votre *raison d'être**. Ne courez pas le risque d'avoir des regrets quand vous serez vieux, de vous dire : « J'aurais voulu aller à l'université, mais je n'ai jamais trouvé le temps. » « J'aurais voulu voter pour ceux qui nous gouvernent, mais je n'ai jamais trouvé le temps. » « J'aurais voulu apprendre l'espagnol, mais je n'ai jamais trouvé le temps. » « J'aurais voulu voyager, lire les classiques, faire de la plongée sous-marine, escalader l'Everest, devenir membre de Greenpeace, mais je n'ai jamais trouvé le temps. » Regardez les cercles que vous venez de découper. Désormais, plus d'excuses.

Les étudiants examinèrent les cercles pendant un long moment silencieux. En fin de compte, c'est Mary Brody qui, ouvrant la bouche en classe pour la première fois, brandit sa feuille et dit :

— Trou. V. L'étang. Trouvez le temps !

Mme Bolt battit des mains.

— Bravo, madame Brody !

À l'école secondaire de Leaford, tout le monde savait que Mme Bolt était une grosse gouine. À cause de ses préférences sexuelles, de sa pensée trop progressiste ou peut-être encore de l'un des choix illimités qui s'étaient offerts à elle, elle n'était pas revenue après ce glorieux trimestre. Mary aurait bien voulu découvrir les racines du féminisme et honorer ses sœurs d'élection, mais son enthousiasme ne survécut pas au départ de Mme Bolt, et son « Trou V l'étang » finit tout chiffonné à la poubelle. Mary fut profondément blessée par la désertion de Mme Bolt, en particulier parce que celle-ci lui avait dit un jour qu'elle, Mary, était pourvue d'une très vieille âme.

Adieu, adieu. Un dernier adieu. Pour un moment, pour longtemps, pour toujours. On avait écrit des chansons, des pièces de théâtre, des romans et des films sur les adieux. Mary y voyait une thématique. *Closure.* Mary n'aimait pas la modernité du terme pour décrire un rituel si ancien. La reconnaissance de ceux qui étaient partis, de ceux qui étaient restés. Envolés. Une ultime séparation. Et pour Mary, de si nombreux adieux méconnus. Elle se demanda si sa faim s'expliquait par l'accumulation de tels abandons. Comme un lourd doigt accusateur.

Elle détecta un mouvement dans son champ de vision périphérique et se retourna en songeant : *Gooch.* C'était une silhouette magnifiquement esquissée, momentanément méconnaissable à travers la vitre de la porte. Mary se tint immobile et la silhouette se précisa. Mary vit que c'était celle d'une femme, d'une femme nue et grasse. *C'est donc moi,* pensa-t-elle. Elle prit la chemise de nuit sur la chaise derrière elle. Gooch ne l'avait pas vue nue depuis des années. Elle frissonna à la pensée de la dernière fois. Mais le souvenir de la première lui fit plaisir.

SYMBIOSE

À Leaford, personne, à commencer par Mary Brody elle-même, n'aurait pu prévoir qu'elle perdrait tant de poids à l'aube de sa dernière année d'études secondaires. Irma se dit que sa fille avait commencé à s'intéresser aux garçons. Au sein de la brigade de meneuses de claques, Kim et Wendy, qui l'observaient tour à tour avec pitié ou mépris depuis la maternelle, décrétèrent qu'elle avait suivi le régime aux pamplemousses dont un magazine avait vanté les mérites. Orin conclut que sa fille avait simplement mis du temps à perdre sa graisse de bébé ; après tout, il n'y avait pas de gros dans sa famille ni dans celle de sa femme. Les garçons de l'école secondaire de Leaford ne se posaient pas de questions sur son secret, mais ils poussèrent tous un soupir d'extrême soulagement : Mary Brody était devenue superbe, tout d'un coup, sans perdre ses 3-S, nom de code pour « super seins sauteurs ».

Cette année-là, les fraises furent précoces et, conformément à la tradition de la famille Brody, Orin, Irma et Mary se rendirent à la grosse ferme de Kenny, près du lac, derrière Rusholme, pour remplir des boîtes peu profondes de baies juteuses, dont ils tireraient des tartes et des tartelettes savoureuses, à moins qu'ils ne décident de les faire bouillir avec de dangereuses quantités de sucre pour préparer des confitures en prévision de l'hiver. En sortant de la voiture dans le stationnement boueux, Irma prit le visage de Mary dans ses mains délicates et lui ordonna sévèrement :

— On est là pour cueillir. Pas pour manger.

Orin et Irma, en cueilleurs chevronnés, se mirent aussitôt au travail. Pliés à la taille, leurs mains se déplaçant à un rythme frénétique, ils parcouraient des yeux les feuilles basses, à la recherche de trésors rubis. Comme elle ne pouvait pas se pencher aussi facilement, Mary s'assoyait sur son séant et, en crabe, passait d'un plant lourd de fruits au suivant. Elle ne comptait pas cueillir au même rythme que ses parents. Et eux ne se retournaient jamais, pas même une seule fois, pour voir si elle mangeait au lieu de cueillir. Chaque baie parfumée était en soi un monde sensuel. Sucrée. Acidulée. Granuleuse. Musquée. Juteuse. Grumeleuse. Soyeuse. Limoneuse. Lisse. *Ça suffit,* s'ordonnait-elle. *Une dernière,* ajoutait-elle.

Quelques jours plus tard, pendant qu'elle remuait une casserole remplie d'une lave volcanique rouge (l'année précédente, elle avait goûté la confiture en ébullition et s'était brûlée les lèvres si gravement que le Dr Ruttle avait dû lui faire une ordonnance), Mary avait senti une agitation soudaine dans son estomac ; suant à grosses gouttes, elle avait laissé tomber la cuillère et s'était précipitée aux toilettes, où elle avait laissé jaillir une effluence qui sentait si fort la fraise que, de toute cette année-là, elle avait été incapable d'avaler une seule cuillérée de confiture. Depuis toujours, elle était fascinée par les résidus de son corps, comme, supposait-elle, tous les humains l'étaient ou auraient dû l'être, et avait l'habitude d'étudier ses déjections.

Elle se demandait pourquoi ses crottes flottaient ou, au contraire, coulaient comme des ancres. Elle s'émerveillait de leur ténacité. Admirait leur cohésion. Éprouvait de la fierté lorsqu'elles ne se rompaient pas au point d'entrée, se sentait dupée lorsque des forces explosives les catapultaient au-delà de son champ de vision. Honteuse de sa révoltante curiosité, elle appréciait malgré tout les teintes automnales ocre de sa merde et ses parfums variés lui procuraient une vive satisfaction.

Ce jour-là, elle observa, en se levant pour procéder à une inspection en règle, un phénomène inédit, lequel ne l'incita pas à s'enfuir ni à appeler Irma à grands cris. La chose en question la poussa plutôt à se pencher, à s'approcher, à examiner. C'était grouillant. Ondulant. Dansant. Accueillant. Jubilant. Plein de vie. En découvrant les petits envahisseurs sans membres, Mary, pour la première fois, d'aussi loin qu'elle se souvienne, se rendit compte qu'elle n'entendait pas l'obête. Dans le monde de sa flore et de sa faune personnelles, une bataille muette avait été livrée et gagnée. Mary Brody était libre.

Une visite à la bibliothèque de Leaford confirma la découverte. Des parasites. Des vers. Mais ce n'étaient pas des oxyures. Ni des ascaris. C'était autre chose. Plus épais que du fil, de la couleur du gras sous la peau du poulet. Elle fut incapable de trouver une image qui les représentait. Les parasites, présents dans les excréments animaux, étaient viables dans la terre. On les contractait en ingérant des fruits ou des légumes non lavés, en jardinant sans gants.

Dès que Mary fut rentrée de la bibliothèque, Irma annonça qu'il était l'heure de se débarrasser de la corvée du repas, et Orin remarqua que Mary mangeait son rôti du bout des dents et qu'elle n'avait pas touché à ses pommes de terre, même si elle les avait copieusement enduites de beurre. Irma posa la main sur le front de sa fille, mais Mary lui dit qu'elle se sentait bien. Et elle semblait effectivement bien portante. Mieux, même. Son secret était de nature symbiotique et non parasitique.

Mary perdit complètement l'appétit, sans conséquences négatives apparentes, exception faite de démangeaisons constantes, mais (conclut-elle) tolérables, dans la région de l'anus. Pendant les premières semaines de cet été-là, Mary se contenta de grignoter aux repas — assez, espérait-elle, pour garder ses occupants en vie. Chaque passage à la salle de bains était pour elle une véritable agonie, car elle redoutait la disparition de ses sauveurs. Elle les dénombrait, tenait dans sa tête des comptes serrés. Lorsque le maïs arriva à maturité, elle observa une diminution marquée des effectifs. Prise de panique, elle songea que son armée était peut-être en train de se replier. Mary surprit sa mère en lui proposant de l'aider dans le jardin. Elle cessa de se laver les mains. Deux fois par jour, elle faisait le long trajet jusqu'au parc près de la rivière, où, armée d'une cuillère prise dans le tiroir à ustensiles de la cuisine, elle avalait de la terre dans l'espoir qu'une motte dissimulerait une pépite capable de relancer la colonie.

Au début, Mary ne remarqua pas la fonte de sa chair et ne célébra pas sa réduction au même titre qu'Orin et Irma. Avec des grognements et des sourires pincés, elle acceptait la fierté que leur inspirait son exploit, même s'il n'était pas à strictement parler le sien.

— Si tu continues comme ça, Murray, dit un jour Orin en la voyant refuser un petit gâteau à la noix de coco, tes cousins ne vont pas te reconnaître à la réunion de famille de l'automne.

Mary estima que c'était une drôle d'observation, car elle était certaine que ses cousins Brody ne l'avaient jamais vraiment regardée et que, par conséquent, ils n'auraient aucun point de comparaison.

À plusieurs reprises, le jour de cette fête, on prit Mary, vêtue de son jean Jordache tout neuf, pour la nouvelle petite amie de son cousin Quinn, qui, avait-on répété sous le sceau du secret, était stripteaseuse à Detroit! Mary, Orin et Irma en rirent, chacun pour des raisons différentes, mais leur amusement commun fut l'une des principales sources des bons souvenirs qu'ils gardèrent de l'événement.

Trouvant sa plus grande satisfaction dans la liberté, Mary, qui ne se sentait plus asservie, à présent que son esprit n'était plus obnubilé par la nourriture, sentit le monde s'ouvrir et osa imaginer son avenir. Elle dévora des magazines où il était question de cours de mode et de design. Elle s'observait dans le miroir de façon fréquente, obsessionnelle, non pas pour s'admirer, mais pour constater la simple vérité qui brillait dans ses yeux. Elle n'avait pas faim. Elle. N'avait. Toujours. Pas. Faim. Avec l'argent qu'elle avait reçu en cadeau, elle se rendit au Kmart et s'acheta quelques ensembles adaptés à sa nouvelle taille. Elle sentait dans sa foulée le travail de ses muscles. L'allongement de son torse. Le balancement de ses sombres cheveux lustrés. Elle continua de manger de la terre et décida de chercher un emploi à temps partiel.

Peg, la tante de Mary qui venait de prendre sa retraite du laboratoire de Raymond Russell, avait entendu dire que Ray Russell père était à la recherche d'une caissière. Les membres du personnel connaissaient déjà Mary. Dans une petite ville où il n'y a qu'une seule pharmacie, les employés connaissaient sur le Tout-Leaford des détails d'une précision embarrassante. Mary, qui avait passé beaucoup de temps à attendre au comptoir du fond les médicaments d'ordonnance de ses parents, s'était sentie chez elle parmi les flacons d'essence de girofle et les pots de Metamucil.

Quelques mois plus tôt, Mary n'aurait pas pu envisager un tel poste, car l'établissement offrait la plus vaste gamme de chocolats Laura Secord du comté de Baldoon. Mary aurait été comme le fameux enfant dans un magasin de bonbons. En présence de tant de friandises, elle n'aurait pas pu se faire confiance. Mais comme elle n'avait nulle envie d'écorces d'amandes au chocolat ni de caramels au beurre, elle enfila une robe de soleil, emprunta les mules d'Irma et arriva avec dix minutes d'avance à son entrevue. Jusqu'à la fin de l'été, elle travaillerait le matin, plage horaire dont personne ne voulait, et le samedi ; puis, à la rentrée, elle ne conserverait que le samedi. La Mary passée, la Mary présente, la Mary d'entre-deux : à l'instar de Gooch, les murs de la pharmacie avaient été témoins de la majeure partie de sa vie.

Un samedi matin de novembre de leur dernière année au secondaire, Jimmy Gooch entra dans l'établissement en clopinant sur de longues béquilles grinçantes. Depuis deux semaines, il était absent de l'école, et les Cougars avaient perdu quatre matchs d'affilée. Il avait subi un terrible accident de voiture à la suite duquel son père avait été hospitalisé. Depuis, personne n'avait vu Jimmy. À l'école, certaines rumeurs voulaient qu'il ait subi une quadruple fracture de la jambe. Sur son front, une estafilade fermée par des points de suture était en voie de cicatrisation, et il y avait une ombre jaune pâle sous sa joue gauche, là où les contusions avaient été les plus graves. Il portait un sweatshirt taché et un short de basket qui laissait passer l'énorme plâtre qui gainait sa jambe gauche. Pareil à un noyé, Gooch, âgé de dix-sept ans, fit le tour de la pharmacie en serrant un bout de papier blanc entre ses gros doigts tremblants, jusqu'à ce qu'il voie Mary venir vers lui en voguant.

Je suis sauvé, proclama son visage, semblable à une enseigne tremblotante. Peut-être aperçut-il son propre reflet au fond des yeux de Mary et s'imagina-t-il qu'il était déjà à elle. Peut-être aussi comprit-il qu'elle ferait désormais partie du nouveau cercle d'âmes en peine qu'il avait constitué. Ce fut comme si leurs vies s'étaient décidées en cet instant.

Gooch s'immobilisa pour l'observer, haussa les épaules et sourit faiblement comme pour dire : *Ah ! La vie, quelle histoire.* Mary Brody hocha deux fois la tête avant de l'incliner, comme pour dire : *Je sais.* Elle lui fit signe de la suivre jusqu'au fond et il obéit en balançant sa haute silhouette sur les béquilles qui protestaient. Elle prit l'ordonnance et la tendit à Ray Russell père en lui demandant doucement s'il pouvait s'en occuper tout de suite pour son « ami ». Elle se retourna et trouva Gooch en train d'attendre, impatient comme un chiot. Sans un mot, elle le guida vers une chaise et sentit la chaleur qu'exhala le corps du garçon au moment où il posait le plâtre par terre et sa personne sur la chaise.

Mary le huma : blouson de cuir, corps mal lavé, cuir chevelu poussiéreux. Ses yeux bleus et ronds quémandaient l'affection, la compréhension. Comme s'ils étaient déjà mariés depuis vingt-cinq ans au lieu de n'avoir jamais eu la moindre conversation, elle fronça les sourcils d'un air pensif et demanda :

— Que disent les médecins à propos de ton père ?

Le père de Gooch, James, un géant semblable à son fils, avait propulsé la Dodge à bord de laquelle ils se trouvaient en plein dans le chêne centenaire marquant le virage le plus serré de la route qui longe la rivière. Ils rentraient de la boîte de striptease de Mitchell's Bay, où on avait envoyé Gooch le chercher. James avait insisté pour conduire, et Gooch, erreur tragique, redoutait davantage la rage éthylique de son père que sa conduite en état d'ébriété. Assis sur le siège du passager, sa ceinture bouclée, il avait tenté de se convaincre que son père conduisait mieux quand il avait bu que quand il était à jeun, ainsi que celui-ci le proclamait lui-même haut et fort. Pourtant, Jimmy n'avait pas pu s'empêcher d'articuler les mots «trou du cul», ce à quoi son père avait répondu par un coup sec du revers de la main. D'où l'ecchymose sur sa joue, mais personne, sauf Mary, ne serait jamais au courant de ce détail.

Gooch regarda Mary dans les yeux.

— C'est encore comme dans un rêve.

— Un effet des médicaments, peut-être, affirma-t-elle avec autorité.

Dans l'article du *Leaford Mirror,* on ne disait pas, sous la photo de la Dodge à moitié démolie, que James Gooch rentrait de la boîte de striptease, mais on évoquait son état d'ébriété. Sa paralysie et l'inflammation de son cerveau. Bref, on s'attendait à ce qu'il ne sorte jamais du coma. L'auteur de l'article mentionnait aussi que Jimmy Gooch avait subi une blessure à la jambe et raterait le reste de la saison. Il laissait même entendre que le jeune homme devrait attendre pour toucher la bourse sportive qu'il espérait, peut-être même y renoncer pour de bon.

— Mon père a des ennuis avec sa colite, dit Mary, comme en réponse à une question muette.

— Tu veux que je te ramène à la maison? proposa Gooch.

— Je finis à six heures et demie. Il faut d'abord que je fasse ma caisse.

Après le travail, ce soir-là, Mary trouva Gooch qui l'attendait dans le stationnement. En s'avançant à grands pas vers la Plymouth Duster dans laquelle le garçon souriait timidement, Mary se sentait bizarrement calme. Elle avait une conscience aiguë de l'air nocturne, de la singulière douceur de la soirée de fin d'automne. Elle s'était brossé les dents dans la salle de bains des employés, mais elle s'était à peine regardée dans le miroir. Elle ne s'était pas tracassée à l'idée de ce qu'elle allait bien pouvoir dire. Elle ne s'était pas inquiétée du fait qu'on ne l'avait jamais embrassée. Elle savait ce qui allait se passer comme s'il s'agissait d'un souvenir et non d'une projection.

Gooch et Mary étaient liés de façon mystique, lui semblait-il. Elle finirait par comprendre que, dans la vie de Gooch, elle était la seule personne, sans excepter Gooch lui-même, à ne pas lui imputer la responsabilité de l'accident, à ne pas se sentir en quelque sorte trahie par les conséquences de la blessure, mais, en réalité, elle avait vu juste la première fois qu'elle avait plongé ses yeux dans les siens. Gooch n'était pas un athlète arrogant à qui tout souriait. C'était au contraire un gros garçon meurtri qui avait besoin d'un refuge où se blottir.

Ils roulèrent jusqu'au lac dans un silence paisible et s'arrêtèrent dans une clairière où, de toute évidence, Jimmy Gooch était déjà venu. Il savait où tourner pour éviter que des branches égratignent ses portières. Ils sortirent de la Duster, Gooch sur ses béquilles, et s'appuyèrent sur la calandre chaude, à un souffle l'un de l'autre, virent les rayons de la lune caresser l'eau, levèrent les yeux vers les étoiles. Mary tenta de se rappeler le nom des constellations qu'elle avait appris dans ses cours d'astronomie de huitième année. La Grande Ourse. La Petite Ourse. Polaris, l'étoile Polaire.

Après un long moment, Gooch se tourna vers elle et déclara :

— À part Pete, personne n'est passé me voir à la maison.

— J'ai entendu dire que tu préférais rester seul.

— C'est vrai, s'exclama-t-il avant de rire. C'était vrai. Du moins, c'est ce que je croyais. Je ne voulais voir personne que je connais, je suppose.

— Tu me connais, moi. Nos casiers étaient côte à côte.

— Ah bon ? fit Gooch en inclinant la tête.

Les joues de Mary s'empourprèrent.

— Mettons que je n'ai rien dit, bafouilla-t-elle.

— Je plaisante, Mary. Je me souviens de toi.

— Si je disais ça, c'est parce que j'ai beaucoup changé…

— Où tu vas, après ?

— À la maison. Pourquoi ?

— Non, après avoir obtenu ton diplôme, je veux dire.

— Je me suis dit que je travaillerais peut-être pendant un an pour mettre de l'argent de côté. Il y a une école de mode et de design à Toronto, mais c'est loin. En ce moment, mes parents ont besoin de moi. Mon père s'en sort difficilement.

— La colite…

Gooch hocha la tête en contemplant les étoiles.

— J'ai entendu dire que tu partais pour Boston.

Il désigna sa jambe.

— Plus maintenant. Pas pour jouer.

— Désolée.

Gooch haussa les épaules.

— Pas moi. C'est un soulagement, en fait.

Il soupira, assez fort pour disperser les petits animaux qui les entouraient.

— C'est un énorme soulagement, ajouta-t-il.

Il n'avait pas l'air soulagé du tout.

Mary attendit. Gooch prit une autre profonde inspiration et, en exhalant, lui raconta la vraie histoire de sa vie : ses parents alcooliques, les rages violentes de son père, le penchant de sa mère pour les esclandres, la tragique toxicomanie de sa sœur aînée, la peur paralysante qu'il avait de ne pas être à la hauteur. On attend tellement de choses de la part d'un géant.

Pendant qu'il parlait, Mary ne quitta pas son beau visage des yeux, s'attarda sur des détails : sa passion pour l'écriture, son histoire d'amour avec les États-Unis, l'impatience que lui inspiraient les geignards, sa préférence pour la cuisine chinoise par rapport à l'italienne, l'objectif qu'il s'était fixé de lire les classiques, l'embarras qu'il ressentait à l'idée que tous ses vêtements devaient être faits sur mesure. Il se tut, essaya de déchiffrer le joli visage de Mary. Elle crut qu'il allait l'embrasser. Elle fut donc prise au dépourvu lorsqu'il dit :

— À toi, maintenant.

Mary aurait pu raconter à Gooch l'histoire de sa vie, lui parler de ses parents maladifs et déçus, de son intense solitude, de sa faim. Elle aurait pu lui avouer son histoire d'amour avec les parasites, décrire la peur paralysante qu'elle avait d'être «trop». Pourtant, elle ne se révéla pas ainsi. Elle s'éloigna plutôt du jeune Jimmy Gooch en s'imaginant dans la peau de toutes les starlettes effrontées qu'elle avait vues séduire des hommes.

Elle déboutonna sa blouse, se débarrassa de sa jupe, puis dégrafa son soutien-gorge, retira sa culotte et ses chaussettes jusqu'à ce que soit révélée sa nudité complète, sublime. Elle leva les bras, moins pour marquer la fin de son striptease que pour souligner le fait qu'elle se trouvait nue sous un grave clair de lune, par une nuit douce de novembre, et qu'elle avait la certitude que cela ne se reproduirait plus jamais.

— Je ne veux pas te faire mal, dit Gooch sans s'approcher.

— Pas de danger, promit-elle.

Gooch posa sa jambe plâtrée sur une souche voisine et entraîna Mary vers lui, caressa ses cheveux lorsqu'elle frissonna. Il l'aida à se hisser sur le capot tiède de la Duster et laissa ses lèvres tomber sur le renflement de sa joue, juste sous ses cils. Elle retint son souffle lorsque la bouche de Gooch explora son cou de haut en bas, effleura son épaule douce et trouva ses seins aux pointes durcies. Elle frissonna lorsque, sous les doigts du garçon, des courants parcoururent son corps, de son mamelon jusqu'à son aine. Ses lèvres sur son bassin. Sa langue entre ses lèvres. Un aperçu de la divinité. Du haut de ses cuisses, elle l'entendit murmurer d'une voix rauque :

— J'aime ton odeur.

De la même façon que Mary avait été absorbée par la nourriture, puis obsédée par ses parasites, elle fut, à compter de ce soir-là, obnubilée par Jimmy Gooch.

À la réunion des parents de l'école secondaire de Leaford, cet hiver-là, Mary entendit la conseillère en orientation, Mlle Lafleur, chuchoter, avec son charmant accent canadien-français, à l'oreille d'une Irma pleine d'appréhension :

— Mary est en train de devenir *Mary*.

Sylvie Lafleur était petite et jolie, avec des cheveux blond vénitien coiffés en une natte qui descendait sur son dos élégant. Elle se souciait sincèrement de ses élèves et avait encouragé Mary tout au long de sa métamorphose.

— Elle découvre son nouveau corps. Bon, ça la distrait de ses études. Mais ça va passer, ça aussi, dit Mlle Lafleur d'un air d'autorité.

Mary, frappée par le fait que tout finissait effectivement par passer, ajouta l'expression à sa théologie personnelle, sous la règle de trois et sa foi persistante dans les miracles.

Parente éloignée du célèbre joueur de hockey des Canadiens, Mlle Lafleur habitait seule un petit appartement dans un immeuble de Chatham surplombant la rivière, celui-là même, en fait, où le père de Mary allait mourir d'une thrombose. Sylvie, qui faisait les courses du vieil Orin quand Mary était prise, avait été une véritable bénédiction. Le sachant seul et vieux, elle s'arrêtait lui faire un brin de causette.

La conseillère en orientation connaissait la vie, mais Mary se méfiait de la propension qu'avait Gooch à suivre aveuglément ses conseils. Durant sa dernière année, il la rencontrait toutes les semaines : elle lui donnait des leçons particulières pour l'aider à rattraper le temps qu'il avait perdu à cause de l'accident et discutait avec lui de son avenir scolaire. Mary craignait que la femme incite son petit ami à choisir une université éloignée ou le persuade que Mary n'était pas celle qu'il lui fallait.

Sans doute Mlle Lafleur savait-elle que Mary était bien moins distraite par son propre corps que par celui de Jimmy Gooch. Sa peau lisse et hâlée, qui sentait la levure à la naissance de ses cheveux, le beurre à la hauteur de son cou. La texture de sa langue, semblable à celle des petits fruits, la fermeté de ses joues, son torse ondulé, le renflement de son sexe. Sa peau douce comme du talc d'ici à là, sa voix crémeuse lorsqu'il lui demandait de le toucher. Une rhapsodie sensuelle. Plus nécessaire que la nourriture. Plus vitale que l'air. Dans les mois suivant le décès du père de Gooch, lorsqu'il fut certain qu'il ne pratiquerait plus jamais de sport d'élite, ils s'accrochèrent l'un à l'autre, bourdonnant d'endorphines. Amour désespéré, dense comme l'or.

Pendant les premières années de leur mariage, Gooch et Mary passaient leurs samedis soirs (et la plupart des matins de semaine) à s'envoyer en l'air en écoutant du rock classique, perdus dans un riff de guitare riche d'odeurs et de mouvements, de rythme et de pression, de retenue et de libération. *Dis quelque chose,* le suppliait-elle, pendant qu'il la caressait. Gooch pensait qu'elle réclamait des mots cochons, alors qu'elle voulait seulement entendre sa voix.

Au milieu de leur mariage, ils passaient leurs samedis à jouer aux cartes dans les modestes maisons de leurs amis, suivant un calendrier tournant. *Euchre* dans l'appartement en duplex de Pete et de Wendy. Bridge dans la maison à mi-étages de Kim et de François. Poker dans l'ancien presbytère de Dave et de Patti, avant que Patti quitte Dave pour Larry Hooper. Gooch, qui aimait les jeux d'argent, boudait quand il perdait, même si la cagnotte dépassait rarement les vingt dollars et qu'on lui rappelait au moins dix fois qu'ils jouaient pour le plaisir.

— Je suis issu d'une longue lignée de mauvais perdants, disait-il à la blague.

Par une venteuse soirée d'automne, ils se trouvaient chez Kim et François, non loin du pont, de l'autre côté de la rivière. À l'époque, Mary avait récupéré tout le poids perdu et retenait, comme les endeuillés s'accrochent à des souvenirs, les kilos qu'elle avait pris pendant ses deux grossesses avortées. Elle choisissait des vêtements qui l'avantageaient et portait un brillant pour les lèvres de couleur corail en guise de complément à ses yeux verts ; toutes les cinq semaines, elle teignait en châtain éclatant ses cheveux qui grisonnaient prématurément. Elle avait l'œil pour les belles chaussures. Elle avait encore son utérus. Comme couple, les Gooch étaient endommagés, mais pleins d'espoir.

Ce soir-là, un vent mauvais poussait les branches contre la porte en verre coulissante, et Mary, gênée par les courants d'air, déplaça deux fois sa chaise. Wendy annonça sa grossesse. Des jumeaux, youpi. L'avant-dernière de Kim venait de commencer la maternelle, et elle avait apporté des photos du bébé, adorable dans son pyjama orné de chiens. C'était la saison des tombolas organisées par les écoles. Mary avala tout un bol de trempette à l'aneth. Gooch gagna dix-huit dollars et but neuf Black Label.

Pendant qu'ils se dirigeaient vers la camionnette, à la fin de la soirée, Gooch passa son bras autour de la taille épaisse de sa femme, puis, se rappelant qu'elle détestait le geste, se pencha pour lui mordiller l'oreille.

— Tu sens le cornichon, dit-il.

Il faudrait qu'elle se brosse les dents, car, de toute évidence, il avait envie de faire l'amour.

Pendant le court trajet du retour, tandis qu'ils parlaient de la naïveté de la jeune petite amie de Dave, un splendide chevreuil brun surgit de la dense forêt et se planta dans la trajectoire de leur véhicule. Mais ce n'était pas un cerf figé par les phares comme les autres. C'était un kamikaze qui heurta la calandre, roula sur le capot, fracassa le pare-brise et, lorsque Gooch freina, retomba sur la chaussée.

Les phares aveuglants de la camionnette éclairèrent les feuilles orange et sèches qui quittaient furtivement les lieux de l'accident. De furieuses rafales balayaient les touffes de poils sur la poitrine pantelante de l'animal. Par le pare-brise en éclats, Gooch fixait la bête, qui se débattait violemment. Sans un mot, il sortit de la camionnette et s'approcha de la créature effondrée, dont la patte était manifestement fracturée. Sans doute entendit-il Mary crier :

— Qu'est-ce qu'il faut faire, Gooch ?

Acteur de second plan refoulé dans les coulisses, condamné à assister à la grande scène d'agonie de la vedette, il se contentait de contempler l'animal. Mary attendit que son mari réagisse. Pendant une éternité. Les hurlements du vent. L'écœurant tap-tap des sabots sur l'asphalte. Des bouffées haletantes d'air condensé. Gooch? *Gooch ?*

Mary mit la camionnette en prise, appuya sur l'accélérateur et fonça sur la créature. *Boum.* Stop. Marche arrière. Pas d'autre solution. Marche avant. *Boum.* Stop. Marche arrière. Marche avant. Déglutition. Mort. Indéniablement. Stop. Le vent sema des fragments de verre sur ses genoux. Elle les épousseta d'un air absent, le cœur battant, puis elle vit Gooch remonter à la place du passager, mais elle n'osa pas regarder de son côté. Si elle n'avait pas déjà été hébétée, le vent aurait eu raison d'elle.

Après avoir évalué en silence les dommages subis par le véhicule (hormis le pare-brise, une calandre et un capot enfoncés), les époux rentrèrent chez eux. Mary se barricada dans la salle de bains avec un gâteau Sara Lee et, après avoir dévoré la pâte jaune et spongieuse, elle lécha les sillons de glaçage affreusement sucré sur l'emballage de carton. Puis elle se brossa les dents, tout en étant sûre que Gooch n'aurait plus envie de faire l'amour. Dans le salon, il regardait le bulletin de nouvelles à la télévision.

Sur la table de chevet, le réveille-matin marquait le passage du temps d'une voix autoritaire. *Vas-y, vas-y.* Mary posa une main sur son cœur affolé. Le moment était venu. Le moment (pourquoi pas?) de faire à Gooch un aveu qu'elle gardait pour elle-même depuis longtemps. Mille fois, elle avait résolu de vider son sac, mille fois, elle s'était dégonflée ou n'avait pas trouvé les mots. En l'attendant dans le lit, elle se rendit compte qu'une occasion en or s'offrait à elle.

Le cerf sur la route. Il comprendrait parfaitement. Là encore, personne n'était à blâmer.

Lorsqu'elle entendit enfin la porte de la chambre s'ouvrir en grinçant et sentit Gooch poser sa masse sur le matelas, elle tendit le bras vers lui, non sans hésitation, et posa la main sur sa large poitrine.

— Il faut qu'on parle, Gooch.

— Non.

Puis, sur un ton plus tendre, il ajouta :

— Pas ce soir, Mare, d'accord ?

— Il faut que je te dise quelque chose, insista-t-elle.

Il la prit par surprise en l'embrassant sur la bouche.

— Gooch, chuchota-t-elle tandis qu'il enfouissait son visage dans son cou.

Elle le sentit raidir sous son caleçon.

— Gooch ?

Il se pressa contre elle, doucement, au début, puis plus vite, plus fort. Il allait et venait, grognait, et la tête de lit cognait contre le mur. Puis il s'arrêta, tétanisé, et se laissa retomber sur le lit. Avant de perdre connaissance, il serra le bras de Mary, mais elle n'aurait su dire s'il avait fait le geste en signe de gratitude ou d'excuse.

À six heures, le réveille-matin les fit sursauter tous les deux. Ils se levèrent et amorcèrent leurs routines quotidiennes. Gooch sortit chercher le journal et Mary cassa des œufs. Déjà, ils étaient si fidèles à leur habitude, qui consistait à s'abstenir de discuter de ce qui était douloureux ou évident, que jamais ils ne parleraient du cerf sur la route.

Telle une ancre, le secret de Mary s'enfonça jusqu'au fond limoneux de la mer dans l'attente de la tempête qui le ferait remonter à la surface. Mais, exactement comme la nourriture qu'elle cachait d'elle-même, Mary savait toujours exactement où il se trouvait.

Au loin, un train passa dans un bruit de ferraille. La pluie cinglait le bord de la fenêtre. Le réveille-matin posé sur la table de chevet lui apprit qu'il passait trois heures. Dans la cuisine, le Kenmore chantait un chant d'amour. Mary fixa le téléphone posé à côté du réveille-matin, lourd de mauvais présages, telle une odeur charriée par le vent. Elle tendit la main vers sa chemise de nuit grise, puis se rappela qu'elle l'avait laissée dans la cuisine.

Nue dans le couloir, elle se fit l'effet d'être une barge voguant vers une contrée fraîche et lointaine. *Rentre donc, Gooch. La chaudière. L'anniversaire de mariage. Je me fais du souci. Et je suis morte de faim.* Elle regarda le téléphone, mais s'interdit d'y toucher.

En plissant les yeux dans la lumière trop vive du réfrigérateur, elle mit la main sur un pot d'olives. Avait-il heurté un cerf? Non. Même les routes rurales étaient suffisamment fréquentées : au bout d'une heure, on l'aurait sûrement trouvé. Elle s'adossa au comptoir, soudain consciente qu'elle n'était pas seule et que des millions de ses semblables se trouvaient comme elle sur les carreaux de la cuisine, devant leur réfrigérateur bourdonnant, avides de nourriture, de cigarettes, d'alcool, de sexe. D'amour. Elle se demanda si c'était le refrain qu'elle entendait parfois au-dessus des battements de son cœur. Le son était-il plutôt, ainsi qu'elle l'espérait, l'appel d'un dieu qui lui faisait signe? Non pas le Blanc revanchard des vieux films ni le Noir plein de sagesse des nouveaux, mais plutôt une déesse ronde et grasse qui prendrait Mary dans ses bras maternels et lui indiquerait le chemin de la grâce. Se pouvait-il que ce soit Mme Bolt?

C'est Irma qui, des années plus tôt, lui avait mis cette idée en tête lorsqu'elles étaient passées devant le graffiti rouge tracé sur le mur du Kmart : *Où est Dieu quand on a besoin d'elle?*

— Dieu pourrait être une femme, je suppose, avait dit Irma. Le Dieu avec lequel j'ai grandi était tellement fâché. J'ai toujours aimé la bouille du bouddha qui sourit.

— On peut imaginer Dieu comme on veut? avait demandé Mary, ahurie.

— Évidemment, ma chère. À condition de ne pas avoir de religion.

Mary contemplait la nuit par la fenêtre de la cuisine lorsque le vent détacha le râteau de l'endroit où il était confortablement appuyé et fit japper le chien des Merkel dans le champ derrière la maison. Se rappelant soudain quelque chose, Mary jeta un rapide coup d'œil par la vitre crasseuse de la porte de derrière.

— Crotte, souffla-t-elle.

Sur la double corde à linge, près du potager envahi par la végétation, trois des coûteuses chemises de travail faites sur mesure de Gooch agitaient les bras comme des noyées dans les ondulations du vent.

Mary s'en voulait autant à elle-même qu'à la tempête, car elle les avait mises à sécher trois jours plus tôt. Gooch en imputerait forcément la perte à la paresse.

Dans sa hâte, Mary oublia d'enfiler sa chemise de nuit et poussa la porte de derrière. Son amant le vent caressa sa peau plissée et embroussailla ses cheveux. Pas maintenant. Pas maintenant. Son cœur entama son tambourinement rituel. Pendant qu'elle luttait contre le courant dominant, la première chemise, soulevée par une rafale ascendante, fut déchirée par l'érable tout raide voisin de la tombe de M. Barkley. Puis le vent s'empara de la chemise taupe, la décrocha de la corde et l'entraîna du côté de la propriété des Feragamo. Partie, comme M. Barkley, sous les yeux de Mary.

Les pieds nus et froids de Mary pressaient ses jambes de faire un pas, puis un autre et encore un autre, résolus à parcourir dans l'herbe mouillée les quelques mètres qui lui manquaient pour assurer le salut de la dernière chemise. Pendant qu'elle s'étirait pour s'emparer des manches, le vent la fouetta. Une épingle éclata, la frappa en plein front. Surprise, elle lâcha la chemise. En faisant un pas en arrière pour la voir s'envoler, elle trébucha sur le panier à linge et tomba lourdement par terre.

Le vent laissa Mary Gooch, victime d'un délit de fuite, affalée, nue, au milieu des feuilles humides, en cette nuit orageuse d'octobre. Écrasée par son propre poids, scandant *Gooch Gooch Gooch* à la façon d'un mantra improvisé, elle parvint à régulariser sa respiration et laissa ses pensées partir à la dérive.

Peut-être était-ce la nudité qui donna à Mary un point de vue nouveau sur le monde. Allongée sous la tempête, partageant son fardeau avec la douce terre humide, elle éprouva en même temps une sensation de liberté absolue et de profonde connivence. Quelle liberté? Elle n'aurait su le dire. Une connivence avec qui? Elle l'ignorait. Mais, fait plus important, elle s'en moquait. Se doutant que la privation d'oxygène comptait peut-être pour quelque chose dans cet éveil, elle s'efforça de respirer plus à fond, et il lui sembla plus fortement encore qu'on avait appuyé sur un interrupteur. Un courant électrique, un bourdonnement dans les cellules sublimement raccordées au rythme de toutes choses, de sorte qu'elle était la terre qui berçait son corps et la fourmi sur la brindille près de son oreille. Elle était les racines du saule ravagé par le vent et l'air qui gonflait ses poumons. Elle était le nouveau-né qui pleurait dans la lointaine maison et M. Feragamo dans son lit. Elle était chacune des gouttes de pluie, le chien des Merkel, le compost de son chat. Elle était elle-même tout entière et elle n'était rien, sauf la brise qui la soulevait, jusqu'au moment où elle aperçut son énorme silhouette poupine, paisible et jolie, déshabillée par le vent. Dans sa situation présente, elle était trop illuminée pour éprouver des regrets et elle considéra le corps dont elle avait hérité, mais qu'elle n'avait pas mérité, sans inquiétude, sans envie et sans honte.

Le vent était froid et la pluie piquait ses cuisses. Dans une branche proche de son orteil, un grillon frotta ses pattes. Elle eut l'impression d'entendre un chaton orange pleurer derrière le garage. *C'est toi, monsieur Barkley ?* Soudain, elle comprit que Gooch risquait de rentrer à tout moment, et son cœur faillit s'arrêter de battre ; certaine qu'elle préférerait mourir plutôt que d'être trouvée ainsi, elle prit appui sur le panier pour se relever. Elle se dirigea vers la porte en maudissant la nature colérique, son corps ondulant follement. Pour répondre à sa haine silencieuse ou peut-être pour lui apprendre le respect, le vent s'engouffra par la fenêtre ouverte de la chambre, traversa toute la maison et fit claquer la porte de derrière.

Elle se verrouillait automatiquement dès qu'on la refermait, mais Mary, dans l'espoir d'un miracle, tourna quand même la poignée. Poussée par la terreur qu'elle ressentait à l'idée d'être découverte, nue dans sa cour, au milieu d'une tempête, elle se traîna vers le garage et souleva péniblement la porte, sa nudité porcine cruellement éclaboussée par la lumière que commandait un détecteur de mouvement. *Ha, ha,* aurait-elle voulu crier à l'intention de l'auteur de cette mauvaise plaisanterie. *Très drôle, non ?*

Les outils de Gooch étaient soigneusement disposés sur sa table de travail. Il y avait des boîtes et des cartons, remplis d'elle n'aurait su dire quoi, le balai d'extérieur, la tondeuse à gazon, le taille-bordures, le vélo de Gooch. Un son que les insomniaques connaissent par cœur, celui d'un véhicule qui roule dans la nuit, fit frissonner sa chair. Elle prit la pelle et, tournée vers la route, mesura la distance qui la séparait des phares. Chaque pas lourd faisant la preuve de sa volonté, elle pataugea dans les feuilles mortes jusqu'à la porte de derrière, souleva le manche de la pelle et l'enfonça dans la vitre. Paniquée par l'approche des phares, elle tendit la main vers le verrou.

L'éclat de verre, dans un élancement de froid glacial suivi d'une douleur cuisante, pénétra le talon nu de Mary à l'instant où elle franchissait le seuil. Maudissant la vitre, elle sautilla jusqu'au comptoir pour prendre appui, tandis que le véhicule passait sur la route.

Elle étira le cou. Elle souleva sa jambe. Elle se pencha de côté. Elle eut beau se contorsionner dans tous les sens pour examiner sa blessure au pied, son corps massif la lui cachait. Jetant un torchon sur le sol pour éponger le sang qui s'accumulait, elle posa le pied par terre. Trop tard, elle se rendit compte que l'éclat de verre était toujours planté dans sa chair. Elle se traîna jusqu'à l'une des chaises en vinyle rouge. Le sang s'échappait de la serviette, s'infiltrait dans les pores du coulis crasseux qui séparait les carreaux.

En grognant, Mary, qui suait à profusion, tenta de hisser son pied blessé sur le genou de l'autre jambe pour pouvoir en extraire le verre. Elle tira des deux mains, souleva le membre avec ses bras, mais ni l'articulation de son genou, ni l'attache du bassin, ni la couche de graisse qui entourait la rotule ne la laissèrent faire. Elle s'étira au maximum, toucha des ongles l'éclat de verre glissant et insupportable, se coupa le bout des doigts. Elle perdait une quantité de sang alarmante. Elle posa le talon blessé sur la serviette imbibée de sang, ce qui eut pour effet de déloger l'éclat de verre.

Respirant profondément, plus calme qu'elle aurait dû l'être, Mary trouva sa chemise de nuit grise sur la chaise et l'enfila sans s'inquiéter des taches de sang sur ses doigts ni même les remarquer. À la vue de son reflet dans la fenêtre, à la pensée de cette autre Mary Gooch qu'elle avait croisée brièvement, flottant dans la tempête, définie non pas par ceci ou bien par cela, mais à la fois par ceci, par cela et par tout le reste, elle attrapa une fiche recette sur laquelle figuraient les numéros d'urgence, s'empara du téléphone et composa le numéro du portable de Gooch. La voix préenregistrée d'une inconnue dit sur un ton d'excuse : *L'abonné que vous tentez de joindre n'est pas disponible. Veuillez indiquer votre nom, l'heure ainsi que le motif de votre appel.*

— C'est un message pour Jimmy Gooch, dit-elle. Pourriez-vous lui demander de rappeler sa femme, s'il vous plaît?

Sentant le vent s'engouffrer par la fenêtre cassée, Mary songea à ce que disait Gooch quand elle mettait trop de temps à fermer la porte : *Tu laisses sortir la chaleur.* Quand elle passait de longs moments le nez dans le Kenmore, il disait au contraire : *Tu laisses sortir le froid.* Elle fut frappée de constater qu'il y avait sûrement une autre porte ouverte par où elle avait laissé Gooch s'échapper.

UN PARENT ÉLOIGNÉ

Les rideaux verts dansaient, tandis que le froid entrait à flots par la fenêtre ouverte. Mary se réveilla comme chaque matin, en sursaut, stupéfaite d'avoir cédé au sommeil. Mais elle fut encore plus surprise de découvrir le sang terre de Sienne sur les draps, là où ses mains parcourues de petites coupures avaient saigné, et, lorsqu'elle se souleva pour mieux voir, sur le couvre-lit où reposait son pied.

Dans les champs derrière la maison, des corneilles croassaient sur un ton moqueur, décidées à la contraindre de se retourner, mais déjà Mary se savait seule. Elle tendit la main vers le téléphone posé à côté du lit et mit la main sur les numéros d'urgence. Elle appela Gooch sur son portable. En réponse au message préenregistré, elle parvint à balbutier :

— Désolée. C'est encore Mary Gooch, la femme de Jimmy Gooch. J'aimerais qu'il me rappelle, s'il vous plaît. Il est sept heures. Sept heures du matin.

Élan de terreur. Spirale de peur. Gooch n'était pas là. Il ne répondait pas à son téléphone. D'un autre côté, son appareil à elle restait silencieux. Pas de coup de fil de la police lui signifiant que son mari était en prison. Pas de coups brutaux à la porte pour lui apprendre qu'il avait eu un accident. Elle se rendit compte que la nuit avait simplement été riche en péripéties dramatiques, comme cela se produit lorsqu'on s'aventure dans le noir. Comme elle l'avait fait. Comme Gooch le faisait parfois. Son absence s'expliquerait bientôt, de façon plausible, et il aurait des regrets sincères. Puis ils oublieraient tous les deux ou, à tout le moins, ils n'en parleraient plus jamais. L'événement n'aurait rien d'un tournant décisif, comme elle en avait été si fermement convaincue par son bref rendez-vous galant avec la terre nocturne.

Mary ferma le réveille-matin avant qu'il sonne. Frappée par la puanteur de son haleine, elle se souvint de ce que répétait Gooch : les gens refoulent du goulot, à croire qu'ils passent leur temps la tête dans le cul. Elle était du nombre, bien sûr, même s'il ne s'était jamais montré aussi direct avec elle. Sauf peut-être l'année précédente, quand elle avait gagné une croisière dans les Antilles à une tombola et avait annulé à la dernière minute, alors qu'ils s'étaient donné la peine de se procurer des passeports. Avec son mal des transports (affection avérée chez elle), avait-elle insisté, jamais elle n'aurait pu supporter un voyage en mer. Ce qu'elle n'aurait pas supporté, surtout, c'étaient les orgies de nourriture dont elle avait entendu deux femmes discuter pendant l'une de ses visites semi-annuelles chez la coiffeuse. L'autre problème était celui de toujours : elle n'avait rien à se mettre.

Gooch s'était emporté, avait déclaré que le monde ne se résumait pas à Leaford et qu'il avait la ferme intention de faire la croisière. Elle préférait rester la tête dans le cul ? Libre à elle. Ils avaient fini par donner les billets à Pete et Wendy. Elle n'avait jamais compris pourquoi Gooch n'avait pas fait le voyage seul. Où était ce refrain ? Ce trémolo d'espoir ? Où diable Gooch était-il donc ?

À la fenêtre, elle chercha le camion de Leaford Furniture and Appliance, que Gooch garait toujours à côté de la camionnette au toit ouvrant coincé. Comme chaque fois qu'elle se regardait dans la glace, elle sut d'avance que son reflet ne lui plairait pas. Son monde avait si bien basculé qu'elle ne trouva plus son centre de gravité et dut prendre appui sur le rebord de la fenêtre. Elle se rendit compte qu'elle ne s'était jamais sentie aussi lourde, réflexion aussitôt chassée par la certitude que, de fait, elle n'avait jamais été aussi lourde. Elle en était là. Elle était devenue si grosse qu'elle avait littéralement repoussé son mari. Comme l'eau qui déborde de la baignoire.

Au loin, un bruit métallique retentit et Mary, levant les yeux, vit M. Merkel, la tête rentrée dans les épaules, au volant de son tracteur, à côté duquel gambadait un gros chien brun. De temps en temps, l'animal s'élançait à la poursuite d'une corneille vorace. La vie désespérée des autres.

— On n'a qu'à regarder autour de soi pour trouver des gens beaucoup plus mal pris, répétait Irma.

C'était la vérité, et Mary tirait un certain réconfort du malheur du couple âgé que formaient les Merkel. Au début des années 1970, ils avaient perdu leur fils unique, alors âgé de quatre ans, dans une tornade. Le vent furieux avait soulevé le petit Larry, qui se trouvait dans l'allée, et l'avait emporté vers un lieu secret, et on ne l'avait jamais revu. Mary ne posait jamais les yeux sur M. ou Mme Merkel sans penser à Larry, mais elle ne les avait pas beaucoup vus dernièrement. En fait, personne ne les avait beaucoup vus.

À Leaford, la triste histoire de Larry Merkel tenait de la légende, au même titre que celle des jumelles conjointes, Rose et Ruby Darlen, nées attachées par la tête. Mary leur avait rarement adressé la parole, mais, après son mariage, elle avait observé ces filles pas comme les autres depuis la lointaine fenêtre de sa chambre. Elle s'était demandé de quoi elles pouvaient bien parler, blotties l'une contre l'autre sur le petit pont branlant qui enjambait le ruisseau au milieu des champs. Comme le minuscule fantôme de Larry, que Mary croyait parfois apercevoir au milieu des hauts plants de maïs, les sœurs Darlen hantaient le paysage. Les bébés de Mary étaient des fantômes, eux aussi, mais du type silencieux et vigilant, tel M. Barkley, qui ne mettait jamais le nez dehors.

Le pauvre Christopher Klik, premier baromètre d'autoapitoiement utilisé par Mary, fut remplacé, après la naissance des jumelles Darlen, par Rose et Ruby.

— Attachées par la tête. Imagine un peu, répétait Irma lorsqu'elles les croisaient par hasard.

Mary, cependant, n'avait pas particulièrement pitié d'elles. Les jumelles lui donnaient l'impression d'être satisfaites de leur singulière silhouette. Même si elle aurait été gênée de l'avouer et que, de toute façon,

elle n'avait personne à qui confier de telles réflexions, elle enviait aux filles leur lien inextricable.

Dans les mois précédant leur mort, elles avaient
écrit leur biographie, que tous les habitants du comté
de Baldoon avaient lue et à laquelle ils avaient tous
trouvé à redire. Certains s'étaient insurgés contre la
géographie décrite dans différents passages ; d'autres
avaient jugé inconvenant l'emploi des noms réels ;
certains n'avaient guère apprécié la façon dont les
jumelles les avaient campés ; et au moins quelques-
uns avaient réfuté les événements décrits, dont une
partie était forcément fictive, car la rencontre sexuelle
entre oncle Stash et Catherine Merkel, qu'aurait entrevue Rose Darlen, ne pouvait pas être vraie.

Mary avait dévoré le livre d'un seul tenant, cherchant à savoir si elle figurerait à la page suivante, si
l'une ou l'autre des filles la présenterait comme la
grosse femme sans enfant qui vivait derrière, celle
qui regardait passer la vie par le cadre de sa fenêtre.
Comme ni l'une ni l'autre n'avaient fait allusion à
elle, Mary s'était demandé comment une femme
aussi grosse qu'elle pouvait être aussi secondaire.

L'évocation de Rose et Ruby constitua une excel-
lente distraction, puis une autre force aléatoire s'in-
terposa. La chaudière rugit de nouveau et, après une
série de mouvements d'humeur, rendit l'âme au
milieu d'une crise particulièrement violente. Avec le
sentiment d'être vengée, Mary espéra qu'elle avait
beaucoup souffert. Encouragée par un tel symbo-
lisme, elle ferma la fenêtre et mit le cap sur le couloir

en s'efforçant de ne pas s'appuyer sur son talon blessé.

L'aube éclairait le couloir comme au lendemain d'une scène de meurtre : les murs tachés de sang à cause des lacérations de ses mains, les taches en forme de points d'exclamation sur la nouvelle moquette argent. Ce fut pour elle un choc, mais il y avait une certaine vérité dans ce tableau. Dans la nuit, quelque chose avait effectivement agonisé à cet endroit.

Dans la cuisine, Mary constata avec soulagement que sa blessure au pied ne semblait plus saigner, du moins plus beaucoup. Succombant à la faim et au sombre dégoût qu'elle ressentait à l'idée de manger en un moment pareil, elle ouvrit la porte du congélateur, s'empara d'un sac de grains de maïs, en fourra une poignée dans sa bouche et les suça pour les faire dégeler. Elle se demanda si, en téléphonant au Grec, elle trahirait Gooch ou si au contraire elle le sauverait.

Depuis presque aussi longtemps que Mary travaillait chez Raymond Russell, Gooch faisait des livraisons pour Theo Fotopolis, que tout le monde appelait « le Grec », de la même façon que tout le monde appelait Jimmy Gooch « Gooch ». Après le secondaire, le Grec avait engagé Gooch pour travailler au comptoir des ventes et, une fois la jambe de Gooch rétablie, avait pris à sa charge les coûts du permis de camionneur du jeune homme.

L'horloge murale indiquait qu'il était sept heures. La question de savoir s'il fallait ou non téléphoner au Grec se résumait à ceci : à quelle vérité Mary était-elle préparée à faire face ? Pouvait-elle accepter que l'absence de Gooch soit accidentelle ? Ou qu'elle ne le soit pas ? Il y avait aussi la question pressante des chocolats qu'elle devait passer prendre à la pharmacie. Mary avait commandé une caisse de ses favoris (rochers aux noix, écorces d'amandes au chocolat au lait, miniatures, fourrés assortis), que le fournisseur lui faisait à un prix d'ami. Si elle n'était pas là pour réceptionner la marchandise, Ray découvrirait le pot aux roses. Au mieux, il serait irrité. Au pire, il jugerait la situation si tordante qu'il en parlerait à tous les employés. D'ailleurs, il y avait toujours une ou deux boîtes de chocolat endommagées par le transport (ou par exprès) à partager entre les membres du personnel. Mary prenait un plaisir érotique aux mastications de ses collègues, mais, quand on lui mettait une boîte sous le nez, elle faisait des mines.

Gooch entretenait lui aussi des rapports particuliers avec les biens endommagés. Leur petite maison de la campagne de Leaford était meublée d'articles vendus par le magasin et brisés pendant le transport. Une table basse traversée par une infime fracture. Le réfrigérateur terre de Sienne dont la teinte ne correspondait pas exactement à celle de la cuisinière. Un canapé-lit au mécanisme défectueux. Au cours de leur difficile première année de mariage, les premiers articles endommagés avaient été les chaises en vinyle rouge aux épais pieds en aluminium.

Un matin, Mary s'était assise sur une de leurs chaises d'occasion en bois et avait fait sauter un joint branlant. Gooch ne s'était pas inquiété à voix haute de l'idée que sa jeune femme, qui avait rapidement pris du poids au cours du premier trimestre de sa seconde grossesse, risquait de casser une chaise et de se retrouver par terre en subissant de graves conséquences. Mais il n'en pensa pas moins. Ce soir-là, les quatre chaises rouges avaient fait leur apparition, l'une avec une déchirure apparente au niveau des coutures, et les anciennes furent remisées dans le garage. Mary ne demanda pas à son jeune mari s'il avait fait l'accroc par exprès.

Gooch s'installa sur une chaise rouge et raide et souleva la robe de Mary pour qu'elle puisse s'asseoir à califourchon sur ses genoux.

— Tu as posé la question au docteur ? murmura-t-il, la tête enfouie dans le décolleté aux seins gorgés de sang.

— Il a dit qu'il valait mieux s'abstenir, mentit Mary.

Hésitante et honteuse, elle avait demandé au Dr Ruttle si son mari et elle pouvaient continuer à avoir des rapports pendant les six derniers mois de sa grossesse, et elle avait encaissé sans rien laisser voir du choc que lui avait causé sa réponse.

— Bien sûr. Jusqu'à l'accouchement, pourvu que ce soit confortable pour l'un et l'autre.

Il faisait sûrement erreur. Au moins dans son cas à elle, qui avait perdu son premier bébé (James ou

Liza), et Gooch étant ce qu'il était. En sortant du cabinet, elle en était venue à la conclusion que le bon docteur avait oublié sa fausse couche et la taille inhabituelle de son mari. Mary aurait bien voulu s'adresser à Wendy ou à Patti, mais elle ne parlait à personne de son intimité conjugale. Comme la nourriture, c'était un sujet purement personnel.

À la veille du mariage de Mary, par une soirée fraîche d'octobre, les quatre amies, fraîchement diplômées de l'école secondaire de Leaford (Wendy, qui entendait devenir infirmière, Kim, inscrite à l'école normale de London, Patti, réceptionniste à l'agence immobilière de sa mère, et Mary) s'étaient retrouvées au restaurant Satellite de Chatham pour une soirée de salade et de vin mousseux. L'acceptation de Mary au sein de leur petit groupe était toute récente. Comme une étudiante étrangère, elle se sentait capable d'observer leurs coutumes, mais, faute de comprendre toutes les nuances de leur langue commune, elle n'y participait pas pleinement.

En sueur sous sa blouse, elle avait ouvert sous la table les cadeaux qu'elles lui avaient apportés. Elle se flétrissait comme une fleur chaque fois que l'une d'elles s'écriait :

— Montre, montre !

Une camisole rouge avec un slip assorti. Un déshabillé noir transparent, ruché à la hauteur du cou.

— Il ne faut rien mettre dessous, dit Kim. C'est tellement sexy.

Un corset bleu avec des boutons-pression dans le dos et des seins coniques. Chacun des ensembles de la taille que Mary avait eue, le temps d'un éclair, et qu'elle ne retrouverait jamais.

Les filles, à l'exception de Mary, qui ne supportait pas l'alcool, burent trop de vin et parlèrent de sexe. Patti rapprocha son index de son pouce et regarda par le trou ainsi créé.

— Dave commence petit et finit gros, dit-elle d'une voix pâteuse.

D'une voix flûtée, Kim évoqua l'appétit sexuel débridé de sa sœur aînée qui, de son propre aveu, avait été en rut pendant ses trois derniers mois de grossesse. Après la naissance du bébé, elle avait laissé son mari téter son lait. Mary, que l'image plongea dans un trouble profond, n'aimait pas le mot «rut», qui lui semblait bestial. Wendy avoua qu'elle n'aimait pas beaucoup s'envoyer en l'air, mais qu'elle pouvait obtenir tout ce qu'elle voulait de Pete («vous vous souvenez du concert de Supertramp?»), à condition de lui offrir une rapide *vous-savez-quoi*. Lorsque Kim fit «Beuuurk» d'un air dégoûté, Wendy dit :

— Passe-lui un mouchoir en papier! Ou, ajouta-t-elle en criant, avale!

La conversation dévia sur la grossesse de Mary.

— Tu n'as pas peur de redevenir grosse? demanda Wendy sans détour. Moi, en tout cas, ça me terrifie. Et je n'ai jamais été grasse!

— On grossit toujours quand on est enceinte. Ne l'écoute pas, Mary. Après l'accouchement, le poids que ma sœur avait pris a fondu, lui assura Kim. Surtout si tu allaites.

— Tout ce que je dis, scanda Wendy, c'est que j'aimerais mieux mourir que d'être grosse.

Kim tendit le menu.

— Que diriez-vous de partager une grosse portion de frites avec de la sauce brune?

Wendy poursuivit en buvant son vin à grandes lampées.

— Voyons, vous autres. Ce n'est pas comme si Mary ignorait qu'elle était grosse avant. Pas vrai?

Mary sentit les yeux de Wendy la transpercer jusqu'au tréfonds.

— Ouais.

— Avant qu'elle perde tout ce poids, Jimmy Gooch ne la regardait même pas. C'est tout ce que je dis, bon.

Wendy hésita, puis ajouta :

— C'est juste que j'aurais de la peine de voir tes jolies pommettes disparaître et tes belles chaussures devenir trop petites.

Soûle et magnifique, Wendy, de la brigade des meneuses de claques, elle-même amoureuse de Jimmy Gooch, ne faisait que dire tout haut ce que les autres pensaient tout bas, à commencer par Mary, de façon obsessionnelle : avec la grossesse, elle redeviendrait grasse et ne parviendrait pas à perdre le poids en trop (chacune en avait des exemples dans son environnement immédiat), puis Gooch la quitterait et la laisserait élever seule leur sale marmot.

Peu après que Gooch et elle s'étaient déclarés officiellement, Mary avait cessé de manger de la terre. Gooch seul la sustentait. Mais lorsque le premier bébé était à peine plus gros qu'un ongle, l'appétit géant qui la rongeait était revenu. Comme pour toutes les compulsions, il avait repris non pas à zéro, mais bien là où il avait été laissé. Lorsqu'elle était certaine qu'Irma l'agitée et Orin le résigné dormaient à poings fermés, elle se levait furtivement et, dans la cuisine, plongeait la main dans des sacs en papier d'aluminium, avalait bruyamment des nouilles froides et broyait entre ses grosses molaires des rangées de biscuits au chocolat.

— Le Grec va vous donner un berceau ? demanda Kim pour meubler le silence.

Si le tissu qui la composait n'avait pas été fait de secrets et de tromperie, Mary aurait peut-être pu poser aux autres filles les nombreuses questions qu'elle avait sur son corps, l'acte sexuel, la libido de son mari. Avant Gooch, elle n'avait jamais beaucoup réfléchi au corps des hommes, occupée qu'elle était à soigner et à nourrir le sien. Avant Gooch, elle n'avait eu que deux expériences : la fois où elle avait fait voir son mamelon à Christopher Klik devant le support à bicyclettes et celle où Jerry, le chauffeur à la peau plissée de la pharmacie, avait proposé de lui masser les épaules dans la salle du personnel déserte. De peur de passer pour une ingrate, elle l'avait laissé lui pétrir la peau pendant dix bonnes minutes en frottant son érection crochue de vieil homme contre son dos ferme d'adolescente. Elle n'avait parlé à personne de l'indécence du chauffeur. Elle eut la naïveté de croire qu'elle s'était imaginé des choses. Avant Gooch, elle avait aussi l'habitude de se croire trop repoussante pour être l'objet d'un désir même tordu.

L'énergie sexuelle de Gooch et de Mary avait été puissante, et le désir de Gooch avait survécu à leur mariage. Seulement quatre mois après sa première fausse couche, ils avaient compris qu'elle était de nouveau enceinte, et la prise rapide de poids avait sapé la confiance de Mary.

À califourchon sur les genoux de son mari assis sur la chaise en vinyle rouge, elle avait compris qu'il fallait ignorer le conseil du Dr Ruttle. Elle avait beaucoup trop peur pour le nouveau bébé (Thomas ou Rachel) pour satisfaire Gooch comme à l'accoutumée, mais elle s'était rappelé ce qu'avait dit Wendy, à la veille de son mariage, à propos de Pete, à qui elle pouvait faire faire n'importe quoi. Poussant les larges épaules de son mari contre le dossier de la chaise en vinyle rouge qu'il avait apportée à la maison, le jour même, elle avait murmuré à son oreille :

— Le Dr Ruttle a dit qu'on ne pouvait pas faire ça, mais on peut faire autre chose.

Après, au moment où Gooch remontait sa fermeture-éclair et se levait de la chaise rouge, elle avait senti chez lui, outre une profonde reconnaissance pour ce qu'elle venait de faire (d'autant qu'elle ne lui avait pas tendu un mouchoir en papier, elle), une sorte de soupçon sous-jacent. En saisissant son énorme main pour qu'il l'aide à se relever de la position agenouillée, elle s'était crue obligée de murmurer :

— C'était la première fois que je faisais ça.

Il avait haussé un sourcil sans demander de détails. Cette nuit-là, Mary s'était endormie, la main sur son ventre naissant, en se disant qu'elle s'était sans doute très bien tirée d'affaire. Elle se réjouit de s'être fiée à son instinct et de s'être imaginé que la tumescence de Gooch était comestible.

EXPRESSIONS D'INQUIÉTUDE SINCÈRE

Une douce pluie matinale tombait sur le paysage. Une brise froide entra par la vitre cassée de la porte de derrière au moment où Mary s'approcha du téléphone et composa le numéro de son mari. Elle tomba une fois de plus sur le répondeur et la voix inconnue, celle, croyait Mary, d'une réceptionniste en chair et en os qui se chargerait de transmettre le message.

— C'est encore Mary Gooch. Il est huit heures quarante-cinq. Pourriez-vous demander à Jimmy Gooch de rappeler sa femme au travail, s'il vous plaît? Merci.

En prélevant du beurre d'arachide avec son doigt, la sensation du long index dodu agréable dans sa bouche, Mary tenta de se souvenir de la dernière fois que son corps avait été touché tendrement par des mains autres que les siennes.

Dehors, la pluie dessinait des motifs ternes sur la vitre au-dessus de l'évier. Le toit ouvrant! L'intérieur de la camionnette serait trempé! Il faudrait qu'elle pense à prendre des serviettes sur lesquelles s'asseoir pour se rendre au travail. Elle se demanda si elle devait téléphoner pour dire qu'elle était malade et, une fois Gooch de retour, faire semblant d'être fiévreuse et désorientée au réveil, faire comme si elle était persuadée qu'il avait passé la nuit à la maison.

Elle se concentra sur sa liste. Faire réparer le toit? Parler au type de la chaudière? Une tenue pour le repas d'anniversaire? Le repas d'anniversaire? L'annuler? La commande de Laura Secord.

La fringale la prit à la gorge. Du chocolat. L'essentiel. Et tout de suite. Elle se sentit une parenté passagère avec la sœur de Gooch, Heather, qui avait passé le plus clair de sa dernière visite à fouiller les poches vides de son manteau.

— Je meurs d'envie d'en griller une. Il faut que j'aille au dépanneur, avait-elle déclaré.

Avant de sortir, Heather, avec ses longs membres osseux et ses yeux bleus enfoncés dans leurs orbites, avait saisi les bras dodus de Mary et y avait planté ses ongles avec plus de force qu'elle ne l'avait voulu.

— Tu as tellement de chance d'avoir mon frère, avait-elle dit.

La façon dont elle avait prononcé les mots, celle d'une ex-petite amie ou d'une première femme pleine de regrets, avait fait réfléchir Mary. Heather était accro et magnifique, et Mary doutait de ses motivations. On avait conclu que Heather avait trouvé ses cigarettes. Elle n'était pas rentrée pour le rosbif du soir.

Mary fouilla l'armoire sous le four à micro-ondes, tout en sachant pertinemment qu'aucun chocolat ne se cachait parmi les livres de recettes. *Je meurs d'envie de manger du chocolat.* Rien. Pas de lamelles. Pas de carrés. Pas le moindre M & M solitaire. Que l'album de mariage. Pas des photographies, mais le compte rendu des moindres dépenses assumées par Orin et Irma pour le mariage de Mary Elizabeth Brody à James Michael Gooch, vingt-cinq ans plus tôt. Dans la semaine précédant les noces, ils le lui avaient présenté et avaient expliqué en détail chaque reçu et chaque facture jusqu'au total, qu'Irma avait inscrit en noir au marqueur gras.

— Nous ne te demandons pas de nous rembourser, ma chère, avait dit Irma, solennelle. Nous tenons seulement à ce que tu saches que rien n'est gratuit en ce bas monde. Absolument rien.

La veille du mariage, Irma était entrée dans la chambre de Mary et, dans ses pantoufles récalcitrantes, s'était avancée jusqu'au lit. Debout, elle avait contemplé la bosse que faisait sa fille sous l'épais couvre-lit en chenille en notant que Mary avait pris trop de poids à ce stade précoce de sa grossesse. Elle avait examiné la robe couleur crème accrochée au dos de la porte de l'armoire et demandé :

— L'as-tu essayée depuis la semaine dernière ?

— Aujourd'hui, répondit Mary.

Elle se garda bien de mentionner qu'elle était dangereusement serrée et que les boutons de la taille lui causaient des soucis.

Irma fronça les sourcils et dit à voix basse :

— Eh bien, ma chère, il est un peu tard pour aborder la question des relations sexuelles, mais c'est ce qu'une mère est censée faire à la veille du mariage de sa fille.

Mary sentit ses joues rougir. Elle grimaça, mais pas à cause des paroles de sa mère. Elle avait trop mangé de pain au Satellite avec les filles. Elle se sentait fiévreuse et curieusement indisposée.

— Tu es trop jeune pour te marier.

— Je sais.

— Mais c'est la seule solution. Alors…

— Ouais.

Irma se racla la gorge.

— Ton père et moi…

— Moi aussi, murmura Mary lorsqu'il fut évident que sa mère n'irait pas plus loin ou s'en montrerait incapable.

— Mais comme on fait son lit…

— Je sais.

— … on se couche.

La façon dont elle avait prononcé le mot «couche»…

— C'est ce que je fais.

— Tout va dépendre de toi, ma chère. Ce ne sont pas les hommes qui entretiennent leur couple. Ça, tu peux me croire.

— O.K.

— Ne te laisse pas aller.

— Où ça ? demanda Mary, ébahie.

Puis elle ajouta :

— Ah.

— Avant son retour du travail, tu enfiles des vêtements propres, et tu lui prépares un déjeuner bien chaud, pas des céréales, même les fois où le bébé t'a gardée debout toute la nuit.

— O.K.

— Et un peu de rouge à lèvres n'a jamais fait de tort à personne.

— Je me sens mal, marmonna Mary.

— Et ils ont tous une manie particulière. Une sale habitude.

— Une sale habitude ?

— Tous, sans exception. On ne peut rien y changer. Quand tu le prendras en flagrant délit, fais comme si tu n'avais rien vu. Ne t'en occupe pas. C'est le meilleur conseil que ma mère m'ait donné.

— Je me sens vraiment mal.

Irma s'assit au bord du lit.

— C'est bon signe. Avec toi, j'ai été malade du début à la fin. Pendant mes autres grossesses, je n'ai jamais eu la moindre nausée. C'est comme ça que j'ai su que je n'allais pas te perdre.

Mary flatta son ventre, sentit monter la bile.

— C'est désagréable.

— Dans la vie, il y a un tas de choses désagréables, ma chère.

Mary replia ses genoux et éprouva un certain soulagement. Elle aurait voulu qu'Irma reste avec elle à bavarder jusqu'au lendemain. Mais, au même moment, comme une chandelle qu'on souffle, sa mère se leva et, sur un ton involontairement dur, dit :

— Dors, maintenant.

Dans le lit de la petite chambre de la maison bleue où elle avait grandi, Mary vit le clair de lune descendre sur la robe de mariée accrochée au dos de la porte de l'armoire. Elle avait coûté trois cent soixante-quatorze dollars. Et les trois séries de retouches qu'il avait fallu faire pour l'agrandir, quatre-vingt-douze dollars de plus. Les chaussures, cent cinquante-neuf. Trop de pain. Sans parler de la plupart des frites avec de la sauce que Kim avait commandées pour elles toutes. Et deux parts de gâteau. Mary devrait passer toute la journée de ses noces à inspirer, à rentrer son ventre de femme enceinte, ce qu'elle avait eu l'intention de faire, de toute façon, même si elle savait que tous les invités, sans exception, étaient déjà au courant de sa situation ou avaient des soupçons.

Patti, Kim et Wendy exécutèrent autour d'elle une sorte de ballet aquatique étourdissant. Expressions d'inquiétude sincère. Conseils sororaux. Franchise sexuelle. Le genre de rituel amical dont avait rêvé Mary, mais dont l'authenticité lui semblait douteuse. D'effrayantes bribes de conversation lui remontaient en mémoire. *J'aimerais mieux mourir que d'être grosse.*

Quelques heures après avoir entendu les chaises de la cuisine racler le sol, puis Orin et Irma déposer leurs tasses de thé vides dans l'évier, Mary ne dormait toujours pas. Sous les couvertures, elle transpirait et grelottait en même temps. Elle avait faim. Elle était affamée, même. Elle s'engagea dans le couloir en direction de la cuisine. Mais elle fut attirée par la veilleuse que ses parents laissaient allumée dans la salle de bains et s'arrêta pour contempler son joli visage blême.

La douleur, brutale, lui vrilla le ventre. Des gaz. Elle rota. Elle reprit son souffle, mais fut incapable de se détacher de son reflet dans le miroir. Mary *Gooch*. Mme James *Gooch*. Elle ne voulait pas changer de nom, mais elle n'en avait rien dit à personne. Irma aurait roulé les yeux. La mère de Gooch aurait protesté. Et Gooch? Elle aurait eu peur de le blesser. Comment pouvait-elle devenir Mary Gooch? Elle connaissait à peine Mary Brody.

À la table du fond de la bibliothèque de Leaford, Mary avait consulté divers ouvrages consacrés à la grossesse, dont l'un contenait un tableau illustrant la prise de poids idéale aux divers stades. Déjà, Mary dépassait toutes les limites. Dans le même livre, on traitait du problème de l'incontinence, qui survient parfois au troisième trimestre ou après la naissance du bébé, à cause de l'étirement et du relâchement des muscles utérins. Lorsqu'elle sentit l'écoulement entre ses jambes, elle sut, cependant, que ce n'était pas de l'urine. Du sang. Elle s'effondra sur la cuvette.

Mary avait beau juger qu'elle commettait un grave manquement à la mémoire de James ou de Liza en se remémorant en détail les circonstances du décès et de la disparition d'une âme innocente, ce souvenir, spontanément, lui venait souvent à l'esprit. Lorsqu'elle se releva pour se livrer à son inspection habituelle, elle fut incapable d'établir un lien entre l'épave qui flottait dans l'eau de la cuvette et le bébé joufflu aux cheveux foncés qu'elle avait imaginé pendu à son sein. Le bébé qu'elle avait déjà nommé et dont elle était folle, avec qui elle avait déjà partagé la sagesse de toute une vie. À la blague, elle avait dit que le petit garçon, par rapport au frigo qu'était Gooch, serait son minibar. Si c'était une petite fille, elle brosserait ses cheveux doux, comme Irma avait brossé les siens. Au cours des jours et des semaines qui suivraient, le chagrin viendrait, mais, en ce moment fatidique, l'instinct de Mary fut de défaire ce qui avait été défait.

Elle observa le tourbillon rouge, terrifiée par la vitesse avec laquelle elle avait agi, se rendit compte, trop tard, qu'elle n'avait même pas dit adieu. *Je suis désolée. Mon Dieu. Tellement désolée.* La plomberie laissa entendre quelques gargouillis, puis, comme pour ajouter à l'horreur, l'eau remonta lentement, recouvrit la porcelaine, répandit un acide rosâtre sur les carreaux. Mary se pencha pour prendre des serviettes, se mit à genoux pour arrêter l'inondation qui s'infiltrait sous la porte. Par chance, le débouchoir était à portée de main.

En épongeant le coulis souillé de sang entre les carreaux, à la veille de son mariage, Mary comprit qu'elle ne pouvait raconter l'événement à personne sans avoir à expliquer son geste. Elle se persuada qu'elle avait été en état de choc, et on ne peut ni escompter ni exiger qu'une personne fasse preuve de jugement en pareille circonstance. Pourtant, les faits demeuraient, au moins dans son imagination : sans le vouloir, elle avait suffoqué son bébé sous son poids viscéral, c'était un *homicide involontaire,* puis elle s'était débarrassée du corps, et c'était sûrement un corps, de la plus horrible façon, une *indignité envers un cadavre.*

La robe de mariée accrochée à la porte de l'armoire, le cartable contenant les reçus près des sous-vêtements, à côté des valises prêtes pour la lune de miel aux chutes du Niagara. Les serviettes tachées de sang au fond de la poubelle. Rien n'est gratuit. Mary se tortilla sous les couvertures, endura sa première nuit entièrement blanche. Elle ne faisait pas de fièvre et, entre ses jambes, le sang s'écoulait désormais de façon contrôlable, mais elle ne pouvait pas s'empêcher de trembler.

Le matin de ses noces, comme en ce matin, vingt-cinq ans plus tard, elle émergea dans un monde dont l'axe de rotation essentiel avait bougé. Elle dévora les gaufres aux bleuets qu'Irma posa devant elle et convint avec Orin que les abeilles risquaient de poser problème, à supposer qu'il fasse assez doux pour manger dehors. Elle brûlait d'envie de leur confier ce qui lui était arrivé et savait qu'elle ne pourrait pas cacher indéfiniment la perte qu'elle avait subie, mais elle ne trouvait pas les mots.

Elle se glissa dans sa robe de mariée. Comme elle avait perdu beaucoup de liquide pendant les heures sombres de la nuit, les boutons de la taille se fermèrent facilement. Irma lissa la jupe en disant :

— Viens nous voir de temps en temps.

— Vous nous rendrez visite aussi, papa et toi, répliqua Mary.

Habillée et maquillée, ses cheveux élégamment remontés sur sa tête, Mary évita son reflet en sortant de la chambre. Elle avait trop mangé. Et c'est pour cette raison qu'elle avait perdu le bébé. Mais comment l'avouer à Gooch ? Rien, absolument rien n'est gratuit.

En la voyant s'avancer dans le petit couloir, Orin laissa entendre un long sifflement bas. Elle sentait bien qu'il avait peine à retenir ses larmes. Il était sur le point de perdre son bébé. Elle avait perdu le sien. C'était le jour le plus triste de leur vie. Malgré les couches de tulle et de dentelle, la chaude odeur métallique de la serviette sanitaire entre ses cuisses monta à ses narines. Irma tapa dans ses mains.

— Allons en finir une bonne fois pour toutes, dit-elle.

En escortant sa fille somptueuse et rougissante dans l'allée de l'église, Orin lui chuchota à l'oreille :

— On jurerait un animal qu'on mène à l'abattoir, Murray. Souris un peu, pour l'amour du Christ.

À ce moment-là, elle faillit s'arrêter et courir vers la porte, mais elle continua plutôt de marcher, ravie par le visage souriant de Gooch, dont la main trouva la sienne devant l'autel.

Elle se laissa flotter pendant des heures, en invitée à son propre mariage, effrayée à l'idée que son mensonge tache sa robe et que tous, y compris Gooch, la montrent du doigt dans son dos. Elle ne garderait aucun souvenir de la cérémonie. Le baiser. Les photos. Le repas. Le gâteau. Rien du tout, sauf la voix éplorée de Heather Gooch, qui lut un insipide poème d'amour qu'elle avait elle-même pondu, et la douleur sur le visage de Gooch, quand il raviva sa blessure à la jambe en la faisant basculer sur la piste de danse.

Peu avant minuit, à bord de la Lincoln Continental noire empruntée au Grec, Mary demanda à Gooch de s'arrêter à London, où, à la salle d'urgence, on traita son hémorragie.

— Perdu, le bébé, dit le médecin à Gooch.

Perdu. Comme une mitaine ou des clés de voiture. Le docteur se tourna vers Mary et tapota sa main douce. Il ne dit pas au jeune marié que son épouse avait fait une fausse couche la veille de leur mariage.

117

Le matin où Mary allait quitter l'hôpital, Gooch entra dans la chambre terne en boitant de façon prononcée. Comme il s'était blessé en dansant, Mary se sentait responsable de ses souffrances, alors que c'était la mère de Gooch et non elle-même qui avait insisté pour qu'ils dansent. Gooch se remettait d'une troisième opération au genou depuis l'accident, survenu presque un an plus tôt, mais Eden les avait prévenus : les gens se feraient de fausses idées s'il ne dansait pas avec sa nouvelle épouse. Et elle ne tolérerait pas que les gens se fassent de fausses idées. Plus maintenant.

Il était difficile de ne pas se plier à la volonté d'Eden, avec ses yeux bleus perçants, ses cheveux noirs et courts à la coupe carrée, ses ongles manucurés, ses chaussures à talons hauts, sa beauté et un chic qui, à Leaford, passait pour ostentatoire. Au cours des mois ayant suivi le décès tragique de son mari, elle avait trouvé, dans l'ordre, Jack Asquith, Jésus et la sobriété. Et peut-être aussi un soupçon de dignité, même si sa fille, Heather, soutenait qu'elle en était entièrement dépourvue.

Gooch, incapable de supporter l'affection de sa mère pour l'Américain qui fumait comme un pompier, profitait des repas en famille pour se moquer de ses interprétations des intentions de Dieu. Dieu pense ceci. Dieu pense cela. «Que pense Dieu en te voyant forniquer avec ma mère, Jack?»

À la vue du visage crispé de Gooch, ce matin-là, à l'hôpital, Mary, se rendant bien compte que son genou le faisait mourir, oublia momentanément sa propre douleur et dit :

— Tu peux prendre une pilule toutes les quatre heures, mais pas plus, d'accord ?

Il signifia son soulagement.

— J'en ai jusqu'à vendredi, précisa-t-elle. À ce moment-là, tu seras de retour au travail.

Alarmé de constater que Gooch avait terminé en peu de temps les premiers analgésiques qu'il lui avait prescrits, le Dr Ruttle avait refusé de renouveler l'ordonnance. « Avec la douleur, avait dit le médecin, la meilleure solution consiste parfois à endurer. »

À présent, les flacons de pilules sont gardés sous clé, mais, à l'époque, les stocks excédentaires étaient entreposés sur une tablette au-dessus du bureau de Ray Russell père, près du comptoir où on recevait les ordonnances. Mary avait volé des pilules en toute impunité et en choisissant une marque et un dosage différents. Dans l'hypothèse où les larcins seraient découverts, on ne pourrait pas remonter jusqu'à Gooch.

— Je suis désolée, murmura-t-elle à l'approche de Gooch en lissant les draps du lit d'hôpital.

— Tu n'y es pour rien, Mare.

— Je sais, mentit-elle.

À ce moment-là, comme en d'autres occasions par la suite, elle avait eu l'intention de lui dire la vérité au sujet de la perte du bébé, qu'elle pouvait assumer maintenant que son mari était au courant. Mais ce chagrin et le deuil profond de sa *maternité,* que Gooch ne pourrait jamais comprendre, la retinrent.

Il s'installa près d'elle sur le lit étroit et la serra dans ses gros bras, sa voix pour la première fois plus semblable à celle d'un garçon qu'à celle d'un homme.

— Ça vaut mieux comme ça, non?

Le docteur avait gravement insulté leur bébé en laissant entendre que le fœtus était imparfait et que, par conséquent, la fausse couche avait été salutaire. Si Mary était furieuse, Gooch semblait réconforté.

— O.K., acquiesça-t-elle.

Il baissa le tissu de sa chemise d'hôpital et posa sa joue sur sa poitrine. Elle lut dans ses pensées. *Si nous nous sommes mariés, c'est uniquement pour le bébé.*

— Si nous nous sommes mariés, c'est uniquement pour le bébé, dit-elle, comme en écho. Si je n'avais pas été enceinte, nous ne…

— Ce qui est fait est fait.

— Gooch…

— Mary, l'interrompit-il. On a bu, on a dansé, on a fait les comptes. Nous sommes mariés.

— Une annulation soulagerait ta mère, répliqua-t-elle en remarquant le petit diamant solitaire sur son annulaire, incapable de se souvenir du moment où Gooch le lui avait mis.

— Tu sais combien le mariage a coûté à ton père?

— Oui, au sou près.

Ils regardèrent par la fenêtre, où se découpait un ciel cru d'automne. La voix de Gooch lui massait les épaules.

— L'année où nos casiers étaient côte à côte…

Elle se cala dans ses bras.

— Quand nos casiers étaient côte à côte…

— J'ai trouvé un de ces mots… Sur du papier à pois. Je ne te l'ai jamais donné.

Mary se raidit. Les mots sur du papier à pois lui étaient parvenus de façon sporadique jusqu'à sa métamorphose, au cours de la dernière année. Sept en tout, huit avec celui que Gooch avait intercepté, écrits en lettres cursives avec toutes sortes de fioritures et de dessins hilarants dans les marges. Tous faisaient référence à l'odeur corporelle de Mary qui, après la torture du cours de gym, refusait de prendre une douche.

— Pourquoi me parles-tu de ça? Maintenant?

— Je te trouvais courageuse, Mare.

— Si je ne prenais pas de douche, c'est parce que j'avais peur qu'elles se moquent de moi, Gooch.

— Elles se moquaient de toi de toute façon.

Elle soupira et, en regardant par la fenêtre, se demanda si tous les hommes manquaient autant de tact.

— Tu es revenue à l'école. Ça prenait du courage, dit Gooch.

— Je n'avais pas le choix.

— On a toujours le choix.

Mary débattit de cette question avec elle-même.

— Tu lisais des romans dans la balançoire de votre cour. On te voyait de la fenêtre de Pete. Quand on s'ennuyait, on avait l'habitude de t'espionner. J'ai lu *L'Orange mécanique* à cause de l'expression de ton visage.

Mary ricana, puis reprit son sérieux.

— Les *droogs*.

— Une fois, pendant que mon père attendait ses médicaments, j'étais dans la voiture et je t'ai vue. Tu étais derrière le comptoir des cosmétiques et tu aidais une petite vieille à choisir un rouge à lèvres. Tu la faisais rire comme une folle. Je me suis dit : «Qu'est-ce qu'elle peut bien raconter à cette vieille peau pour la faire rire comme ça?»

— Je me suis toujours bien entendue avec les vieux, reconnut Mary.

— Une autre fois, quelques jours après notre arrivée, en été, j'allais à l'école en vélo pour jouer au basket et je t'ai vue dans votre rue. Je t'ai observée, j'ai observé ta démarche et j'ai eu une impression de

122

déjà-vu. Comme si je te connaissais. À cause de ta façon de marcher. Comme si j'étais allé quelque part avec toi.

— Vous faisiez des blagues à mon sujet ? Pete et toi ? Quand vous n'aviez rien à faire ?

— Quoi ? Non.

— Mais tu me trouvais grosse.

— Je te trouvais jolie.

— Cette façon qu'ils ont d'utiliser le mot « perdre », Gooch. Vous avez *perdu* le bébé. Le bébé est *perdu*.

— Je sais.

— Quand on perd une chose, on a une chance de la retrouver, non ?

Ils parlèrent tous les deux en même temps :

— On devrait faire annuler le mariage, Gooch. Tu devrais aller à Montréal, dit Mary.

— On va travailler pendant un bout de temps et mettre un peu d'argent de côté. Après, on pensera à aller à l'université et à avoir un autre bébé, répliqua Gooch.

Il embrassa la joue de sa jeune épouse et, en lui tenant le menton, attendit qu'elle lève les yeux.

— Je n'ai jamais vu d'aussi beaux yeux que les tiens, continua-t-il. C'est justement ce que je me suis dit quand je t'ai aperçue debout devant les casiers.

Tu t'es tournée vers moi et je me suis dit : « Elle est tellement jolie, cette fille-là. »

Elle se mordit la lèvre.

— Puis tu as ajouté : « Dommage » ?

— Puis j'ai ajouté : « Et ce cul ! »

Il sourit.

Elle lui asséna une petite tape badine.

— Gooch…

— À présent, tu es ma jolie épouse. Et tu vas trouver ça cliché, mais, en ce moment, je suis exactement là où j'ai envie d'être, avec toi.

— Ce sont des paroles de chanson ?

— Peut-être.

— Tu as pris du Percodan, non ?

Il serra la main de Mary dans les siennes. Pendant quelques instants, ils entendirent le tic-tac de l'horloge et le bruit d'une démarche traînante dans le couloir, un vague murmure derrière la porte ivoire craquelée. Lorsqu'ils ne dirent rien pendant toute la durée d'une pause commerciale et que ni l'un ni l'autre ne se leva pour partir, il fut entendu qu'ils resteraient ensemble.

Ils ne firent jamais le voyage aux chutes du Niagara.

LA CERTITUDE DU LENDEMAIN

Persuadée que le déni était un état conscient, Mary Gooch se rendait bien compte qu'elle ne leurrait qu'elle-même en refusant d'envisager la possibilité que Gooch ne revienne pas. Le choix du moment, le jour de leurs noces d'argent, lui semblait toutefois trop dramatique. Gooch, qui avait ses propres démons, évitait justement de faire des drames. Il en avait eu plus que sa part au cours de ses années de formation : sa mère, fin soûle, avait mis le feu au lit lorsqu'elle avait découvert que James couchait avec la secrétaire. Elle avait jeté les vêtements de son mari dans le canal Rideau par valises entières après avoir appris qu'il la trompait avec la gardienne. Et elle avait fracassé la baie vitrée en lançant de toutes ses forces une bouteille de Southern Comfort lorsqu'il lui avait annoncé qu'il avait accepté un poste dans la petite ville de Leaford.

La sœur de Gooch, Heather, plus possédée que diabolique, avait fait de nombreux séjours en prison, de la même façon que Mary avait fait de nombreux régimes. Quand elle était encore adolescente, la police l'avait ramenée à la maison à deux reprises ; après avoir obtenu son diplôme, elle s'était enfuie avec un homme deux fois plus âgé qu'elle ; après la mort de son père, elle était rentrée, enceinte et toxicomane ; après une grande séance de crêpage de chignon avec sa mère, elle avait de nouveau été bannie ; quelques années plus tard, elle avait été arrêtée

125

à Toronto pour prostitution. Quand la magnifique Heather, avec sa minceur tragique, ne se mourait pas d'envie de griller une cigarette, elle suivait une autre voie d'autodestruction, et Mary était amère : Heather, sans effort, avait tout. La dernière fois que Gooch lui avait parlé, elle vivait à Buffalo avec l'ambulancier qui l'avait ressuscitée après sa dernière overdose.

Le tapis argent taché. La vitre cassée. Le torchon sanglant par terre. Rien n'était comme avant, rien n'était comme prévu. Refoulant sa peur, Mary fouetta le reste des œufs, six spécimens parfaits. La portion supplémentaire, raisonna-t-elle, serait pour Gooch, au cas où il rentrerait affamé. Elle prit la chaise de Gooch plutôt que la sienne ; de là, elle ne voyait pas la place vide de son mari et elle pouvait surveiller la porte.

Des années plus tôt, elle avait suggéré à Orin de faire de même après qu'ils eurent confié Irma à St. John et qu'il eut avoué ne plus avoir d'appétit. L'habitude de manger à deux, se dit-elle, était sans doute aussi difficile à perdre que celle de manger seul. En mettant le reste des œufs brouillés dans son assiette, elle sentit sa gorge se nouer d'inquiétude et elle se demanda si elle allait pleurer. Elle avala plutôt, fidèle à une autre habitude difficile à perdre.

Pleurer un bon coup. En plein ce qu'il fallait dans les circonstances. Larmes, morve, étranglements, serrements de gorge, gémissements, geignements. Mais pas pour Mary. Pleurer, comme voyager, n'était qu'un trajet inutile vers un lieu incertain, dont elle ne connaissait pas la langue et dont elle n'apprécierait pas la nourriture. Même après son hystérectomie et l'hystérie que le mot suggérait, Mary n'avait pas pleuré sur le sort des bébés condamnés à ne pas naître. Elle avait enduré la transition prématurée et instantanée vers la ménopause, les souffrances et les douleurs, les bouffées de chaleur, les sudations nocturnes. Mais pas de larmes. Le chagrin lui faisait une boule dans la gorge et n'en bougeait plus.

Dans le tiroir fourre-tout, elle trouva la petite boîte blanche ornée d'un chou doré que Gooch lui avait offerte pour son anniversaire en mars dernier. Un téléphone cellulaire. Le cadeau l'avait contrariée ; Gooch savait parfaitement qu'elle ne voulait pas de portable. Au lieu de le remercier, elle avait dit :

— Tu sais très bien que je ne vais pas m'en servir, mon chou. J'oublierai de le mettre dans mon sac. Et qui veux-tu que j'appelle ?

Dans la boîte, elle eut la surprise de trouver une carte sur laquelle Gooch avait écrit avec application : *Bienvenue dans le nouveau monde, Mary Gooch. J'ai recopié sur une carte ton numéro de téléphone personnel et des instructions spécialement conçues pour ceux qui, comme toi, ont la phobie de la connexion. Tu n'auras qu'à glisser la carte dans ton porte-monnaie. Il faut brancher l'appareil pour le charger, Mare. Ensuite, mets-le dans ton sac pour pouvoir t'en servir au besoin. Joyeux anniversaire de la part de ton mari préféré.*

Les instructions de Gooch lui apprirent qu'il fallait raccorder l'appareil à un adaptateur et laisser la pile se charger pendant la majeure partie de la journée. Elle fut ravie quand le téléphone proclama qu'il était effectivement en train de se charger. Gooch serait fier, songea-t-elle. Soudain, elle sentit le poids de la déception de son mari, qui lui avait échappé à l'époque. Comment avait-elle pu se montrer aussi ingrate? Elle envia la chanteuse française qui ne regrettait rien. Elle-même regrettait tout.

Le saule frissonna pour saluer Mary lorsqu'elle sortit en boitant par la porte de devant, rarement utilisée, vêtue de son uniforme froissé, les cheveux hâtivement coiffés en queue de cheval, une pile de vieilles serviettes au creux du bras, à cause du siège qui serait tout mouillé. Elle se dirigea vers la camionnette, mais un bout de tissu battant à une haute branche d'arbre attira son attention. La chemise de Gooch. Chaussée de ses vieilles bottes d'hiver, assez grandes pour accommoder la serviette sanitaire qu'elle avait collée à son talon ensanglanté, elle se retourna et balaya des yeux la route lointaine.

En aspirant l'air froid, Mary souhaita vaguement, à la manière d'un enfant, qu'il lui suffise de cligner des yeux pour que Gooch apparaisse. Le vent cingla son visage, plaqua des feuilles détrempées sur ses jambes. Elle eut la sensation de monter, alors que, de toute évidence, elle descendait en titubant. Elle grimpa dans la camionnette, la poitrine oppressée, serrée, les joues cramoisies. Elle plissa les yeux, parcourut en pensée ses tunnels vasculaires. Pas de lumière au bout. Un infarctus massif? Le moment serait parfaitement choisi. Le triangle se refermerait. Orin. M. Barkley. Mary Gooch.

Elle se demanda si Gooch, où qu'il soit, rentrerait pour ses funérailles. Puis elle songea, avec l'habituel élan de panique, qu'elle n'aurait rien à se mettre. Mieux valait en rire, ce qu'elle fit tout haut. Rien à se mettre, sauf son uniforme bleu marine. Elle vit en pensée une grosse femme dans un cercueil sur-dimensionné, les mains jointes sur son uniforme de la pharmacie de Raymond Russell, avec d'affreuses repousses grises. Elle alluma la radio et augmenta le volume, encouragée par Aretha Franklin, qui récla-mait du R-E-S-P-E-C-T, puis elle mit le véhicule en prise et roula sur le gravier où miroitait l'eau de pluie.

Elle avait sous-estimé l'humidité du siège de la ca-mionnette et se rendit compte, trop tard, qu'elle n'avait pas pris assez de serviettes. Elle se dit qu'elle raconterait une blague de mauvais goût à propos de son cul mouillé avant que Ray fasse une remarque désobligeante dans son dos épais, voûté. Accepta-tion. Déni. Colère. Elle ne se souvenait plus de l'or-dre des émotions et, par conséquent, les éprouvait toutes en même temps. Elle se demanda si les autres sauraient, seulement en la voyant, que son mari n'était pas rentré.

Au début, Mary avait souvent pensé à la fin. Elle s'imaginait rentrer du travail, un soir, et trouver un mot de Gooch lui annonçant qu'il n'avait jamais eu l'intention de lui faire du mal, lui rappelant qu'ils s'étaient mariés trop jeunes et qu'ils auraient dû met-tre un terme à leur union beaucoup plus tôt. Il aurait pris ses vêtements dans la garde-robe. Ses outils dans le garage. (Dans les fantasmes de Mary, Gooch prenait toujours ses outils.) Il aurait réfléchi à la répartition de leurs dettes et en parlerait dans son mot. Elle avait craint que Gooch la quitte après sa deuxième fausse couche et ensuite après l'hystérectomie. Elle avait été certaine qu'il la quitterait après leur seule violente dispute : il avait alors obstinément refusé de recourir à l'adoption en soutenant que sa sœur folle et toxicomane avait renoncé à trois bébés, comme si c'était en soi une explication suffisante.

Elle lui avait jeté à la tête : *Mais je veux être mère !* C'était le seul geste théâtral dont, en toute sincérité, elle gardait le souvenir. Il avait tourné les talons et était sorti. Il était rentré trois heures plus tard et l'avait surprise le nez dans le Kenmore. Il lui avait arraché un reste de rosbif des mains, l'avait embrassée sur la bouche, fort, et l'avait entraînée vers le lit où, en la regardant droit dans les yeux, il avait, avant sa dernière poussée, murmuré :

— Je t'aime.

D'anniversaire en anniversaire, Gooch était resté. Au bout d'un certain temps, elle avait cessé de redouter l'apparition du mot. Elle se dit que Gooch, comme Orin avant lui, était satisfait de son sort. Ou peut-être, comme elle avec la nourriture, le père de Gooch avec la bouteille, et Heather avec ses drogues, leur union était-elle devenue, avec le temps, une habitude impossible à briser.

Lorsque Mary réfléchissait à sa situation présente, l'expression «là n'est pas la question» lui venait à l'esprit. En roulant vers la pharmacie par le chemin de moindre résistance, raccourci qui passait par les terres plutôt que par la route qui longeait sereinement la rivière, elle se demanda si elle retrouverait Irma dans cet univers transformé.

Les érables secouaient leurs feuilles rouges et jaunes au-dessus de la rue principale de Leaford. La quincaillerie Hooper. Le magasin d'articles de sport Sprague. La boutique de vêtements haut de gamme appartenant à la famille Laval. La pharmacie de Raymond Russell dont le comptoir de rafraîchissements avait, des années plus tôt, été remplacé par un comptoir de cosmétiques, beaucoup plus lucratif. Dans le stationnement derrière l'établissement, Mary vit Ray garer sa rutilante Nissan à côté de la camionnette et se souvint d'une époque où, dans le comté de Baldoon, tout le monde conduisait une voiture nord-américaine. Ray klaxonna avec impatience, baissa sa vitre et aboya :

— Pas là ! Mets-toi à ta place habituelle !

Elle fit à son tour descendre sa vitre et répondit :

— On attend la livraison de Laura Secord aujourd'hui !

— Ils ont changé l'horaire, cria Ray dans le vent. On l'a reçue hier. Pendant ton congé.

Au-dessus de sa tête, le ciel menaçait, et le vent s'abattait sur elle par le toit ouvrant. Mary sortit de la camionnette. En riant à gorge déployée, elle lui présenta son large derrière détrempé.

— Mon siège est mouillé, expliqua-t-elle. À cause de la pluie.

Ray, la mine renfrognée, lui jeta à peine un coup d'œil.

— Super. Comment va Gooch?

Elle s'immobilisa.

— Il a une conjonctivite.

— Et toi, Mary, qu'est-ce que tu as?

Il ouvrit la porte de derrière et appuya sur les commutateurs du circuit principal. Au-dessus de leurs têtes, les fluorescents s'allumèrent.

— Regarde où tu mets les pieds, dit-il au moment où elle entrait à sa suite.

Une grosse caisse de chocolats assortis bloquait l'allée. Dessus, le fournisseur avait écrit à l'aide d'un large marqueur noir: *Pour Mary Gooch*. Mary éprouva dans son ventre un frissonnement de douleur.

— Tu veux bien me débarrasser de ça avant que quelqu'un se casse la figure?

Mary fit mine de se pencher pour saisir la boîte, mais ils savaient l'un et l'autre que c'était de la frime. Ray renifla d'un air méprisant, la souleva lui-même et la laissa tomber dans les bras de Mary sans la moindre trace de galanterie.

— Désolée, fit Mary en se disant que, si elle avait été Candace, Ray aurait transporté la caisse, en équilibre sur sa mince et courte érection, jusqu'à la camionnette.

Tandis que Mary trimballait les chocolats, un coup de vent fit claquer la porte de la pharmacie. En grimaçant à cause du gaz dans ses entrailles, qu'elle tenta en vain d'expulser, elle déposa son fardeau sur le siège du passager. Elle se retourna en entendant une voiture. Une Cadillac or toute lustrée, pilotée par Theo Fotopolis, le patron de Gooch. Mary serra les fesses de peur d'empuantir l'air au moment où il se rangeait tout près.

Theo Fotopolis sortit sa carcasse à la peau basanée de la voiture et, à grandes enjambées, s'avança vers Mary, vêtue de son uniforme marine.

—J'ai appelé à la maison, dit-il en souriant largement. Personne ne répondait, alors je suis passé pour voir.

Elle hocha bêtement la tête.

— Il faut faire réparer la fenêtre de la porte de derrière, conseilla-t-il. Elle laisse sortir la chaleur.

— Ouais.

— En attendant, tu n'as qu'à mettre un bout de carton.

Le Grec souleva les bras en signe de perplexité.

— Qu'est-ce qui se passe, Mary?

Elle chercha son souffle.

— Qu'est-ce qui arrive avec Gooch? demanda-t-il. Il y a une heure, M. Chung m'a téléphoné pour me dire que mon camion empêchait son fournisseur de fruits et légumes de passer.

— M. Chung?

— Gooch a laissé mon camion derrière le restaurant.

— Il a laissé le camion? Chez M. Chung?

Mary secoua la tête, ahurie.

— Quand? Pourquoi? lança-t-elle.

— Après la fermeture. Après minuit, selon Chung. À toi de me dire pourquoi.

— Mais Gooch avait une livraison à Windsor, hier soir.

— Il ne s'est pas rendu là-bas. Le matériel était dans le camion. Il est rentré à la maison, hier soir?

Mary marqua une pause.

— Non.

— Il ne t'a pas téléphoné?

Autre pause.

— Non.

— Ce n'est pas de mes affaires, mais... c'est une habitude? Il lui arrive souvent de découcher?

— Non.

— Ben alors? Qu'est-ce qui se passe?

Il tournait en rond et Mary le suivit des yeux.

— Il a garé le camion et il est parti, comme ça? dit-elle. À pied? Je ne comprends pas. Il a mangé au restaurant?

— Personne ne l'a vu.

— Il avait bu? demanda-t-elle.

— Comment veux-tu que je le sache? Est-ce qu'il buvait?

Elle réfléchit un instant.

— Pas plus que d'habitude.

Ils restèrent là pendant un moment, perplexes, au milieu du maelstrom de feuilles mortes qui tournaient autour de leurs jambes. Mary n'avait pas envisagé un tel scénario. Une sonnerie retentit dans la poche de veston du Grec et il s'empara de son portable. Mary retint son souffle. Gooch?

Le Grec décoda le nom de la personne qui l'appelait. Il regarda Mary en secouant la tête et remit l'appareil dans sa poche. Ce n'était pas Gooch.

— Depuis la mort de ton père, il est, disons, différent.

Comment Mary avait-elle pu ne pas s'en apercevoir?

— Il parlait de sa famille. De son père.

— Il haïssait son père.

Le Grec haussa les épaules.

— Tu penses qu'on devrait prévenir la police?

— La police? répéta-t-elle, paniquée.

— S'il s'était fait agresser ou ne je ne sais trop quoi?

— Gooch? Se faire agresser? Qui serait assez fou pour faire une chose pareille? Pour quoi faire? Pour lui piquer vingt-sept dollars et quelques billets de loterie à gratter?

— Tu ne peux pas... Je ne veux surtout pas me mêler de vos affaires, Mary, mais connais-tu un endroit, n'importe lequel, où il aurait pu aller? Il a quelqu'un?

Que voulait-il dire par là? Savait-il quelque chose? Était-il au courant depuis le début?

— Il a pris des affaires, Mary? Est-ce qu'il manque des choses à la maison?

— Non, répondit-elle avec hésitation.

— Des vêtements? Une valise?

Son téléphone sonna de nouveau et Mary se blinda. Il consulta le numéro et dit:

— Ma mère est malade, là-bas, à Athènes. Il faut que je réponde.

Il se détourna et eut, en grec, une conversation brève et angoissée, puis il raccrocha.

— Tu as vérifié votre compte en banque?

— Le compte en banque? Non. Bien sûr que non. Pourquoi est-ce que j'aurais fait une chose pareille?

— Oublie ça. C'est sans importance.

— Pour voir s'il a pris de l'argent?

— Peut-être.

— Gooch ne ferait pas ça.

— Franchement, je n'y comprends rien.

Le Grec haussa de nouveau les épaules; son travail, si on pouvait appeler ainsi sa démarche, était terminé. Son portable sonna encore une fois. Il décrocha et parla rapidement dans sa langue maternelle.

— Dis-lui de me téléphoner, ordonna-t-il en terminant. Dis-lui de me téléphoner dès qu'il rentrera. Peu importe ce qui s'est passé, on trouvera une solution.

Mary comprit qu'elle reprendrait la dernière phrase à son compte aussitôt qu'elle aurait des nouvelles de Gooch. *Peu importe ce qui s'est passé, on trouvera une solution.* En regardant la Cadillac dorée s'éloigner, elle laissa fuser, avec un soulagement palpable, une symphonie de vents.

Ray, debout près de la porte derrière elle, cria :

— Dis donc, Mary. Quelle classe!

La décence aurait voulu qu'il fasse comme s'il n'avait rien entendu. Depuis combien de temps était-il là, celui-là? Il ouvrit la porte en écarquillant les yeux.

— Allez! Viens! C'est l'heure de l'inventaire.

Il fit claquer les syllabes. *In-ven-tai-re.*

Tétanisée, Mary, ses clés cliquetantes à la main, considéra le mot. «Inventaire.» Oui, c'était en plein ce qu'elle devait faire. L'heure du bilan avait sonné. Avait-elle tout bien saisi? Gooch avait garé le camion derrière le restaurant chinois de M. Chung, quelque part dans la nuit, et personne ne savait où il était? Était-ce ainsi qu'Irma s'était sentie lorsque la vie avait finalement cessé d'avoir un sens pour elle?

— Qu'est-ce que tu attends, Mary? Grouille-toi!

Elle leva les yeux sur les nuages qui traversaient le ciel en courant, le soleil aux rayons fragiles et changeants.

— Écoute-moi bien, Mary, dit Ray sur un ton méprisant. Depuis quelque temps, tu ne fais pas le poids, si j'ose dire, et je ne suis pas le seul à l'avoir remarqué.

Acceptation, déni... Ils attendraient, ceux-là. Colère.

— Au travail, Mary.

— Va chier, Ray.

C'est à l'expression de Ray que Mary comprit qu'elle avait parlé à haute voix. Elle monta dans la camionnette, fourra violemment la clé dans le contact, mit le véhicule en marche arrière et sortit en trombe du stationnement sans regarder dans le rétroviseur. En rejouant dans sa tête la conversation qu'elle avait eue avec le Grec, elle eut une sensation cuisante dans la poitrine. Gooch est parti. Il a garé le camion. Puis il a disparu, le jour de leur vingt-cinquième anniversaire de mariage.

Au fil de ses nombreuses années d'insomnie, Mary avait senti la certitude du lendemain, que promettait la constance de l'aube. Le lendemain, tel l'amour des cartes de souhaits, était patient et tendre. Le lendemain était encourageant, d'une indulgence infinie. Elle n'avait jamais songé à la trahison subite du lendemain, avec lequel elle croyait avoir conclu un pacte tacite, muet.

FOUDRE

Si Gooch avait été à la maison, ce matin-là, il se serait laissé tomber comme toujours sur la chaise en face de Mary (ce qui aurait eu pour effet d'arracher un soupir sonore à la chaise au vinyle rouge craquelé), puis il aurait plongé le nez dans les journaux américains offerts dans la région et se serait arrêté pour lire à haute voix des passages du *Free Press* et du *News*, tandis qu'elle-même aurait fait semblant d'écouter. Gooch adorait l'Amérique, sa politique, ses sports, ses musiciens, ses auteurs, son don pour les recommencements, et Mary éprouvait de la pitié en le voyant en pâmoison devant elle. Il était amoureux et l'objet de son affection ignorait jusqu'à son existence.

En filant à vive allure sur la route qui longeait la rivière, une volée d'oies aux ailes battantes passant au-dessus d'elle, Mary sentit la brûlure dans sa poitrine s'attiser, se répandre. Gooch. Parti. Où? Le ciel noir se dressa dans son rétroviseur, et elle eut moins l'impression de conduire que d'être emportée.

Gooch l'aurait informée des prévisions météorologiques avant de s'emmurer dans le silence pour lire les pages sportives. Il connaissait le faible de sa femme pour les grosses tempêtes. Mary, trop attentive à ses promesses non tenues, trop prise par ses échecs, trop préoccupée par sa faim, n'avait pas le temps de lire les journaux. On aurait pu croire qu'elle faisait peu de cas de la vie qu'on menait à l'extérieur de Leaford. La vérité, c'est qu'elle n'y songeait même pas. Elle ne considérait pas les affaires courantes comme essentielles à l'éducation. C'était un choix, un divertissement quelconque. *La Crise au Moyen-Orient* était un roman touffu qu'elle avait décidé de ne pas lire, *Génocide en Afrique*, un film mal écrit, inadmissible et invraisemblable que la critique avait éreinté. *Le Réchauffement de la planète?* Le titre n'annonçait rien de drôle. *Le monde ne se résume pas à Leaford.* N'était-ce pas ce que Gooch avait dit?

Mary finit par garer la camionnette dans le stationnement de l'immeuble à logements qui surmontait la rivière, à Chatham. C'est donc ça, être l'artisan de la fin, se dit-elle. Pas d'une vie, mais d'un mariage. Et pas avec des narcotiques, mais bien avec la vérité. Elle savait ce qui lui restait à faire, mais elle n'arrivait pas à se décider. À la façon du flingueur qui s'offre une ultime rasade de whisky pour se donner du cœur au ventre, dans les westerns, Mary chercha du courage dans les chocolats Laura Secord.

Un sursis dû au chocolat. Interrogée sur ce qu'elle avait ressenti en déchirant le carton, Mary, enveloppée par la parfum céleste du cacao et portée par un sentiment de bien-être, aurait peut-être parlé de ravissement. Haletante, elle retira l'emballage plastifié d'une boîte, puis d'une autre et d'une autre encore, jeta les couvercles un peu partout, fouilla, fourra deux ou trois chocolats à la fois dans sa bouche aux mâchoires qu'on aurait crues disloquées. Elle arrachait les petites barquettes en papier cannelé, et tant pis si les carrés tombaient sur les sièges et les tapis. Elle fredonnait, gémissait, abandonnée à cette entreprise vaguement érotique. *Ça suffit,* se dit-elle. Puis : *Encore un.*

La dernière fois qu'elle avait arpenté les couloirs de l'immeuble haut et élancé, où subsistait en permanence une faible odeur de moisissure, elle avait dit adieu à Orin. Du moins, c'est ce qu'elle se racontait à présent. En fait, c'était lui qui lui avait dit adieu. «À demain, Murray.» Avec une regrettable dureté, elle avait répondu : «Je remplace quelqu'un, papa ! Je vais être en retard ! Surtout, ne t'attends pas à manger chaud, ce soir !» On ne pouvait pas décemment parler d'adieux.

Ce soir-là, elle s'était arrêtée, comme chaque fois, devant la porte de Sylvie Lafleur, non pas dans l'intention de frapper, ni dans celle de remercier la femme plus âgée de ses attentions pour Orin, mais dans celle d'écouter. Le ronron du téléviseur, où jouait *Wheel of Fortune* ou un autre jeu télévisé grâce auquel des personnes ordinaires gagnaient une fortune en prix et en espèces. Le bip du four à micro-ondes. Le tintement de la vaisselle dans l'évier. La porte du balcon qui s'ouvrait lorsque Sylvie sortait pour fumer. Bruits solitaires, familiers et réconfortants, dans lesquels Mary reconnaissait la musique de sa propre vie.

Des empreintes de lourdes bottes boueuses souillaient la moquette grise du couloir. Sinon, l'immeuble semblait inchangé. En passant devant l'appartement où avait habité son père, Mary ne sentit pas le besoin de suivre du bout du doigt le numéro fixé à côté de la sonnette, comme elle l'avait imaginé. À l'intérieur, de la musique forte jouait. Du punk? Du rap? Elle n'aurait su dire. On lui avait raconté qu'une mère célibataire occupait les lieux et risquait de se faire mettre à la porte à cause des inconduites de son fils adolescent.

Elle atteignit la porte de Sylvie et s'arrêta. Elle tendit l'oreille. Pas un bruit. Elle attendit. Puis sonna. Rien. Elle se mit à marteler la porte à coups de poing, comme si elle voulait qu'on la laisse sortir et non entrer. Dans l'ancien appartement d'Orin, la musique se tut et un garçon maussade, aux cheveux violets et aux yeux noircis au khôl, ouvrit brusquement la porte.

— Quoi?

— Désolée, dit-elle. Je cherche Sylvie Lafleur. Vous la connaissez?

— Ouais.

— Vous savez où elle est?

Le garçon haussa les épaules et referma la porte. Il y avait dans son expression quelque chose de félin, et Mary pensa à sa mère, avec son sourire de chat, réservé et distant. Celui qu'Irma avait posé sur Jimmy Gooch lorsque, de nombreux mois de septembre auparavant, il lui avait annoncé que Mary et lui, vu l'enfant qu'ils avaient fait ensemble, avaient décidé de se marier.

Sans détour, Irma leur avait posé la question:

— Vous avez envisagé des solutions de rechange ?

— Il n'y a pas d'autres solutions, avait déclaré Orin en croisant ses bras délicats sur sa poitrine creuse.

Sur le bureau du Dr Ruttle, il y avait un vase rempli de magnifiques roses roses, touche qu'Irma aurait jugée trop féminine pour le cabinet d'un homme si, la semaine précédente, elle avait accompagné Mary dans la salle d'examen. Mary se doutait déjà qu'elle était enceinte (l'interruption des règles, les seins enflés, les nausées), mais, lorsque le médecin le confirma, elle s'était montrée surprise et désorientée. Après tout, Gooch lui avait promis qu'elle ne pourrait pas tomber enceinte s'il *se retirait à temps*.

Toute rouge et ruisselante de sueur dans l'air frais de septembre, Mary, en mâchouillant les petits biscuits salés qu'elle gardait dans son sac pour combattre la nausée, avait fait à pied le trajet entre le cabinet du Dr Ruttle, situé dans la vieille partie de la ville, et l'école secondaire, où Gooch suivait des cours particuliers pour rattraper le temps et les points de pourcentage qu'il avait perdus à cause de l'accident. Il espérait commencer ses études universitaires en janvier. Comme le choix de l'établissement ne dépendait plus de la renommée de son équipe de basket, Gooch avait promis à Mary de s'inscrire à l'Université de Windsor, à moins d'une heure de route. Non loin de Leaford, Mary avait trouvé une école qui proposait un programme de mode et de design, mais elle n'avait pas fait de demande d'admission. Accaparée par Gooch, son travail à la pharmacie et l'entretien de la maison de ses parents, elle n'en avait pas trouvé le temps.

En foulant le sol de l'école secondaire pour la première fois depuis qu'elle avait obtenu son diplôme, au printemps, Mary ne voyait pas comment avouer à Gooch qu'elle était enceinte. Par la porte à double battant qui s'ouvrait sur le stationnement, elle aperçut son amoureux géant, adossé à la Duster brun clair. Il secouait la tête d'un air accablé, comme s'il était déjà au courant. Mary fut surprise de voir de la fumée de cigarette tourbillonner à la hauteur de ses oreilles et Sylvie Lafleur debout près de lui. À côté du colosse adolescent, elle avait l'air d'une enfant. En levant les yeux, Sylvie vit Mary en train de les observer dans l'ombre du couloir, la salua de la main, jeta sa cigarette par terre, avant de l'écraser du bout du pied, et s'avança vers elle.

— Il faut que tu raisonnes ton petit ami, dit-elle dès qu'elle fut à portée de voix. Dis-lui que c'est un crime de gaspiller son avenir.

Lorsqu'elle s'emportait, son accent canadien-français était plus prononcé.

— Tant d'options, tant de choix s'offrent à lui.

Pendant un bref instant, Mary eut l'impression d'avoir affaire à une Mme Bolt en modèle réduit, blanche et francophone.

L'avenir. Mary avait beau essayer de regarder la situation d'ensemble, le tableau qui se peignait devant ses yeux, une scène recouvrant l'autre, jurait un peu. Un angle erroné. Une mauvaise perspective. Un paysage là où il aurait fallu un portrait. Toutes les toiles couvertes de graffitis, le même mot inscrit en lettres rouges dégoulinantes, *Gooch*.

«Choisis, Murray, disait Orin en tendant à sa fille un bouquet de sucettes assorties. Choisis. Seulement une.»

— Elle me fait des misères parce que je refuse d'aller à McGill, expliqua Gooch après que Sylvie Lafleur eut disparu dans l'école. Elle a déjà tout arrangé. Sans que je lui demande quoi que ce soit.

— Ah bon?

— Je n'y vais pas.

— O.K.

— Si j'y allais, je voudrais que tu m'accompagnes.

— Tu voudrais que je vienne avec toi?

— Viens donc. Sinon, on pourrait se voir les week-ends.

— McGill est à Montréal. À sept heures de route.

— De toute façon, je ne peux pas abandonner ma mère. Pas maintenant. Son histoire avec Jack Assassin, ça ne peut pas durer. Je ne peux pas la laisser seule avec Heather.

— Tu ne parles même pas français, Gooch.

— L'école de journalisme est géniale.

Géniale?

Un mot que Gooch n'employait jamais.

— Ah bon?

— Elle pense qu'elle pourrait m'obtenir une aide financière. J'ai l'argent des assurances de papa, mais elle pense que je devrais le garder.

— O.K.

— Elle dit que j'ai un vrai talent d'écrivain.

— Ah bon?

Mary n'avait pas eu l'intention de paraître aussi surprise. Elle n'avait jamais rien lu de la plume de Gooch, même si elle savait qu'il avait toujours été premier de classe. Elle se laissa aller dans ses bras, aussi navrée du ton banal sur lequel elle lui apprit la nouvelle que de la nouvelle elle-même.

— Je suis enceinte, Gooch, dit-elle.

Quelques jours plus tard, lors d'une soirée bien arrosée autour d'un feu de camp au bord du lac, Mary et Gooch annoncèrent leurs fiançailles à leurs amis. Les filles poussèrent des cris ravis et firent la fête à Mary en lui enviant son bonheur, tandis que les garçons, de jeunes hommes, en réalité, assez vieux pour boire légalement, voter et aller à la guerre, réagirent en hochant faiblement la tête et en tapotant le large dos de Gooch.

Personne ne se demanda s'ils se mariaient parce que Mary était enceinte. Tout le monde était déjà au courant. Et personne ne jugea la décision particulièrement mauvaise. Aux yeux de la plupart de ces jeunes, l'ultime tragédie avait déjà eu lieu. Le destin de Gooch scellé par l'accident. Il n'aurait pas de bourse pour jouer au basket dans une université américaine. Jamais ils ne le verraient aux grands réseaux de télévision. Le virage le plus serré du chemin de la rivière lui avait enlevé sa seule chance de mener une vie extraordinaire. Ce soir-là, Gooch s'était soûlé, car sa tolérance pour l'alcool ne correspondait pas à sa tolérance pour la tragédie. Le moment venu de rentrer, il avait lancé les clés à Mary.

Sachant très bien que les souvenirs fugitifs d'une époque révolue ne procurent pas de réconfort et n'aident jamais à mieux comprendre, Mary se demanda ce qui l'empêchait de laisser aller le passé. Son esprit chaotique semblait aussi incapable de retenue que sa bouche avide. À la sortie de l'immeuble surplombant la rivière, elle songeait à l'endroit où elle était autrefois et non à celui où elle se trouvait à présent. La voix de son père lui manquait.

Dans les bruits blancs du vent, Mary entendit un téléphone sonner. Le bruit lui fit l'effet d'un coup de fouet. Cruel. Si le portable était dans son sac, et non en train de charger dans la cuisine, Gooch téléphonerait. Comme, elle en était sûre, il lui téléphonait en ce moment. Il lui avait probablement laissé un message à la pharmacie. Et à la maison. Elle l'imagina en train de la chercher partout, frénétiquement, comme si c'était elle qui n'était pas rentrée.

CONFIGURÉS ET NÉS DE NOUVEAU

À la sortie de l'immeuble, Mary se laissa distraire par les néons du petit magasin d'en face. À cause des noix et du chocolat incrustés dans ses dents, elle avait très soif. S'il fallait qu'elle monte la garde dans la camionnette en attendant le retour de Sylvie Lafleur, il lui faudrait aussi du salé. Elle considéra la distance à parcourir et le ciel qui s'assombrissait, la lourdeur de ses jambes et sa blessure au pied, et elle se demanda s'il valait mieux rouler jusque-là. Après avoir évalué mentalement le temps qu'elle mettrait à se rendre au véhicule, elle poussa un soupir et se mit en route à pas lents et lourds.

En règle générale, Mary avait horreur de faire ses courses dans ce genre d'établissement, où il n'y avait pas de fruits et de légumes ni de céréales riches en fibres sous lesquels dissimuler la panoplie d'aliments vides et délicieux qu'elle mangerait pour de vrai. Et elle avait horreur de la façon dont les commis étrangers la regardaient mettre du fromage orange sur des *nachos* défraîchis, remplir des verres géants de soda ou cueillir des sacs de friandises au comptoir en formulant en silence leur propre version moqueuse, variable selon la culture, du sempiternel : *Ma vieille, tu as autant besoin de tout ça que d'une balle dans la tête.*

En entrant, Mary aurait dû être stupéfaite de voir Sylvie Lafleur au comptoir en train d'acheter une cartouche de cigarettes extra-longues, mais elle ne le fut pas du tout. À Leaford, ville trop petite pour les coïncidences, la rencontre de la grosse épouse et de la svelte maîtresse dans un magasin à l'éclairage trop violent, par une journée orageuse d'automne, était dans l'ordre des choses. Avec un imper négligemment jeté sur son pyjama, ses cheveux fins frisotant dans l'air humide, la Québécoise semblait aussi flétrie que l'hiver. Comme elle le faisait toujours lorsqu'elles se croisaient par hasard, elle sourit en voyant Mary Gooch plantée devant elle dans son uniforme marine.

— Mary.

Mary s'éclaircit la gorge.

— Bonjour, madame Lafleur.

— Ça faisait longtemps. Tu vas bien? demanda Sylvie d'une voix râpeuse, même si la réponse sautait aux yeux.

Aussitôt, Mary songea à Gooch, à sa façon de répondre à ceux qui lui demandaient comment il allait : *Moi? Je mène une vie de rêve. Une vraie vie de rêve.* La repartie enchantait ses interlocuteurs et les amusait, surtout lorsqu'il la leur servait au moment où il montait un canapé-lit au troisième étage.

— Bien, merci. Et vous?

Sylvie ouvrit la cartouche de cigarettes, tira sur le papier d'aluminium à l'aide de ses doigts tachés, aux ongles ébréchés, et laissa entendre un rire résigné.

— Je passe mes journées à fumer en pyjama. La retraite me réussit, non?

En examinant le visage vieillissant de la femme, Mary ne détecta aucune trace de culpabilité. Ni de remords. Ni de regret. Pas de *mea* ni de *culpa*. C'était une garce maigre et amorale, décida Mary.

— Comment va Gooch? demanda Sylvie d'un air innocent.

Et Mary le vit. Un mouvement convulsif de la paupière. Un clignement. Un glissement. Un aveu muet. Gooch lui avait parlé de ces signaux, de ces tics nerveux: un grattement, une moue, un toussotement, l'indice qui trahissait le bluff d'un menteur. Il se vantait de savoir reconnaître les aveux de cette nature, et c'est pour cette raison que, en général, il gagnait aux cartes. En voyant le mouvement involontaire de Sylvie, Mary se sentit soulagée de constater, telle la personne atteinte d'un mal mystérieux à qui on fournit enfin un diagnostic, que tout n'était pas le simple fruit de son imagination.

Mary admira sa propre franchise, même si c'était tout ce qui lui restait.

— Gooch n'est pas rentré à la maison hier soir. Je me suis dit que vous sauriez peut-être où il est.

L'autre femme ferma les yeux, s'affaissa une vertèbre à la fois, et Mary eut le sentiment d'être une grosse brute en train de maltraiter un enfant malingre.

— Sortons, d'accord? Comme ça, je pourrai fumer.

Mary éprouva un bref plaisir à l'idée que la femme se mourait d'envie de griller une cigarette.

— Savez-vous où il est, madame Lafleur?

— Non, Mary. Je ne sais pas où est Gooch.

— Il n'est pas venu chez vous, hier soir?

Derrière le comptoir, le propriétaire coréen ouvrit le compartiment à hot-dogs. Ayant servi Mary à maintes reprises, il était impatient de conclure une transaction.

— Trois? Garnis?

Mary secoua la tête sans regarder l'homme.

— Il vous a téléphoné?

Sylvie jeta un bref coup d'œil au commis puis dit à voix basse:

— Tu tiens vraiment à faire ça ici? D'accord. Mais avant, il faut que tu saches que ça fait des années que je n'ai pas vu Gooch. Des années.

Au sens propre, c'était faux. Le mois précédent, ils avaient croisé Sylvie par hasard à l'épluchette de blé d'Inde du Club Kinsmen. Et ils s'étaient fréquemment vus dans le couloir, tous les trois, lorsque Gooch avait accompagné Mary chez Orin. Mais Mary, qui comprenait ce que Sylvie voulait dire, était plutôt encline à la croire.

— C'est arrivé une fois. Une seule. Il faut que tu le saches.

Mary fut davantage mystifiée par cette révélation que par la liaison torride qu'elle avait toujours imaginée.

— Il avait l'habitude de venir, c'est vrai, mais c'était il y a des années. Il faisait une petite sieste sur le canapé après avoir bu. Nous parlions. Sortons, maintenant, dit-elle en lissant sa cigarette impatiente.

— Vous parliez?

— De politique. De cinéma. C'est très banal, en fait.

Elle avait les larmes aux yeux, une fossette juvénile au menton. À cause de la cigarette dont elle avait terriblement envie ou parce qu'elle éprouvait un remords sincère?

— Parfois, je lui faisais des toasts à la cannelle, confessa-t-elle.

Et voilà. Sylvie Lafleur avait éprouvé de profonds sentiments pour son jeune ami illicite, partagé son amour de la planète, sa fascination pour la politique mondiale et son intérêt pour les vieux films. Elle avait caressé ses cheveux pendant qu'il somnolait sur son canapé et lui avait fait des toasts avant de le renvoyer auprès de sa pauvre femme. Gooch, qui avait eu désespérément besoin d'une mère et non d'une amoureuse, l'avait trouvée en la personne de sa conseillère en orientation.

— Une seule fois?

— Je te le jure.

L'assurance sonna moins faux qu'elle aurait dû.

— Quand ?

— La dernière fois. C'était il y a plus de dix ans, Mary. Je lui ai dit qu'il ne pouvait plus venir. C'est tout. La dernière fois. La seule.

— Pourquoi ?

— Pourquoi ?

— Oui, pourquoi ? Pourquoi cette fois-là ?

Sylvie réfléchit un moment et passa aux aveux.

— C'était après la mort de ma mère. Je venais d'avoir quarante-cinq ans. Je me sentais tellement vieille. Aucun homme ne m'avait touchée depuis des années. J'avais un peu bu. J'avais peur que ça ne m'arrive plus jamais. Il a eu pitié de moi. Après, je me suis sentie tellement stupide.

Pendant que Sylvie rougissait et soufflait en triturant sa cigarette, Mary se souvint d'avoir lu quelque part que les Françaises croient que toutes les femmes d'un certain âge doivent choisir entre leur visage et leur derrière. Le raisonnement paraît sensé : on a besoin de graisse pour effacer les rides et garder au visage une apparence juvénile, mais la graisse alourdit le postérieur et lui donne l'aspect d'un sac de billes. À voir les yeux enfoncés et la peau plissée de Sylvie Lafleur, la carte routière des rides verticales de sa bouche et des rides horizontales de ses yeux, on comprenait qu'elle avait choisi de sauver son cul.

— Je suis désolée, Mary. Je suis contente d'avoir pu t'en parler. Je suis tellement désolée.

Elle haussa de nouveau les épaules, regarda le ciel qui s'assombrissait derrière Mary.

— On peut sortir maintenant ? Pour que je fume ? S'il te plaît.

— Non, dit Mary, qui fut la première surprise. Et moi, dans tout ça ? Vous parliez de moi avec mon mari ?

— Pas vraiment. Il me disait parfois qu'il tenait à ce que tu sois heureuse.

— Mais où a-t-il passé les autres soirées, depuis ce temps-là ? Toutes ces soirées…

Mary n'attendait pas vraiment de réponse. Autant interroger le commis coréen.

— C'est si vieux, tout ça. Je ne le connais plus vraiment. Je ne sais pas où est Gooch.

Elle s'interrompit, puis conclut :

— J'espère que tu pourras me pardonner.

Se rendant compte qu'elle bloquait la porte et qu'il n'y avait rien à ajouter, Mary fit un pas de côté pour laisser passer Sylvie. Privée de la notion du temps, elle se retourna et, déconcertée, constata que la Québécoise avait disparu comme la fumée d'une de ses maudites cigarettes, si rapidement que Mary se demanda si elle n'avait pas imaginé toute la conversation. Trouvant les yeux du Coréen rivés sur elle, elle souleva la main et montra trois doigts.

Mary s'appuya sur le guichet automatique pour attendre ses hot-dogs et songea à sa conversation avec le Grec. Des heures plus tôt ? Des jours ? Des années ? L'horloge invisible. Les aiguilles emballées. *Tu as vérifié votre compte en banque ?*

Elle chercha dans son sac la carte d'accès qu'elle n'avait encore jamais utilisée. Malgré la discussion passionnée qu'elle avait eue avec Gooch, elle ne se souciait pas tellement des caissières en chair et en os qui risquaient de perdre leur emploi. Elle était tout simplement trop paresseuse pour apprendre de nouvelles choses. Avec maladresse, elle tenta à quelques reprises d'introduire la carte argentée dans la machine et éprouva une satisfaction béate lorsqu'elle y parvint enfin. L'appareil était conçu pour de parfaits idiots, ainsi que l'avait promis Gooch. Elle n'eut aucune difficulté à se rappeler le code. Le jour et le mois de leur anniversaire de mariage. Aujourd'hui.

Elle suivit les instructions et réclama vingt dollars. Lorsque la machine demanda poliment si elle souhaitait voir le solde du compte, Mary appuya sur *Oui*. Elle reprit sa carte et tira sur le reçu. Elle lut le montant. Vérifia de nouveau. Elle connaissait le solde de leur compte conjoint : trois cent vingt-quatre dollars. Gooch lui avait répété que c'était tout ce qu'ils avaient. Le chiffre qui figurait au bas du bout de papier était erroné. Elle inséra de nouveau la carte dans la fente et, pendant que le Coréen enregistrait la transaction, exigea un autre billet de vingt dollars et un autre reçu. Toujours le même solde erroné, moins vingt dollars. Mary fixa le bout de papier, perplexe. Quelque chose clochait. En fait, tout allait de travers. Au nom de quoi le solde aurait-il dû être exact?

Elle remit la carte de plastique dans la machine et, ignorant le Coréen et ses hot-dogs, appuya sur les boutons sans s'arrêter pour lire les indications, en experte instantanée. Elle exigea davantage que la somme proposée. Un autre montant? Oui. Jusqu'à concurrence de quatre cents dollars. Très bien. Disons quatre cents dollars. Un reçu? Oui, s'il vous plaît.

Elle attendit la fin des cliquetis de la machine, sûre que la police allait surgir pour l'arrêter. Elle avait demandé plus d'argent qu'ils n'en avaient, du moins à sa connaissance. N'était-ce pas comme libeller un chèque sans provision? Lorsque la machine eut fini de cracher la somme en billets de vingt, elle prit le magot et le fourra dans la poche de son uniforme avant que le Coréen, ou Dieu, la voie. Elle consulta le reçu. Moins vingt dollars. Moins vingt dollars. Moins quatre cents dollars. Le solde, cependant, restait erroné.

Le reçu à la main, elle quitta le magasin, le Coréen, les hot-dogs et le soda, et fut assaillie par une violente rafale. Mary se demanda comment la frêle Sylvie avait fait pour rentrer chez elle dans la bourrasque et parcourut le ciel noir des yeux, presque certaine d'apercevoir sa silhouette légère emportée par les courants, à la façon des insipides sacs en plastique des grands magasins.

Gooch était parti. Et il y avait plus de vingt-cinq mille dollars dans le compte conjoint. *Où est Dieu quand on a besoin d'elle ?* se demanda Mary.

En réponse à la question (comme si Dieu, dans les coulisses, avait attendu le signal), il y eut soudain un tonnerre d'applaudissements et le ciel noir fut illuminé par un éclair ahurissant, vengeur. Pas d'effets d'eau. Que d'impressionnants feux d'artifice. Mary traversa la route et, d'un pas lourd, marcha sur la pelouse encore verte qui longeait l'immeuble à logements, le bout de papier serré entre le pouce et l'index, comme les clients de la pharmacie trimballaient leurs ordonnances. Le mystère des fonds supplémentaires l'obsédait, au même titre que sa conviction, de plus en plus grande, que la disparition subite de Gooch n'avait rien d'accidentel.

À cause du capuchon noir qui recouvrait ses cheveux violets, Mary ne reconnut pas tout de suite l'adolescent accroupi près de la porte de derrière. C'était le garçon qui vivait à présent dans l'ancien appartement de son père. Vêtu en noir de la tête aux pieds, il ressemblait à une corneille maussade, à un paria géant banni de la colonie moqueuse qui squattait les branches d'un arbre voisin. De fulgurantes explosions déchiraient les nuages charbonneux, des courants tourbillonnants et des traits aveuglants de lumière zébraient le ciel. Pas de timides éclairs diffus, non, mais de frénétiques éclairs en zigzag, de scintillantes lignes brisées, des ondes de choc indignées, de furieux coups de tonnerre, des tentacules blancs et arqués, agonisants, configurés et nés de nouveau. Flamboyants. Furieux. Le Dieu de l'enfance d'Irma.

Mary n'avait eu ni l'intention de regarder le garçon aux cheveux violets ni celle d'être vue par lui, mais leurs regards se croisèrent et, exactement au moment où le garçon soufflait «Merde!» Mary murmura: «Crotte!» Il tira sur son capuchon et baissa de nouveau les yeux. Le moment passa, aussi fugace qu'un orgasme, aussi fuyant que Mme Bolt. Gooch. Dans l'arbre dénudé, les corneilles frissonnèrent en croassant. *Parti, parti, parti.*

Mary trouva la poignée de la portière et grimpa dans la camionnette, où l'assaillirent les riches arômes du chocolat. Elle appuya la tête contre le dossier et ferma les yeux, incapable de résister aux voix de ses parents qui résonnaient dans ses oreilles. *S'il ne couchait pas avec la Québécoise, il couchait avec quelqu'un d'autre,* aurait dit Irma. Orin, qui aimait bien Gooch, aurait abordé sa disparition de façon tout aussi pragmatique: *La seule chose à faire, c'est de le trouver, je suppose. Le forcer à s'expliquer. Si tu tiens à lui, évidemment. As-tu téléphoné à sa mère?*

Téléphoner à sa mère? Pourquoi ferait-elle une chose pareille? Mary ne tenait pas à inquiéter Eden pour rien. Sans compter qu'elle n'était pas prête à admettre devant cette femme (à qui, au cours des dix premières années de leur mariage, elle avait consciencieusement téléphoné à midi, heure du Pacifique, le dernier dimanche du mois et qui, chaque fois, s'était montrée à la fois surprise et déçue — «Ah! C'est toi, Mary.») qu'elle avait raison depuis le début. De toute façon, elle ne pouvait pas téléphoner. Le portable était en train de se charger, à la maison.

Lorsque Gooch lui en avait fait cadeau, Mary lui avait dit que jamais elle ne se souviendrait de le prendre avec elle. Elle savait aussi qu'elle n'arriverait jamais à le faire fonctionner, étant donné la terreur que lui inspiraient les innovations technologiques les plus simples, lesquelles, à l'instar du guichet automatique, représentaient de nouveaux risques d'échec. Toutes les machines, à l'exception de la caisse enregistreuse de la pharmacie, étaient des gadgets ayant pour but de la réduire à l'impuissance. Pour les mêmes motifs, elle s'était opposée à la volonté de Gooch d'acheter un ordinateur personnel, «comme tous les habitants du monde libre». Elle avait soutenu que c'était au-dessus de leurs moyens, mais, en plus, elle avait lu assez d'articles d'opinion pour se persuader qu'Internet était une passerelle vers la pornographie et d'autres types de dépendances malsaines. Gooch l'avait traitée de «luddite». Sans savoir ce que le mot voulait dire, elle souhaita ne pas en être une. Dans ce cas, elle aurait eu un téléphone cellulaire et elle aurait pu appeler quelqu'un.

Les jambes paralysées, engourdies comme chaque fois qu'elle restait trop longtemps assise, elle passa la main par le toit ouvrant. Il ne pleuvait toujours pas. Lentement, à cause de ses doigts raides et froids, elle inséra la clé dans le contact, apprécia le picotement aigu de ses mollets au moment où le sang afflua dans ses muscles affamés.

Elle passa la marche arrière et, dans le rétroviseur, nota le pied en béton du réverbère. Elle ne recula pas tout de suite. Le visage de Gooch avant son départ pour le travail apparut devant elle et elle entendit la voix soyeuse avec laquelle il l'avait interrogée sur sa garde-robe en prévision du repas d'anniversaire. Sa sincérité lorsqu'il lui avait dit : «Vingt-cinq ans de mariage, ça fait un sacré bail.» L'empressement avec lequel il lui avait suggéré de s'acheter quelque chose de joli. Son pied droit lourd sur le frein de la camionnette, voguant sur les rapides de l'espoir éternel, elle ne remarqua pas l'approche de la corneille. L'oiseau se faufila par l'entrebâillement du toit pour puiser de nouveau dans les trésors aux noix que ses congénères et lui avaient commencé à piller pendant l'absence de Mary ; il fut aussi étonné de la trouver là qu'elle de le voir surgir sans crier gare.

Elle poussa un cri. L'oiseau surpris croassa et, au lieu de s'enfuir par le toit ouvrant, fonça sur le pare-brise, puis, en battant follement des ailes, sur Mary, qui, pendant qu'elle se débattait, lâcha le frein et, par mégarde, appuya sur l'accélérateur. L'arrière du camion heurta le pied du réverbère. Noir. Plumes. Noir.

En levant la tête du volant cannelé, Mary s'attendait à voir du sang. L'oiseau avait disparu. Sur le siège du passager, elle le remarqua enfin, le chocolat était piqué, becqueté et déchiqueté. L'œuvre des oiseaux ? La sienne ? Elle avait mal au front, mais elle n'arrivait pas à trouver une contusion, même pas une bosse infime. Lorsqu'une ombre apparut dans son champ de vision périphérique, elle détourna les yeux. L'adolescent. À son expression, elle comprit qu'il avait tout vu.

— Merde! souffla-t-il en tendant le bras par-dessus la panse de Mary pour mettre la camionnette en mode parking et couper le moteur, qui ronronnait toujours.

— Ça va? C'était incroyable. L'oiseau était comme…

Il agita follement les bras.

— Et vous, vous faisiez comme ça.

Il battit l'air de façon exagérée.

— Merde, c'était incroyable.

— Je me suis cogné la tête.

Le garçon sortit son portable de sa poche, à la façon d'une arme. Mary l'arrêta.

— Non, je vais bien. Et la camionnette?

Il alla inspecter la Ford endommagée.

— C'est du solide, dit-il en souriant.

Mary prit une profonde inspiration, se tâta une fois de plus la tête. L'espace entre ses yeux. Elle avait mal si elle poussait dessus.

— Vous êtes sûre de pas vouloir une ambulance?

— Certaine. Désolée.

Pour la première fois, il remarqua les chocolats éparpillés pêle-mêle sur la banquette.

— Ben merde! s'écria-t-il.

— Je vais bien.

En refermant la portière à contrecœur, il laissa tomber :

— On dirait pas.

Un gentil androgyne. Il ne savait pas qu'elle n'avait jamais l'air de bien aller. Elle baissa la vitre.

— Merci. Vraiment. Désolée.

Bien que prévisible, le déluge les prit tous deux par surprise. Le garçon tira sur son capuchon et s'éloigna. Mary mit le contact. Le bruit du moteur et la docilité de la boîte de vitesse la remontèrent un peu. Elle agita la main et vit le garçon tout maigre s'accroupir de nouveau dans l'entrée, à l'abri. Elle espéra que son attente ne serait ni longue ni, comme la sienne, inutile.

Pas d'autres voitures sur les routes de Leaford. Pas d'oiseaux dans les arbres de Leaford. Pas d'humains armés d'un parapluie sur les trottoirs près de la bibliothèque ou du centre commercial. Ils avaient tous lu le journal. En roulant dans la tempête, Mary, tandis que les essuie-glaces bourdonnaient lourdement et que la pluie vengeresse martelait son crâne, se dit que Gooch avait peut-être eu un accident. Il avait peut-être perdu pied dans le stationnement du restaurant de Chung en allant chercher son combo. La veille, le sol était mouillé. Dans sa chute, il avait pu se cogner la tête et perdre la mémoire ou la raison. Elle parcourut la route des yeux, à la recherche de son mari fantôme. Un peu comme la douleur fantôme qu'elle éprouvait encore parfois au moment où ses règles auraient dû débuter. Comme la graisse fantôme qu'elle avait trimballée pendant la dernière année de ses études secondaires, même à son plus mince.

Luttant contre la foudre et le tonnerre, la pluie qui entrait par le toit ouvrant inondait le visage de Mary. La chaudière à faire réparer. Le toit ouvrant. Le repas d'anniversaire. Les nouveaux médicaments de sa mère. Vingt-cinq mille dollars dans le compte en banque. Où est Gooch? Oublie la liste. Pleure. *Laisse-toi aller.* «Si seulement tu pouvais te laisser aller, Mare, avait souvent dit Gooch, ça te ferait du bien.»

Elle tendit la main vers les détritus posés près d'elle et se rendit compte qu'elle n'avait mangé que des chocolats, même s'il était midi passé. Au moment où elle portait le carré à ses lèvres, elle fut prise de nausée et le rejeta sur le siège.

La banque était paisible et déserte. Il n'y avait qu'une caissière. Mary se secoua sur le tapis en caoutchouc, tel un chien mouillé. Devant le bureau, une jeune femme en costume beige grimaça.

— C'est moche, hein?

Mary se dit qu'elle voulait parler du monde en général et lui donna raison. Comme elle était pratiquement inconnue à la banque, la caissière, en l'attendant, l'étudia calmement.

— Je veux seulement vérifier le solde de mon compte, dit Mary.

La femme sourit, prit la carte bancaire de Mary et la mit en traitement. Lorsque la machine lui répondit, elle arqua le sourcil et tendit le reçu à Mary. Vingt-cinq mille dollars de plus qu'ils n'en possédaient. Mary avait peur d'attirer l'attention sur l'erreur, au cas où il n'y aurait pas eu d'erreur. Si Gooch avait déposé cet argent à la banque, il s'agissait forcément de biens mal acquis, sans doute liés à sa disparition.

De retour à la maison (elle ne garda aucun souvenir du trajet depuis la banque), Mary se gara et pataugea sous la pluie battante jusqu'à la porte de devant, troublée par ce mystérieux argent. Elle décida que Gooch avait perdu la tête et volé une banque. Ou le Grec.

Elle parcourut des yeux le petit salon, où Gooch aimait regarder le golf et les films en noir et blanc à la télévision, sentit l'odeur de la chaudière morte et la brise piquante qui entrait par la vitre cassée de la porte de derrière et se dirigea vers le couloir parsemé de taches de sang. Ses yeux se posèrent sur la table de la cuisine, où, avec un mélange d'espoir et d'appréhension, elle s'attendait à trouver un mot de lui.

Tandis que le bourdonnement du réfrigérateur scandait sa douleur, elle prit les aspirines dans l'armoire au-dessus de la cuisinière et fit tomber deux, puis trois comprimés dans sa main. Avec ressentiment, elle se demanda pourquoi ils continuaient à garder les médicaments hors de portée puisqu'ils n'avaient pas d'enfants et qu'ils n'en auraient jamais. Plutôt que de se donner la peine d'ouvrir le robinet, elle avala les pilules avec un peu de salive. Puis elle frissonna en se rendant compte qu'elle était trempée jusqu'aux os.

En mettant de l'eau partout, elle se dirigea vers le téléphone et regretta l'absence du répondeur que Gooch avait voulu acheter, au cas où il aurait passé la journée à téléphoner, au cas où quelqu'un aurait appelé dans l'intention de laisser un message important, même si le fait que l'appareil restait plutôt muet depuis son arrivée fit naître en elle une sorte de délectation morose. Après avoir obtenu la tonalité, elle consulta la petite carte et composa le numéro du portable de Gooch.

— Mary Gooch à l'appareil. Il est trois heures trente-cinq de l'après-midi. Désolée de vous importuner. J'essaie toujours de joindre mon mari. Dites à Jimmy Gooch que je suis de retour à la maison. Demandez-lui de me téléphoner. Merci. Désolée.

Si tu tiens à lui, évidemment, dit Orin dans l'imagination de Mary. Elle s'engagea dans le couloir taché de sang, à peine assez large pour elle. Son lit défait lui tendait les bras. Du repos, songea-t-elle. Dormir. Rêver. Regrettant les mots durs qu'elle avait eus pour la chaudière, elle posa sa masse sur le matelas et remonta la courtepointe tachée de sang jusqu'à son menton.

SÉQUENCE ONIRIQUE

La sonnerie du téléphone s'infiltra dans le rêve tourmenté de Mary Gooch et la pourchassa à la manière d'une guêpe agressive dans le paysage aride de Leaford. Encore enfoncée dans le sommeil, elle asséna une tape à l'appareil. C'était Joyce, de St. John : le chèque était en retard, on avait besoin de sa signature pour les nouveaux médicaments d'Irma et on avait changé le jour du repas-partage, qui aurait lieu le mardi soir. Mary raccrocha après avoir grommelé quelques formules de politesse signifiant qu'elle avait compris. Puis elle se secoua, en proie à des souvenirs douteux. Gooch était parti ? Sylvie Lafleur n'était pas une garce démoniaque ? Et l'accident du stationnement. Avait-il bien eu lieu ? Et le solde du compte ? Les heures précédentes, aussi déroutantes dans la vie qu'elles l'auraient été au cinéma, lui faisaient l'effet d'une séquence onirique.

Le téléphone sonna de nouveau et elle prit l'appareil sur ses genoux pour répondre.

— Oui, Joyce, dit-elle, car celle-ci avait la manie de rappeler au sujet d'un détail oublié. Oui. Je prépare le gâteau pour la tombola.

Où es-tu, Gooch ? Pourquoi y a-t-il vingt-cinq mille dollars dans notre compte en banque ? Après avoir composé le numéro du portable de Gooch, qu'elle avait rapidement appris par cœur, elle attendit la voix familière de l'inconnue. Le ciel liquide laissait croire qu'il était minuit, mais l'horloge indiquait sept heures quinze. Elle avait dormi pendant quelques heures à peine.

— C'est Mary Gooch. Encore. Désolée. Vous voulez bien dire à mon mari que je me fais énormément de souci pour lui? J'aimerais beaucoup qu'il me rappelle. Il est sept heures quinze.

Parfois, à la lecture des réponses d'une vedette à un questionnaire, Mary tentait, à partir de quelques questions, de saisir l'essence de cette vie. «Votre moment le plus heureux?» «Votre plus grande réalisation?» En réponse à «L'expression que vous utilisez le plus souvent?» Mary répondait sans hésiter: «Désolée.» Avec un manque gênant de discernement, elle s'excusait de sa façon de manger. «Votre plus grand regret?» Ne pas avoir avoué à Gooch la fausse couche qu'elle avait faite la veille de leur mariage. «Votre plus grand amour?» C'était évident. «Votre plus grande extravagance?» Idem. «Votre plus vilaine habitude?» Idem. Mary enviait les joueurs et les buveurs, dont la dépendance ne se voyait pas nécessairement à l'œil nu. «Votre trait physique le plus avantageux?» Ses yeux, forcément. «Votre plus grande aventure?» Rien à déclarer. Et, comme elle ne s'était pas encore fixé d'objectifs dans la vie, elle sautait aussi «La réalisation qui vous inspire la plus grande fierté». À la pensée des réponses que fournirait Gooch, pour peu qu'il ait le courage de se montrer honnête, elle frissonna.

Au bout du couloir taché de sang, le Kenmore chanta et, tel le marin condamné, Mary, en réponse au chant de la sirène, souleva ses pieds du lit et les posa sur la moquette avec un bruit sourd. Le réfrigérateur bourdonna plus fort, d'un ton suraigu, mais elle ne parvint pas à convaincre le reste de sa masse de s'arrimer à ses jambes en attente. Elle marqua une pause, sa respiration sifflante enterrant l'appel en provenance de la cuisine. Le téléphone sonna et elle tendit la main vers le combiné.

— Oui, Joyce?

Silence. Le bruit d'une respiration.

— Gooch? lâcha-t-elle.

Elle sentait l'oreille de Gooch à l'autre bout du fil, le poids de sa tristesse, la profondeur de son amour. Elle songea aux centaines de choses qu'elle avait prévu lui dire, mais elle fut impuissante à en faire descendre une seule de son cerveau à ses lèvres.

— Reviens à la maison, Gooch, finit-elle par articuler. Peu importe ce qui s'est passé, on trouvera une solution.

Il y eut un silence, puis une voix familière, féminine, sournoise.

— Mary?

Wendy. Elle téléphonait du restaurant au bord du lac.

— Mary?

Mary hésita à son tour. Elle se racla la gorge.

— Nous ne pourrons pas venir, ce soir, Wendy. Nous avons eu un empêchement.

— Un empêchement? répéta Wendy. Mais c'est votre anniversaire, Mary. Nous sommes tous là. Qu'est-ce qui se passe avec Gooch? Vous vous êtes disputés? C'est grave? Je pense que vous nous devez des...

Wendy en avait encore long à dire et, lorsque Mary raccrocha, elle était bien lancée. Mary les imagina réunis tous les six autour de la table qu'elle avait réservée des mois plus tôt, avec vue sur le vaste lac aux eaux houleuses. Après les « Mon Dieu » et les « Merde » initiaux, sans parler des autres obscénités qui avaient sans doute ponctué l'annonce de Wendy, ils décideraient vraisemblablement de rester et de manger comme prévu. Wendy se régalerait du malheur des Gooch et assommerait les autres en leur parlant avec amertume du temps qu'elle avait consacré à la préparation de leur album d'anniversaire. Pete se demanderait pourquoi Gooch ne lui avait rien dit, hormis la question qu'il lui avait un jour posée :

— Es-tu heureux?

— Es-tu tombé sur la tête? lui avait répondu son plus vieil ami.

Au moment du dessert, Kim fusillerait du regard François, qui avait l'œil baladeur. Personne ne s'étonnerait de la rupture de Jimmy et de Mary Gooch. Depuis le début, ce n'était qu'une question de temps.

Mary fixa le téléphone en se demandant si elle devait prévenir la police. Que raconterait-elle, au juste ? Une somme de vingt-cinq mille dollars était mystérieusement apparue dans son compte en banque et son mari n'était pas rentré à la maison. Le scénario était en soi incriminant. Elle fit appel à sa foi sporadique en Dieu, l'implora de faire un miracle préemptif. Faites seulement que Gooch rentre à la maison, supplia-t-elle.

Le téléphone sonna. En réponse à sa prière. Son cœur bondit. Puis, à l'autre bout du fil, elle entendit la voix de baryton du Grec, et elle se prépara au pire. Mais il n'avait pas eu de nouvelles de Gooch, lui non plus. Comme Mary, il était de plus en plus inquiet et désemparé. Ses questions prirent la forme d'un interrogatoire en règle, et Mary eut la sensation de se trouver sur le banc des accusés. Le Grec lui demanda une fois de plus si elle avait vérifié le compte en banque, et elle lui répondit que non. Elle avait fait son lit, comprit-elle. Il fallait maintenant qu'elle s'y couche.

Dans la chambre, elle ouvrit violemment la porte du placard. Tout était à sa place. D'un côté, les rares vêtements de Gooch, pris à la boutique pour hommes de grande taille à Windsor ; de l'autre, son propre fouillis d'horreurs de forte taille achetées à rabais. Mary n'avait encore jamais cherché de preuves d'infidélité, mais elle avait lu assez de courriers du cœur et vu assez d'émissions aux heures de grande écoute pour savoir quoi chercher. Des taches de rouge à lèvres sur les cols. Non. Une odeur de parfum ? Elle ne sentait rien, rien du tout. Un cheveu blond solitaire. Non. Des mots d'amour ou des numéros de téléphone sur des bouts de papier pliés en carré dans les poches de ses jeans. Non. Elle fouilla derrière les manteaux d'hiver, où ils conservaient leurs boîtes remplies de cartes, de photos et de cassettes pour le magnétoscope, mais elle ne trouva rien de louche. Elle referma la porte et parcourut la chambre des yeux. Sur la commode, elle aperçut une boîte à chaussures sur laquelle était écrit «Documents pour le travail». Elle était ouverte, le couvercle de travers, et remplie à ras bord de reçus froissés. Elle examina les diverses factures d'essence et de repas que Jimmy soumettrait au Grec pour se faire rembourser.

Elle mit la main sur l'addition d'un restaurant de Toronto et remarqua la date, le mois précédent, et l'heure, le début de l'après-midi. Le titulaire de la carte, James Gooch, avait pris la «s. du j.», le «sand. poul. gr.» et deux bières pression dans un bistro de Queen Street. Il ne lui avait pas parlé de ce voyage à Toronto.

En voyant au passage son reflet dans le miroir, Mary songea aux centaines d'enquêtes criminelles qu'elle avait vues à la télévision. La recherche de preuves, le frisson de la justice. Elle s'installa sur le lit pour étudier les reçus de plus près. Rien d'inquiétant. Pas de notes de motels ni de factures de bijouteries ou de boutiques de lingerie. Les reçus les plus choquants étaient ceux des stations-service. Jamais elle ne se serait doutée qu'il coûtait si cher de faire le plein du camion de livraison. Pas étonnant que la planète soit en péril ! Elle mit la main sur la facture d'un atelier de débosselage de Leamington. Gooch avait évoqué des ennuis avec le camion. Il y avait une ordonnance pour des somnifères rédigée par le Dr Ruttle, mais jamais utilisée. Mary s'en étonna puisque Gooch dormait comme un bébé. Les autres additions ne faisaient que confirmer la prédilection de Gooch pour les repas sains et son penchant pour la bière pression à midi.

Mary avait presque terminé son examen de la boîte lorsqu'elle mit la main sur une autre addition d'un restaurant de Toronto. Le même, en fait, une semaine plus tôt. Omelette aux blancs d'œufs et bière pression. Et encore une autre de la semaine précédente : le poisson du jour, une salade et une bière. Et une autre et encore une autre. Deux fois la même semaine. Et encore une. Gooch ne lui avait pas dit qu'il était allé à Toronto à six reprises au cours des derniers mois, mais elle ne lui avait rien demandé non plus. En soi, cela ne prouvait rien. Au fil des ans, il s'y était rendu souvent pour prendre des articles spéciaux que le Grec avait commandés auprès de divers fabricants. Lorsqu'il finirait par rentrer, elle n'aurait rien de concret à lui reprocher. Il aimait le Bistro 555. Et alors ? C'était son droit.

Le réfrigérateur bourdonnait, mais Mary ne l'entendait pas à cause du tic-tac du réveille-matin. *S'il te plaît, appelle-moi. S'il te plaît, appelle-moi.* Elle fixa le plafond, comme elle l'avait fait un millier de fois auparavant, et vit une large fissure, juste au-dessus du lit. Là depuis toujours, elle s'était élargie, allongée, mais Mary ne l'avait jamais remarquée. Ou encore elle était mystérieusement apparue durant la nuit, de la même façon que Gooch avait disparu.

Mary s'empara de nouveau du téléphone et composa le numéro de Gooch. Le moment venu, elle dit :

— C'est encore la femme de Jimmy.

Après une hésitation, elle ajouta :

— Vous voulez bien... lui souhaiter un joyeux anniversaire de mariage ?

Les yeux rivés sur la fissure, elle se rappela l'instant où son corps s'était retrouvé allongé sur les feuilles humides. Dans son souvenir, cependant, son esprit survolait non pas son propre corps, mais plutôt celui de Gooch. Sur cette image, Mary abandonna le chaos de la conscience au profit de la lucidité des rêves.

Trajets jusqu'à la salle de bains pour uriner et boire au robinet. Aspirine pour la douleur entre ses yeux. Rêves expérimentaux. Éclairs de lumière. Poids des ténèbres. Eau du robinet. Urine. Chasse d'eau. Vision du visage de Gooch. Lumière. Ténèbres. Eau. Urine. Chasse d'eau. Gooch. Mary. Bruit du réveille-matin dans la nuit. Laisse-moi tranquille, Wendy! Tic-tac incessant, puis plus rien, les piles retirées et lancées par terre. Chaleur. La chaudière n'était pas morte, après tout.

Dans le couloir, une lampe ambrée s'alluma toute seule grâce à la magie des circuits préprogrammés, s'insinua dans la chambre à la façon d'un amant clandestin. Mary détendit ses jambes, laissa la lumière adorer les dunes de son corps, lécher ses mamelons réglisse, sucer ses orteils gelés. Elle souleva ses paupières et regarda autour d'elle. Les rideaux étaient tirés, et elle n'aurait su dire si c'était le jour ou la nuit.

Désorientée par la séquence de ses récits et le lien qu'ils entretenaient avec ses rêves, elle se leva. Sa coupure au pied lui faisait mal. Du côté de Gooch, l'affichage lumineux de l'horloge numérique clignotait, signe que, pendant la nuit, le courant avait été coupé et rétabli. Son réveille-matin, celui qui martelait les secondes, était mort. Elle n'avait donc pas rêvé. Elle avait bel et bien enlevé les piles à deux heures. Du matin ou de l'après-midi, comment

177

savoir ? Les épais nuages gris qu'elle entrevoyait par la fente entre les rideaux ne lui apprirent rien sur la position du soleil. Paniquée, elle eut le sentiment d'être en retard. Trop tard. Pour quoi, elle l'ignorait.

Elle ouvrit les rideaux et la neige d'un blanc vif qui recouvrait le paysage lui piqua les yeux. Elle ne distinguait plus la limite de la cour, l'endroit où M. Barkley était enterré. Une épaisse couche de neige écrasait le saule, les serviettes mouillées dans la camionnette. Tant de neige en octobre ? C'était un miracle.

D'instinct, elle se tourna vers le téléphone de la table de chevet, remarqua que le combiné était tombé. Elle le remit en place, attendit la tonalité et composa le numéro de son mari. Cette fois, c'était la voix qui présentait des excuses. « Désolée. Le numéro que vous avez composé n'est plus en service. »

Mary redéposa l'appareil et prit quelques profondes inspirations avant de composer le numéro du Grec, qui figurait aussi sur la liste d'urgence. Comme Fotopolis ne répondait pas, elle téléphona directement au magasin, où elle eut la surprise d'apprendre qu'il avait disparu, lui aussi. La semaine précédente, il avait pris l'avion pour Athènes, où sa mère se mourait. Mary s'éclaircit la gorge pour demander :

— Avant son départ, M. Fotopolis a-t-il parlé à mon mari ?

La réceptionniste répondit de façon polie et professionnelle ; au sujet de la disparition de Gooch, elle donna l'impression de suivre des directives.

— Je ne suis pas au courant, dit-elle sur un ton d'excuse.

Puis elle gâcha sa discrétion en ajoutant :

— J'ai son portable. M. Fotopolis l'a trouvé dans son camion. Vous voulez passer le prendre, madame Gooch ? Madame Gooch ?

Boutonnant sa chemise de nuit tachée de sang, Mary sortit par la porte de devant. Chaussée de ses grosses bottes d'hiver, boitant légèrement à cause de son talon enflé, elle se traîna lourdement dans la neige qui recouvrait l'entrée. Sur la route, il y avait l'empreinte d'une seule voiture et, dans l'une des ornières, le journal gelé. Elle se pencha pour le récupérer, mais elle en fut incapable. Du pied, elle dégagea la neige et, ce faisant, révéla un autre journal, puis un autre, un autre et encore un autre. Elle passa d'un journal à l'autre, tous emballés dans un mince sac en plastique, et lut les dates, en proie à l'incrédulité. Exception faite des trajets qu'elle avait effectués pour boire ou uriner, comme dans un rêve, elle avait abandonné son corps à lui-même, un peu comme ces couples dont les membres ont besoin de se séparer pendant un certain temps, et elle avait dormi pendant une semaine.

Constatant que la boîte aux lettres était pleine, elle réunit sous son bras les détritus de lettres et de dépliants publicitaires et se dirigea vers la maison. Elle passa par la porte de devant et se traîna jusque dans la cuisine, où elle fut surprise par l'air froid qui entrait par la vitre cassée. Elle trouva le balai près de la poubelle et entassa proprement les éclats de verre dans un coin. Puis, à l'aide de ce que Gooch appelait le «ruban fou» et d'un morceau de carton tiré des matériaux mis au recyclage, elle s'employa à colmater la fuite.

Stimulée par l'exercice et tenant le balai comme si elle s'apprêtait à effectuer un saut à la perche, elle sortit de nouveau en boitant et, à l'aide de ruban adhésif, de carton et de plusieurs gros sacs poubelle, elle fabriqua une sorte de couvercle pour le toit ouvrant de la camionnette. Elle dégagea la neige qui s'était accumulée à l'intérieur, sur la banquette et sur le sol, ouvrit un sac et y balança les chocolats. Au souvenir de la corneille, elle grimaça.

Le balai délogea quelques petites cartes luisantes coincées sous la banquette. Elle enfonça le balai plus à fond, ses bras tremblotant, et d'autres cartes apparurent, des bandelettes de papier aluminium argent et or. Des billets de loterie à gratter non gagnants. Par dizaines. Au milieu des papiers d'emballage de centaines de tablettes de chocolat miniatures. Cachette pitoyable pour les secrets d'un couple. Elle grimpa dans la cabine et s'attaqua au toit ouvrant.

Elle piétina la neige humide pour regagner la maison et, devant l'évier, descendit quelques grands verres d'eau. Puis elle se dirigea vers la table et s'écroula sur sa chaise en vinyle rouge. Elle fixa le réfrigérateur silencieux, à l'autre bout des carreaux froids. Depuis toute une semaine, elle n'avait rien avalé, et pourtant la faim restait distante, constat qui lui fit plaisir et l'inquiéta à parts égales.

Elle se lança dans le tri du courrier, activité qui lui était étrangère, car, en vertu de la répartition tacite des tâches, c'était Gooch qui s'occupait du courrier ou, plus précisément, des factures, ou qui avait insisté pour le faire, elle ne savait plus. Elle mit de côté les dépliants publicitaires et les bons de réduction, empila bien proprement les factures que Gooch réglerait plus tard. Elle décacheta la carte de condoléances tardive d'un lointain parent et lut deux fois les paroles de réconfort inspirées par la disparition d'Orin, omettant à dessein la petite enveloppe carrée qu'elle avait tout de suite aperçue : *Mme Mary Gooch*, mots écrits de la main maladroite de Gooch. Elle contempla de nouveau le Kenmore, mais, à la façon d'un amoureux éconduit, il refusa de lui rendre son regard.

Elle finit par saisir l'enveloppe. Elle l'ouvrit, trouva le mot, celui qu'elle attendait depuis le début, celui qu'elle avait cessé d'attendre, livré inopinément par le facteur de Leaford. Renonçant à la main tremblante, décidément trop cliché, elle lut les pattes de mouche de Gooch sur le carré argent :

Chère Mary,

Je suis désolé. J'aimerais trouver autre chose à dire. Il y a de l'argent dans le compte en banque. Vingt-cinq mille dollars. Ils sont à toi. Je les ai gagnés avec un billet à gratter. Rien d'ignominieux. Fais-moi confiance et n'aie pas peur de les dépenser. Ce n'était pas prémédité, Mary. J'ai besoin de temps pour réfléchir. Je m'en veux d'être lâche... pour ce que ça vaut. Je vais te faire signe, c'est promis.

Il avait ajouté *À toi,* expression qu'il n'avait encore jamais utilisée, et Mary eut l'impression qu'il l'avait prise pour une autre. Elle plia la feuille et la remit dans l'enveloppe. *Ignominieux.* Qui utilise un mot pareil? Et *À toi.* Pourquoi aurait-il écrit *À toi* puisque l'existence même du message laissait clairement entendre qu'il n'était pas à elle?

Il n'y avait rien, rien du tout, en quoi Mary puisse croire avec certitude. Il lui semblait impossible, sinon improbable, que son mari ait gagné une somme aussi colossale avec un billet à gratter, qu'il l'ait quittée le jour de leur vingt-cinquième anniversaire de mariage, pour *réfléchir,* et qu'il allait *lui faire signe,* mais c'était écrit noir sur blanc, au stylo, sur du papier acheté à la pharmacie, sans doute à cette fin précise. Elle se leva, appuya sur la pédale pour soulever le couvercle de la poubelle et y jeta le mot.

En se traînant jusqu'à la salle de bains, elle entendit les mots de son mari comme dans un film, en voix off. *Ce n'était pas prémédité, Mary. J'ai besoin de temps pour réfléchir.* En faisant rugir la douche pour enterrer Gooch, elle fit glisser sa chemise de nuit et, une après l'autre, envoya valser ses bottes d'hiver. Nue comme un ver, la main sur la barre d'appui que Gooch avait installée pour elle des années auparavant, elle entra dans la baignoire et se stabilisa tant bien que mal sur le tapis en caoutchouc. Ses pieds laissèrent des coulées de sang sur l'émail.

Mary mit la main sur les produits de bain luxueux que Gooch lui avait offerts à Noël et, d'un coup, en versa la moitié sur elle. Les joues rosies par le frottage, elle s'essuya à l'aide d'une serviette propre et remarqua que, par rapport aux jours précédents, elle avait perdu du volume. Comme sa chemise de nuit tachée de sang sentait trop mauvais pour qu'elle la remette, elle resta nue devant le miroir de la salle de bains et sortit un gros peigne d'un tiroir rempli d'accessoires de coiffure. Elle le fit passer dans ses cheveux, écarta les mèches de son visage jusqu'à ce que seules les repousses grises soient visibles. Pour la première fois, elle s'étonna de sa ressemblance avec sa mère. Mais Mary ne reconnut ni la courbe des os, ni la forme du nez, ni le signes du vieillissement. La similitude tenait plutôt à l'expression du regard, à une forme de confusion figée. L'expression adoptée par Irma le jour où son existence était devenue inconcevable.

Gooch était parti depuis une semaine. Dans sa lettre, il disait avoir besoin de temps pour réfléchir. Où était-il allé? Combien de temps lui faudrait-il? Et s'il ne revenait jamais? Avait-il vraiment gagné à la loterie? Confusion figée. Même si elle avait retrouvé l'expression de sa mère dans ses yeux, Mary n'eut pas peur d'avoir contracté la même maladie. Elle était persuadée que sa propre fin serait plus poétique. Elle avait toujours envisagé un gros infarctus et, à cause de l'absence de Gooch, elle se dit que cette éventualité était toute proche. Elle tendit la main vers le séchoir à cheveux et aperçut la boîte de teinture rousse qu'elle avait achetée la veille des funérailles d'Orin.

Malgré l'absence de tic-tac en provenance du réveille-matin, le temps s'écoula. Devant le miroir,

Mary dénoua la serviette qui lui ceignait la tête. Elle secoua sa crinière, plus auburn que rousse, en songeant que sa mère se serait vivement opposée à une teinte aussi criarde, et décida que cela valait tout de même un peu mieux que ces affreuses racines grises.

Dans la chambre, elle fouilla dans ses tiroirs et dénicha un uniforme marine propre dont le pantalon ne la serrait plus à la taille. Elle dut même nouer le cordon. Elle ouvrit le placard et, au prix de quelques efforts, dénicha un autre uniforme bleu marine propre, qu'elle plia et rangea dans un grand sac à main en vinyle brun, à côté d'une trousse de voyage jamais utilisée contenant tout ce qu'il fallait pour ses dents et ses cheveux. Elle y ajouta son portable chargé et l'adaptateur qui l'accompagnait.

Dans le tiroir de débarras de la cuisine, elle trouva du papier et un stylo. Assise sur une chaise en vinyle rouge, elle écrivit : « Gooch, je suis partie chercher… » Elle s'interrompit. Chercher quoi, au juste ? En cet instant, elle n'en était pas certaine.

LE DÉPART ET L'ABANDONNÉE

En octobre, il n'y aurait pas de lilas, et les arbustes qui longeaient l'allée de St. John seraient dégarnis, mais Mary tenait quand même à offrir des fleurs à Irma. Les fleurs étaient synonymes de rituel, et celui-ci était important. Elle gara la Ford rouge dans le stationnement tapissé de neige de l'épicerie, heureuse de constater que le toit de fortune tenait bon. Tandis qu'elle avançait en boitant, le soleil levant se dégagea brièvement des nuages gris et lui chauffa le visage. Elle se demanda pourquoi elle sentait à peine l'odeur de friture que dégageait le petit restaurant voisin. Elle entra dans l'épicerie sans se donner la peine de prendre un charriot.

La jolie caissière, dont le porte-nom disait *SHARLA,* examina la carte-client que Mary lui tendit et, sans lever les yeux, dit :

— Bonjour, madame Gooch.

Cette pratique commerciale irritait Mary. Au risque de passer pour revêche, elle préférait faire ses courses dans l'anonymat.

Inutile de jouer la comédie, cependant. La caissière la voyait presque tous les jours.

— Bonjour, Sharla.

Mary déposa le bouquet de tournesols sur le tapis roulant.

185

— C'est tout, madame Gooch ? Pas de provisions, aujourd'hui ?

— Désolée.

Levant les yeux, Sharla lâcha étourdiment :

— Mon Dieu ! Vos cheveux sont rouges !

— Oui, dit Mary, dont les joues prirent en s'embrasant une couleur assortie.

— C'est joli.

Sharla agita les fleurs safran devant le scanneur. Agacée, elle appuya sur un bouton à côté de la caisse.

— Le code est illisible. Il faut que je fasse venir le gérant.

Mary sentit le poids des reproches que l'autre lui adressait en silence. *Si vous n'étiez pas si grosse, le scanneur fonctionnerait normalement.*

— Je me disais justement que j'allais prendre quelque chose de plus petit, lança-t-elle.

La fille tapa sur le micro de la caisse.

— Dick est demandé à la caisse numéro 3. Dick[2].

D'humeur complice, elle se tourna vers Mary.

— C'est vraiment son prénom.

---

2. « Dick » est un mot d'argot voulant dire « pénis » et aussi « crétin ». (N.d.t.)

— Désolée.

— Vous n'y êtes pour rien.

Sharla appuya de nouveau sur le bouton et, sur la pointe des pieds, balaya les allées du regard. Ses jambes galbées se bombèrent. Les notes de basse de *Proud Mary* retentirent. Mary poussa un cri strident qui fit sursauter Sharla. Elle aida Mary à chercher le portable sous les articles de voyage entassés dans l'énorme sac en vinyle brun. Le maniement de l'appareil lui était si manifestement inconnu que Sharla dut le déplier et le poser contre l'oreille de Mary.

— Allô ? fit Mary d'une voix faible, haletante.

C'était un message de son fournisseur, mais Mary mit un certain temps à comprendre qu'il s'agissait d'un texte préenregistré.

Sharla sourit.

— Vous pouvez le refermer. Ouais… le refermer.

Mary replia l'appareil.

— Vous devriez peut-être baisser le volume de la sonnerie, dit Sharla avant d'appuyer une fois de plus sur le bouton. Ce que je peux détester mon gérant.

Mary hocha la tête.

— Moi aussi.

— C'est un Dick, lui aussi ?

— Un Ray. Mais quand même.

Poussant les fleurs dans les bras de Mary, Sharla indiqua la porte :

— Je vais les payer, dit-elle. J'ai droit à un rabais d'employé. Vous me rembourserez une autre fois.

— Mais j'ai de l'argent.

— Prenez-les, madame Gooch, insista Sharla en lui faisant signe de sortir. De toute façon, vous venez tous les jours.

— Désolée.

— Dites-moi seulement merci.

— Merci, répéta Mary en serrant le gros bouquet.

En sortant du magasin, elle se demanda si tous les habitants de Leaford savaient que Gooch avait garé son camion chez Chung pour ensuite disparaître. Peut-être Sharla était-elle au courant. Son geste lui avait peut-être été inspiré par la pitié. Ou la solidarité.

Elle entra à St. John par la porte principale et, obéissant à un écriteau rédigé à la main, frotta ses pieds sur les sections mouillées des cartons posés sur la moquette. Le jeune homme de la réception, un nouveau, sembla contrarié par la taille du bouquet qu'elle tenait dans ses bras. En lui tendant les fleurs, elle ne se déclara pas désolée, d'autant qu'elle apportait aussi des chèques postdatés pour les six prochains mois de pension de sa mère. Elle demanda au jeune homme de noter son nouveau numéro, en cas d'urgence.

— Celui de mon portable, précisa-t-elle allègrement avant de lire les chiffres sur la carte.

Elle s'arrêta pour saluer un trio de vieilles femmes près de la porte de la salle commune, fière de la réputation qu'elle avait, chez Raymond Russell, de « savoir y faire avec les vieux croûtons ». Non loin de là, deux William flapis et un Paul tout plissé se disputaient des sous noirs au poker. L'aîné des William lui rappela que ses cheveux étaient rouges en émettant un long sifflement bas :

— Si c'est pas Ann-Margret ! s'écria-t-il gaiement.

Le vieux Joe DaSilva, qui avait été l'un de ses clients préférés à la pharmacie, dit :

— Ho, la Rouquine. Comment trouves-tu ma nouvelle robe de chambre ?

— On jurerait Hugh Hefner, Joe, lança-t-elle en flattant la soie sur ses épaules.

Les autres vieillards s'esclaffèrent.

Elle rougit lorsque l'aîné des William lui palpa le sein, qu'il avait pris pour son bras.

— Reste pour cette partie, dit-il. Tu seras mon porte-bonheur.

— Vous avez meilleure mine, observa-t-elle.

— On a changé mes médicaments.

— Ça explique tout. Ne vous approchez surtout pas de ma mère, plaisanta-t-elle en laissant les vieux à leur partie.

Dans la salle commune, Mary trouva sa mère parquée à côté de la nouvelle patiente, une autre femme blanche et frêle, Roberta, étrangère de Kitchener qui ne recevait jamais de visiteurs. Dans leurs fauteuils roulants, elles ronflaient côte à côte, la couverture remontée jusqu'au menton. Mary songea aux petits enfants enfoncés dans leurs poussettes, au parc, et comprit pourquoi leurs mères disaient que, quand ils dormaient, ils avaient l'air d'angelots. Elle trouva un siège entre sa mère et Roberta, puis elle posa la main sur l'épaule de sa mère, d'une maigreur affolante.

— Maman?

Mais c'est Roberta qui, atteinte de quelque mystérieuse affliction de la vieillesse, se réveilla.

— Oui?

Saisie, Mary ne trouva rien à répondre.

— Oui? répéta Roberta qui, croisant le regard de Mary, l'empêcha de se défiler. Qu'est-ce qu'il y a?

— Je suis venue te dire au revoir, bredouilla Mary.

La vieille femme haussa les épaules.

Mary serra les doigts frais d'Irma et, dans l'espoir que Roberta n'entendrait rien, murmura à son oreille:

— Je suis venue te dire au revoir.

— Tu veux que je te pardonne? Parce que je suis mourante? C'est pour ça que tu es là? demanda Roberta.

Mary hésita et, consciente du désir de la vieille femme, répondit:

— Oui.

Roberta hocha lentement la tête.

— Il y a longtemps que j'attends ce moment.

— O.K.

— Quand je pense au temps qu'on a gaspillé…

— Oui, admit Mary.

— *Gaspillé*.

— Gaspillé.

— Quel souvenir vas-tu garder de moi? demanda la vieille femme en cherchant les yeux de Mary. À quoi vas-tu penser?

— À quand tu me brossais les cheveux, répliqua Mary en serrant la main d'Irma. Je vais me souvenir de quand tu me brossais les cheveux.

— Et?

Mary réfléchit.

— Et je vais me dire que… j'ai toujours admiré ta force.

— J'ai toujours appelé un chat un chat.

— Je sais que tu m'aimais, déclara Mary en embrassant la tempe parcheminée de sa mère.

Puis, à l'instar des deux femmes, elle regarda au loin.

Sans savoir combien de temps elle avait passé à cet endroit — car, depuis la mort du réveille-matin, le temps avait cessé de s'ordonner en séquences, et le présent et le passé se chevauchaient l'un l'autre —, Mary serra une dernière fois les doigts osseux de sa mère. Le rite des adieux fut plus triste et plus naturel qu'elle l'avait escompté.

En sortant, elle s'arrêta dire au revoir aux vieux joueurs de cartes et rappela au jeune réceptionniste que, au besoin, on devait composer son numéro de portable et non celui de la maison.

Le sentier s'inclina devant elle. Elle entendit son estomac crier famine, de très loin : c'était moins l'expression d'une douleur physique qu'un simple rappel mental. La boulangerie Oakwood n'était qu'à deux pâtés de maisons de St. John.

C'était la dernière boulangerie indépendante du comté de Baldoon, la chaîne Tim Horton ayant annihilé la concurrence depuis des années déjà. Mary, cependant, était restée une cliente fidèle, surtout depuis l'introduction du service à l'auto, qui lui épargnait l'effort de sortir de la camionnette et lui évitait d'affronter les regards réprobateurs des autres clients, même si elle devait leur donner raison. Une femme de sa taille avait-elle vraiment besoin d'une boîte de beignes au miel ?

En ouvrant la porte, elle se remémora les nombreuses visites qu'elle avait effectuées à cet endroit en compagnie de sa mère. Avant les courses du vendredi, qu'Irma ne faisait jamais le ventre vide, elles avaient l'habitude de s'arrêter à la boulangerie, où elles trouvaient des tabourets devant le comptoir en U. Là, sa mère lui rappelait : « Ne tourne pas comme ça. » Au bout de la millième fois, elle devait lui asséner une tape sur le genou. Irma commandait un muffin au son et aux raisins secs de même qu'un café noir et fort, servi dans une tasse basse blanche, toujours posée sur une soucoupe. « J'aime bien la lumière à cette heure », disait Irma. Ou encore : « Cet endroit ne change pas. Ça me plaît. »

Mary choisissait un beigne parmi le vaste éventail de produits offerts, décision qui la faisait souffrir plus qu'elle ne la ravissait, car elle regrettait souvent son choix. Elle aurait dû prendre le beigne fourré à la crème pâtissière plutôt qu'à la gelée, le gros beignet au lieu du beigne de fantaisie. Irma arrachait de petits bouts de muffin qu'elle lançait dans sa bouche et mâchait d'un air pensif. Sa mère desserrait rarement les lèvres pour parler, mais Mary avait le sentiment d'être unie à elle par leur appréciation sensuelle du lieu.

Le matin précédant les funérailles de Christopher Klik, la famille Brody s'était arrêtée manger à la boulangerie. Dans sa jupe noire et son chemisier blanc trop serrés, Mary n'était pas d'humeur à faire tourner son tabouret. Elle resta immobile, entre son père et sa mère. Pendant qu'elle hésitait entre la boule au citron et le beigne multicolore, la serveuse souriait d'un air contraint. Mary finit par jeter son dévolu sur un double chocolat glacé. Puis elle demanda à goûter le muffin de sa mère et le roulé à la cannelle de son père avant de s'attaquer au beigne au chocolat, inhabituellement petit, qui ne ferait rien pour apaiser l'obête. Elle tenta de couper le beigne en petites bouchées, comme le faisait sa mère, mais elle ne réussit qu'à se tacher les doigts. «Mange proprement, Mary», ordonna sa mère.

Elle se rendit compte que ses parents n'avaient pas faim et fut soulagée; comme ils étaient perdus dans la tourmente mortelle de cette journée, elle pourrait finir leurs repas sans qu'ils s'en aperçoivent. Elle fourra le reste de son beigne dans sa bouche et se retourna au moment où la porte s'ouvrait sur la silhouette de la ravissante Karen Klik, gainée de noir pour les funérailles de son frère, ses longs cheveux blonds parfaitement droits, ses cils enduits de mascara résistant à l'eau, des clés de voiture pendant au bout de ses longs doigts. Sans doute faisait-elle des courses en prévision de la veillée funèbre. Leurs regards se croisèrent.

— Tu as mis du chocolat sur ta blouse, dit Karen.

Prise de panique, Mary porta les mains à la tache et répandit du chocolat partout sur son épaule en coton amidonné.

— Mary! s'écria Irma qui, prenant les choses en main, trempa une serviette en papier dans un verre d'eau et tira sur le chemisier de Mary.

Lorsque Mary trouva enfin le courage de lever les yeux, Karen Klik l'observait toujours. Mary ne connaissait pas le mot pour décrire ce qu'elle voyait dans les yeux de la sœur endeuillée. Pour parfaire l'humiliation de Mary, des dames, pendant la veillée funèbre, avaient longuement discuté des meilleures méthodes pour faire disparaître les taches de chocolat jusqu'au moment où la belle-sœur de Mme Klik avait fait remarquer :

— De toute façon, cette blouse lui pète sur le dos. Autant en faire des guenilles.

Chassant de son esprit la honte de cette journée, Mary entra dans la boulangerie. Derrière le comptoir, la serveuse leva les yeux, surprise.

— Bonjour, madame Gooch, dit-elle en reconnaissant la cliente du service à l'auto.

De l'autre côté du comptoir, la conversation s'interrompit brusquement et tous les yeux se braquèrent sur elle. Mary comprit aussitôt qu'elle avait été bête de se demander si d'autres étaient au courant. *Tout le monde* savait que Jimmy Gooch avait gagné à la loterie et qu'il avait planté là sa grosse femme pour poursuivre quelque chimère induite par l'approche de la cinquantaine.

Les yeux baissés, Mary aperçut son reflet dans une table de chrome et fut choquée par la couleur de ses cheveux, d'un rouge profond et flamboyant. Elle reconnut au passage que la couleur ne jurait pas trop avec son teint.

Depuis son enfance, Mary ne s'était plus assise au comptoir en forme de U, et jamais à celui-là, car, peu de temps après l'enterrement de son camarade de classe, l'établissement avait été en grande partie détruit par le deuxième incendie de son histoire, et Irma avait cessé de s'y rendre avant de faire ses courses du vendredi. Mary songea que c'était sans doute parce qu'elle ne pouvait plus dire : « Cet endroit ne change pas. »

Pour meubler le silence, elle dit à la serveuse :

— Je pensais prendre un café.

Elle se dirigea vers le comptoir. Les autres clients, le quatuor de fermiers, la mère avec ses petits monstres, les trois instituteurs retraités de l'école secondaire de Leaford que Mary reconnut, mais qui ne semblèrent pas la reconnaître, retournèrent à leurs affaires. La caissière du Zellers. La serveuse lui apporta un café noir.

— Pardon, quel est le chemin le plus rapide pour aller à l'autoroute ? lui demanda Mary.

L'un des fermiers répondit avant que la serveuse ait eu le temps d'ouvrir la bouche.

— Prenez cette route-ci jusqu'à la 2, puis tournez à gauche. Pour la 401, c'est tout droit. J'espère que vous avez de bons pneus d'hiver. On annonce encore de la neige.

— Vous allez où ? s'enquit le seul fermier qui n'était pas coiffé d'une casquette de base-ball.

— À Toronto, décida Mary.

Après tout, le restaurant était le seul indice dont elle disposait.

— Je hais Toronto, maugréa le fermier avec une moue méprisante.

— Comme vous n'êtes pas passée prendre votre commande, nous avons tout mis au congélateur, dit à haute voix la serveuse, campée derrière son comptoir. Vous la voulez maintenant?

— Pardon?

— Les gâteaux que vous avez commandés la semaine dernière. Vous êtes là pour ça, non? Il y en avait quatre, je crois. Et un assortiment de pâtisseries.

Mary se figea. Le silence se fit et tous les yeux se tournèrent vers elle. Cramoisie, elle se leva et régla la facture.

— Vous pouvez livrer les gâteaux à St. John? demanda-t-elle doucement.

— Oui, moyennant un supplément.

Mary chercha son argent en s'efforçant d'empêcher sa main de trembler.

LA RÈGLE DE TROIS

Lancée sur l'autoroute au volant de la grosse camionnette Ford, Mary écoutait la cassette de classiques de Motown que Gooch lui avait préparée des années plus tôt et voyait défiler le paysage, les fermes sans relief et les hauts silos bordés de bosquets touffus. Quelques arbres tenaces conservaient leurs couleurs d'automne, mais la plupart étaient nus et noirs sous la neige fondante. À la vue du panneau annonçant la prochaine aire de service, elle se rappela qu'elle devait faire pipi et manger quelque chose. Malgré cette courte halte, elle espérait arriver au restaurant de Toronto à l'heure du souper, au moment où la plupart des serveurs seraient présents, et elle en profiterait pour poser des questions sur Gooch. Le moins qu'on puisse dire, c'est que Gooch ne passait pas inaperçu. Il avait peut-être parlé à quelqu'un d'un voyage qu'il projetait. D'un endroit où il aurait aimé vivre. Donné une idée de celui où il se trouvait à présent. Mary, qui avait jugé invraisemblable l'intrigue de certaines séries présentées aux heures de grande écoute, comprenait à présent que, dans la vraie vie, on doit parfois, faute d'indices plus tangibles, suivre les pistes les plus ténues.

Les articulations raidies après des heures de conduite, elle souffla un peu à côté de la camionnette avant de se diriger vers la halte routière, le pied gauche engourdi jusqu'à la cheville. En examinant le ciel, elle se demanda si la neige allait se mettre à tomber tout de suite ou si elle avait besoin de temps pour réfléchir.

Devant le café, la queue était interminable, et Mary était pressée de se remettre en route. Elle s'acheta donc une barre de protéines dans un distributeur automatique. Pendant qu'elle la mâchait lentement, elle aperçut un guichet bancaire. Dans son mot mensonger, Gooch l'invitait à dépenser l'argent. Soudain, il lui sembla que l'argent ne pouvait plus être dans le compte. Comment faire confiance à Gooch? Elle prit sa place dans la queue. Son tour enfin venu, elle sortit la carte de son portefeuille et appuya sur les bons boutons en se demandant si Gooch l'avait plutôt invitée à se servir de la carte de crédit. En général, Gooch n'aimait pas qu'elle l'utilise, car ces dépenses déséquilibraient ses comptes. Combien pouvait-elle dépenser? La totalité? La moitié? Pour quoi faire? Chez un homme qui tenait à tout régenter, une telle imprécision était exaspérante. Elle réclama cent dollars à la machine et ajouta la somme à l'épaisse liasse de billets qu'elle avait déjà dans son sac, puis elle attendit le relevé. L'argent était toujours là.

À cause de l'habitude qu'elle avait de garder les yeux baissés, Mary ne remarqua pas le jeune homme débraillé qui se tenait au milieu de la queue devant le guichet. Avant de sortir, elle se retourna et trouva le jeune homme en train de l'observer avec un drôle d'air. Mary connaissait bien ces coups d'œil. Les expressions de ce genre étaient nombreuses et, curieusement, indépendantes de l'âge, de la race et du sexe. L'une disait : *Cette femme est gro-o-sse*. Une autre : *Quel gaspillage de peau*. Une autre encore :

Qu'est-ce qu'elle a bien pu bouffer pour être grosse comme ça ? Dernièrement, elle en avait observé une nouvelle, laquelle suggérait une étude comparative, façon : *Elle est aussi grosse que ma cousine, mon oncle, ma mère, mon meilleur ami.* Avec l'épidémie d'obésité qui gagnait l'Amérique du Nord, les gens étaient de plus en plus nombreux à aimer quelqu'un d'aussi gros qu'elle.

Dans le stationnement, le sprinteur maigre et nerveux n'eut aucune difficulté à rattraper la grosse aux pas lents. Lorsqu'elle entendit son galop, il était déjà à sa hauteur. C'était le type de la queue. Il brandit la courte lame argentée qu'il avait dissimulée dans sa manche. Mary ferma les yeux tandis qu'il levait le bras. Mort violente. La règle de trois.

Ne sentant pas la brûlure du métal dans sa panse, elle remercia la couche de graisse qui l'avait protégée et ouvrit les yeux. Malgré sa confusion, elle comprit que l'homme tendait non pas un couteau, mais bien sa carte bancaire couleur argent. En silence, il lui fit signe de la prendre et gesticula en direction de l'immeuble. De toute façon, le déroulement des événements se passait d'explications.

— Désolée, dit-elle.

L'homme hocha sèchement la tête et tourna les talons. Mary le vit sauter sur la chaussée mouillée et s'engager sur la voie juste quand un camion sortait du virage. Le chauffeur fit retentir son klaxon. Les cris des passants ne firent pas sursauter l'homme, qui atteignit le trottoir au moment où le lourd véhicule passait bruyamment. L'homme s'arrêta non pas à cause du camion ou de la commotion qu'il avait causée, mais bien pour saluer Mary d'un geste de la main, sans sourire, avant de disparaître dans l'immeuble. Par la large fenêtre, elle le vit se placer au bout de la queue, car il avait perdu sa place, et songea à tout ce que cet inconnu avait risqué par pure bonté.

— Merci! cria-t-elle, consciente qu'il ne l'entendrait pas.

De nouvelles mathématiques compliquèrent le reste du trajet de Mary, qui s'efforçait de calculer la date du retour de son mari. Si, comme elle le supposait, il avait gagné cinquante mille dollars, le magot finirait par s'épuiser. Des semaines? Des mois? Tout dépendait de l'endroit où il se trouvait et de l'utilisation qu'il faisait des fonds. Et s'il avait gagné cent mille dollars et qu'il s'était engagé dans une frénésie de dépenses? Et s'il n'avait rien de commun avec l'homme qu'elle avait cru connaître? Peut-être aussi avait-il gagné un million de dollars. Dans ce cas, concéda-t-elle, elle risquait de ne plus jamais le revoir. Évaluer les probabilités du retour volontaire de Gooch était une distraction, elle s'en rendait bien compte, mais l'exercice lui évitait de réfléchir aux chances qu'elle avait de le retrouver, elle.

Aux abords de la grande ville, le nombre de voies augmenta, au même titre que la vitesse et l'acharnement des autres conducteurs pressés d'arriver à destination. Où diable allaient-ils ainsi? À la sortie d'un virage, Mary ralentit un peu, stupéfiée par l'ahurissante silhouette argentée des gratte-ciel. Ce panorama urbain, elle ne l'avait vu qu'en photos et à la télé, et pourtant elle éprouva une très forte sensation de déjà-vu. Pas comme si elle n'en était pas à sa première visite, mais comme si elle renouait avec une impression familière, celle-là même qu'elle avait ressentie le jour où, plus de vingt-cinq ans auparavant, Jimmy Gooch avait surgi d'entre les analgésiques et les produits d'hygiène dentaire, sur ses béquilles, avec ce drôle de regard.

Sur l'autoroute qui conduisait au centre-ville, la circulation était au ralenti, mais Mary décida de ne pas s'en formaliser. Elle observait les promeneurs sur le sentier qui longe le lac gris et houleux, bien emmitouflés pour affronter le froid de l'automne. Le couchant baignait les familles dans une saine lumière dorée. Elle vit des adolescents amoureux traverser des ponts et des patineurs descendre des trottoirs en sautant. Tant de gens. Elle ne connaissait personne. Personne ne la connaissait. Elle se sentit agréablement petite.

Lorsque les voitures s'immobilisèrent presque complètement, que la lumière perdit son éclat romantique et que les familles gelées, les coureurs maigres et intimidants, les patineurs pleins d'ostentation et les cyclistes insouciants furent éclaboussés de gris, Mary comprit ce que Gooch avait voulu dire en commentant l'éditorial d'un journal de Toronto qui revenait sur l'éternel débat au sujet de l'autoroute longeant le lac, laquelle était perpétuellement congestionnée et empêchait les gens d'accéder au rivage. Elle se souvint de l'irritation que lui inspirait Gooch avec sa manie de lui lire des articles à voix haute, se rappela avoir souvent souhaité qu'il mange en silence et file au plus vite pour qu'elle puisse dévorer en paix le reste de la tarte aux pêches. Illuminée par les ténèbres de plus en plus profondes, Mary comprit que son vœu avait été exaucé. Gooch était parti et elle pourrait s'empiffrer de tarte aux pêches jusqu'à ce que la graisse Crisco lui sorte par tous les pores de la peau.

Elle n'eut aucun mal à trouver le restaurant. La rue Queen était à un jet de pierre de l'autoroute et elle suivit les chiffres à la devanture des boutiques étroites jusqu'à la façade petite et carrée, recouverte d'une mosaïque de carreaux, portant l'enseigne *Bistro 555*. Gooch préférait les restaurants dont le nom contenait le mot «grill» et Mary, si elle avait été joueuse, aurait parié que jamais Gooch n'aurait choisi de s'arrêter dans un endroit pareil. Mais elle aurait eu tort. Selon les reçus qu'elle avait trouvés, il y était venu à six reprises.

Elle chercha une place où se garer. Comme il n'y en avait pas dans la rue, elle poursuivit. Encore. Et encore. Elle se faufila dans les rues étroites, parmi d'étiques maisons victoriennes aux jardins grands comme des timbres-poste, de vertigineuses tours à logements, des boutiques ethniques et des succursales de grandes chaînes. Elle se heurta à un dédale déboussolant de rues à sens unique qui la ramenaient inlassablement au même point. Et toujours pas la moindre place libre en vue.

En se fiant à sa notion approximative du temps, elle estima qu'elle tournait en rond depuis une trentaine de minutes. En roulant dans les rues encombrées et animées, elle s'était dit qu'elle comprenait pourquoi les gens aimaient la ville — et la haïssaient. À quelques pâtés de maisons de la rue Queen, elle finit par entrevoir l'enseigne d'un stationnement public. Elle trouva un espace libre et sursauta lorsqu'un homme hirsute se matérialisa à côté de la camionnette.

— Vingt dollars, exigea-t-il.

Elle n'avait pas vu la liste de prix.

— Vingt dollars pour stationner? demanda-t-elle, sidérée, avant de lui donner un billet.

— Vos clés, s'il vous plaît, ajouta-t-il en tendant une main tachée de cambouis.

— Les clés de ma camionnette? fit-elle, ahurie.

— S'il vous plaît, répéta-t-il sans amabilité.

— Il faut que je vous laisse mes clés?

— Pas clés, pas parking.

À contrecœur, elle lui confia son trousseau et mit le cap sur le restaurant. Dans la rue, elle constata qu'elle ne pouvait pas garder les yeux baissés, conformément à son habitude, à cause des nombreux obstacles qui encombraient le trottoir : les joggeurs, les personnes qui faisaient leurs courses, les animaux de compagnie et les patineurs, sans parler des jambes allongées des mendiants dépenaillés. Elle n'avait encore jamais vu autant d'humains de couleurs et d'origines ethniques si différentes. Jamais, se dit-elle, elle n'aurait réussi à deviner le pays d'où ils venaient. Comme elle avait les yeux levés, cependant, les vitrines des boutiques et des restaurants lui renvoyaient toutes une image d'elle-même. Elle avait oublié de prendre une veste, mais elle n'avait pas froid. En fait, des cernes noirs tachaient son uniforme marine et une pellicule de sueur recouvrait son visage et son cou. Se rendant compte qu'il était à tout le moins possible que Gooch se trouve au Bistro 555, elle s'arrêta pour reprendre son souffle. Elle l'imagina en train de boire une bière au bar et fit de son mieux pour ne pas penser à qui serait à côté de lui, qui ferait glisser sa main délicate sur sa cuisse ferme.

Elle tira de son sac un rouge à lèvres corail et s'en appliqua une fine couche. À l'aide de l'uniforme de rechange, elle épongea son visage luisant. Elle s'engagea dans la rue bondée en regardant des gens s'engouffrer dans un tramway à l'ancienne avec leurs sacs remplis de ceci et leurs fourre-tout encombrés de cela. Les sans-abris accostaient les affairés. Dans l'ombre d'une ruelle, trois prostituées encerclaient une Grand Marquis marron.

Devant la mosaïque surmontant les vitrines fermées par des rideaux, elle se blinda et avança la main vers la poignée. Elle tira, mais en vain. Elle consulta l'affiche sur la porte: Le restaurant ouvrait à dix-huit heures. *Dix-huit heures?*

Il y avait une bonne douzaine de personnes à portée de voix, mais aucune à qui elle puisse demander l'heure. Elles allaient tellement vite. Elles n'avaient pas le temps. Nul ne croisait son regard. En se retournant, elle aperçut un jeune homme efflanqué, aux yeux bruns expressifs, à la peau olivâtre et au bouc dégarni, qui la regardait. Elle lui bloquait le passage.

— Il faut attendre le tram là-bas, fit-il en gesticulant en direction d'un abri bondé.

— J'attends l'ouverture du restaurant, dit-elle poliment.

Puis elle constata que le jeune homme avait la clé des lieux et s'apprêtait à y entrer.

— Revenez dans une demi-heure, déclara-t-il avant de disparaître à l'intérieur.

Découragée, Mary, qui ne s'imaginait pas franchir les quelques pas qui la séparaient de l'établissement, concevait encore moins de passer les trente minutes suivantes à déambuler dans les rues sombres et inconnues. Debout devant la porte du Bistro 555, elle remplaçait le visage des passants par celui de Gooch ; comme on le fait au début de chacun des épisodes d'une série télévisée, elle récapitula pour elle-même les événements qui l'avaient conduite à cet endroit.

Pourquoi un restaurant n'ouvrait-il ses portes qu'à dix-huit heures ? Une affectation de la grande ville, décida-t-elle. L'une des affectations et des prétentions dont parlaient les gens de Leaford. Les citadins avec leurs habitudes de citadins regardaient de haut les collectivités rurales parce qu'elles n'avaient ni musées, ni parcs d'attractions, ni immeubles gouvernementaux, ni cinémas de répertoire.

Ouvert à dix-huit heures. Il y avait sûrement des gens qui avaient faim avant dix-huit heures. Mais alors Mary se rendit compte qu'elle-même n'avait pas faim. Toujours pas faim. La disparition de Gooch avait mis son monde sens dessus dessous, et il semblait tout à fait sensé que son corps réagisse de façon aussi contraire. Dans le questionnaire d'un magazine qui demandait : « Mangez-vous quand vous êtes stressée ? », elle se souvenait d'avoir coché toutes les cases. Elle avait envié celles à qui le stress coupait l'appétit, comme sa mère, par exemple.

Dans la maison des Brody, lorsque Mary était encore petite, le souper était servi à dix-sept heures pile, du moins jusqu'à ce qu'Irma commence à travailler le matin seulement. Après, le repas du soir avait été devancé d'une heure, soit quatre heures de l'après-midi, moment où Orin revenait du travail. Après la retraite d'Orin, le repas était servi lorsque Mary rentrait de l'école. Ses parents, avec leur appétit d'oiseau, avaient débarrassé la table et fait la vaisselle avant même qu'elle se soit resservie. Pour Irma, il s'agissait moins de servir le souper que d'en finir avec une corvée. À certains égards, songea Mary, Irma avait vécu toute sa vie avec le souci d'en finir avec ceci ou cela, comme si elle connaissait depuis toujours la fin de son histoire personnelle et que les pages du milieu ne lui semblaient pas dignes d'intérêt.

Le temps. Pas de bruit sourd, pas de son mat. Pas de rituel, pas de routine. Pas d'allers-retours à la cuisine. Pas de séquences. Pas de Raymond Russell. Pas de Gooch. Étonnamment, Mary éprouvait du soulagement à l'idée d'être affranchie du temps. Elle ne chercha pas à savoir depuis combien de temps elle était plantée là lorsque la porte s'ouvrit brusquement sur son postérieur et que l'homme au bouc apparut.

— Vous pouvez venir attendre à l'intérieur, si vous voulez.

Elle le remercia en se demandant s'il l'avait invitée à cause de la mauvaise publicité qu'elle faisait pour cette boîte chic : une énorme femme aux cheveux rouges vêtue d'un uniforme marine saturé de sueur et chaussée de vieilles bottes d'hiver. *Voilà ce qui risque de vous arriver si vous mangez ici.*

Une fois habituée à la lumière, elle ne trouva que de minuscules chaises. Elle prit d'infinies précautions en posant sur l'une d'elles son gros corps fatigué. Elle reprit son souffle en observant le jeune homme qui, derrière le bar, vaquait à ses occupations. Elle opta pour une approche directe.

— Je cherche un homme. Il est venu ici à quelques reprises récemment, et je me suis dit que quelqu'un se souviendrait peut-être de lui. Il s'appelle Jimmy Gooch.

— Ça ne me dit rien.

— Il est grand. Très grand. Presque deux mètres, avec des cheveux ondulés. Les tempes grisonnantes.

Large d'épaules. Bel homme. Il ne passe pas inaperçu.

L'autre haussa les épaules.

— Je ne travaille plus aussi souvent qu'avant.

— Ah bon.

— Je suis acteur.

— Ah bon.

— J'ai la gueule d'Al Pacino à ses débuts, dit-il en
se mettant de profil.

— Tiens, c'est vrai, concéda-t-elle.

— On m'en fait souvent la remarque.

— Il y a quelqu'un d'autre à qui je pourrais poser
la question?

— Le type que vous cherchez, il a des ennuis?

Elle secoua la tête.

— Vous pourriez demander à Mary.

Il sourit pour lui-même, puis ajouta :

— Je l'attends d'une minute à l'autre.

— Mary? fit Mary, se faisant l'impression d'être ru-
sée.

— Notre hôtesse. Mary Brody. C'est le genre
d'homme dont elle est susceptible de se souvenir.

Au moment où Mary entendit le sosie d'Al Pacino prononcer son nom de jeune fille, la porte de devant s'ouvrit sur la silhouette d'une femme vêtue d'une robe moulante en tricot rouge et de talons hauts noirs assassins. Ses cheveux blond foncé tombaient par vagues, encadraient son magnifique visage, taquinaient ses épaules maigres. Elle s'avança dans la lumière, ses yeux bleus cerclés d'une épaisse couche de mascara noir, une touche de *gloss* sur ses lèvres roses charnues. Des pommettes dangereuses. Autour de son cou de cygne, elle portait un gros pendentif argenté qui ne s'arrêtait pas à son décolleté plongeant. Elle regarda Mary et Mary la regarda. À l'unisson, elles s'écrièrent :

— Mary ?

— Heather ?

Derrière le bar, l'acteur leva la tête.

— Heather ?

Heather Gooch lui décocha un sourire.

— Salut, superstar, dit-elle sur un ton caressant. Ça va ?

— C'est qui, Heather ?

— Un surnom, expliqua-t-elle en lui décochant un clin d'œil, montrant à Mary seule une expression inquiète. Mary et moi, on se connaît depuis longtemps.

— Vous vous appelez Mary toutes les deux ?

— Tu nous donnes cinq minutes ? Cinq petites minutes. Tu veux bien faire la mise en place pour le café, s'il te plaît ? ronronna Heather.

En voyant sa belle-sœur battre des cils et rouler des hanches, Mary se dit que Heather avait vingt ans de trop pour se livrer à de telles coquetteries. Elle avait quelques années de plus que Mary, tout en paraissant facilement dix ans de moins, et Mary ne l'avait pas vue depuis six ans, ce qui s'était traduit pour elle-même par dix-neuf kilos et demi de plus. Encore des calculs compliqués.

— Tu utilises mon nom de jeune fille ?

Aucune trace de colère. Seulement de la surprise.

Heather s'assura que la porte de la cuisine était fermée avant de se pencher pour s'asseoir. Son énorme pendentif argenté heurta la table en verre. Sans s'excuser, elle déclara :

— Quand j'ai cherché mon dernier appartement, c'est le premier nom qui m'est passé par la tête. Depuis quand es-tu rousse ?

— Mais pourquoi ?

Heather haussa les épaules.

— Je ne veux pas qu'on puisse me retrouver. Certains anciens… complices me cherchent peut-être. Des fois, c'est plus facile d'être quelqu'un d'autre. Qu'est-ce que tu viens faire ici, Mary ?

— Des reçus du restaurant, répondit Mary. Il est venu te voir. Pourquoi est-ce qu'il ne m'a rien dit?

Cette Heather n'était pas la Heather dopée. Ni la Heather tragique. Ni la Heather déconnectée. Cette Heather-là avait les yeux clairs et lucides. Mary vit les doigts manucurés de sa belle-sœur fouiller dans son sac en cuir et sortir une gomme à la nicotine de son emballage en papier d'aluminium.

— Il est passé. Nous avons lunché ensemble. Nous avons parlé. C'est mon frère.

Elle tendit la main, toucha le poignet replet de Mary.

— Au moins, tu sais qu'il ne te trompait pas.

— Il t'a donné de l'argent? demanda Mary, fin prête à jouer les pharisiennes.

— C'est plutôt moi qui lui en ai donné. Je l'ai remboursé. Le resto appartient à mon petit ami. Il est riche comme Crésus.

— Gooch t'a prêté de l'argent? Quand ça?

— C'est de l'histoire ancienne.

Heather se tortilla sur sa chaise, tapota son collier.

— Écoute, Mary, je suis désolée que tu aies senti le besoin de venir jusqu'ici, mais votre vie commune ne regarde que vous. Il vaut mieux que tu rentres régler tes comptes avec lui.

— Il est parti, Heather.

Mary se mordit la lèvre pour s'empêcher de sourire d'un air méprisant.

— Et tu es parfaitement au courant.

Heather la regardait sans comprendre.

— Parti? Où ça?

Mary était certaine que Heather se trahirait, mais, dans les beaux yeux de sa belle-sœur, elle lut une inquiétude sincère. Au lieu de prendre Heather en flagrant délit de mensonge, Mary se trouva dans l'obligation de lui apprendre une mauvaise nouvelle.

— Il est parti. Il m'a quittée. Il a gagné à la loterie. Un million de dollars, pour ce que j'en sais. Il n'a rien dit. Et il a disparu.

— Il a gagné de l'argent? s'étonna Heather en clignant rapidement des yeux.

— Il m'a envoyé une lettre par la poste. Il a dit qu'il avait gagné à la loterie. Qu'il avait besoin de temps pour réfléchir. Qu'il me ferait signe.

— Eh ben…

— J'ai trouvé les reçus du restaurant et je me suis dit… Je ne sais pas.

— Eh ben… Tu as téléphoné à ma mère? demanda Heather.

— Je ne veux pas l'inquiéter.

— Tu ne veux pas qu'elle sache, corrigea Heather. D'ailleurs, il n'est sûrement pas allé là-bas. Il déteste Jack.

— Où faut-il que j'aille, dans ce cas-là?

— Chez toi. Rentre chez toi.

Mary secoua la tête en poursuivant.

— Il m'a parlé d'un endroit à Myrtle Beach. D'un club de golf qu'il avait toujours rêvé de visiter. Il voulait voir la Maison-Blanche. Les monuments de Washington. Las Vegas? Tu sais combien il aime le jeu.

— Il ne ferait pas ça.

— Il est peut-être à Las Vegas, là, maintenant, en train de flamber tout l'argent. Ou encore dans ce grand casino construit dans une réserve indienne, près de Montréal.

— Il ne ferait pas ça.

— À moins qu'il soit parti en croisière dans les Antilles. Il avait vraiment envie de faire celle que j'ai gagnée l'année dernière.

— Pourquoi vous n'y êtes pas allés?

Par habitude, Mary baissa les yeux, mais s'ordonna de les relever.

— Il t'a dit quelque chose? Tu as une idée de l'endroit où il aurait pu aller?

— S'il t'a dit qu'il avait besoin de temps, pourquoi ne pas lui en donner?

Heather consulta l'horloge murale au-dessus de leurs têtes.

— Je suis certaine que tout va s'arranger, Mary. Sinon, c'est peut-être pour le mieux.

Pour le mieux. C'était ce que les médecins avaient dit à propos des bébés. L'idée que son mariage ne méritait pas de survivre l'indigna tout autant.

— Le roux te va bien, dit Heather. Ça fait ressortir le vert de tes yeux.

Mary hocha la tête en regardant par la fenêtre. Un vieux monsieur bien habillé, que, pourvue d'une nature différente, elle aurait comparé à un crapaud, entra dans le restaurant, et Heather s'excusa avant même qu'il ait claqué les doigts. Elle laissa le vieil homme l'embrasser dans le cou avant de murmurer quelques mots dans son oreille difforme. Le vieil homme toisa Mary, puis il entra dans la cuisine par les portes battantes. Il y a un prix. À tout.

Heather revint, cramoisie et l'air coupable, mais elle ne s'excusa pas. Elle resta debout, signe que leur entretien était terminé.

— Bon, dit-elle.

Mary désengagea ses jambes de la cage que formaient la chaise et la table et se leva, sifflant sous l'effort.

— Mon Dieu, Mary! Qu'est-ce qui t'est arrivé? demanda Heather, comme si l'événement en question, quel qu'il soit, venait tout juste de se produire.

— Je me suis fait une coupure au pied.

— Regarde-toi. Tu arrives à peine à te lever.

— J'ai pris un peu de poids depuis la dernière fois.

— Mon Dieu, Mary. Comment as-tu pu te laisser aller à ce point?

La première pensée qui vint à l'esprit de Mary fut : *Ne me donne surtout pas de leçon, Heather Gooch. Tu es toxicomane*. Elle exprima plutôt la seconde :

— Je sais.

Fixant les portes battantes de la cuisine, Heather baissa le ton. En raccompagnant Mary, elle s'adoucit un peu.

— Si j'ai des nouvelles de lui, je t'appelle.

Mary l'arrêta.

— Note mon numéro de portable.

Heather entra les chiffres que récita Mary dans le minuscule appareil qu'elle gardait dans son sac.

— Ne t'en fais pas. Il a dit qu'il allait te faire signe, non?

— Oui, mais si c'est trop tard?

— Trop tard pour quoi?

Pour moi, songea Mary.

En silence, Heather regarda la silhouette massive de Mary Gooch disparaître par la porte du restaurant.

Dehors, ballottée par la foule qui encombrait le trottoir, Mary se dirigea vers la Ford, déconcertée par l'état de lucidité anormale dans lequel elle se trouvait, mais certaine que, pour retrouver Gooch, elle devrait prendre l'habitude de lever les yeux. Elle avait le sentiment de marcher depuis des heures et eut peur d'être partie dans la mauvaise direction.

La rumeur de la ville avalait les cris de Heather. Elle fendit la foule au pas de course, le pendentif bondissant sur ses seins. Ralentie par ses talons hauts assassins et toutes les cigarettes qu'elle avait fumées au fil des ans, elle était à bout de souffle lorsque, enfin à portée de voix, elle cria :

— Arrête, Mary !

Mary s'exécuta, heureuse de la pause qu'on lui imposait, et les deux belles-sœurs se firent face au milieu des passants, chacune avec de beaux longs cheveux et de jolis yeux. À cause de ses talons, Heather semblait beaucoup plus grande ; Mary, elle, était large comme trois de ses concitoyens. La toxicomane. La grosse. Mary imputait la responsabilité de son état à la science, à la chimie de son cerveau, aux hormones anabolisantes, à la ghréline, à la leptine, à une tare génétique, aux médias, mais elle s'arrêtait lorsqu'elle sentait que ses ancêtres, les pionniers du comté de Baldoon qui avaient survécu grâce à leur sens de la responsabilité individuelle, se retournaient dans leurs tombes.

— Jimmy est allé à Golden Hills, souffla Heather. Il voulait voir maman.

Ignorant les bruits de la rue, Mary accueillit l'information en se concentrant sur les yeux bleus de Heather.

— Il est en Californie ?

— Je ne sais pas s'il y est toujours, mais c'est là qu'il allait. Je n'ai pas eu de ses nouvelles depuis la semaine dernière. Il est venu en stop prendre son chèque au bureau de la loterie.

— Il a déposé vingt-cinq mille dollars dans notre compte, dit Mary. Combien a-t-il gagné ?

Heather haussa les épaules.

— Il n'a pas voulu me le dire. Il a seulement dit : *Assez*.

Assez, répéta Mary pour elle-même.

— Il a aussi les dix mille dollars que je lui ai rendus.

— Gooch t'avait prêté dix mille dollars ?

— C'était il y a longtemps, Mary. L'héritage de papa.

— Tu as parlé à ta mère ?

— Tu sais bien que je ne suis pas en contact avec elle.

— Tu crois que je devrais lui téléphoner ?

— Elle va juste mentir pour lui. Comme moi.

— Il faut que je le voie.

— Si tu veux voir Jimmy, va là-bas. Vas-y donc.

— Tu veux que j'aille jusqu'en Californie? Que je cogne à la porte d'Eden. «Coucou, c'est moi. Où est Gooch?»

— Tu as une meilleure idée? J'ai entendu dire qu'ils avaient déménagé il y a quelques années. Tu as leur nouvelle adresse?

Mary fit signe que oui.

— Vingt-quatre, Willow Drive, Golden Hills. Je leur envoie encore une carte de Noël chaque année.

— Tu as de l'argent. Saute dans un avion.

— Je n'ai jamais pris l'avion.

— Justement, ça en dit long.

— Ouais, admit Mary, incertaine de ce que sa belle-sœur avait voulu dire.

Heather parcourut la rue des yeux, peut-être pour s'assurer qu'aucun de ses anciens complices ne l'épiait.

— Je veux te montrer quelque chose, annonça-t-elle en soulevant le pendentif argenté.

C'était, constata Mary, un médaillon que Heather ouvrit à l'aide de ses longs ongles polis. Elle l'inclina vers le lampadaire pour faire voir la photo à l'intérieur. Gooch à seize ans, supposa Mary. D'une cruelle beauté avec ses cheveux ondulés, son sourire effronté.

— C'est mon fils, dit Heather. Il m'a retrouvée l'été dernier avec l'aide d'une agence. Il s'appelle James. Il est presque aussi grand que Jimmy. Incroyable, non ?

Le garçon ressemblait à son oncle comme deux gouttes d'eau.

— Je suis contente pour toi, Heather. Gooch est au courant ?

Heather hocha la tête.

— Il l'a rencontré.

Mary sentit des étincelles, la résurrection de quelque chose d'ancien.

— Ils ont joué au basket dans le parc du bout de la rue à quelques reprises. Il est étudiant en médecine. Il vit à deux pâtés de maisons de chez moi, Mary. Tu te rends compte ?

Cette sensation cuisante. Rien à voir avec la faim. Cette fois, ce fut au tour de Mary de dire :

— Eh ben...

— Si j'ai des nouvelles de lui, je te téléphone.

Dans la lumière bleutée de la rue, Heather s'attarda sur le visage de Mary.

— J'espère que tu vas trouver ce que tu cherches, Mary.

— Merci.

— Mais sinon, tu sais, il faut juste continuer.

Mary, qui eut soif tout à coup, se rappela la suggestion pratique d'Orin. « Bois au tuyau d'arrosage du jardin et poursuis ton chemin. »

Avançant sur le trottoir, Mary, occupée à traiter les nouvelles informations dont elle disposait, sursauta lorsque le portable sonna dans son sac. *Proud Mary.* Tu parles.

— Madame Gooch ? fit la voix.

— Oui ?

— Joyce, de St. John.

Du regard, Mary chercha un banc, certaine qu'elle aurait intérêt à être assise pour aller jusqu'au bout de la conversation. N'en trouvant pas, elle s'appuya à la vitrine d'un antiquaire.

— Ma mère ? demanda-t-elle doucement.

— J'ai pensé qu'il était important que vous sachiez que Mme Shrewsbury est morte en soirée.

— Mme Shrewsbury ?

— Roberta Shrewsbury.

L'autre vieille femme.

— Pourquoi me téléphonez-vous ?

— Notre nouveau réceptionniste nous a dit que vous aviez bavardé, elle et vous, plus tôt, dans la salle commune. Comme nous sommes incapables de joindre son plus proche parent... Je ne savais pas que vous connaissiez Mme Shrewsbury.

— Je ne la connais pas.

— Mais elle vous a demandée.

— Moi?

— Elle vous a demandée juste avant de mourir. «Dites à Mary que je l'aime.» Tels ont été ses derniers mots. J'ai pensé que c'était vous.

— Non.

— Il n'y a pas de Mary dans la liste de ses proches.

— Il s'agit sûrement d'une autre Mary, dit Mary en songeant à Heather qui lui avait emprunté son nom. Nous sommes partout.

Roberta Shrewsbury s'inscrivait dans la règle de trois de quelqu'un d'autre, comme le Grec avec sa mère à Athènes, où s'était formé un trio distinct de chagrin, mais Mary n'en éprouva pas moins de la tristesse à l'idée de la disparition de la vieille femme.

Maintenant que le mystère entourant celle de Gooch avait été élucidé, au moins en partie, Mary sut, ou espéra, qu'elle trouverait son mari de vingt-cinq ans en Californie. *Une vie de rêve*. Ce n'était pas Gooch qui compléterait le trio. Irma et elle étaient au coude à coude.

Le pardon. La vieille femme, Mme Shrewsbury, avait pardonné à sa Mary à elle, qui qu'elle soit, fille ou sœur, supposa Mary, et elle avait semblé encouragée, malgré le temps perdu. Était-ce à cela que nous aspirions tous, avant de mourir? Pardonner? Nous faire pardonner? Elle fut heureuse de penser que l'inconnue de St. John avait eu l'occasion de dire adieu. À quelqu'un.

Soulagée d'apercevoir le stationnement, Mary s'arrêta pour souffler dans l'espoir que l'homme hirsute, qu'elle apercevait par la fenêtre de son minuscule abri, lui apporterait ses clés au lieu de l'obliger à franchir les derniers pas. En s'approchant, elle le vit en train de passer en revue les dizaines de jeux de clés accrochés à un énorme panneau. Il se tourna vers elle en ouvrant la fenêtre du guichet.

— Vous donnez clés? demanda-t-il d'un air soupçonneux.

— Oui, répondit-elle. Celles de la camionnette Ford rouge.

Elle montra le véhicule du doigt.

— Je pas avoir. Vous pas donner.

Il leva les bras en l'air pour indiquer que c'était son problème à elle, pas le sien.

— Vous avez dit: «Pas clés, pas parking.» Alors je vous les ai données.

— Je pas souvenir, dit-il en reniflant. Vous voir.

Il tourna le tableau vers elle, mais, parmi les objets brillants, elle ne reconnut pas son porte-clés doublé d'une mini-lampe de poche, pourtant distinctif.

— Elles ne sont pas là.

— Vous pas donner.

— Je vous les ai données, insista-t-elle.

Il lança de nouveau les mains en l'air. Mary soupira.

— Vous avoir autre clé?

— Non.

— Quelqu'un peut apporter?

— Personne peut apporter.

L'homme sourit avec sympathie.

— Vous rentrer et apporter clé. Moi gentil. Moi pas faire payer parking. Vous venir.

Non seulement généreux, mais galant, il prit le bras lourd de Mary et la raccompagna, telle une jeune mariée, jusqu'à la rue, où il siffla un taxi et l'aida à caser sa masse sur la banquette arrière toute craquelée.

— Vous allez où? demanda le chauffeur.

DIEU POUR L'ÂME

À quarante-trois ans, Mary Gooch n'avait encore jamais mis les pieds dans un aéroport. Elle ne pouvait donc pas mesurer le nouveau climat de tension qui y régnait. Par les bulletins de nouvelles télévisés qui faisaient office de bruit de fond lorsque Gooch était à la maison, elle était au courant du resserrement des mesures de sécurité, du prolongement des temps d'attente, de l'augmentation du prix du carburant, des réductions de service. Ce qu'elle ne savait pas, c'est que l'achat d'un billet en classe économique pour Los Angeles ferait un trou de près de sept cents dollars dans le compte en banque. Et elle ne savait pas qu'on l'obligerait à retirer ses bottes.

Elle avait toujours envisagé la perspective de voyager, en avion ou autrement, avec crainte et réticence, mais elle était trop obnubilée par Gooch — par ce qu'elle lui dirait et la manière dont elle s'y prendrait, à supposer qu'elle le retrouve effectivement — pour penser à autre chose qu'à leurs retrouvailles. Au contrôle de sécurité, elle leva les yeux, cruellement consciente de l'expression prévisible des autres, mais elle se sentait en quelque sorte détachée de sa source. Elle n'eut pas honte lorsque l'agent maussade examina la photo de son passeport et dit :

— Si vous avez l'intention de garder vos cheveux roux, vous devriez vous faire faire une nouvelle photo.

En boitant vers la porte pour attendre l'embarque-
ment, Mary, prise de vertige, s'arrêta dans une boutique pour acheter une barre de céréales, qu'elle
mangerait sur-le-champ, et une pomme, qu'elle ré-
serverait pour l'avion. Des magazines — sports, dé-
coration intérieure, potins sur les vedettes, santé et
bien-être — tapissaient tout un mur de la boutique,
et Mary les examina brièvement, mais elle décida
qu'elle n'avait pas vraiment besoin de savoir qui, sur
la plage, avait le corps le plus sublime et le plus moche. Et la question de savoir si tel couple magnifique
allait adopter un autre petit réfugié ne l'intéressait
plus du tout. Elle se dirigea plutôt vers le coin des livres, où elle choisit trois titres en se fiant au graphis-
me et aux louanges dithyrambiques des jaquettes.

Ayant déjà subi une longue attente, elle ne grogna
pas comme les autres passagers lorsque, par les haut-
parleurs, une voix annonça, sur un ton d'excuse, que
le vol serait retardé d'une heure de plus. Une
heure… Deux heures… Un jour… Quelle importance? Mary n'était pas attendue. Elle-même n'attendait rien. Partir vers un lieu incertain était une
aventure en soi, non? Elle vivait sa toute première
aventure. Il était grand temps. C'était ce que sa belle-
sœur avait voulu dire.

Mary se laissa dégringoler jusqu'au bas de la passerelle qui conduisait à l'avion et, dans l'allée, se faufila tant bien que mal jusqu'à son siège, au fond. Elle
lisait dans les pensées des autres passagers: on fac-
turait les bagages excédentaires, tandis qu'elle béné-
ficiait d'un passe-droit. Pis encore, l'avion accusait
des heures de retard, et cette grosse infirmière les re-

tardait encore. *Oui,* songea-t-elle en repoussant leurs regards. *Je suis en retard. Je suis grosse. Rendez grâce à Dieu de ne pas être comme moi.*

Devant sa rangée, elle constata qu'on lui avait attribué la place du milieu, beaucoup trop étroite pour une femme de sa taille. Elle déborderait à gauche et à droite, empiéterait sur l'espace vital du jeune homme maussade assis près du hublot et sur celui de la femme aux traits exotiques, à la peau brune et lisse, au nez percé d'un diamant. Lorsqu'elle cala sa masse dans le fauteuil, le jeune homme se tassa contre la paroi en plastique moulé et s'empressa de fourrer les boutons blancs de ses écouteurs dans ses oreilles. Elle eut toutes les peines du monde à boucler sa ceinture : elle était assise sur l'une des extrémités et, à cause de son volume, n'arrivait pas à trouver l'autre. La femme à la peau brune, qui s'était levée pour la laisser passer, déplaça la boule de satin lavande qu'elle tenait dans ses bras et trouva la ceinture de Mary, mais celle-ci fut incapable de réunir les deux bouts, ajustés pour l'occupant précédent, qui ne souffrait pas d'obésité morbide. Prise de panique, Mary tenta d'attacher les deux extrémités de la ceinture, décidément trop courte.

En veillant à ne pas laisser tomber le paquet qu'elle gardait sur ses genoux, sa voisine tendit les bras au-dessus du ventre de Mary et agrandit au maximum la ceinture, à peine assez longue pour retenir sa masse. En entendant le déclic, la femme laissa voir des dents d'une blancheur aveuglante. Mary lui rendit son sourire et, sur le ton de la confidence, chuchota :

— C'est la première fois que je prends l'avion.

La femme hocha la tête d'une manière qui indiquait clairement qu'elle n'avait pas compris un traître mot.

Le commandant souhaita la bienvenue aux passagers, ce que Mary jugea charmant, du moins jusqu'à ce qu'il annonce un nouveau retard. À cause des gémissements et des jurons qui s'ensuivirent, Mary n'entendit pas le pilote en expliquer la cause. La femme à la peau brune regardait droit devant elle d'un air serein, les bras sur son oreiller lavande. Le jeune homme sortit de sa poche un petit appareil électronique — un de ces BlackBerry ou encore un iPhone, supposa Mary — et ses pouces parcoururent frénétiquement les touches.

De son sac en vinyle, Mary sortit un des romans. Comme les autres, il promettait des rires et des larmes. Elle se mit à lire et, ayant trouvé dans ses pages un raconteur hors pair, fut instantanément — et avec gratitude — transportée dans un autre lieu. Lorsque l'avion s'ébranla enfin, elle n'aurait su dire depuis combien de temps elle se trouvait là, car elle était ailleurs, au milieu d'une famille fictive qui s'apprêtait à découvrir le pouvoir rédempteur de l'amour.

L'avion roulait lentement en direction de la piste, et Mary s'étonna de ne pas trouver bizarre d'être coincée dans le siège minuscule d'un avion qui la transporterait dans un nouveau monde on ne peut plus réel. Elle posa son livre quand l'appareil accéléra puis se détacha du sol. Pendant qu'il s'élevait dans le noir immobile, elle eut des papillons dans l'estomac et frissonna lorsqu'il vira sur l'aile en direction du large lac vitreux. Elle n'était jamais montée dans des montagnes russes, mais elle se dit que l'effroyable excitation des passagers ne devait pas être si différente de celle qu'elle éprouva en voyant la ville s'éloigner, partagée entre l'envie de crier *Non !* et *Oui !* Mary Gooch s'en allait, quittait non seulement Leaford, mais aussi son pays, pour la première fois de sa vie. *Adieu, Canada,* s'entendit-elle penser, paralysée soudain par la peur de ne plus jamais revenir.

Terre de nos aïeux. Elle ne s'était encore jamais demandé ce que représentait pour elle le Canada, nation souveraine qui (du moins selon Gooch) était en partie infectée par la proximité des États-Unis, à la façon d'un jeune frère dévoré par l'envie ou d'un acolyte mécontent, victime d'un complexe d'infériorité maintes fois analysé.

Le hockey. Le contrôle des armes à feu. Les francophones. Le bacon de dos. La bière. Le régime universel d'assurance-maladie. Un attachement durable pour la monarchie britannique. Elle passa mentalement en revue la liste des vedettes et des héros sportifs originaires du « Nord », dont bon nombre, il est vrai, avaient acquis leur renommée et leur fortune à l'extérieur des frontières amies. Gooch aurait pu nommer mille autres caractéristiques propres au pays. Honteuse, elle se rendit compte que, à cause de son absence de curiosité pour la politique, elle connaissait aussi mal le pays qu'elle laissait derrière elle que celui dans lequel elle s'apprêtait à entrer.

Elle n'avait jamais apprécié le Canada à sa juste valeur, pas plus que la certitude du lendemain.

Elle s'interrompit un instant pour observer le visage des passagers installés de l'autre côté de l'allée. Une Asiatique et son fils adolescent ainsi qu'une blonde maigre et chic, que Mary prit pour une actrice en herbe ou un aspirant mannequin en route vers Hollywood. Tous regardaient devant eux d'un air rêveur, des écouteurs dans les oreilles. Ensemble. Seuls. Ils étaient déjà partis.

Lorsque l'appareil atteignit son altitude de croisière et que se matérialisa un chariot argenté chargé de boissons poussé par deux jolies agentes de bord, la femme aux traits exotiques tapota l'épaule de Mary et montra les toilettes derrière elles. Elle désigna l'oreiller posé sur ses genoux, qu'elle semblait inviter Mary à tenir pendant son absence. Mary le prit en se demandant pourquoi la femme ne le posait pas simplement sur son siège, puis elle éprouva la lourdeur et la tiédeur du petit paquet. Elle vit alors un minuscule bébé à la peau brune, à peine plus gros qu'un rôti de croupe, profondément endormi au milieu des plis de satin.

Pendant que la femme se hâtait en direction des toilettes, Mary, tremblante, serra le bébé contre la montagne de son ventre. Elle n'avait encore jamais tenu un bébé dans ses bras, qu'il soit blanc, brun, gigotant, endormi, hurlant ou paisible. Lorsqu'on faisait circuler des bébés, elle se défilait en levant les mains avec un sourire, exactement comme quand on lui présentait une boîte de chocolats endommagée

232

chez Raymond Russell. *Désolée, pas pour moi.* Wendy, Patti et Kim avaient toutes proposé de lui refiler leurs marmots baveux, mais même Wendy n'avait pas trop insisté. Elles comprenaient la douleur de Mary et son envie. Gooch, cependant, connaissait la vérité. Elle était terrifiée à l'idée de manipuler des créatures aussi fragiles. «Lorsque ce sera le tien, tu n'auras plus peur», avait-il promis.

À une certaine époque, des articles de magazine traitant de femmes obèses qui avait accouché sans même savoir qu'elles étaient enceintes avaient inspiré Mary Gooch. Après ses deux fausses couches précoces et malgré de fréquentes copulations, elle n'avait senti ni gonflement des seins ni nausées matinales. Rien à signaler, sinon des visites au cabinet du Dr Ruttle et une autre chez un spécialiste de London, qui n'avait rien trouvé d'anormal, hormis le surpoids croissant de la patiente. Son cycle menstruel était irrégulier, phénomène imputé à son obésité, si bien que les menstruations sautées ne prouvaient rien du tout. Lorsque, vers trente-cinq ans, elle avait senti des crampes pelviennes et compris que ses dernières menstruations remontaient à sept mois, elle s'était demandé si elle deviendrait l'une de ces grosses légendaires qui, pendant qu'elles marchent dans la rue ou essaient des chaussures au Kmart, s'effondrent soudain et donnent naissance à un bébé inattendu, mais en parfaite santé. Elle imagina sa photo à la une du *Leaford Mirror*. Douteuse distinction, d'accord, mais elle ne s'en serait pas formalisée.

Les crampes avaient été causées par un nœud de tumeurs fibreuses, et non par un fœtus. Bénignes, mais gênantes. Après une période d'observation, les médecins avaient conclu qu'il fallait les éliminer. En même temps que les derniers espoirs de Mary. *Partie à l'hôpital pour cause d'hémorragie.* Pendant qu'il la croyait endormie, le spécialiste avait expliqué à Gooch que, pour une femme, la perte de «la tuyauterie» était aussi douloureuse que celle d'un enfant. Pour se réconforter, Mary s'était tournée vers le Kenmore. Et Gooch, qui ne trouvait pas les mots et souffrait lui-même en silence, lui apporta des éclairs de la boulangerie Oakwood et du poulet du colonel. Trois soirs de suite, il avait proposé des cheeseburgers dans l'espoir de la faire sourire.

Repoussant le tissu lavande, Mary trouva la main minuscule du nourrisson et caressa sa paume douce, frissonna lorsque les doigts sans os se refermèrent sur son pouce. Cheveux foncés emmêlés, cils longs et fournis, yeux bouffis, nez épaté, des ampoules sur les lèvres. Elle vit le parfait bébé à la peau brune se soulever au gré de sa respiration difficile à elle et, enveloppée par lui, l'enveloppa. Elle se souvint de la photo que Heather lui avait montrée. James.

Sous le tissu, les jambes du bébé se raidirent, et bientôt il se mit à gigoter avec vigueur. Elle le vit ouvrir les yeux, non pas petit à petit, comme le font les adultes, mais brusquement, d'un coup sec. Elle contempla ses pupilles noires liquides et ne se rendit compte qu'elle souriait que quand l'enfant lui rendit son sourire.

Après une longue absence pendant laquelle le bébé était devenu agité, la femme à la peau brune revint, son chemisier ponctué de taches circulaires qu'elle s'efforçait de dissimuler sous un châle récalcitrant. Dans une bouteille, il y avait le lait qu'elle avait pompé dans les toilettes. Elle sourit pour remercier Mary et tendit les bras pour récupérer le bébé.

Mary, cependant, n'était pas plus disposée à abandonner ce minuscule bébé qu'à laisser aller son mari des vingt-cinq dernières années. Elle gesticula pour faire comprendre à la mère qu'elle voulait le tenir pendant quelques minutes de plus. Soulagée, cette dernière hocha la tête et lui tendit la bouteille tiède. Mary se demanda comment caser une si grosse tétine dans une bouche si minuscule et rit lorsque le bout en caoutchouc touchait le nez du bébé, qui ouvrit grand la bouche, à la façon d'une carpe.

— Faim, dit la mère dans un anglais approximatif.

Faim. Nourriture. Apport vital. C'était simple et parfait et parfaitement simple à comprendre, quand les lèvres goulues du bébé agrippèrent la bouteille tiède. L'eau pour la flore. Le soleil pour la terre. L'air pour les poumons. Gooch pour Mary. Dieu pour l'âme. Elle imagina Irma porter une telle bouteille (jamais un sein) à la bouche minuscule de sa fille et se demanda à quel moment la nourriture avait perdu sa divine simplicité, pour elle et pour les autres comme elle, y compris la blonde anorexique de la rangée voisine. À quel moment la nourriture avait-elle cessé de rassasier et commencé à torturer?

Soulevé par les vagues du ventre de Mary, le bébé ferma les yeux tout en continuant de boire. Mary songea aux enfants de Wendy, de Kim et de Patti qui, lors des fêtes d'anniversaire, s'assoyaient ensemble pour se bourrer de gâteau, engouffrer des hot-dogs. Leurs parents respectifs ne semblaient pas avoir honte de leur glorieuse gloutonnerie ; en fait, ils donnaient plutôt l'impression d'en être fiers. Ils se vantaient de celui-ci ou de celui-là, qui était un « gros mangeur », et désespéraient de ceux qui se contentaient du minimum vital. « On jurerait qu'il se nourrit de l'air du temps », avait dit Wendy à propos de son cadet.

Se nourrir d'air, fendre l'air. Voyant les petites paupières du bébé se refermer et sa bouche qui tétait se déclarer vaincue, Mary mit la bouteille de côté et détacha le satin lavande de sa peau douce et tiède, s'émerveilla du corps dont il avait hérité. Tout fonctionnait parfaitement. Manger. Dormir. Aimer.

Jetant un regard de côté, elle trouva la mère endormie ; le jeune homme avait les yeux fermés, lui aussi. En face, la blonde anorexique feuilletait un magazine. À l'aéroport, Mary l'avait aperçu sur une tablette de la boutique. *Sus à la graisse abdominale !* proclamait la couverture. La femme était dépourvue de graisse, au ventre comme ailleurs. Elle aurait pu servir de squelette dans un cours d'anatomie. Là, les vertèbres cervicales. Le radius. Le cubitus. Les côtes flottantes. La femme se mâchouilla l'ongle du pouce. La faim.

Que faire de la notion d'acceptation de soi ? La maigre veut maigrir encore, le vieux aspire à la jeunesse et la fille banale à la beauté. L'acceptation de soi est-elle réservée aux initiés, telle Mme Bolt, ou à ceux qui choisissent l'aveuglement? Heather, par exemple, avait un jour déclaré à son frère rongé par l'inquiétude : «Il faut que je me dope, Jimmy. Je suis comme ça, c'est tout. »

Mary se souvint d'une conversation qu'elle avait eue avec Gooch, une vingtaine de kilos plus tôt. Avec mille précautions, il avait informé Mary que le Grec avait mangé de la soupe au chou pendant dix semaines et que, conformément aux directives de son médecin, il avait perdu neuf kilos. Gooch avait noté la recette et la lui avait remise en laissant entendre, penaud, qu'ils devraient peut-être en faire l'essai, allant jusqu'à soutenir faussement qu'il avait lui-même pris un peu de poids.

— J'en ai assez des régimes. Pour moi, c'est terminé, annonça-t-elle, vaincue, en jetant à la poubelle la recette recopiée avec soin. Je suis grassette. Le moment est venu de m'assumer.

Gooch la prit par les épaules et la serra contre lui pour éviter qu'elle perçoive son impatience. Il dit :

— Je voudrais juste que tu sois…

Elle se dégagea.

— Mince?

— Non.

— En santé? Parce qu'on peut être gros et en santé, Gooch.

— Je sais, Mary.

— Tu voudrais que je sois quelque chose que je ne suis pas.

— Oui.

— Tu vois?

— Je voudrais que tu sois heureuse.

Son poids, ajouta-t-il, la contraignait. Il fallait donc le rejeter et non l'accepter. Comme le toxicomane. Le fumeur. Le joueur compulsif.

— Mais je suis comme ça, insista-t-elle.

— Tu es malheureuse.

— C'est à cause de la société, à cause du regard que les autres posent sur moi. À cause du regard que toi, tu poses sur moi, Gooch.

— Tu es à bout de souffle après une volée de marches. Tu es tout le temps fatiguée. Tu ne trouves rien à te mettre. Tu as mal aux articulations.

— J'aime la nourriture, offrit-elle faiblement.

— Tu détestes la nourriture.

Pendant le silence qui suivit, Gooch déplia son journal et s'assit pour lire. Mary se demanda s'il avait raison. Elle récupéra la recette de la soupe au chou dans la poubelle et, en la débarrassant du marc de café, risqua :

— Gooch?

Perdu dans les pages sportives, il leva à peine les yeux.

— Je n'ai pas dit que j'abandonnais, déclara-t-elle. Et toi, Gooch, tu abandonnes?

Il hocha la tête et elle comprit qu'il avait cessé de l'écouter. Elle avait beau savoir qu'il ne la poussait pas vers quelque idée de la perfection axée sur la maigreur et que, à supposer qu'elle ait été seulement grasse, replète, grassouillette ou ronde, et non obèse morbide, il ne l'aurait pas poussée du tout, elle se sentit trahie par son silence. Après, il n'avait plus insisté du tout, pour rien.

Peu après cette rare et brève conversation à cœur ouvert, Mary et Gooch avaient cessé d'avoir des relations sexuelles, les jours d'abstinence s'accumulant peu à peu. Au contraire des autres hommes, Gooch n'avait pas hérité de l'œil baladeur de son père, du moins pas quand il était avec elle, même si elle savait qu'il regardait les autres femmes — des créatures nues et minces, aux lolos titanesques et à la chatte taillée avec soin — dans les pages des magazines qu'il cachait sur la tablette supérieure de la salle de bains, sous les serviettes. Peu de temps après leur mariage, après avoir trouvé les magazines sous leur matelas, elle avait déclaré :

— Je hais ces magazines. Les femmes y sont traitées comme des objets.

— Les hommes traitent les femmes comme des objets. Les femmes traitent les hommes comme des objets. Les femmes se traitent elles-mêmes comme des objets et les hommes aussi. C'est dans l'ordre des choses, Mary. Ne le prends pas pour toi.

À propos des habitudes masturbatoires des maris, sa mère lui avait conseillé la même chose.

Mary regarda par le hublot, tandis que l'avion explorait les confins de la nuit. Elle se remémora l'aveu de Sylvie Lafleur à propos de son aventure d'un soir avec Gooch. «J'avais peur que ça ne m'arrive plus jamais.» Mary se demanda s'il y avait eu d'autres fois pour Sylvie. Et s'il y aurait d'autres fois pour elle.

Pour passer le temps, elle se projeta dans l'avenir. Dans quelques heures, l'avion se poserait en Californie. Il serait tard, trop tard pour sonner à la porte du manoir d'Eden à Golden Hills. C'était, elle le savait, une banlieue de Los Angeles, située au-delà des monts Santa Monica. Et elle mettrait un certain temps à trouver un moyen de transport pour s'y rendre. Eden avait un jour indiqué que la maison se trouvait à une heure de l'aéroport. Il faudrait qu'elle déniche un motel, dorme un peu et se rafraîchisse avant de se rendre à sa destination finale. Gooch serait là. Ou pas.

Elle regarda le bébé endormi sur ses genoux. Le commencement d'une vie. Compte tenu des statistiques et des probabilités, il avait des jours et des années devant lui, un chemin à suivre ou à défricher, l'espoir de trouver un amour durable. Peut-être cet enfant était-il extraordinaire et laisserait-il une empreinte sur le monde. Mary réfléchit au chemin qu'elle avait elle-même parcouru depuis sa naissance. Elle avait encore plus de la moitié de sa vie devant elle et, jusque-là, elle n'avait vécu qu'à moitié.

Le bébé remua, frissonna et bâilla puis replongea dans son tendre sommeil. En songeant à sa vie encore inédite, Mary se rendit compte que la suite de sa vie à elle était tout aussi indéterminée. Elle avait déjà abandonné le chemin encaissé, creusé d'orniè-res, qu'elle avait suivi jusque-là : le nouveau l'avait obligée à effectuer les virages les plus abrupts qui soient. Le miracle des secondes chances, la tiédeur du bébé endormi et le rythme de son propre cœur, qui, au lieu de cogner, battait doucement, d'un air décidé, lui redonnèrent espoir. Ne sachant pas à quel dieu elle avait affaire, elle se dit que c'était sans im-portance et fut certaine, plus certaine qu'elle ne l'avait jamais été, que, en ce moment, elle n'était pas seule.

De peur de s'assoupir et de laisser tomber le bébé, elle ne ferma pas les yeux. Elle resta donc assise en-tre les deux inconnus endormis et, jusqu'à ce que les roues de l'appareil rebondissent sur le tarmac à l'au-tre bout du continent, réfléchit à sa vie d'épouse. Elle avait laissé derrière elle non seulement son foyer, sa ville, son pays et sa vie, mais aussi le fardeau de ses inquiétudes anciennes, car elle avait pressenti son unique finalité : retrouver Gooch. Pas le mari qui était parti, mais l'homme qui, elle en était consciente à présent, était égaré.

La femme à la peau brune se réveilla, troublée de ne pas apercevoir le bébé sur ses genoux, puis elle fut soulagée de le trouver en sécurité dans les bras

de la grosse femme. Le pilote annonça un autre retard, faute de porte libre pour accueillir leur vol tar-
dif, mais les passagers étaient trop fatigués et trop
occupés à sortir leurs portables et à envoyer des
messages à leurs êtres chers pour se plaindre.

Nourriture. Apport vital. Mary mangea la pomme
qu'elle avait mise dans son sac et se demanda comment le fruit pouvait être aussi fade.

RÊVE CALIFORNIEN

Non contente de lever les yeux, Mary se surprit à voir le bon côté des choses. Elle fut heureuse de ne pas devoir attendre ses bagages comme les autres passagers harassés et de ne pas avoir de valises à trimballer au sortir de l'aéroport de Los Angeles. Elle avait des centaines de dollars dans son sac à main et des milliers de dollars de plus dans son compte en banque. L'argent lui conférait une certaine tranquillité d'esprit.

En sortant de la zone de récupération des bagages, Mary remarqua un petit homme chauve en costume, au crâne cruellement brûlé par le soleil, qui la regarda passer d'un air méfiant. Lorsqu'il l'interpella, elle se dit qu'il l'avait prise pour une autre ou, pis encore, qu'il l'insultait, et elle ne se retourna pas. Le chauve la suivit et la fit sursauter en la saisissant par l'épaule d'une main délicate mais ferme. Puis, en la regardant dans les yeux, il articula le mot suivant, comme s'il s'adressait à une sourde :

— Miracle ?

— Pardon ?

— Miracle ?

Apparemment paniqué, il brandissait sous ses yeux un écriteau sur lequel, comprit-elle, figurait un nom.

— Madame… ?

Elle aurait été incapable de prononcer le nom.

— Moi ? fit Mary. Non.

Le visage de l'homme s'affaissa. Sans un mot d'adieu, il s'éloigna d'un pas traînant, puis il sortit un portable de sa poche et marmonna des mots contrits dans une langue inconnue.

Mary parcourut l'aire d'arrivée, détecta, tel un cliquetis dans un tableau de bord, une modulation du rythme de sa démarche, une nouvelle orchestration de sa chair. L'attraction terrestre lui sembla moins forte. Même si elle n'aurait pas osé deviner le nombre de kilos qu'elle avait perdus au cours des derniers jours, le chiffre ne revêtant aucune importance, elle se sentait plus petite.

Des années auparavant, lorsque les parasites l'avaient grugée peu à peu, Mary n'avait pas célébré sa réduction ; là encore, elle était davantage préoccupée par la raison profonde de sa diminution. La plus grande absence. La faim ? Elle n'avait faim que de Gooch.

Les miracles… Oui, elle croyait encore aux miracles. Qu'étaient donc les miracles, sinon des événements aléatoires qui causaient l'émerveillement plutôt que des événements aléatoires qui causaient la souffrance ? Et la règle de trois ? Gooch l'avait qualifiée de ridicule. « Tu peux réunir les malheurs par groupes de trois ou de trente, Mare. Là où il y a des gens, il y a des tragédies. Ce n'est pas parce que ta grand-mère et ta tante Peggy sont mortes que notre bébé va mourir, lui aussi. »

Le soleil levant se pointait au-dessus du parc de stationnement, mais l'air était plus frais que Mary l'avait escompté, et elle frissonna. En marchant, elle se rendit compte que son talon lui faisait moins mal. *C'est demain,* songea-t-elle, et elle accueillit l'aube comme une vieille amie lui ayant récemment pardonné une dette considérable.

Dehors, Mary suivit les panneaux indiquant les transports terrestres, mais elle crut s'être trompée, car il n'y avait aucun véhicule en attente, ni taxis ni autocars susceptibles de la conduire à Golden Hills. Et il n'y avait personne à qui s'adresser pour obtenir des renseignements. Comme son corps criait famine et qu'elle n'avait pas fermé l'œil dans l'avion, elle trouva un banc sur lequel se reposer et réfléchir à la conduite à adopter. Elle se rappela son portable, décida de téléphoner à l'assistance-annuaire pour obtenir le numéro d'une compagnie de taxi. Elle déplia l'appareil, fit les trois chiffres et le porta à son oreille. Rien. Pas de tonalité. De toute façon, elle n'était même pas certaine du bouton sur lequel elle devait appuyer pour obtenir la communication.

Son passeport, qu'elle avait eu l'intention de garder dans un compartiment fermé, se trouvait au milieu du désordre de son gros sac en vinyle. Elle le prit et examina la photo, qu'elle n'avait encore jamais vue. Gooch s'en était emparé avant qu'elle ait eu l'occasion d'y jeter un coup d'œil — éclairage peu flatteur, repousses grises, face lunaire — et avait ri gentiment. «Tu as une tête de repris de justice.» Sur sa photo à lui, il était magnifique, comme à son habitude, mais elle avait dit : «Toi aussi.» Il avait signifié son accord en riant. Elle ne partageait pas son enthousiasme pour la croisière imminente, car, au moment même où ils réglaient les derniers détails et planifiaient leurs excursions, elle savait qu'ils ne siroteraient pas de *piñas coladas* sur le pont «Lido» et qu'ils ne passeraient pas une journée merveilleuse à découvrir les marchés de paille sous le soleil de Negril.

Lorsqu'une limousine noire allongée s'immobilisa près d'elle, Mary, se rappelant l'endroit où elle se trouvait, se demanda naturellement quelle vedette, parmi les milliers de candidats possibles, se dissimulait derrière les vitres teintées. Elle attendit que la portière s'ouvre, dans l'espoir qu'il s'agirait d'un sportif ou d'un musicien, afin d'en parler plus tard avec Gooch, mais le véhicule demeurait hermétiquement fermé, et le moteur tournait au ralenti. Soudain, elle se rendit compte que les occupants ne sortaient pas à cause d'elle, à cause du regard fixe qu'elle braquait sur la voiture. La vitre descendit et le chauffeur l'examina sous la visière de sa casquette. Il semblait attendre qu'elle s'en aille, car elle seule risquait d'empiéter sur la vie privée des gens riches et célèbres installés dans sa voiture ou de prendre une photo peu flatteuse à l'aide de son portable. À cette pensée, elle s'esclaffa.

— Allô, lança l'homme.

Elle décida de protester s'il la sommait de déguer-pir.

— Allô, répéta-t-il.

Elle lui rendit la politesse.

— Vous allez où comme ça ? demanda-t-il.

Certaine qu'il avait dit *Vous allez rester là long-temps ?* elle planta fermement ses pieds sur le sol.

— Je ne bouge pas d'ici.

— Où ?

— Nulle part, répondit-elle. J'ai l'intention de res-ter ici tant et aussi longtemps que je n'aurai pas trou-vé un taxi pour me conduire à Golden Hills.

L'homme sortit de la limousine et s'approcha du banc sur lequel Mary avait pris place. Lorsqu'il incli-na sa casquette, Mary, apercevant son crâne cuit par le soleil, reconnut l'homme au fort accent qui l'avait interrogée au sujet du miracle. Il ouvrit la portière ar-rière. La profonde banquette en cuir était inoccupée.

— Mon passager rate son avion, expliqua-t-il. Ve-nez. Je vous conduis à Golden Hills.

Comme Mary ne réagissait pas, il ajouta :

— Même prix que voiture ordinaire. Vous venez.

La banquette de la limousine, face à une autre banquette identique, était plus spacieuse et plus luxueuse que tous les canapés sur lesquels Mary s'était avachie. Il y avait de petites tables et des bouteilles d'eau froide, un verre en cristal rempli de bonbons à la menthe emballés individuellement et un mini-réfrigérateur, pas un Kenmore, dont la porte en verre laissait voir tout un choix de boissons alcoolisées.

En démarrant, le chauffeur consulta son rétroviseur.

— Comment vous vous appelez ?

— Mary, répondit-elle. Mary Gooch.

— Buvez, Mary Gooch. Dans panier, il y a aussi manger.

Par terre, elle remarqua effectivement un panier en osier débordant de friandises : des noix de macadamia, produit qu'elle ne connaissait pas, de jolis emballages renfermant du fromage et des craquelins, du chocolat de qualité supérieure, des fruits frais. Elle déboucha une des bouteilles d'eau et but avec reconnaissance en regardant par la fenêtre, sidérée par la circulation. Il était à peine six heures du matin.

— Je suis Gros Avi, dit le chauffeur en souriant.

Avi, avec son coup de soleil sur le crâne, était petit, et non gros. Il pesait deux fois moins que Mary et elle le dominait de plusieurs centimètres. Il rit devant sa confusion.

— Mon fils est Petit Avi, expliqua-t-il. Ma carte est là.

Effectivement, dans un minuscule porte-cartes en argent, elle aperçut le nom de Gros Avi et celui de son entreprise.

— Service de limousine Miracle, lut-elle à voix haute.

— Quand mon beau-père crée la compagnie, le miracle, c'est prêt de la banque. Aujourd'hui, le miracle, c'est conduire dans la circulation de Los Angeles.

Mary hocha la tête et, distraitement, glissa la carte dans sa poche, son sac n'étant pas à portée de main. Elle songea aux embouteillages de Toronto. La veille. Quelques heures plus tôt à peine. Une éternité.

— Vous savez où se trouve Golden Hills?

— Évidemment, répondit-il. Je vis dans vallée, moi aussi. Je suis fini pour aujourd'hui. Je rentre. Et aujourd'hui pas vide. Bon pour vous. Bon pour moi.

Son portable sonna. Il le sortit de sa poche et parla vite dans sa langue étrangère. Après, il chercha de nouveau le visage de Mary dans le rétroviseur.

— C'est votre première fois à Los Angeles?

Elle hocha la tête, étourdie par les voitures et par l'absence de nourriture. Elle regarda le panier.

— C'est combien pour une banane?

Gros Avi agita la main.

— Pas coûte. Mangez.

Le fruit qu'elle pelait ne la fit pas saliver. Autrefois, l'arôme des bananes, mangées nature, cuites dans une tarte à la crème, mêlées à un parfait ou bouillies dans un pouding, la plongeait dans le ravissement. Une extase dans laquelle elle ne pouvait pas résister à une troisième ou à une quatrième part, à toutes les bananes, au dessert au complet. Elle se rendit compte que le parfum était subtil et que, en plus, le goût était une simple abstraction. Elle songea à la boulangerie Oakwood, à la pomme et à la barre de céréales, puis elle se dit que son manque d'appétit s'expliquait par une carence sensorielle de l'odorat et du goût ainsi que par le stress.

— La prochaine fois, passez le long du Pacifique. Plus long mais plus beau. Aujourd'hui, nous allons par autoroute, expliqua l'homme.

Elle hocha de nouveau la tête, contempla le paysage flou.

— L'avion perd vos valises?

— Non, non. Je n'en ai pas. C'est un voyage imprévu.

Il arqua le sourcil, intrigué.

— Vous quittez travail et vous dites : «Bon, là, je vais en Californie. »

— Quelque chose comme ça, oui.

— Vous avez courage. Vous êtes, comment dit-on?... spontanée.

— Moi, spontanée ? Non.

Courageuse ? Peut-être.

Perdue dans ses impressions du monde qui défilait devant elle, Mary ne vit rien de ce qu'elle attendait, sauf les fourrés de laurier blanc, les bougainvillées écarlates et les palmiers vertigineux pliés par le vent. Les épais blocs de béton flanquant les dizaines de voies de circulation semblaient étayer les collines ponctuées de maisons, par endroits petites et agglutinées les unes sur les autres, ailleurs monumentales, isolées et dominant les pentes.

— Il fait bonne météo ici, dit Gros Avi. C'est chaud dans la vallée. Vous avez chance que les feux sont finis.

Mary hocha la tête sans savoir de quels feux il parlait ni où était la vallée.

Sensible aux besoins de ses clients, il proposa :

— Si vous voulez tranquillité, je monte vitre.

Sur ces mots, il appuya sur un bouton et un éclat de vitre foncée monta derrière lui.

— Non ! s'écria Mary. Pas ça.

Il sourit.

— La plupart des passagers préfèrent vitre montée. Je transporte surtout des gens du show-business.

Mary fut surprise de constater qu'elle se moquait de savoir quel cul de vedette avait trôné sur la banquette où elle se trouvait et de connaître les potins que l'homme avait pu entendre.

— Je ne m'imaginais pas la ville comme ça. Il y a tellement de voitures, dit-elle.

— Quand je viens ici, c'est ce que je pense aussi et aujourd'hui c'est deux fois plus, peut-être trois fois plus. Je pense alors que Los Angeles est Hollywood. Malibu.

Il rit.

— Tant de villes à Los Angeles, poursuivit-il. Maintenant je connais toutes. Golden Hills est une des dix villes les plus sécuritaires des États-Unis. Je vis à Westlake. À côté.

— Et les gangs de rue? Tous les meurtres et les crimes dont on entend parler?

— Là, vous n'allez pas. Là-bas, dit-il en montrant du doigt. Est. Centre-Sud. Pas bon pour touristes.

Mary se fit la réflexion que, sur ce vaste territoire, un segment choisi de la population vivait la vie la plus sûre au pays, tandis qu'un autre était engagé dans ce que Gooch avait qualifié de guerre civile honteuse.

— Là, c'est Glendale. Arméniens.

— Ah bon.

— Affaires au centre-ville. Et Asiatiques. Partout style différent.

— Comme dans un film, fit Mary distraitement.

Dans la voiture qui roulait bon train, elle se sentait minuscule parmi les multitudes, au milieu des autoroutes qui faisaient comme un jeu de ficelles, et elle se demanda si elle verrait le Théâtre chinois de Grauman, le Centre de scientologie ou l'un des nombreux monuments qu'elle connaissait par le cinéma et la télé.

— Bon. Pas trop trafic ce matin.

Gros Avi souffla en dirigeant la voiture lustrée vers la rampe d'une autoroute pour s'engager aussitôt dans une autre.

Aux yeux de Mary, la voie semblait tout aussi embouteillée, mais l'homme était aux anges.

— Des fois, c'est parking. Rien qui bouge. Vous avez chance. C'est miracle.

La limousine nageait d'une voie à l'autre, pareille à un requin. À certains endroits, de hauts murs de béton s'élevaient; à d'autres, on avait une vue directe sur des zones densément peuplées. Telle l'allée centrale d'un grand centre commercial, une rue en apparence sans fin traversait une sorte de paradis de la vente au détail, fait de grands magasins, de succursales des chaînes populaires et des restaurants-minute, certains surmontés de l'arche dorée familière, d'autres inconnus de Mary. Elle vit la cible de Target, le magasin à rayons américain où, une fois, Wendy et Kim avaient voulu l'emmener pour son anniversaire. «Ils ont de jolies choses dans les tailles fortes», avait dit Kim, gentiment.

— Pollo Lóco, lut Mary.

— *Poyo,* dit Avi, corrigeant sa prononciation. C'est espagnol. Ça dit «Poulet fou».

— Poulet fou?

— Nous, traverser Woodland Hills.

— Calabasas, lut-elle sur un panneau.

— Ça dit Citrouille en espagnol, fit-il. Mais mal écrit.

— Vous êtes espagnol?

Il jeta un coup d'œil dans le rétroviseur pour voir si elle plaisantait.

— Arménien? risqua-t-elle.

— Israélien. Je suis États-Unis depuis sept ans. Petit Avi né États-Unis l'année après.

Mary songea à son premier enfant mort avant de naître. Il ou elle aurait vingt-quatre ans.

— Je suis canadienne, déclara-t-elle pour la première fois de sa vie.

Le visage du chauffeur s'illumina.

— Mon cousin vit à côté Toronto. Nous allons voir lui deux ans passés. Je vois partie hockey avec Petit Avi. Go, Maple Leafs, go, ajouta-t-il en souriant.

Mary ne lui expliqua pas que son mari, à l'instar de la majorité des habitants de Leaford, préférait les Red Wings de Detroit, ce qui, hors contexte, ne semblait pas très patriotique.

— Regardez, Mary Gooch. Début collines.

Effectivement, les immeubles se firent plus rares et Mary découvrit un panorama de montagnes de couleur fauve, parsemées de broussailles et de bosquets de chênes parmi lesquels la route serpentait avec grâce. Les ombres projetées par le soleil donnaient vie aux collines, qui semblaient se soulever et s'affaisser au gré de la respiration d'un dormeur, semblables à des corps allongés, nus et dorés.

— Au printemps, tout est vert, comme banquet, je ne peux pas décrire, déclara Gros Avi en agitant la main. Et jaune avec fleurs. C'est mauvaise herbe. Mais beau.

Mary avait toujours eu le même sentiment à propos des pissenlits. Sur le panneau, elle lut :

— Golden Hills.

— Bientôt. Quelques minutes. Adresse, s'il vous plaît.

Gooch. À quelques minutes, peut-être. Mary baissa les yeux sur sa tenue. Même si l'odeur était légère, elle sentit l'aigreur que dégageait sa peau et se dit qu'elle devait au moins prendre une douche et enfiler son autre uniforme marine avant de se rendre chez Eden dans Willow Drive.

— Un motel, je suppose, répondit-elle.

— Bien ou bon marché?

Elle aurait répondu «Beau, bon, pas cher», mais elle se souvint de l'argent dans son compte et se dit qu'elle n'aurait à payer que pour une nuit puisqu'Eden l'inviterait certainement à s'installer chez elle pour la durée de son séjour, aussi long soit-il.

— Bien.

— Je connais un très bien.

— «Bien» suffit. Merci.

— Pleasant Inn, décida Avi. C'est… plaisant.

En s'engageant sur la rampe au croisement de Golden Hills et de l'autoroute, il montra à gauche.

— Là, peut-être quinze minutes. Malibu.

— Ah bon.

Elle suggérerait à Gooch d'aller faire un tour de ce côté. En imagination, elle se vit avec lui. Ils avaient roulé le bas de leur pantalon pour marcher dans les vaguelettes. Puis il prenait sa main, heureux de partager sa joie. *Peu importe ce qui s'est passé, on trouvera une solution.*

Il montra devant lui.

— Vous déjà vu océan Pacifique?

— Je n'ai jamais vu l'océan. Point.

— Il faut voir. Ça bouge l'âme. Je ne peux pas décrire.

Ils s'arrêtèrent aux feux de circulation, au carrefour de trois routes et de douze voies. Dans un terrain vague poussiéreux, de petits hommes à la peau foncée, arborant des vêtements délavés et des casquettes de base-ball, s'attroupaient autour d'une pyramide de thermos et étiraient le cou, épiaient la route comme des suricates à l'affût.

— Qui sont-ils ? demanda Mary.

— Les Mexicains ?

— Qu'est-ce qu'ils font ?

— Eux sont journaliers. Ils attendent.

— Quoi ?

— Que quelqu'un vienne.

— Des gens viennent les chercher ?

— Quelqu'un a besoin d'aide pour construire. Ou pour ramasser fruits. N'importe quoi.

— Ils font juste attendre ?

— Le matin, ils sont plus. Là, fit-il en consultant sa montre, il faut miracle pour que quelqu'un s'arrête. Aujourd'hui, ces hommes ne travaillent pas.

— Qu'est-ce qu'ils font ?

— Ils reviennent demain. Ils espèrent quelqu'un s'arrête.

Il haussa les épaules, démarra et s'engagea dans une rue transversale.

— J'espère que quelqu'un va s'arrêter, dit Mary.

Son regard croisa celui d'un des hommes. Les épaules larges et la barbe bien taillée, il se distinguait des autres à maints égards. Les yeux de l'homme bien bâti scrutèrent la fenêtre au passage de la limousine, et Mary frissonna, mais se rappela que l'homme ne pouvait rien voir à cause des vitres teintées.

— C'est terrible, pauvreté. Dans ma vie, je vois ça, soupira Avi avant de klaxonner pour signifier au conducteur d'un rutilant VUS que le feu avait passé au vert.

— Vous avez encore de la famille en Israël? demanda Mary.

— Tous partis. Tous morts.

— Désolée.

— Seulement ici maintenant, fit-il en pressant le poing contre son cœur.

— Les miens aussi. Il me reste juste mon mari.

Le chauffeur jeta un coup d'œil dans le rétroviseur.

— Vos enfants?

James, Thomas, Liza, Rachel. Mary secoua la tête en observant le paysage. Elle ne se rendit compte que la voiture s'était immobilisée devant l'auberge recommandée par le chauffeur que lorsqu'il retira sa casquette et se tourna face à elle.

— Mary Gooch? dit-il doucement.

Elle leva les yeux, mais ne vit rien: ni lui ni l'immeuble devant lequel ils s'étaient arrêtés. Ses joues étaient chaudes et humides. Gros Avi lui tendit un mouchoir en papier et elle le pressa contre ses yeux, comme si un mouchoir ou une boîte tout entière suffirait à endiguer l'inondation.

Après un coup de klaxon impatient derrière sa limousine, le chauffeur se gara dans le stationnement et vint s'asseoir en face de Mary. Elle mit un moment à s'apercevoir qu'il lui tenait la main.

— Désolée, s'excusa-t-elle en se mouchant. Ce n'est pas mon genre. Je ne sais pas ce que j'ai.

— Laissez sortir.

— Nous sommes à l'hôtel? Je devrais…

Elle tendit la main vers son sac, mais l'homme l'arrêta en poussant légèrement sur ses doigts.

— Pas encore. Pas comme ça. Buvez.

Elle but à la bouteille d'eau qu'il lui tendait, tenta de se ressaisir.

— Vous n'êtes pas spontanée. Vous fuyez?

Elle répondit de façon factuelle en fixant son visage rouge.

— Mon mari m'a quittée. Et je suis venue pour le retrouver. Il est ici. À Golden Hills. Chez ma belle-mère. Du moins, je crois qu'il est ici.

— Je comprends.

— Je n'aurais pas dû venir. C'est juste que… Je ne voyais pas d'autre solution.

— Il a autre femme?

— Je ne pense pas.

Avi hésita.

— Il a homme?

— Non, répondit Mary avec certitude.

— Vous ne pouvez pas aller voir lui comme ça, dit-il en faisant la moue.

Il lâcha la main de Mary et alla se rasseoir derrière le volant. Ils s'éloignèrent de l'hôtel.

— Où allons-nous? demanda-t-elle.

— Voir Frankie.

UNE HUMANITÉ PEU COMMUNE

La grosse limousine noire aurait pu filer sur une rue quelconque dans une ville quelconque, et non au milieu des collines brunes et délavées du nord de la vallée de San Fernando. Mary était si vidée qu'elle s'était dissociée de la voiture et même de son corps, comme elle l'avait fait dans l'herbe, sous le ciel orageux de Leaford. L'excès de larmes, conjugué aux centaines de pertes, aux milliers d'humiliations, aux millions de blessures, l'avait affranchie. Elle se sentait légère. Et, dans son état d'illumination, elle se rendait compte qu'elle devait sa libération à ses sanglots, certes, mais aussi à tout l'épisode, qui se prolongeait, de « La vie après Gooch ».

Elle ne songea pas à poser de questions. Qui était Frankie ? Pourquoi allaient-ils le voir ? En quoi cet homme pourrait-il l'aider ? Le chauffeur semblait si sûr de son fait qu'il aurait tout aussi bien pu dire : « Je conduis vous chez sage de la colline. Il vous dit quoi faire. » Elle s'était moins départie de sa volonté que soumise à l'étrangeté ordinaire du monde hors des confins de Leaford. D'ailleurs, elle ne se sentait pas prête à voir Gooch, à supposer qu'il soit là, et préférait flotter un moment de plus dans l'air sec et tiède qui glissait au-dessus de la limousine, consciente que cette sensation, comme toutes choses, finirait par passer.

C'est effectivement ce qui se produisit lorsque la voiture s'engagea dans le stationnement d'un centre commercial. Mary sortit la tête des nuages et réintégra l'habitacle, frappée par le contraste entre ce lieu et les endroits du même genre qu'elle avait vus à Leaford, à Chatham et même à Windsor. Le stationnement était vaste, parsemé d'îlots de palmiers, d'étourdissants arrangements de feuillage et de fontaines impressionnantes, que reflétaient les pare-brise et les portières des véhicules, parmi lesquels ne figurait aucune camionnette Ford au toit ouvrant brisé. Des Hummer, véhicules qu'elle n'avait encore jamais vus, mais qui, sur la route de l'aéroport, étaient si omniprésents qu'elle avait cessé de les compter, des Escalade, des Land Rover, des Mercedes, des Lexus, des Corvette et des Jaguar. *Gooch serait ravi,* songea Mary, aguichée par le chrome excitant et les becquets sexy, les contours, les designs, les couleurs, la symétrie. Peut-être Gooch avait-il utilisé l'argent de la loterie pour s'acheter une nouvelle voiture. Elle se demanda quel modèle il conduisait.

Ici, pas de Dollarama ni de bacs remplis d'articles à rabais encombrant le trottoir. Pas de sandwicheries ni de dépanneurs poussiéreux. Que les façades étincelantes de boutiques de vêtements féminins haut de gamme, de bijouteries, d'agences immobilières. Se mouchant une dernière fois, Mary but toute la scène, digéra son premier aperçu des Californiens en dehors de leurs voitures : des enfants légèrement bronzés, aux vêtements assortis et aux tennis flambant neufs, des hommes aux traits burinés vêtus de costumes chic ou de shorts moulants, si courts que c'en était embarrassant. Et les femmes… minces et manu-curées, les cheveux lustrés, arborant des jeans griffés et de jolies chaussures avec des boucles et des sacs à main en cuir aux ornements métalliques à la mode.

Gros Avi trouva une place près d'un café devant lequel étaient disposés des chaises en cèdre et des parasols géants, épargnés par les oiseaux et les élé-ments. Mary n'avait pas songé que les passants et les clients sirotant leur café au lait se demanderaient qui se trouvait dans la limousine. Et elle fut horrifiée de constater que tous les yeux se braquèrent sur elle quand Avi, coiffé de sa caquette, l'aida à sortir. Elle surprit son reflet dans la vitrine en miroir du café, ses longs cheveux roux embrasés par l'aveuglant soleil californien. Elle se dit qu'elle avait l'air d'une actrice sortie tout droit du Central Casting — l'infirmière ex-centrique au cœur d'or ou la pensionnaire d'un asile psychiatrique en permission d'un jour.

Gros Avi sourit et lui tendit le bras. En l'escortant jusqu'à l'allée, il dit :

— Après Frankie, vous vous sentez mieux. Forte. Après, je vous mène à votre mari.

Mary décida qu'un café vendu à prix prohibitif n'apaiserait pas son mal, mais qu'il ne lui ferait pas de tort non plus.

— Désolée de vous causer autant d'ennuis, dit-elle, renversée par l'humanité peu commune de cet homme. Mais je boirais bien un café.

Gros Avi, cependant, l'entraîna au-delà des parasols, jusqu'à une grosse porte bleue voisine du café, et la fit entrer dans une ruche caverneuse, couleur beurre — ce qu'Irma appelait un *salon de beauté*. De part et d'autre de la longue salle, un essaim de femmes de tous les âges trônaient dans des sièges tournants et se faisaient coiffer par un essaim de femmes de tous les âges en uniforme blanc. Laissant Mary à la réception avant qu'elle ait pu lui demander ce que l'homme qu'il avait appelé Frankie fabriquait dans un salon de coiffure, Avi disparut derrière des portes battantes couleur argent.

Mary regarda les quatre femmes qui attendaient sur des fauteuils en cuir moelleux ; deux d'entre elles avaient cessé de feuilleter leur magazine et les deux autres avaient levé les yeux de leur portable pour examiner la nouvelle venue. Résistant à son instinct, qui lui commandait de fuir, Mary s'assit à côté d'une adolescente aux longs cheveux blonds en s'efforçant de n'incommoder personne avec ses exhalaisons. Sans trop savoir si elle rêvait bel et bien ou si elle craignait plutôt que ce soit le cas, Mary se demanda si elle ne risquait pas, en se réveillant, de trouver la fissure au plafond, la neige à la fenêtre et le désert de son lit plein de bosses. Une sonnerie électronique la tira de sa rêverie et elle se tourna vers sa voisine, d'où le bruit semblait émaner.

— Je pense que c'est vous, dit la fille en levant les yeux.

— Pardon ?

— C'est vous, répéta la fille. Votre téléphone.

— Mon téléphone ?

La sonnerie n'avait rien à voir avec *Proud Mary*.

— Vous avez probablement un message.

— Ah bon.

Mary trouva le portable dans son sac. Si elle avait un message, c'était sûrement important. Gooch, peut-être. Elle contempla l'appareil. Le bip-bip persistait. Les autres femmes se tournèrent à leur tour vers Mary, la virent appuyer sur plusieurs boutons, gênée tout autant par le bruit insistant que par sa propre ineptie. En inspirant à fond, elle expliqua :

— Désolée. Je ne sais pas comment prendre les messages.

Mary retint son souffle et continua d'appuyer à gauche et à droite jusqu'à ce qu'une jeune femme, assise en face d'elle, pose son magazine et déclare :

— C'est peut-être votre pile. Vous n'avez qu'à éteindre votre téléphone.

La femme tendit la main, déplia le téléphone et annonça avec autorité :

— Ce n'est pas un message. Vous devez recharger la pile, c'est tout.

— Merci, souffla Mary en rangeant le portable.

Elle songea à demander à la femme de lui donner un cours intensif sur l'utilisation des téléphones cellulaires, mais en levant la tête, elle constata que Gros Avi s'avançait vers elle, son visage brûlé par le soleil fendu d'un large sourire, suivi d'une femme plantureuse aux cheveux platine remontés en chignon et au visage si maquillé que ses traits exotiques semblaient en relief. Avec ses yeux en amande cerclés de noir et ses énormes lèvres framboise, cette femme, beaucoup plus jeune que Mary, mais presque aussi grosse, la scrutait sans sourire, semblable au mécanicien qui inspecte un tas de ferraille.

— C'est elle, Mary Gooch? demanda-t-elle avec un accent américain qui semblait trahir une origine étrangère.

— Mary, je présente Frankie, dit Avi cérémonieusement. C'est chez elle, ici.

Frankie portait non pas un uniforme blanc, mais plutôt une blouse flottante, aux motifs turquoise et aux manches longues, ainsi qu'une jupe assortie qui caressait la chair vallonnée de ses hanches et de ses fesses. Elle était magnifique. *Grosse et magnifique.* Un modèle d'acceptation de soi, songea Mary. À moins que l'aisance apparente de Frankie dans son corps ne soit aussi un leurre, un peu comme ces vedettes de cinéma qui célèbrent leurs rondeurs généreuses sur la couverture des magazines pour ensuite faire la promotion de produits amaigrissants.

Mary se leva avec difficulté et tendit une main que la femme prit sans la secouer.

— Viens avec moi, chérie, lança-t-elle en entraînant Mary.

Gros Avi tapota son épaule.

— Frankie vous aide, fit-il en consultant sa montre. Je reviens. Dans une heure.

Pendant qu'elle était assise avec les autres dans la salle d'attente, Mary ne s'était pas doutée que Frankie était une femme et que l'objet de l'escale était une transformation. Certaine qu'une aide aussi superficielle se révélerait insuffisante, elle aurait protesté, si seulement elle avait compris plus tôt. Elle ne regardait jamais les émissions de télé mettant en scène des métamorphoses. Les solutions rapides la déprimaient, les messages contradictoires la désorientaient. Aux gens en général, et pas seulement aux femmes, on recommandait d'accepter ce qui faisait d'eux des êtres uniques, l'apparence ne revêtant aucune importance, et, en même temps, on leur disait qu'une nouvelle coiffure et quelques accessoires bien choisis allaient changer leur vie.

Par ses yeux mi-clos, Mary vit trembloter la peau du cou de Frankie, qui appliquait un après-shampoing sur ses longs cheveux. Elle eut un mouvement de recul lorsque la femme annonça d'une voix sonore :

— Mon premier mari m'a quittée, moi aussi. Il y a six ans ce printemps.

— Ah bon, fit Mary, heureuse au fond que Gros Avi l'ait dispensée de raconter son histoire.

— C'est la meilleure chose qui me soit arrivée. Deux semaines plus tard, j'ai rencontré Bob chez

Ralph, et je jure devant Dieu que je n'ai plus repensé à l'autre.

— Ah bon.

— Je suis là, au comptoir de la pâtisserie, pour commander le gâteau d'anniversaire de mon neveu, et Bob est là, lui aussi, et nous nous mettons à parler. De la circulation, je crois. Franchement, j'ai un peu paniqué parce que, au bout de deux minutes, il m'a invitée à sortir avec lui.

Frankie se pencha pour dire à l'oreille de Mary :

— J'ai décidé de jouer cartes sur table. J'ai dit : « Êtes-vous un de ces sales types qui aiment baiser des grosses ? » Il m'a regardée droit dans les yeux et il a répondu : « Seulement si tu es une de ces grosses qui aiment baiser des sales types. » J'ai ri comme une baleine. Depuis, je suis avec lui.

Mary fut choquée par le langage et la franchise de la femme, mais jugea que l'anecdote n'était pas dépourvue d'un certain charme naïf.

— C'est bien, dit-elle. Vous êtes israélienne, vous aussi ?

La coiffeuse qui shampouinait une brune au-dessus du lavabo voisin gloussa.

— Elle est perse, voyons.

Comme si c'était évident.

Une fois loin des lavabos et en vue des portes, Mary eut une nouvelle envie de fuir, mais Gros Avi était parti et ses cheveux dégoulinaient. Elle n'eut d'autre choix que de s'asseoir sur la chaise tournante que Frankie lui avait désignée et d'attendre que tous les nœuds soient éliminés. *Irma,* songea Mary, légèrement rassurée par l'idée que sa mère ne serait pas consciente de son absence, alors que, pendant des années, elle-même avait souffert de voir Irma insensible à la présence de sa fille à ses côtés. Elle ferma les paupières.

— Je sais que c'est dur, chérie, fit Frankie en allongeant le bras vers une bouteille de démêlant à l'aspect laiteux. Avi dit que la compagnie aérienne a perdu tes bagages.

Mary ne se sentit pas la force d'expliquer.

— Il y a une autre femme ? demanda Frankie.

Mary eut l'impression que les autres femmes, les clientes comme les coiffeuses, tendaient l'oreille.

— Je ne crois pas, répliqua-t-elle.

Frankie soupira en contemplant les mèches de cheveux roux mouillés.

— Les pointes sont tout abîmées, remarqua-t-elle. Et tes cheveux sont trop longs. Ils te vieillissent de… dix ans. Moi, je les couperais à la hauteur des épaules.

Comme Mary ne répondait pas, la femme qui occupait la chaise voisine déclara :

— Vous avez un si joli visage. N'est-ce pas qu'elle a un joli visage ?

Dans le miroir, Mary leur sourit à toutes les deux.

— Allez-y, ordonna-t-elle à Frankie. Faites comme vous voulez.

Frankie saisit la queue de cheval de Mary et la coupa sans ménagement, comme de la mauvaise herbe. Mary vit la longue bande de cheveux roux tomber par terre comme si elle appartenait à quelqu'un d'autre.

Derrière, une cliente cria :

— Vas-y, ma fille !

Cramoisie, Mary leva les yeux au moment où Frankie agitait ses ciseaux, telle une baguette magique, au-dessus du groupe.

— Bon, écoutez-moi, toutes. Je vous présente Mary, qui vient du Canada, annonça-t-elle. Son mari l'a quittée.

Les femmes exprimèrent leur sympathie en faisant tss-tss.

— Il est chez sa mère, du côté de Golden Hills. En sortant d'ici, elle va aller lui dire sa façon de penser.

Les femmes affirmèrent leur soutien à voix basse, et Mary fut frappée par leur intérêt unanime. *Dieu merci, ce n'est pas moi.*

— Dégradés jusqu'aux épaules et bouclés autour du visage, poursuivit Frankie, sollicitant l'opinion des autres.

Derrière, dans le vacarme des séchoirs, une coiffeuse cria :

— Pas de frange. Une coupe à la Lana Turner avec une raie sur le côté et du volume sur le dessus.

Mary sentit son cœur s'emballer. On envahissait sa bulle. On avait coupé ses cheveux. Elle croyait avoir des problèmes d'identité ? C'était encore pire à présent.

— Je n'aurais pas dû venir, chuchota-t-elle à l'intention de la grosse femme aux cheveux roux coupés aux épaules qu'elle voyait dans la glace. Je me sens complètement perdue.

En cherchant ses yeux dans le miroir, la femme qui l'avait complimentée sur son joli visage dit :

— Nous sommes toutes passées par là, ma chérie. Toutes.

Une autre femme, que Mary n'avait pas encore remarquée sous son séchoir, dans le coin, releva sa tête, couverte d'une étrange perruque faite de carrés en papier d'aluminium, et lança :

— Depuis combien de temps es-tu mariée ?

— Vingt-cinq ans.

— Tu devais être encore aux couches.

— J'avais dix-huit ans.

— Peu importe ce qui s'est passé, on ne renonce pas à vingt-cinq ans de vie commune sans se battre, déclara la femme.

Elle se leva et, en se traînant les pieds, vint s'asseoir sur la chaise voisine de celle de Mary. Les yeux de la femme étaient retenus prisonniers par son visage lisse, rigide — pure sérénité diaphane qui, au même titre que les lèvres pulpeuses, qu'on aurait dites piquées par des guêpes, et les sillons nasolabiaux remplis de collagène, était devenue aussi banale que les autres modes, mais que Mary voyait pour la première fois.

Des années auparavant, à l'occasion d'un des pénibles coups de fil que Mary donnait à sa belle-mère, le dimanche, Eden lui avait dit sur un ton désinvolte qu'elle allait se faire remonter le visage. Mary avait senti un élan de pharisaïsme monter en elle, mais elle avait réussi à se retenir de demander pourquoi. La réaction de Gooch, qui s'était contenté de hausser les épaules, l'avait surprise.

— Si ça peut lui faire plaisir, avait-il laissé tomber.

— Et vieillir en beauté, dans tout ça? avait répliqué Mary. Je pensais que l'idée que ta mère soit si vaniteuse te déplairait. Tu ne crois pas que c'est mal?

— Ma mère est vaniteuse. C'est un fait avéré. Mais de quel droit oserions-nous la juger? avait-il ajouté d'un ton plein de sous-entendus.

— La chirurgie fait des victimes, Gooch. À mon avis, c'est un risque stupide, voilà tout.

Le tronc de l'éléphant obèse s'était agité dans un coin de la pièce, et il n'avait plus été question de la décision d'Eden.

Capitulant devant son embellissement, Mary ferma les yeux et accepta le vif plaisir que lui procurait l'air chaud du séchoir. Un rare plaisir sensuel. Elle se rendit compte que ses dernières relations sexuelles avec Gooch remontaient à plus de six ans et demi et que la joie dont l'acte sexuel s'accompagne en principe s'était perdue bien des années et bien des kilos plus tôt.

Après leurs premières années de vie commune, l'époque où la seule évocation des lèvres de Gooch provoquait un afflux de sang jusqu'au tréfonds d'elle-même, elle avait commencé à invoquer toutes sortes de prétextes lorsque Gooch avançait la main pour la toucher. Son désir avait été englouti par le sentiment qu'elle avait de ne pas être désirable. Lorsque Gooch se montrait particulièrement insistant, sans jamais la brutaliser ni la forcer, mais en la bécotant dans le cou ou en insinuant ses doigts entre ses seins, Mary supportait la corvée comme Irma le repas du soir, pressée d'en finir.

Lorsqu'elle rouvrit les yeux, elle eut peine à reconnaître la femme dont les cheveux roux coupés aux épaules encadraient le joli visage.

— Oh.

Voilà tout ce qu'elle trouva à dire.

Frankie sourit, tel l'artiste qui vient de signer un chef-d'œuvre.

— Tu es splendide, souffla-t-elle.

Les autres acquiescèrent avec enthousiasme. Mary les remercia en clignant des yeux, scruta les visages à la recherche de signes de démenti. Elle se demanda si cet étalage de générosité était sincère. En prenant connaissance de la douleur et du désarroi de Mary, elles avaient toutes effectué quelques pas dans ses chaussures ou, plus justement, dans ses bottes, et elles n'avaient vu ni une grosse, ni une mince, ni une vieille, ni une jeune, ni une riche, ni une pauvre. Non, dans cette âme délaissée, qui se sentait abandonnée, elles s'étaient reconnues elles-mêmes.

La cape en plastique que Frankie avait posée sur ses épaules sans la nouer autour de son cou tomba par terre au moment où elle se leva.

— Elle ne peut pas porter ça, dit l'une des coiffeuses en montrant l'uniforme marine.

Frankie fronça les sourcils. La magnifique Perse américaine aida Mary à se lever et, en passant par les portes battantes argentées, l'entraîna dans une vaste et opulente salle de bains.

— Tu es infirmière? demanda Frankie en ouvrant la porte d'une grande armoire.

Mary secoua la tête et renonça à s'expliquer. Elle examina plutôt la collection de vêtements de forte taille auxquels pendaient des étiquettes de prix.

Frankie choisit un ensemble à motifs identique au sien, mais en vert, et tendit le cintre à Mary.

— Essaie ça. Vas-y. Mon mari est dans le textile. Je te le laisse au prix coûtant. Va.

Devant l'immobilité de Mary, Frankie murmura :

— Tu as besoin d'intimité, d'accord. Mais laisse-moi te dire une chose. Je peux me le permettre parce que nous sommes grosses, toutes les deux. Si tu penses que ton mari t'a quittée à cause de ton poids, tu devrais remercier Dieu d'avoir une deuxième chance.

— C'est pour ça que ton mari t'a quittée, toi?

— Il m'a quittée parce que j'étais malheureuse. J'étais perpétuellement au régime. Bob m'aime grosse. Il m'a appris à m'aimer comme je suis. Si un détail te déplaît à ton sujet, change-le. Sinon, aime-le. Il n'y a rien entre les deux.

— O.K.

Avant de sortir, Frankie ajouta :

— Il y a un magasin de chaussures dans le centre commercial suivant. Tu ne peux pas porter de bottes comme ça en Californie.

En franchissant les portes battantes, parée de ses beaux vêtements, Mary trouva Gros Avi et le salon de beauté au grand complet en train d'attendre le dévoilement. Se faisant l'effet de participer à son corps défendant à un jeu télévisé, elle tourna sur elle-même, écarlate. Elle s'arrêta devant le miroir, où Frankie ajusta sa ceinture et rectifia la position de la blouse.

— Combien je te dois ? demanda Mary en sortant sa carte de crédit.

Frankie inscrivit un chiffre sur une facture et la lui tendit. Plus que trois semaines de provisions.

Une autre coiffeuse sortit de la pièce du fond en transportant l'uniforme marine dans un sac en plastique. Elle le remit à Mary et chuchota :

— Vous ne pouvez pas porter de bottes comme ça en Californie.

Souriant pour dissimuler son impatience, Gros Avi prit Mary par le bras et l'escorta jusque dehors, où l'attendaient le soleil aveuglant et le cocon en cuir de la limousine.

Gros Avi sourit largement dans le rétroviseur.

— Vous êtes magnifique. Vous vous sentez forte ? Oui ?

— Oui, admit Mary.

La métamorphose physique, cependant, n'y était pour rien. Bien sûr, elle était transformée en surface, mais elle ne s'identifiait pas à la rousse bien habillée (exception faite des bottes) dont elle avait surpris le reflet dans le miroir du salon de beauté. Le courage dont elle se sentait investie était le produit non pas de cette transformation, mais bien de la force qu'avaient éveillée ces femmes en la parant d'une armure à motifs verts et en l'envoyant se battre pour l'amour en leur nom à toutes.

— Je ne sais pas comment vous remercier, dit Mary. Je ne connais pas beaucoup de gens qui auraient fait ce que vous avez fait pour une inconnue.

— C'est assez, fit Gros Avi en agitant les mains. Je fais payer comme pour service ordinaire. C'est tout.

— Merci.

— Quand je viens aux États-Unis, beaucoup d'inconnus m'aident, je ne sais pas combien. Pour remercier, je rends service. C'est assez. Vous comprenez ? Vous connaissez cette impression ?

Mary ne la connaissait pas, elle qui avait passé le plus clair de sa vie au service de sa faim et la plupart de ses jours les yeux baissés, souffrante, frustrée et trop lasse de sa propre insatisfaction pour mesurer la peine des autres. Elle aurait peut-être dit qu'elle avait été au service de Gooch, mais c'était faux. Elle jugeait antiféministe l'idée de servitude conjugale. Même si Gooch effectuait de plus longues heures de travail et versait deux fois plus d'argent dans leur compte en banque commun, elle rechignait à passer le balai et à préparer les repas. Elle n'avait jamais trouvé la gloire dans le nettoyage du four ni la paix dans le repassage des chemises dont elle s'occupait le dimanche matin.

— Je connais Willow Drive, annonça Gros Avi. C'est dans banlieue, juste avant Oak Hills.

Leaford n'avait pas de banlieue digne de ce nom. Il y avait les grandes et magnifiques maisons victoriennes du vieux centre historique et, en périphérie, les petites maisons construites à la fin de la guerre. Sinon, les gens vivaient à la campagne, où ils cultivaient la terre qu'ils occupaient ou résidaient dans des maisons sur des terres exploitées par d'autres. Mary avait vu les banlieues de Windsor, celles que Gooch qualifiait de monotones, en raison de l'uniformité de l'architecture, mais ces maisons étaient uniques par rapport à celles du paysage où ils faisaient leur entrée. Ces maisons de banlieue étaient immenses, de monstrueuses structures érigées selon six modèles qui se répétaient — de plain-pied, double, garage à gauche, garage à droite, fenêtre en baie géante, fenêtre en baie plus petite —, déclinées en trois teintes de beige, avec un bosquet de hauts palmiers ou un saule en cascade au centre d'un terrain paysagé.

— Bienvenue à Willow Highlands, dit Gros Avi.

Au sommet de collines vallonnées, où se trouvaient des maisons encore plus grandes, de larges rues asphaltées et de si nombreux espaces de stationnement que les conducteurs de Toronto et de New York en baveraient d'envie, Willow Highlands fit à Mary l'effet d'un décor peint tel qu'on en voit dans les films, comme si un changement de perspective ou une légère chiquenaude risquait de rompre l'illusion paradisiaque. C'était le milieu de l'après-midi et les banlieusards étaient au travail ou à l'école, sans doute, mais elle eut néanmoins le sentiment que des âmes s'attardaient dans leurs foyers, où elles vivaient le rêve américain.

Pendant que la voiture roulait, les seules personnes qui trimaient dur étaient les petits personnages à la peau brune.

— Ce sont tous des Mexicains? demanda-t-elle.

Une fois de plus, Avi consulta son rétroviseur pour voir si elle faisait de l'humour ; ayant décidé que non, il dit :

— Tout le monde a aide. Jardinier. Femme de ménage. Bonne d'enfants.

— Ils ont le droit d'être ici? Même au Canada, on entend parler des Mexicains illégaux d'ici.

Il haussa les épaules.

— Certains. Tout le monde a opinions sur immigration. Moi, mon immigration est légale. Ça coûte cher, je ne peux pas décrire. Mais je vois ces gens qui veulent meilleure vie. J'ai sympathie pour eux. Ils veulent travail.

Mary vit un Mexicain, le dos lesté d'un énorme appareil, manier un gros tuyau semblable à une mitrailleuse qui soufflait des débris du large trottoir vers la rue.

— Les feuilles tombent ici aussi, observa Mary.

— Certaines, oui. Il y a saisons. En hiver, il ne fait pas froid, mais le soir on met chandail.

— Au Canada, on dit qu'il y a deux saisons : l'hiver et les travaux routiers, dit-elle.

Dans le rétroviseur, elle lut l'incompréhension sur son visage.

— Parce que l'été est la seule saison où les équipes de voirie peuvent travailler sur les routes.

— Ah! fit-il. Blague!

Il sourit et s'engagea dans une autre rue.

— Willow Drive dans deux rues. Numéro, s'il vous plaît?

— Vingt-quatre.

Mary avala sa salive. Elle fut surprise de constater que la voiture avait quitté l'îlot d'immenses maisons pour s'engager dans un quartier beaucoup moins cossu, au pied des collines. Ce sont sûrement les basses terres du coin, raisonna-t-elle. Des maisons plus petites, en stuc, aux cours moins ornementées, alternaient avec des rangées de maisons de ville à étage. Comme ses beaux-parents avaient des moyens considérables, Mary, prise de panique, se dit qu'elle s'était trompée d'adresse. Ou même de ville.

— Je dois aller vite, dit Gros Avi en consultant sa montre. Petit Avi joue soccer.

Il se gara devant une modeste maison blanche, à la haute entrée en voûte, devant laquelle quelques plantes desséchées dans leurs pots d'argile bordaient un court trottoir craquelé.

— Vingt-quatre, annonça-t-il.

Deux voitures occupaient l'allée parsemée de feuilles mortes : une Camry rouge et cabossée qui, selon les estimations de Mary, datait de la fin des années 1990, et une Prius blanche plus récente, la voiture hybride que Gooch avait beaucoup admirée, mais rejetée, au motif qu'un homme de sa taille ne pourrait pas la conduire confortablement.

— Il y a quelqu'un. Oui ? demanda Avi en faisant glisser la carte de crédit de Mary dans son appareil.

— J'ai du mal à croire que c'est la bonne maison, déclara Mary, hésitante. Mes beaux-parents sont plutôt riches.

— «Riches» ne veut pas dire même chose en Californie, expliqua-t-il sur le ton de la mise en garde. Cette maison coûte presque un million de dollars.

— Non !

— Je vous jure.

Il sortit de la voiture pour aider sa passagère à descendre. Après avoir serré ses mains en la regardant dans les yeux, il dit :

— Allez parler votre mari.

Mary sourit et hocha la tête. La limousine s'éloigna et elle agita la main. *Mon Dieu,* pria-t-elle, *aidez-moi à trouver les mots.* Son cœur battait la chamade et elle se reprocha amèrement de ne pas avoir profité davantage des produits offerts dans le panier en osier. Mettant le cap sur la petite maison en stuc, elle espéra qu'elle sentirait, comme celle de Dieu, la présence de Jimmy Gooch.

À la vue de l'écriteau interdisant de fumer collé dans la vitre de la porte, Mary se dit qu'il était de plus en plus probable qu'elle ait fait erreur. Elle n'avait encore jamais vu Jack, en personne ou en photo, sans une Marlboro pendue à sa lippe.

En s'approchant, elle entendit des corneilles noires croasser dans un arbre voisin, mais aucun son ne venait de l'intérieur. Elle s'était trompée. Il y avait forcément un autre 24, Willow Drive dans un autre Golden Hills, Californie. Elle se rappela que la maison précédente de ses beaux-parents était équipée d'une piscine pour les longueurs et de courts de tennis. Eden avait envoyé une photo de Jack et d'elle en survêtements griffés assortis, appuyés contre leur Acura couleur argent dans l'allée de leur énorme manoir, et Mary se souvenait même du commentaire de Gooch : « Qu'est-ce qu'ils peuvent bien faire de sept chambres à coucher ? »

La mauvaise maison ? Que faire maintenant ?

La porte de devant s'ouvrit et une petite femme aux jolis yeux noirs et aux cheveux foncés remontés en chignon torsadé sortit sur le perron et la regarda d'un air méfiant.

— *Hola,* dit-elle.

— Mary, la corrigea Mary.

— *Hola,* essaya de nouveau la femme.

— Non, Mary, répéta Mary en pointant son index vers elle-même. *Mary.*

La femme prononça quelques mots d'espagnol auxquels Mary ne comprit rien et lança en direction d'une pièce sombre :

— *Señora?*

— J'ai dû me tromper de maison, s'excusa Mary.

Puis elle vit par la porte ouverte une vieille femme frêle s'avancer en boitant dans le couloir sombre, et son cœur s'affola. Il y avait plus de vingt ans qu'elle n'avait pas vu Eden, mais Mary la reconnut aussitôt, dès qu'elle entra dans la lumière, à sa coupe carrée caractéristique.

Si le visage de sa belle-mère avait un jour été remonté, le bas s'était affaissé de nouveau. Ses yeux bleus chassieux obliquaient vers sa frange, comme ceux d'un chat, et ses joues comme ses mâchoires pendaient, tel du linge séchant sur la corde. Son corps était aussi usé et fragile que du bois oublié sous la pluie. Des mains crispées par l'arthrite terminaient ses bras grêles. Eden ne reconnut pas Mary ou avait la vue trop basse.

— Qu'est-ce que c'est, Chita? demanda-t-elle.

— Eden, souffla Mary.

— Oui, répondit la vieille femme en plissant les yeux, de mauvaise humeur.

— C'est Mary, Eden.

Un début de compréhension gagna le visage écroulé d'Eden.

— Mary?

— Désolée de débarquer comme ça, à l'improviste.

— Je ne t'aurais pas reconnue, dit Eden.

Mary toucha ses cheveux roux ondulés et se rendit compte qu'Eden faisait référence à son poids extrême, et non à sa métamorphose extrême. Elle attendit sur le perron que sa belle-mère l'invite à entrer.

En entendant la sonnerie d'un four à micro-ondes, la Mexicaine disparut, et Eden s'appuya au chambranle de la porte, lassée par l'effort qu'elle avait dû déployer pour venir jusque-là, contrariée par l'intrusion.

— Il n'est pas ici, Mary.

— Mais Heather a dit…

— Heather? fit Eden an soulevant un sourcil. Eh bien, il est venu, mais il est reparti.

Mary renifla l'air dans l'espoir de détecter le parfum de Gooch, tandis qu'Eden, résignée, ouvrait la porte.

— Mieux vaut que tu entres, je suppose. Mais ne fais pas de bruit. Jack dort.

L'odeur de la maison était subtile, mais familière : une bouffée d'urine, un soupçon de pourriture, comme à la maison de retraite St. John, à Leaford. Comme chez Christopher Klik, le jour de ses funérailles. Au moment où elle entrait dans le petit salon encombré de meubles surdimensionnés, Mary s'aperçut qu'elle tremblait. J'ai failli y arriver, se dit-elle. Elle avait raté Gooch de quelques heures, de quelques jours, mais elle savait que, en réalité, il s'agissait d'années. Elle se sentit faible et, au lieu de s'asseoir, se laissa tomber sur un des fauteuils capitonnés.

— Je m'en veux de vous déranger, Eden, mais je n'ai presque rien mangé aujourd'hui. J'ai peur de m'évanouir.

Eden roula les yeux et, d'une voix étouffée, cria vers l'arrière de la maison :

— Apporte les brioches aux prunes et du thé glacé, Chita !

Eden s'assit sur le canapé voisin du fauteuil de Mary sans se donner la peine de dissimuler son mépris.

— Tu n'aurais pas dû venir. Et veux-tu bien me dire, au nom du ciel, ce que tu fais avec des bottes d'hiver en Californie ?

— Il fallait que je vienne.

— C'est un homme brisé, Mary. Tu le sais, ça. Brisé.

En vingt-cinq années de mariage, jamais Mary n'avait entendu quelqu'un parler de son mari en termes aussi navrants. C'est elle qui était brisée, affreuse, bonne à rien. Pas Gooch. Gooch vivait une vie de rêve. Gooch triomphait. Gooch acceptait l'histoire de sa vie au fur et à mesure qu'elle s'écrivait, tandis qu'elle appuyait ses mémoires sur son ventre vallonné et tournait les pages au hasard en regrettant que l'auteur n'ait pas choisi un autre chemin.

— Heather a dit qu'il avait gagné de l'argent avec un billet à gratter.

— Je sais.

Eden sourit pour la première fois, révélant des dents couleur perle, plus longues et plus carrées que les originales.

— Le bon Dieu a exaucé mes prières.

— Quand est-il venu? demanda Mary avec prudence, de crainte qu'Eden s'enfuie comme un chat sauvage ou décide de jouer les idiotes, à la façon d'une enfant.

— La semaine dernière. Mardi ou mercredi. Je perds la notion du temps.

Dans des circonstances différentes, Mary aurait proposé sa propre version de la disparition du temps.

— J'étais folle d'inquiétude, offrit-elle plutôt.

— Son intention n'était pas de te faire du mal, Mary.

— Nous avons connu des moments difficiles, expliqua Mary à voix douce en acceptant le verre glacée que lui tendait la bonne mexicaine, apparue avec du thé glacé et des pâtisseries sur un plateau.

— Il s'en veut beaucoup.

— Ah bon?

— Mais il faut être deux pour danser le tango, pas vrai? fit remarquer Eden. Et c'est exactement ce que je lui ai dit. Je lui ai dit: «Arrête de te faire des reproches, Jimmy. Mary y est sûrement aussi pour quelque chose.» Il n'a rien dit contre toi, rien du tout. Il ne m'a même pas dit à quel point tu avais grossi.

Eden haussa ses sourcils épilés.

— Je t'ai à peine reconnue. Tu es deux fois plus grosse que la dernière fois que je t'ai vue.

Mary fixa les pâtisseries sur la table, mais elle ne put se résoudre à se servir. L'idée de mordre dans quelque chose de sucré et de pâteux souleva en elle une autre vague de nausée, et la douleur entre ses yeux, qu'elle avait oubliée, se réveilla brusquement.

— J'ai peine à imaginer la vie que Jimmy a menée pendant toutes ces années. Un garçon si doué. Il aurait dû être écrivain, dit Eden.

Et le potentiel de Gooch, au même titre que le fond de la pensée de sa mère, flotta dans l'air humide qui sentait la pisse.

C'est vrai, songea Mary. Gooch aurait dû être écrivain. Il aurait dû être un autre homme que celui qu'il est devenu.

— Surtout, ne renverse pas ton thé, prévint Eden au moment où Mary se penchait dans son fauteuil. C'est un Ethan Allen à deux mille dollars !

— Ah bon ? fit Mary en prenant une gorgée dans le verre trop rempli.

— Comment va ta mère ?

— Pareil.

— Je sais que tu as eu ta part de déceptions, Mary.

— Oui.

— Mais ce n'est pas une raison.

— Où est-il allé en partant d'ici ? Si vous le savez, dites-le-moi, Eden, supplia Mary. Je suis sa femme. Je suis sa femme.

— Il a parlé de voir les séquoias. Big Sur. De faire de la randonnée ou je ne sais pas quoi. Il avait acheté un guide. Il a dit qu'il n'avait pas de projets bien précis, qu'il avait besoin de temps pour réfléchir.

Du temps pour réfléchir.

— Il vous a dit pendant combien de temps il serait parti ?

— Non. Il ne m'a pas demandé mon opinion, remarque — d'ailleurs, il ne l'a jamais fait —, mais je lui ai conseillé de demander le divorce et de mettre un terme à tout ça. Vous devez refaire votre vie, tous les deux. Il est encore jeune. Avec une autre, il pourrait avoir encore trente belles années. Comme Jack et moi.

Mary s'éclaircit la gorge.

— Vous ne savez vraiment pas où il est allé ?

— Il était ici depuis une heure à peine quand Jack et lui ont commencé à se disputer, renifla-t-elle. C'est le prix à payer. On fait passer son mari avant tout le reste. C'est comme ça. C'est ce que tu aurais dû faire, toi aussi.

Mary ne lui demanda pas si la perte de ses enfants n'avait pas été un trop lourd prix à payer, car elle voyait, dans les yeux moralisateurs de la femme, la ferme conviction que c'étaient eux qui avaient perdu au change.

— Mais je veux aider Gooch. Je veux…

La suite était si compliquée et si intime qu'elle fut incapable de l'articuler à voix haute.

— Je te proposerais bien de rester, mais, dans une demi-heure, nous accueillons six membres de notre cercle de prière.

Si elle n'avait pas eu si mal à la tête, Mary se serait peut-être donné une bonne taloche. *Pourquoi suis-je venue ?* se serait-elle écriée. Comment avait-elle pu s'imaginer que Gooch pourrait *réfléchir* aux côtés de Jack Asquith, dont la seule présence était toxique ?

— Désolée, Eden. Désolée que Jack et lui se soient encore chamaillés. Vous avez dû beaucoup souffrir.

Eden se radoucit.

— Il a dit qu'il passerait me voir avant de quitter l'État. Je lui ai dit que nous nous verrions au restaurant du coin.

— Il va revenir ?

— Il a promis de passer me dire au revoir.

Au revoir. Gooch comprenait le rituel, lui aussi. Il avait senti le besoin de dire au revoir à sa mère parce qu'il avait conscience de la mortalité de la vieille femme. Ou de la sienne. L'argent qu'il avait gagné à la loterie lui avait donné la force de mettre un terme à son inertie. Mary l'imagina au volant de son camion dans le stationnement de chez Chung, salivant à la pensée de son sempiternel combo numéro 3. Elle imagina son visage pendant qu'il grattait le billet à l'aide d'une pièce de vingt-cinq cents. Dans ces trois chiffres correspondants, il avait trouvé à la fois la volonté et les moyens de quitter sa femme, de réfléchir à son existence. *Libre*.

— Je pense que je vais l'attendre, dit-elle.

— Pas ici, en tout cas, lui assura Eden. D'ailleurs, nous ne savons pas quand il va revenir.

— Il va finir par manquer d'argent.

— Oui, je suppose.

— Et il va devoir recommencer à travailler.

— Tôt ou tard.

— Ce n'est pas comme s'il avait un million de dollars à dépenser. Il vous a dit combien il avait gagné?

— Assez. Il a seulement dit : *Assez*.

Assez. Ce mot. L'idée d'équilibre. Juste la bonne quantité. Un joli mot... jusqu'à ce que quelqu'un vous crie : *Assez !*

Soupçonnant Eden de mentir, Mary dit :

— S'il a promis de revenir, il va revenir. Et, quand il va le faire, je tiens à être là.

— Comme tu veux, Mary, mais je ne peux pas t'héberger. Par ici, même les motels bon marché sont

291

chers. Et s'il revient seulement dans un ou deux jours ? Dans une semaine ? Dans un mois ? Ou plus ?

— Il ne ferait pas ça.

En buvant une gorgée de thé glacé, Mary calcula le prix d'un séjour d'un mois à l'hôtel avec tous les frais afférents.

— Et qu'est-ce que tu vas faire de ta peau, Mary ? Regarder la télé dans ta chambre d'hôtel ? Manger des cochonneries ? Si tu as l'intention de rester ici, tu auras besoin d'une voiture. On ne peut aller nulle part sans voiture. Comment es-tu venue jusqu'ici ?

— On m'a déposée.

À l'idée des coûts de location d'une voiture, qu'elle n'arrivait même pas à imaginer, Mary commença à se tourmenter. Attendre le retour de Gooch dans cette terre étrangère jusqu'à ce que le compte soit vidé ? Rentrer à Leaford et reprendre sa vie là où elle l'avait laissée ? Mais quelle vie ? M. Barkley avait disparu. Orin aussi. Sa mère était un spectre. Elle n'avait même plus d'emploi, détail auquel il faudrait qu'elle s'attaque, tôt ou tard.

— Je reste, décida-t-elle à voix haute.

— Je t'aurai prévenue, dit Eden d'un air résigné.

Mary sortit de son sac un stylo et un bout de papier.

— Je vais vous donner mon numéro de portable. Vous allez m'appeler, n'est-ce pas ? Dès que vous aurez de ses nouvelles ?

Eden prit le bout de papier et le posa sur la table.

— Je pense que tu commets une erreur. Sincèrement.

Les femmes se levèrent, luttèrent avec leurs corps
rompus jusqu'à la porte. Mary était sur le perron lorsqu'elle se rappela son sac à main et le sac en plastique renfermant son uniforme marine. En revenant
sur ses pas, elle entendit un bruit en provenance
d'une pièce, au bout du couloir. Gooch.

Eden avait donc menti, comme Heather avant elle,
comme tous mentent pour ceux qu'ils aiment, pour
ceux envers qui ils ont une dette. Il était là, sur le
point de sortir de la pièce, sûr que sa femme était
partie.

— Gooch? laissa-t-elle échapper.

Jack Asquith, larmoyant et vaincu, rabougri et rata-
tiné, un masque à oxygène suffoquant son visage
tanné, sortit de la pièce dans un petit fauteuil roulant
motorisé. La mort, les yeux creusés, terrifiée, s'avança vers Mary, restée près de la porte.

— Jack, souffla-t-elle.

— Va te préparer pour le cercle de prière, Jack,
ordonna Eden.

Mais Jack garda le cap et continua de rouler sur le
sol de terre cuite en fixant Mary avec une méfiance
grimaçante, comme si elle était entrée dans la cou-
lisse d'un théâtre sans laissez-passer. Il s'arrêta au

bout des bottes de Mary, ôta le masque de son visage et croassa :

— Qui c'est ?

Eden lui fit signe de s'éloigner.

— Personne, mon chéri. Va te préparer.

Elle entraîna Mary sur le perron et ferma la porte derrière elle pour ne pas qu'il les entende.

— S'il te plaît, supplia-t-elle, ne va surtout pas le mettre dans tous ses états.

— Il a une mine épouvantable ! s'écria Mary. Mon Dieu !

— Dans cette maison, on n'invoque pas le nom de Dieu en vain.

— Désolée, c'est juste que…

— Eh bien, tu savais qu'il souffrait d'emphysème.

Mary secoua la tête, bouche bée.

— Il a baissé très vite.

— Désolée.

— Imagine… Moi, demander de l'argent à mon fils…

— Pourquoi ?

— Comment, pourquoi ? L'assurance-maladie de Jack n'a pas remboursé la moitié de nos dépenses.

— Je n'étais pas au courant.

— Bien sûr que si.

— Il y a longtemps que nous ne nous sommes pas parlé, Eden.

— Tu savais que nous avions perdu l'entreprise. Tu savais que nous avions perdu la maison.

Mary secoua la tête.

— Je perds la notion du temps, dit Eden. Je ne t'en ai peut-être pas parlé, après tout. Tu as cessé de téléphoner.

C'était la vérité. Mary avait cessé de téléphoner à Eden le dernier dimanche de chaque mois. Trop souvent, elle était tombée sur un répondeur, et elle avait été prise de panique à l'idée de ce qu'elle allait pouvoir raconter à Eden, avant de se rendre compte qu'elle n'avait rien à lui dire et réciproquement. Elle avait fini par laisser tomber cette relation, qui n'était qu'une imposture. Comme Gooch l'avait fait longtemps auparavant. Elle se demanda si, en se prêtant au rituel des adieux, il avait cherché à se faire pardonner. Ou à donner son pardon.

— J'ai de l'argent, Eden. Je pourrais…

— Jimmy m'a donné cinq mille dollars. Et j'ai des obligations qui arrivent à échéance le mois prochain. Ça va me permettre de voir venir. Le reste est entre ses mains.

— Celles de Gooch?

— Celles de Dieu. D'ailleurs, je ne voudrais pas prendre une part des gains de loterie qui te reviennent, Mary. Tu vas en avoir besoin pour recommencer ta vie.

Un *fait accompli**. Mary se souvint de l'expression, qu'elle avait apprise en classe de français. Une chose terminée. Finie. Close. Entendue. Morte. C'était ainsi qu'Eden voyait le mariage de Mary, mais celle-ci avait des réserves financières suffisantes pour garder l'espoir vivant. Malgré tout, elle avait des doutes au sujet de la somme que Gooch avait gagnée, du solde du compte en banque. Il faudrait qu'elle trouve une institution financière. Pourvu que sa carte fonctionne aux États-Unis…

— Il y a un Pleasant Inn près de l'autoroute. C'est là que je vais être, dit-elle.

— Et?…

— Je vais attendre. Je vais attendre Gooch.

— Pendant combien de temps?

— Je ne sais pas.

— Je ne peux pas t'amener là-bas.

— J'irai à pied.

— C'est à près de deux kilomètres d'ici, fit Eden en riant.

— Je peux marcher, lui assura Mary. Vous m'appellerez? insista-t-elle en cherchant le regard d'Eden.

— Je t'appellerai, répondit Eden.

Sur ces mots, elle referma la porte et, en compagnie de Jack et de la Mexicaine aux yeux noirs, s'ensevelit dans la maison à l'odeur fétide, en attendant que la miséricorde de Dieu descende sur leur cercle de prière.

Sous le soleil qui s'élevait petit à petit, Mary gagna le trottoir et s'immobilisa, au cas où, comme Heather, Eden lui aurait menti. À tout moment, sa belle-mère risquait d'accourir, à bout de souffle et éperdue de remords, et de crier : «Tu le trouveras à tel ou tel motel!» Ou : «Il a loué une chambre dans telle ou telle rue!»

Devant la porte obstinément close, Mary se rendit compte qu'elle ne réussirait jamais à franchir à pied les deux kilomètres qui la séparaient du Pleasant Inn. Mais elle ne pouvait pas non plus rester sous le soleil qui incendiait sa peau claire, embrasait sa chevelure rousse, cuisait son cuir chevelu. N'ayant jamais pris de bain de soleil, elle n'utilisait pas de crème solaire et autorisait rarement sa chair à entrer en contact avec les rayons du soleil. Encore quelques minutes à feu vif et elle commencerait à roussir.

Lorsque Mary se mit en route vers Willow Highlands, le rire et les larmes, contraires promis par les romans qui encombraient son lourd sac à main, se livraient une lutte sans merci dans sa gorge. La route principale passait de l'autre côté de la colline, où elle se souvenait d'avoir aperçu un petit centre commercial. Il y avait une banque, où elle pourrait vérifier le solde de son compte avant de se rendre à l'hôtel. Un peu moins d'un kilomètre. De l'autre côté de la colline. *En route.*

En l'occurrence, l'escarpement tenait de la montée verticale plus que de la simple pente. Mary grimpait le trottoir blanc, haletante, les pieds cuisants dans ses bottes d'hiver, en se demandant vaguement comment les enfants de Golden Hills apprenaient à faire du vélo. Haut devant elle, elle vit un Mexicain d'âge moyen descendre une tondeuse à gazon du plateau d'une petite camionnette rouge garée près d'un terrain de jeu désert. Ignorant le regard étonné de l'homme, elle le salua de la main et, malgré le vacarme métallique, lui lança de façon tout à fait inepte :

— Fait chaud, hein ?

Les forces qui lui restaient lui permirent d'atteindre le milieu de la côte escarpée, où elle s'arrêta au bord d'une fontaine rocheuse étincelante, à l'abri d'un garage aux proportions monstrueuses. Willow Highlands, songea-t-elle en regardant autour d'elle, à bout de souffle. L'abondance splendide à laquelle aspire l'univers. Ah ! la beauté. Qu'aurait pensé Gooch de cet étrange paysage ? Il avait un jour rejoué pour Mary la conversation qu'il avait eue avec un immigrant originaire d'Afrique de l'Ouest dans un relais routier au nord de London. Le rêve de l'homme était d'élever ses enfants en Amérique pour que, en grandissant, ils apprennent à ne pas apprécier les choses à leur juste valeur.

Même si les Corvette et les Lincoln le faisaient saliver, Gooch, par nature (ou par la force des choses) n'était pas matérialiste. Dans ses moments de grande franchise, au cours des premières années de leur mariage, lorsque Mary acceptait encore de jouer le jeu, il disait avoir envie d'expériences nouvelles plutôt que de possessions. «On devrait sauter dans la voiture et rouler jusqu'en Colombie-Britannique», disait-il. Ou encore : «Un jour, on devrait remonter le Saint-Laurent pour suivre la migration des baleines.» Et : «Je rêve de t'emmener patiner sur le canal Rideau.» Il n'avait jamais parlé des forêts de séquoias ni de Big Sur, mais ces lieux faisaient peut-être effectivement partie de ses destinations de rêve. Au même titre que Washington, D.C. Ou Yellowknife. Ou New York. Ou Istanbul. *Viens avec moi, Mary. Viens avec moi.*

Assise au bord de la fontaine, des colonnes d'eau jaillissant dans son dos, Mary prit de longues et profondes inspirations, écouta le bruit blanc des tondeuses à gazon et des souffleuses à feuilles. Des journaliers besognaient pour le bénéfice des nantis. Quelque part, Gooch, en buvant à une gourde, le vaste océan bleu s'étendant sous ses yeux, cherchait la vérité — Dieu, peut-être — qui se cachait au bout de tous les voyages d'exploration. De quoi parlerait-il avec Dieu? De la politique mondiale. Des grands classiques du cinéma. Mary espérait que Dieu allait préparer pour lui des toasts à la cannelle et qu'elle le laisserait refaire ses forces dans les vastes espaces sauvages et inviolables.

Lorsqu'elle tenta de se relever, Mary comprit qu'elle ne pourrait pas poursuivre son ascension. Son corps insistait tranquillement pour être nourri. Elle n'avait pas assez mangé et il se vengeait, s'enrayait, s'arrêtait et attendait, de la même façon qu'il avait roté, chié et eu des crampes lorsqu'elle mangeait trop.

Elle vit le Mexicain qu'elle avait déjà aperçu tenter de convaincre sa camionnette rouge, qui avait connu des jours meilleurs, de monter jusqu'au sommet de la colline. Elle comprit que, pendant qu'elle se reposait là sans bouger, il avait tondu la pelouse du parc tout entier.

— Attendez, fit-elle en agitant la main. Attendez, s'il vous plaît.

Il s'arrêta au bord du trottoir, au moment où elle essayait péniblement de soulever sa carcasse. Elle sourit.

— Vous pourriez me déposer à la banque, s'il vous plaît?

L'homme, qui semblait ne pas comprendre, tressaillit lorsque Mary ouvrit la portière et lança son gros sac sur la banquette en disant:

— J'ai de quoi vous payer.

Elle tira cinquante dollars de sa liasse de billets et les mit dans les mains tachées de vert de l'homme. Il accepta l'argent, en proie à l'incompréhension.

— C'est de l'argent canadien, expliqua-t-elle, mais on pourra vous le changer à la banque.

Elle se hissa sur la banquette.

— Vous pouvez me déposer à la banque? répéta-t-elle en gesticulant.

Il secoua la tête. Ses yeux exprimaient le regret de ne pas comprendre ou encore celui de s'être arrêté pour la faire monter.

Se rappelant que la banque se trouvait à côté d'un restaurant, elle risqua :

— Le poulet fou ? Le *pollo* ?

— *Pollo ?* demanda-t-il. *El Pollo Loco ?*

Il hocha la tête et mit la camionnette en prise. Incapable d'atteindre son sac, posé par terre, Mary fourra la liasse de billets dans la poche de son ensemble à motifs.

Ne pouvant pas communiquer avec le conducteur, elle regarda défiler les maisons, tandis qu'ils montaient, puis redescendaient la côte. La camionnette rouge crasseuse finit par rejoindre la route principale. À un feu de circulation, Mary aperçut des mots écrits sur la lunette arrière d'une Suburban de Chevrolet arrêtée devant eux. Ayant d'abord cru qu'il s'agissait d'un slogan, elle fut surprise de lire : *Trent Bishop, 1972-2002. Toujours présent dans nos cœurs.* Elle n'avait encore jamais vu un véhicule portant un message commémoratif et fut frappée par le deuil infatigable qu'il traduisait : à chacun de ses déplacements, qu'elle se rende au travail ou à l'épicerie, la brune âgée qui tenait le volant rappelait au monde entier qu'elle avait perdu un fils prénommé Trent, mais qu'elle l'emmenait partout avec elle, telle une photo sertie dans un médaillon, et qu'il ne serait jamais oublié.

En songeant à la grosse camionnette Ford au toit recouvert de ruban gommé qu'elle avait abandonnée à Toronto, elle se demanda si elle en viendrait un jour à se souvenir de son mariage de la même manière. À peindre sur la lunette arrière les mots : *James et Mary Gooch, 1982-?*

Lorsqu'elle sortit du véhicule, Mary constata avec soulagement que l'homme ne tentait pas de lui rendre son argent. Il s'éloigna plutôt à vive allure, de crainte que cette femme, clairement *loco,* change d'avis.

Le guichet automatique était en vue, mais, à la même distance, il y avait aussi une pharmacie, et Mary entendit son appel. Différent de celui du Kenmore ou des restaurants-minute. Un ferme rappel plutôt que le chant de sirènes perfides. De la nourriture. Elle se dirigea vers le magasin. À chaque pas, elle avait l'impression de marcher sur des charbons ardents, le soleil la mettant au défi de s'arrêter, son courage poussant son corps vanné à poursuivre. Depuis le départ de Gooch, elle avait effectué plus de pas qu'au cours de toute l'année précédente. Et sans emprunter le sentier facile dont elle avait l'habitude. Au contraire, à chacun de ses pas, elle en rencontrait un nouveau, escarpé, et elle devait escalader des rochers, lestée non seulement de son corps, mais aussi du lourd sac à main en vinyle et du poids plus dense encore de son illumination grandissante.

La pharmacie, dont le parfum subtil lui sembla aussi familier que celui de la maison, était bondée de mères et d'enfants qui, à la sortie de l'école, étaient sans doute montés aussitôt dans des voitures en attente, car elle n'avait pratiquement vu personne dans les rues. Il y avait aussi deux ou trois hommes en complet foncé, une tasse de café en carton à la main, un téléphone pressé contre l'oreille, et des vieilles femmes qui, en se traînant les pieds, se dirigeaient vers le comptoir du fond pour attendre leurs médicaments. Mary s'appliquait à garder les yeux levés. Elle ne risquait pas de trouver Gooch en ce lieu, mais on ne savait jamais.

Au contraire de celle de Leaford, faite de mangeurs de maïs, et de celles des rues de Toronto, mosaïque de couleurs et de formes, la population de Golden Hills semblait se composer majoritairement de caucasiens athlétiques et musclés, liftés et bonifiés, liposucés et implantés. Et si *grands*. Mary avait beau avoir vécu avec l'un des hommes les plus grands du comté de Baldoon pendant vingt-cinq ans, elle fut frappée par la taille des habitants de Golden Hills, qui donnaient l'impression de vouloir rattraper les palmiers.

Devant la rangée de frigos, elle ouvrit une porte et prit quatre grosses bouteilles d'eau. Ses muscles fatigués refusèrent de supporter ce poids conjugué à celui du sac à main. Elle prit un chariot, y déposa l'eau, son sac à main et le sac en plastique renfermant son uniforme marine ; elle y ajouta aussi une douzaine de barres de protéines qui, à en croire l'emballage, étaient d'excellentes sources d'énergie, de nutriments et de protéines. Sentant la douleur entre ses yeux, elle trouva l'allée des analgésiques et choisit un flacon de comprimés extra-forts. Dans le rayon des produits saisonniers, elle ajouta quelques tubes d'écran solaire à ses emplettes.

Après avoir fait la queue devant la caisse, elle se rappela les billets dans sa poche et les sortit pour payer. La caissière secoua la tête en souriant poliment.

— Nous n'acceptons pas l'argent canadien, dit-elle.

Pour un peu, Mary aurait crié : «J'ai travaillé dans une pharmacie, moi aussi, et nous acceptions toujours les dollars américains ! Même que nous accordions une prime lorsqu'ils valaient plus que les nôtres !» Elle remit les billets dans sa poche et sortit sa carte de crédit de son sac.

La caissière lui tendit les sacs en plastique, et Mary les déposa dans le chariot pour ensuite se diriger vers la porte. Ses muscles à bout, elle fut heureuse de s'appuyer sur le chariot et de le laisser transporter ses colis jusque dans le stationnement, aux abords paysagés de la banque. De là, il faudrait qu'elle trimballe tout sur le trottoir, mais elle fut soulagée de trouver un banc ombragé sur lequel prendre un peu de repos, boire et manger avant de poursuivre et d'élucider l'énigme de son compte en banque. Combien d'argent y restait-il ? À chaque pas, à chaque exhalaison, elle sentait les calories *sortir*.

Avant que les Gooch fassent l'acquisition de la moquette gris argenté, à l'époque où Mary achetait encore des magazines à la pelle, elle avait lu avec une indignation grandissante l'article d'une nutritionniste (que Gooch avait laissé ouvert sur la table de

306

chevet de sa femme) qui exposait, avec une simplicité provocante, les raisons qui faisaient que, au
moment même où le tiers-monde crevait de faim, les
habitants du monde industrialisé engraissaient à un
rythme affolant. En centrant sa démonstration sur
l'équation entre les calories prises et les calories
dépensées, la femme montrait l'évidence :

> *Au restaurant, on nous sert trop souvent des por-
> tions deux fois supérieures à nos besoins.* Apport
> de calories. *Nous confions nos tâches quotidiennes
> à des machines.* Dépense de calories. *Les restau-
> rants ne fournissent pas toujours d'informations
> sur les matières grasses et les valeurs nutritives, ce
> qui empêche les clients de faire des choix éclairés.*
> Apport de calories. *Nous prenons la voiture lors-
> que nous pourrions marcher ou pédaler.* Dépense
> de calories. *Nous utilisons des ordinateurs pour
> communiquer. Nous regardons trop la télé. Nous
> remettons à plus tard ce que nous pourrions faire
> aujourd'hui.*

Dans l'article, les affronts étaient si nombreux que
Mary se demanda par où commencer lorsqu'elle s'attabla dans l'intention d'écrire à la rédactrice en chef.
Gooch s'était rendu coupable du premier affront en
laissant l'article bien en vue — comme si elle n'avait
pas déjà lu un millier de papiers identiques, un million de témoignages de femmes décrivant pourquoi
elles avaient engraissé —, mais cela, elle n'en parla
pas dans sa lettre.

Le deuxième affront, aux yeux de Mary, avait trait
à l'approche adoptée par la nutritionniste, qui faisait

preuve de simplisme et d'un cruel manque d'empathie. De la même façon que les insensibles disaient *Fallait pas fumer* à propos des malades atteints du cancer du poumon ou *Y avaient qu'à mettre une capote* à propos des séropositifs, cette femme semblait admonester les personnes de l'espèce de Mary : *Mangez moins et remuez un peu votre gros cul.* Cependant, la question de l'obésité morbide, comme celle de l'anorexie (*Mange plus pour éviter de crever, crétine*), était beaucoup plus complexe. Nulle part dans l'article il n'était fait mention des gros chagrins. Du fait que manger est une panacée contre la perte. Pas un mot sur la souffrance de la solitude.

Dans un encadré en couleur, sous la légende « Se mettre en train », la femme suggérait aux personnes très grosses de commencer à faire de l'exercice en apesanteur, sous l'eau, où les muscles acquerraient de la vigueur, avant de s'attaquer à des tâches terrestres plus ardues. Comme si tout le monde avait une piscine. Comme si les obèses morbides mouraient d'envie d'enfiler un maillot de bain et d'étaler leurs marchandises en public. Mary avait gloussé, mais elle avait tourné la page pour pouvoir dire à Gooch qu'elle avait lu l'article jusqu'au bout, dans l'hypothèse où il lui demanderait ce qu'elle en avait pensé.

Et là... la gifle suprême. Une photographie de la femme, nutritionniste et auteur de *Maman Cacao. Pourquoi les filles raffolent du chocolat,* dont la parution était imminente. Au début de la quarantaine, sans doute, elle était blonde, grande et mince, vêtue d'un jean moulant, de bottes de cowboy et d'un t-shirt blanc immaculé gonflé par des seins fermes, et arborait un sourire moins vainqueur que vaniteux. Moins belle que Heather, mais tout de même jolie, mariée à un cardiologue et mère de deux adolescents, elle vivait dans une église convertie en maison au Vermont, où elle passait son temps à faire des tartes avec les fruits du verger familial et à tenir un blog hebdomadaire à succès. *Une vraie vie de rêve.*

Mary éplucha la notice biographique de l'auteur, mais elle ne trouva aucune mention de son obésité passée, rien qui laisse entendre qu'elle avait un jour été autre chose que la garce maigrichonne qui fixait Mary du haut de la clôture blanche sur laquelle elle était perchée. Cette femme faisait peut-être des tartes, mais elle ne les mangeait pas. De quel droit osait-elle parler ainsi?

Dans la première partie de sa lettre à la rédactrice en chef, Mary rappelait à l'auteur que les motifs de la prise de poids était variés et complexes, que, pour de nombreuses raisons médicales, il est parfois difficile de perdre ses kilos en trop. Mais elle n'arriva pas à mener à bien la deuxième, qu'elle ratura et corrigea sans cesse. Les phrases au vitriol, la haine vive que lui inspiraient la silhouette de cette femme, ses jambes languissantes, ses bras sculptés, minaient sa crédibilité. Elle en avait moins contre le contenu de l'article, qui n'avait rien d'original ni de polémique, que contre son auteur qui, faute d'expérience personnelle, n'avait nullement le droit d'écrire des choses pareilles. De toute évidence, cette femme n'avait jamais trouvé l'obête sur son chemin.

Tête haute, cible en vue. Plan arrêté. Vérifier le solde du compte en banque. Aller au motel. Recharger le téléphone. Attendre un coup de fil — de Heather, d'Eden, de Gooch, peut-être de Joyce. Attendre, comme les Mexicains au bord de la route. Attendre. Et dormir. La réflexion lui vint sans angoisse ni incertitude, car elle savait que, en présence d'un plan plutôt que d'une liste, le sommeil viendrait et la libérerait.

Pour elle, les rêves éveillés avaient surtout été des cauchemars, des images de sa nourriture, des visions de ses réserves secrètes, la peur d'être prise sur le fait. Elle se surprit à traverser le stationnement sous le soleil incandescent en poussant le chariot comme un landau, perdue dans un fantasme mettant en scène Gooch. Elle imagina le corps massif de son mari penché sur le guichet automatique, songea à nouer ses bras autour de sa large poitrine et à chuchoter dans son dos : *Je suis là, Gooch. Je suis là avec toi.* Et lui, se retournant, disait : *Mare. Oh, Mare.*

Elle s'arrêta au bout du stationnement, sortit les sacs du chariot et faillit tomber à la renverse sur un petit enfant aux cheveux blond-blanc qui avait surgi derrière elle. Il vit les yeux surpris de Mary et se mit à hurler comme si elle venait de le frapper du revers de la main.

— Oh! souffla-t-elle en parcourant les environs des yeux à la recherche d'une mère paniquée.

L'enfant cria deux fois plus fort et Mary lui sourit.

— Ne pleure pas, mon chou. On va la trouver, ta maman.

Elle posa ses sacs et tendit la main à l'enfant, qui l'accepta avec une aisance qui la troubla un peu. Elle sortit d'entre les voitures garées et aperçut la mère, une blonde grande et fine comme un roseau, qui remorquait deux autres enfants aux cheveux blond-blanc. Elle s'avança en criant :

— Joshua !

Le petit garçon se cramponna à la main de Mary, tandis que sa mère et ses frères s'approchaient, et plus fermement encore lorsque la mère étira un bras menaçant.

— Tu ne dois pas te sauver ! Tu ne dois pas te sauver de maman !

Mary se sentit troublée et coupable, comme la fois où elle était sortie de l'épicerie avec un plateau de brownies qu'elle avait caché sous le chariot pour ne pas que les autres clients le voient et que, au moment de passer à la caisse, elle avait négligé de mettre sur le tapis roulant.

— Je me suis retournée et il est apparu, expliqua-t-elle.

La femme, trop préoccupée par la punition à infliger à son rejeton, n'eut pas un regard pour Mary.

— Toi, mon vieux, tu peux dire adieu à ton Joyeux festin, dit-elle, les dents serrées.

Le petit garçon cria :

— Mais tu avais promis !

— Si tu étais gentil, précisa-t-elle en le détachant de Mary et en l'entraînant sans rien ajouter.

Mary revint vers les paquets qu'elle avait laissés sur le sol et les souleva non sans mal. Elle n'avait pas eu besoin de se pencher jusqu'à terre pour attraper les poignées, d'accord, mais elle se rendit compte qu'elle s'était baissée considérablement, plus qu'elle n'aurait pu le faire auparavant.

Elle s'assit sur le banc ombragé devant la banque, ainsi qu'elle se l'était promis, et trouva une des barres de protéines dans le sac. Elle déchira l'emballage et mangea la barre lentement, siffla la moitié d'une bouteille d'eau et se reposa encore un peu dans la brise légère, sous le soleil qui parcourait le paysage, jusqu'à ce qu'elle se sente de nouveau la force de se lever. Elle souleva ses sacs et se dirigea vers le guichet automatique, à l'autre bout de l'immeuble, mais, au moment de sortir la carte de son portefeuille, elle comprit soudain qu'elle avait pris le sac d'épicerie contenant son uniforme marine, ceux qui renfermaient les bouteilles d'eau, les barres de protéines, les tubes d'écran solaire et l'aspirine, mais pas son sac à main. Le gros sac à main en vinyle brun. Il était resté dans le chariot. C'était le dernier article qu'elle allait en sortir lorsque l'enfant avait détourné son attention.

Mue par l'adrénaline, elle contourna l'immeuble jusqu'à l'endroit où elle avait laissé le chariot. Il y était encore. Le sac, lui, avait disparu.

De retour dans la pharmacie. Elle suait à grosses gouttes dans son ensemble à motifs. Son énergie frénétique attira l'attention avant même que sa voix s'élève au-dessus de la rumeur des clients.

— Mon sac. Je l'ai laissé dans mon chariot. Quelqu'un l'a rapporté ?

La caissière secoua la tête et haussa les épaules. Quelques clients la contemplèrent avec compassion, les hommes parce qu'elle faisait pitié à voir, les femmes parce qu'elles savaient ce que représentait la perte d'un sac à main. Tout était dans ce sac. Ses articles de voyage. Ses romans non lus. Sa carte bancaire. Son passeport, son identité, définie par ses papiers. Son permis de conduire, sa carte de crédit, sa carte d'assurance-maladie. Son *téléphone*.

Après que la caissière eut consulté quelques collègues, qui avaient haussé les épaules à leur tour, Mary franchit la porte en clopinant et retourna vers l'endroit où elle était certaine d'avoir laissé son sac. Là. Le chariot. Là. Pas de sac. Et pas de sauveur surgissant d'entre les voitures, son sac à la main, comme elle-même l'avait fait avec l'enfant perdu, dont elle avait cherché la maman folle d'inquiétude.

Sac perdu. Mari envolé. Épouse déplacée. Debout dans le stationnement, Mary, immobile, laissa le soleil plomber sur sa tête.

Mary avait peu l'habitude des banques, car c'est Gooch qui s'occupait de leur comptabilité. Exceptionnellement, après avoir constaté qu'il avait oublié de lui donner assez d'argent pour faire les courses, elle entrait à la banque de Leaford pour remplir un bordereau de retrait. À propos du montant, elle mentait chaque fois à Gooch. «J'ai sorti un peu plus d'argent que d'habitude pour le cadeau d'anniversaire de Candace ou pour l'œuvre de charité de Ray», disait-elle. En réalité, elle avait utilisé les fonds pour acheter la côte de bœuf qu'elle avait dévorée toute seule ou s'offrir une commande spéciale de chocolats Laura Secord.

En ouvrant la porte de la banque, elle fut soulagée par la climatisation qui fonctionnait à plein régime, mais aussi par l'absence d'autres clients devant les guichets. Dans l'aire ouverte, il n'y avait que cinq employés — deux hommes juchés sur de hauts tabourets qui tapaient sur leurs claviers respectifs derrière le comptoir des caissiers et trois autres qui, l'air perplexe, scrutaient l'écran de l'ordinateur placé sur le bureau du directeur, au fond. Lorsque Mary entra, au bord de l'apoplexie, tous les yeux se tournèrent vers elle. Après avoir sommairement apprécié la nouvelle venue — *Une grosse femme a franchi les portes de la banque* —, les cadres se replongèrent dans les mystères numériques qui leur avaient été confiés.

Mary s'avança vers les caissiers, qui levèrent tous deux les yeux en clignant d'une drôle de manière, comme s'ils avaient été témoins d'une apparition et attendaient qu'elle disparaisse de même.

Dans les secondes qu'elle mit à traverser la salle d'attente toute en chrome et en cuir où aucun client ne se prélassait, Mary mobilisa toutes les ressources de son cerveau pour décider quel caissier approcher et nota au passage la beauté des deux hommes qui, avec leurs cheveux bien coiffés au-dessus de leur col et leur corps athlétique sous leur costume sombre et bien taillé, avaient l'air de mannequins, d'acteurs ou de vedettes sportives.

L'homme du côté droit, selon son porte-nom, s'appelait *Cooper Ross*. Cheveux blond-roux descendant sur le front bronzé, mâchoire carrée, dents blanches. L'homme du côté gauche, *Emery Carr*, portait ses cheveux noirs et gominés peignés vers l'arrière et avait un joli teint pâle. Elle se vit dans ses yeux et lut distinctement dans ses pensées. *Allez voir Cooper! Pas moi! Cooper!*

Les jambes frémissantes de Mary, animées d'une volonté propre ou guidées par une inspiration divine, l'entraînèrent devant l'homme aux cheveux foncés. Là, elle posa ses sacs et se lança :

— Je viens de perdre mon sac à main. Là, ajouta-t-elle en montrant la fenêtre. Mon sac. Un gros sac en vinyle brun. Dans un chariot. Quelqu'un l'a rapporté ici ?

Emery Carr secoua la tête, distrait par le bip de l'ordinateur posé près de lui. Cooper Ross, qui avait entendu, proposa:

— Vous êtes une de nos clientes? Nous pouvons accéder à votre compte et...

— Je suis canadienne, précisa-t-elle. De l'Ontario. Je suis toute seule. Tout ce que j'ai était dans mon sac.

Elle décida de s'interrompre, d'attendre de voir son reflet dans les yeux d'Emery Carr, comme pour se rappeler à elle-même qu'elle était dans une banque et non perdue quelque part avec les objets que renfermait son grand sac en vinyle brun. Il leva les yeux sur elle et elle redit:

— Tout.

— Nous pourrions téléphoner à votre banque au Canada. Vous êtes de la côte est ou de la côte ouest? demanda Cooper Ross en tendant la main vers le téléphone.

— Je viens de l'Ontario, répéta-t-elle en se souvenant du décalage horaire. Fermé. Ce sera fermé.

— On a peut-être apporté votre sac chez le shérif, dit Cooper Ross.

— Ah bon?

Mary fut soulagée d'entendre enfin quelque chose d'encourageant et frappée par le mot «shérif», qui faisait tellement américain.

Cooper Ross composa un numéro et attendit, puis, après avoir résumé la situation, tendit l'appareil à Mary.

— Un gros sac en vinyle brun, expliqua-t-elle. Mon passeport. Mon portefeuille… Exactement, oui. Non, vous ne pouvez pas me joindre. Je n'ai plus de téléphone.

Les caissiers se remirent au travail. Emery Carr éteignit adroitement son ordinateur avant de se lever pour organiser son poste de travail, tandis que les longs doigts de Cooper Ross chatouillaient les carrés de son clavier.

— Mary Gooch, reprit-elle au bout d'un moment. Route rurale 5. Leaford, Ontario. Canada.

Elle hésita.

— Je ne sais pas où je vais loger.

Elle songea un instant à Eden et à Jack Asquith. Elle avait la gorge encombrée de sanglots et mit la main dans la poche de son ensemble à motifs, puis se rappela que c'était dans celle de son uniforme marine qu'elle avait rangé les mouchoirs du chauffeur de limousine. La liasse de billets canadiens qu'elle trouva à la place, celle d'où elle avait tiré les cinquante dollars dont elle avait gratifié le conducteur de la petite camionnette rouge, lui fit l'effet d'un miracle, mineur, certes, mais d'un miracle quand même. Elle posa les billets colorés sur le comptoir et dit à l'interlocuteur à l'autre bout du fil :

— Je vais être au Pleasant Inn. Si vous retrouvez mon sac, téléphonez-moi là-bas.

Gros Avi lui avait dit que Golden Hills était l'une des villes les plus sûres des États-Unis. Lorsqu'il avait immigré, il s'en était remis à la bonté d'inconnus, et Mary décida de l'imiter. Après avoir changé ses dollars canadiens en dollars américains, elle avait plus de cinq cents dollars en poche. Cooper Ross dit :

— Nous allons au moins annuler vos cartes de crédit.

Puis il aida Mary à s'occuper des formalités.

Après, Mary les remercia et les supplia de lui accorder encore une faveur et d'appeler un taxi. Avec grâce, Cooper Ross répondit :

— Emery peut vous déposer. Il termine dans cinq minutes.

Emery Carr sourit jovialement.

— Oui, avec joie, fit-il. C'est sur mon chemin.

Mary, cependant, surprit le regard cinglant qu'il lança à son collègue, qui esquissa un mince sourire sous sa frange blond-roux.

Que le Samaritain soit réticent ou non, un service était un service.

— Merci. Merci, dit-elle tandis qu'ils sortaient ensemble.

À la façon d'un arc, le couchant coiffait la crête d'une lointaine colline rocheuse, et Mary s'arrêta pour admirer la scène. Ayant négligé la nature, comme tant d'autres choses, elle éprouva un élan de plaisir subit à la vue de cette enfilade de collines à la beauté rude, qui formaient une sorte de parfait, et fut soulagée de constater qu'une légère fraîcheur semblait avoir envahi le stationnement pendant qu'elle était à l'intérieur.

Emery Carr, qui, selon les estimations de Mary, devait avoir entre trente-cinq et quarante-cinq ans, conduisait une Mazda, une minuscule voiture sport entretenue avec un soin jaloux, dans laquelle un petit espace de rangement occupait la place de la banquette arrière. C'est là qu'il déposa la collection de sacs de plastique de Mary. Ouvrant la portière, elle se prépara mentalement à la corvée qui consisterait à caser son corps sur le petit siège bas. Devant ses hésitations, Emery eut un sourire tendu et, contournant sa voiture, lutta contre le poids de son dégoût et prit Mary par le coude. Il n'aimait peut-être personne d'aussi gros qu'elle.

À la façon des aînés, elle eut le sentiment d'être un fardeau, et les pertes qu'elle avait subies — Irma, Orin, M. Barkley, Gooch, le sac en vinyle brun — montèrent à la façon de fantômes pour se moquer de ses genoux fragiles et de ses mentons tremblotants. Pourquoi ne rentrait-elle pas à Leaford pour finir sa vie en compagnie du vieux M. Da Silva, des Paul, des William et de sa mère, aux bons soins de la maison de retraite St. John ? Elle n'était pas à la hauteur.

Elle ferma les yeux, le cœur affolé, emballé. *Il fau-
dra que quelqu'un s'occupe de mon corps.*

Emery Carr lui rappela doucement que la sonnerie
indiquait qu'un passager ne s'était pas attaché.

— Vous devez boucler votre ceinture, madame
Gooch.

— Mary, dit-elle en rouvrant les yeux. Appelez-
moi Mary.

Tirant la sangle sur son corps, elle remarqua une
fois de plus que, depuis le départ de Gooch, elle
avait perdu du volume. *Apport de calories. Dépense
de calories.* D'une certaine façon, la réduction de sa
masse la consternait. Sans plus de contrôle sur ses
pertes qu'elle n'en avait eu sur ses gains, elle ressentait seulement la honte de son déclin.

— Je veux mourir.

Elle n'avait pas eu l'intention de prononcer les
mots à haute voix.

Emery Carr prit une profonde inspiration. Il devait
penser : *D'accord, mais pas dans mon auto, s'il vous
plaît.* Néanmoins, il dit :

— Ne vous en faites pas. On va rapporter votre
sac.

Sur ces mots, il démarra et la voiture sortit du stationnement en vrombissant. À cause du centre de
gravité très bas du bolide, Mary eut aussitôt mal au
cœur et elle se demanda si, à l'instar des clients de

Gros Avi, Emery préférait l'intimité offerte par la vitre remontée.

Elle jeta un regard de côté et, lorsqu'il la surprit, elle se sentit l'obligation de dire quelque chose.

— C'est gentil à vous de me conduire à l'hôtel.

— Vous vous sentez loin de chez vous, n'est-ce pas?

— Oui.

— Vous êtes ici en vacances? demanda-t-il distraitement en s'arrêtant à un feu rouge dans la circulation de l'heure de pointe.

— Non.

— Pour le travail?

Elle secoua la tête.

— Les vacances ou le travail. Il n'y a rien d'autre, dit-il en riant.

Il y a aussi les funérailles, songea Mary. *Et les crises de la quarantaine.*

— On va rapporter votre sac. Ne vous en faites pas. On ne vole pas de sacs à Golden Hills.

— Vous vivez ici depuis toujours?

— Mon Dieu, non! J'habite à West Hollywood.

Il attendit, puis se tourna vers elle.

— West Hollywood? répéta-t-elle.

— Ce n'est pas Golden Hills.

— C'est le coin où le taux de criminalité est élevé ? demanda Mary, les yeux écarquillés.

— Non.

— Le quartier arménien ?

— C'est le quartier gay.

— Pourquoi vivez-vous dans le quartier gay ? l'interrogea Mary.

Puis elle répondit à sa propre question, non sans une certaine surprise.

— Ah bon, souffla-t-elle.

Sa candeur fit rire l'homme.

— Vous êtes le premier gay que je rencontre, je crois bien.

— C'est impossible.

Il sourit largement.

— Je viens d'une toute petite ville. Au Canada, lui rappela-t-elle. Une fois, j'ai eu une institutrice lesbienne.

— Nous sommes partout, dit-il.

— Vous avez un amoureux ? s'enquit Mary, ravie de sa hardiesse.

Des conversations intimes avec de purs inconnus. Elle en avait vu souvent dans les films et les émissions de télévision. Le cliché lui avait inspiré une vive méfiance jusqu'à ce qu'elle s'assoie dans l'avion. Là, à cause de la peur, elle aurait bien voulu que la femme à la peau brune parle anglais et lui offre le réconfort d'une sœur.

— Kevin, répondit Emery.

Au ton de celui-ci, Mary comprit qu'il n'était pas amoureux.

— Depuis six mois, continua-t-il. Autant dire vingt ans. Nous fêtons notre anniversaire cette semaine. Une petite dégustation de vin à Sonoma. Et vous?

Il avait remarqué qu'elle ne portait pas d'alliance.

— Vous avez un amoureux?

Mary toucha la cicatrice sur son annulaire gauche.

— Je suis mariée depuis vingt-cinq ans. Nous venons de célébrer notre anniversaire.

— Il n'est pas avec vous?

Elle secoua la tête.

— Il fait de la randonnée. Je n'ai aucun moyen de le joindre.

Ils s'arrêtèrent au feu marquant le croisement des trois routes. Écrasée dans son siège, Mary se tourna vers le terrain vague poussiéreux pour voir si les Mexicains étaient encore là, mais la pyramide de thermos avait disparu. Telles des sentinelles, deux hommes se tenaient debout à chacune des extrémités, balayant les voitures du regard, dans l'espoir d'obtenir encore une heure de travail ou, plus simplement, dans l'attente du véhicule qui les ramènerait chez eux.

Au moment où le soleil disparaissait derrière la lointaine colline, Mary vit l'un des hommes — large d'épaules, il avait à peu près sa taille, se dit-elle, et une crinière de cheveux noirs, une barbe et une moustache taillées avec soin — prendre son sac en bandoulière et se mettre lentement en marche vers une destination inconnue. Quelque chose le distinguait des autres. C'était l'homme dont elle avait cru croiser le regard, à l'arrière de la limousine. Il avait attendu. Il n'avait pas travaillé.

Sur un ton officiel, Emery lui donna des instructions.

— Venez à la banque demain. Je n'y serai pas, mais Lucy va vous aider. Elle va téléphoner à votre banque et tout arranger. On va vous rendre votre sac. Restez positive. Tout ira bien.

— Reste positive, répéta Mary pour elle-même alors que son beau sauveur contournait la voiture pour venir lui ouvrir la portière.

Avant de lui dire au revoir, il griffonna un nom et un numéro de téléphone au verso d'une carte de visite et la lui mit dans la main.

— C'est le nom d'un vieil ami qui pourra vous mettre en contact avec quelqu'un de votre ambassade, au cas où la perte de votre passeport vous causerait des ennuis.

Emery Carr sortit les sacs de plastique de la voiture, les accrocha sur les crochets formés par les doigts de Mary et consulta sa montre avant de demander :

— Vous avez besoin d'un coup de main pour aller jusqu'à la réception ?

Même si elle avait effectivement besoin d'aide, ou du moins croyait en avoir besoin, elle voyait qu'il était pressé. Elle secoua la tête, le remercia de nouveau et se dirigea vers les portes de l'hôtel.

Prenant une pomme rouge bien fraîche dans le bol qui trônait sur le comptoir de la réception, elle paya pour trois nuits. Lorsque Mary régla sa note comptant, la petite réceptionniste haussa les sourcils et Mary lui expliqua la situation. On tenterait vraisemblablement de la joindre, ajouta-t-elle.

— Mary Gooch, rappela-t-elle à la femme de l'hôtel. C'est un nom difficile à oublier.

En croquant la pomme, Mary mit le cap sur l'ascenseur et vit dans le hall une bibliothèque pleine de livres et de magazines. Elle songea à s'arrêter pour prendre quelque chose à lire, mais les pas supplémentaires qu'elle aurait dû faire lui semblèrent au-dessus de ses forces. Dans la chambre, elle se débarrassa de ses grosses bottes d'hiver et grimaça sous l'effet de la douleur dans son talon.

Après avoir lu les directives concernant l'utilisation du téléphone, elle appuya sur la touche donnant accès à une ligne extérieure et composa le numéro de l'assistance-annuaire. Elle fut découragée d'apprendre que le numéro de Jack et d'Eden était confidentiel. Elle n'avait aucun moyen de joindre sa belle-mère. Eden n'avait aucun moyen de la joindre. Et si Gooch téléphonait?

Elle reposa le combiné, puis, le reprenant, composa un autre numéro. Elle attendit pendant la sonnerie.

— Allô? fit une jeune voix masculine.

Elle entendait des rires en arrière-plan.

— Allô, répondit-elle. Je m'appelle Mary Gooch. Je crois que vous avez mon téléphone. Allô? Allô?

On avait raccroché. Prenant une profonde inspiration, Mary composa une fois de plus le numéro de son portable, dans l'espoir d'un miracle. La personne qui avait son téléphone avait peut-être aussi son sac. Et même si cette personne l'avait volé et non trouvé, Mary réussirait peut-être à la convaincre de lui rendre les articles qui ne rapporteraient rien à un voleur. Comme son passeport. Ses papiers d'identité. Au bout d'un instant, la même jeune voix masculine répondit:

— Allô?

Puis la communication fut encore coupée. La pile.

Elle soupira, attirée par la fenêtre ouverte et le saisissant spectacle offert par les collines sombres et vallonnées, puis elle s'attaqua aux boutons de sa jolie blouse à motifs. Dans la brise de Golden Hills, elle trouva non pas un amant, mais plutôt un autre genre de sauveur. La caresse maternelle de l'air frais réconforta son corps, apaisa son esprit. Et les étoiles, telles qu'elle ne les avait jamais vues, innombrables, étourdissantes, si près qu'elles tomberaient peut-être en pluie sur sa tête. Renonçant à son orgueil, Mary s'adressa à son vieil ami Demain, le supplia de lui accorder une dernière chance.

Trouvant le flacon d'aspirine dans un de ses sacs, elle fit tomber quatre comprimés dans le creux de sa main et les avala avec une gorgée d'eau, puis elle mangea une barre de protéines pour faire descendre les pilules. Elle se dit qu'il était sûrement mauvais pour la santé de ne manger que des barres santé et qu'il faudrait qu'elle prenne une autre pomme lorsqu'elle repasserait devant le bol. Sac à main disparu. Plus de téléphone. Aucun moyen de joindre Eden. Aucun moyen pour Eden de la joindre. Pas d'argent. Pas de papiers d'identité.

Un plan. Il lui fallait un plan. C'était aussi clair que le calcul des calories prises et dépensées et la règle de trois. Toute personne doit avoir un plan. En sous-vêtements, elle se laissa tomber sur le lit et ferma les yeux.

UNE VIE DE RÊVE

C'est Irma qui fit son apparition dans le rêve de Mary, non pas telle qu'elle était, mais telle qu'elle avait été, vêtue d'un cardigan à ceinture, avec une touche de couleur prune plaquée sur ses lèvres minces, pincées. « Mary, dit-elle, installée au volant d'une limousine allongée. Mary, tu t'es mis du sang partout ! »

Baissant les yeux, Mary vit les taches fraîches sur sa blouse blanche bien repassée.

— Ça va partir, dit-elle.

— Non, ma chère. Pas le sang. Le sang ne part pas.

Irma défendait son point de vue en regardant pardessus son épaule, sans faire attention à la route noire devant elle. Soudain Gooch était là, agitait follement les bras. Heurté par la limousine, il atterrit sur le capot, tel le cerf prisonnier des phares de la voiture.

Le cœur bondissant, Mary se réveilla et fut surprise de trouver non pas un plafond fissuré au-dessus de son lit, mais plutôt l'aube naissante au-delà des collines, devant le Pleasant Inn. Elle tenta de se lever, mais fut coupée dans son élan par une douleur aiguë entre les yeux. L'endroit où sa tête avait heurté le volant. Leaford. Sylvie Lafleur. La maison à la campagne, le carton dans la fenêtre de la porte de derrière. Wendy. Kim. Les Feragamo. La boulangerie

Oakwood. Elle ne pouvait ni confirmer ni nier l'existence de cette autre vie, mais elle se souvint que, dans sa présente incarnation, elle avait perdu non seulement son mari, mais aussi son sac à main.

Après avoir massé son front qui l'élançait, elle s'arracha au lit et, après avoir pris de l'aspirine et avalé une barre de protéines, se dirigea vers le lavabo de la salle de bains. Là, à l'aide du savon français moulé qu'elle trouva près du robinet, elle lava ses sous-vêtements et le bel ensemble à motifs que Frankie lui avait vendu. Elle suspendit les articles essorés au soleil, sur les dossiers des chaises près de la fenêtre ouverte, et pria pour qu'un miracle les fasse sécher rapidement.

De retour dans la salle de bains, elle tourna le robinet d'eau chaude de la douche, ravie d'avoir trouvé dans un panier tous les articles de toilette que l'hôtel jugeait susceptibles de lui faire plaisir, notamment du shampoing, un nettoyant pour le corps, un nécessaire pour le cirage des chaussures et, pour son plus grand soulagement, une brosse à dents et un minuscule tube de dentifrice. Elle se brossa les dents avec vigueur pendant que le miroir s'embuait.

Sous les jets pulsés du pommeau de la douche, elle savonna son corps endolori. Après avoir séché sa peau et ses cheveux avec une serviette de bain moelleuse, elle fut surprise par le reflet de sa nudité dans le miroir en pied accroché derrière la porte. «Je m'appelle Mary Gooch», s'entendit-elle dire, alors qu'elle avait conscience d'être quelqu'un de tout à fait différent. Des cheveux roux flamboyants coupés aux épaules, avec une raie sur le côté. Un très joli visage. Elle étudia sa silhouette, dont les dimensions avaient changé. Ce corps n'était plus celui qui, à force d'aller et venir, avait creusé une ornière dans la moquette. Il avait franchi des milliers de kilomètres en avion et avait gravi la moitié d'une côte.

Elle trouva les tubes d'écran solaire dans un des sacs et se planta devant le miroir pour s'en mettre. Elle appliqua la lotion sur son visage, là où Gooch l'avait embrassée. Et sur son cou, là où il avait chuchoté des polissonneries. Et sur les épaules qu'il avait autrefois caressées. Elle s'imagina avec lui sur le pont inondé de soleil d'un paquebot en croisière dans les Antilles. En lui tendant le tube avec un baiser, elle ronronne : «Tu m'en mets sur le dos, mon amour, s'il te plaît ?»

Mary rappliquait de la crème au fur et à mesure qu'elle pénétrait. Peau magnifique, claire, intouchée par les rayons nocifs du soleil. Épargnée par la force des choses. Elle en mit sur sa poitrine, la fit descendre entre ses seins. Et, comme si sa main était celle d'un autre, vit ces doigts agités parcourir ses énormes mamelles qui se soulevaient. Elle frissonna lorsqu'ils arrivèrent à la hauteur des aréoles, grosses comme des assiettes, et pincèrent délicatement le mamelon rose.

Mary fit son lit, même si elle savait qu'une femme de chambre passerait plus tard à cette fin précise, et nettoya le gâchis qu'elle avait fait autour du lavabo. Elle était indécise. Était-elle angoissée par le fait qu'Eden n'avait aucun moyen de la joindre ou par la conviction que sa belle-mère n'avait nulle intention de le faire?

Elle consulta l'horloge. D'abord une visite à la banque pour s'assurer de la disponibilité de ses fonds. Puis un saut chez Eden pour lui parler de la disparition du sac et du numéro confidentiel. Elle essaya de ne penser ni aux suites du plan ni à la longue soirée qu'elle passerait à l'hôtel dans l'attente du retour de Gooch.

Dans un placard, Mary trouva une planche et un fer à repasser et conlut que le Pleasant Inn, où on avait pensé à tout, était décidément un établissement de premier ordre. Elle repassa le délicat ensemble à motifs à la température la plus basse, de peur de ruiner le tissu avec un fer qui ne lui inspirait aucune confiance. Après avoir fait de même avec ses sous-vêtements, elle enfila les habits encore humides. Malgré le poids de ses horribles bottes d'hiver, malgré sa blessure qui avait recommencé à saigner, Mary se sentait mystérieusement plus légère.

À la réception, elle prit une pomme dans le bol et expliqua son problème à la préposée de jour.

— Je suis celle qui a perdu son sac. Le bureau du shérif sait que je suis ici. Mary Gooch. Vous voulez bien m'appeler un taxi?

La femme fronça les sourcils.

— Vous devrez attendre de trente à quarante-cinq minutes.

— Ah bon?

— Nous ne sommes pas à New York.

— Non, acquiesça Mary.

En se traînant les pieds, elle se dirigea vers les gros fauteuils posés près de la fenêtre. Son attention fut attirée par la bibliothèque où, par miracle, elle aperçut le best-seller qu'elle avait commencé dans l'avion et perdu depuis la disparition de son sac. Ne sachant pas si elle devait laisser son nom, comme à la bibliothèque, elle s'approcha du comptoir et demanda :

— Je peux le lire ?

— Oui, oui, fit la femme sans lever les yeux de son écran d'ordinateur.

— Il faut payer quelque chose ? Laisser son nom ?

— Les livres sont à la disposition des clients. La plupart viennent du *Bookcrossing*. Nous sommes un des dépôts les plus populaires.

— Le *Bookcrossing* ? répéta Mary d'un air ébahi.

La jeune femme leva les yeux, sourit pour cacher son irritation.

— Des personnes laissent des livres à l'intention d'autres personnes. Partout dans le monde. C'est ce qu'on appelle le *Bookcrossing*. Le passe-livres, si vous préférez.

Elle aurait pu ajouter, comme le faisaient les adolescents : *Allôôô ?*

— Pourquoi?

— Pour mettre des livres en commun.

Allôôô?, derechef.

Ayant trouvé un vaste fauteuil en cuir dans lequel lire pendant qu'elle attendait, Mary apprécia qu'un parfait inconnu ait laissé le livre pour l'édification d'un autre parfait inconnu et songea au sens profond de cet échange. Vite, elle trouva l'endroit où elle s'était arrêtée dans l'avion et se replongea dans le drame familial, se fit du souci pour le fils adolescent, qui s'était égaré, se fâcha contre le père, qui avait pris une jeune maîtresse, et s'identifia à l'héroïne, accusée d'un crime qu'elle n'avait pas commis. Lorsque le taxi arriva enfin, une grosse heure plus tard, elle regretta de ne pas avoir eu trois minutes de plus pour finir son chapitre.

Le chauffeur était maussade et silencieux, combinaison agréable dont Mary décida de ne pas s'attribuer la responsabilité. Il pouvait être préoccupé par toutes sortes de choses. Malheureux pour de multiples raisons. Il se sentait peut-être seul. Il avait peut-être des motifs de s'en vouloir. Peut-être avait-il perdu un membre de sa famille. Peut-être était-il, comme elle, récemment débarqué d'une contrée lointaine et ne savait-il plus très bien qui il était.

Le matin se déployait sur Golden Hills, et Mary se comptait chanceuse d'être tranquillement assise à l'arrière d'un taxi, libre de lire l'histoire de sa propre vie qui, pendant des années, avait fait des méandres à gauche et à droite, sans intrigue, mais dont l'action semblait désormais se corser. Elle s'emballa en écrivant le chapitre suivant, devança son avenir. Une rutilante Escalade noire, gourmande au possible (extravagance que Gooch s'était pardonnée au comptoir de location), se gare derrière la Prius dans l'allée de la maison d'Eden dans Willow Drive. La portière s'ouvre et il est là, plus grand encore que dans les souvenirs de Mary. Il n'est pas surpris de la voir. Il l'attendait. Un pli du front de l'homme la supplie de lui pardonner, un haussement d'épaules, un pâle sourire qui dit : *Ah ! La vie, quelle histoire...*

Au carrefour, Mary vit les Mexicains, beaucoup plus nombreux que la veille, réunis autour du poteau d'électricité qui les ancrait collectivement. Une camionnette brune fit son entrée dans le terrain vague en soulevant un cumulus de poussière dorée. Lorsque la poussière retomba, elle vit les hommes se bousculer. Camarades quelques secondes plus tôt, ils étaient devenus, devant la perspective d'une journée de travail, des rivaux. Une fois la camionnette repartie, ceux qui restaient retournèrent auprès du poteau, d'où ils balayèrent la route dans l'espoir de voir arriver un nouvel employeur.

Sur la route principale, Mary fut de nouveau frappée par la quantité de voitures, mais aussi surprise de voir des êtres humains occuper les trottoirs ou faire du vélo à côté d'eux, habillés comme les athlètes du Tour de France que Gooch regardait à la télé, penchés sur leur guidon, minces, la mine sévère. Actionnant leurs bras et leurs pieds comme des pompes, les marcheurs portaient des survêtements de sport, et de la musique dans les oreilles. La plupart étaient minces, mais pas tous. Dans la rue, une femme beaucoup moins grosse que Mary, mais à la masse corporelle incompatible avec les normes en vigueur, avançait en haletant, la tête bien haute, les yeux rivés sur une cible, ignorant ou célébrant la chair qui joggait sur ses os. *Vas-y, ma fille,* songea Mary, qui aurait voulu pouvoir prononcer les mots de façon aussi convaincante que les autres femmes le faisaient.

Elle paya le chauffeur et le gratifia d'un généreux pourboire, même si elle fut choquée à l'idée de devoir payer dix-sept dollars pour un trajet aussi court. Si elle restait à Golden Hills pendant un certain temps, il faudrait qu'elle trouve un moyen de transport moins coûteux. Il y avait sûrement un autobus. Les bonnes d'enfants et les femmes de ménage avaient-elles toutes des voitures ? *Les femmes de ménage...* Elle se rendit compte qu'elle avait oublié de laisser de l'argent sur le lit à l'intention de celle de l'hôtel. Depuis longtemps, elle se promettait que, s'il lui arrivait de loger dans un hôtel, elle donnerait un pourboire à la femme de chambre, inspirée en cela par une conversation dont elle avait été témoin, un soir que son groupe d'amis jouait aux cartes. François avait accusé Pete d'être radin parce que, à l'occasion de vacances que les autres couples avaient passées ensemble au Mexique, il avait refusé de laisser de l'argent sur le lit. Gooch, qui passait la nuit au motel à l'occasion, avait renchéri :

— Il faut toujours donner un pourboire aux femmes de chambre, Pete. Ne sois pas regardant.

— Ça n'a rien à voir ! Petit Jésus, ils ont tous la main tendue ! J'ai horreur de ça ! Je déteste ces types qui insistent pour porter vos valises ! Je déteste les salles de bains où le type exige un dollar en échange d'une damnée serviette en papier !

— Dis-toi, avait lancé David, qu'ils voudraient tous être à ta place.

— Ah oui ? Ils voudraient passer leur temps à se demander quand l'usine de montage va les licencier ? Qu'ils aillent donc chier ! S'ils la veulent tant que ça, ma place, ils ont qu'à la prendre.

— Comme ça, tu es d'accord pour récompenser le type qui t'apporte ta bouteille de vin, mais pas la femme qui enlève tes poils pubiens de la baignoire ? avait répliqué Gooch en riant pour alléger la tension.

— Il n'a rien donné aux serveurs non plus, s'était plainte Wendy. J'étais tellement gênée.

— Je n'étais même pas dans mon pays ! s'était écrié Pete au milieu des gémissements collectifs.

Comme la banque n'était pas encore ouverte, Mary décida d'explorer le centre commercial. En traversant le stationnement, elle aperçut une Prius blanche garée devant le restaurant. Elle se souvint qu'Eden avait dit qu'elle rencontrerait Gooch ailleurs que chez elle pour épargner Jack. Par la vitrine, elle examina les clients installés dans des box confortables. Gooch et Eden n'étaient pas du nombre.

Elle parcourut les environs des yeux dans l'espoir de voir son mari prodigue et sa belle-mère à la coupe carrée surgir de derrière la fontaine jaillissante ou quitter le café en se disant tendrement au revoir. Elle examina l'océan de voitures du stationnement. Les rares véhicules qui n'étaient pas des VUS étaient des Prius blanches.

Comme Gooch n'était nulle part en vue, elle s'installa sur le banc devant la banque et respira l'air matinal. Eden lui avait un jour dit que Golden Hills était suffisamment proche de l'océan pour ne pas subir les affres du célèbre smog matinal de Los Angeles. Mary fit comme si elle pouvait le sentir au loin, iodé et doux. Elle n'avait pas assez mangé, et tous ses muscles, après les épreuves inhabituelles qu'elle leur avait imposées, lui faisaient mal. Pourtant, malgré la malheureuse disparition de son mari et de son sac à main, il y avait longtemps qu'elle ne s'était pas sentie aussi bien.

Non loin de la banque, le restaurant-minute avait commencé à faire griller son poulet fou. Mary vit la fumée grasse et grise s'échapper au-dessus des tuiles en argile. Derrière, des oiseaux noirs croassaient entre eux, sans doute occupés à planifier leur prochain raid contre les poubelles du restaurant. Les corneilles. Les Mary. Les gays. Ils étaient partout. Mais ces corneilles, comme le reste de la population, semblaient avoir fait l'objet d'un perfectionnement génétique, d'une heureuse mutation qui les avait rendues plus grosses, plus fortes et plus noires. En battant des ailes, elles allaient de poubelle en poubelle, toutes fermées par un lourd couvercle verrouillé. « Impossible de les ouvrir ! » cria l'une à l'autre.

Mary regarda autour d'elle. Il n'y avait pas une seule poubelle trop pleine en vue. Dans ce monde où les offrandes étaient plutôt minces, où la propreté venait de toute évidence au premier rang des préoccupations civiques, Mary se demanda de quoi vivaient ces pauvres oiseaux. De charognes ? Elle regretta de ne pas avoir quelques miettes à répandre sur le gazon. Depuis le début, comprit-elle, sa peur des corneilles n'avait jamais été qu'une peur de s'envoler.

Des fourgonnettes bleues garées devant une entreprise spécialisée dans l'entretien des piscines, voisine de la pharmacie, commencèrent à sortir du stationnement. Elle observait les véhicules lorsque, à dix heures, une femme d'âge moyen, souriante et jolie, dont le porte-nom proclamait *Lucille Alvarez*, ouvrit les portes de la banque. Mary y vit un signe : comme Emery Carr l'avait promis, et comme elle se l'était promis à elle-même, tout finirait par s'arranger.

Mais le coup de fil à sa banque, qu'elle aurait pu faire des heures plus tôt de l'hôtel, comprit-elle, la fit déchanter. Comme elle avait perdu ses papiers, on ne pouvait pas vérifier son identité. Pis encore, les employés de la banque de Leaford ne la connaissaient pratiquement pas. Elle se retint de dire : « C'est moi, la grosse ! »

Lorsqu'elle lui rappela qu'elle était passée à la banque une semaine plus tôt et qu'elle avait été servie par une nouvelle, le directeur ne put que lui présenter ses excuses : il lui fallait des preuves supplémentaires. Comme elle ne possédait que les informations les plus évidentes et les plus faciles d'accès sur le compte, la méfiance de l'homme s'accrut. Aux questions concernant l'école élémentaire de Gooch, le nom de jeune fille de sa mère (quelque chose d'ukrainien) ou son code d'accès, elle ne sut quoi répondre. Devant l'incapacité de Mary à réciter le numéro du compte, le directeur se fit carrément glacial. L'étape suivante consisterait à parler à un autre responsable, lequel était absent.

Il suggéra à Mary de rappeler dans une heure. Elle lui dit qu'elle rappellerait dans deux heures. Malgré la frustration que lui inspirait sa débâcle financière, elle était pressée de retourner chez Jack et Eden, au cas où ils auraient eu des nouvelles de Gooch. Elle sortit de la banque après avoir pris, dans le petit réfrigérateur de la salle d'attente, deux bouteilles d'eau qu'elle boirait en route.

Les collines des Highlands s'étiraient devant elles. Déjà en sueur, Mary se blinda en prévision de l'ascension. Lever la jambe. Poser la botte. Balancer les bras. Lever la jambe, poser la botte, balancer les bras. S'arrêter. Se reposer. Boire de l'eau. Monter de plus en plus haut. Boire de l'eau. Toujours plus haut. Balancer les bras. Entendre son cœur. Plus haut. Respirer.

Sur le trottoir, devant l'une des monstrueuses maisons qui trônaient sur Willow Lowlands, elle s'arrêta pour prendre de l'aspirine. Elle cligna des yeux à la vue d'un visage familier, la mère maudite du stationnement, suivie de près par le fugitif, Joshua, et ses deux frères qui se chamaillaient (des triplés, donc).

Ils sortaient d'une Lincoln Navigator noire et lustrée, garée à côté d'une énorme camionnette Dodge Ram blanche, devant une vaste maison à étage. Le coffre ouvert laissait voir toute une collection de sacs en papier remplis de provisions. La femme, qui portait un jean, un tricot sans manches et juste la bonne quantité de bijoux en argent, transportait deux sacs dans ses bras nus et musclés. À la queue leu leu derrière elle, tels des cannetons, les trois blondinets chantaient en rigolant. Mary vit un gros chien au poil long s'avancer lourdement vers le garage.

Devant cette femme aux doux cheveux blonds et au joli visage, Mary sentit l'indignation enflammer ses joues, sentit monter en elle un désir de vengeance, une envie de crier, de dénoncer la perte de son sac et tous les ennuis que la négligence de la femme avait causés. Mais elle fit taire ses instincts. Elle ne ferait pas de scène devant les enfants et elle voyait à présent, avec une lucidité impitoyable, l'inutilité absolue des reproches. Elle les observa à distance, invisible pour la mère, qui suppliait les garçons :

— Aidez maman à entrer les sacs dans la cuisine.

— Non.

— Aidez-moi et vous pourrez regarder la télé. Prenez quelques sacs et je vais vous préparer des sundaes.

Wendy et Kim avaient élevé leurs enfants de la même drôle de manière. *Laissez maman parler à tante Mary et, au retour, je vais vous acheter des barres Dilly.* Sans doute sa propre mère surmenée avait-elle fait de même, se dit Mary. Elle avait laissé sur la table des gâteaux achetés au magasin que Mary mangeait comme collation à son retour de l'école et fait semblant de ne pas remarquer que sa fille avait dévoré tout le contenu du plateau. Offert des gâteries défendues en échange de sa discrétion. *Ne dis rien à ton père. Allons manger un beigne au miel à la boulangerie Oakwood.* Ou : *Laisse-moi essayer ces vêtements en paix et je t'achète un Teen Burger.*

Parents permissifs. Enfants tyrans. Des petites gâteries pour les petites pestes. Mary avait jugé les mères sévèrement en raison de leur absence d'autorité, mais elle en était venue à la conclusion qu'elle se serait sans doute montrée aussi faible, qu'elle aurait probablement offert des friandises pour récompenser les moindres bons comportements ou pour faire taire sa culpabilité tenace.

Mary songea à ses ancêtres, à ceux qui avaient défriché les terres de Leaford et tiré eux-mêmes la charrue. Que racontaient les pères et les mères de la première heure aux enfants qui se plaignaient d'avoir à arracher des racines ou à soulever des pierres ? se demanda-t-elle. *Travaille dur et nous allons survivre une journée de plus.*

Le petit garçon, Joshua, se tourna subitement face à elle. Sa mère pivota pour voir ce qu'il regardait et fut surprise de trouver Mary debout sur le trottoir, vêtue de son ensemble à motifs vert et de ses lourdes bottes d'hiver.

— Bonjour, lança la jeune femme avec circonspection.

— Bonjour, répondit Mary.

— Vous êtes la femme du stationnement.

— Oui.

La mère plissa les yeux.

— Vous vivez dans les Highlands?

— Je rends visite à mes beaux-parents. Ils habitent en bas de la côte, expliqua Mary en montrant d'une main et en s'essuyant le front de l'autre.

La femme déposa ses sacs et, en s'approchant, sourit d'un air contrit.

— Je ne vous ai même pas remerciée.

— Vous en aviez plein les bras, répondit Mary.

Pendant ce temps, les garçons se bousculaient sur la pelouse tendre et verte, grognaient et glapissaient, formaient une masse indistincte d'où ressortaient des pattes véloces et des dents blanches acérées.

— Joshua, Jeremy, Jacob, fit la mère pour présenter les garnements qui roulaient les uns sur les autres. Où est le chien?

— Dans le garage, répondit Mary au-dessus des criaillements des petits.

— Ça suffit, les garçons. Ça suffit.

La mère tapa dans ses mains, puis, comme le chahut se poursuivait, répéta le même geste.

— Joshua ! Jacob ! Jeremy !

— Ils sont adorables, dit Mary pour aider la femme à se détendre.

— Je connais vos beaux-parents ? demanda la femme en capitulant devant le chaos. Probablement. C'est une petite ville.

— Jack et Eden Asquith ?

— Je connais Jack, dit-elle.

Son expression laissa clairement voir qu'elle était aussi au courant de son pronostic.

— Il avait la boutique de nourriture pour animaux, continua-t-elle. Il a étudié à l'université avec mon père, quelque part dans l'Est. Comment va-t-il ?

— Plutôt mal, dit Mary.

— D'où venez-vous ? fit la femme en s'efforçant de ne pas regarder les bottes d'hiver de Mary.

— Du Canada.

Mary espéra, pour le bien de son pays, que la femme ne la considérerait pas comme une ambassadrice de la mode.

— La température d'ici doit vous plaire, dit la mère avant de remarquer que Mary suait à profusion. Je croyais que Jack n'avait eu que des filles. Vous devez être apparentée à Ed…

— Je suis la femme de Gooch. La femme du fils d'Eden.

— Votre mari et vous allez rester jusqu'à ce que Jack…

— Je suis ici toute seule.

Elle se sentit très seule en prononçant les mots.

Le portable de la femme sonna dans son sac à main en cuir. Elle s'excusa et répondit. Elle raccrocha après un échange bref et orageux, puis elle expliqua son ton à Mary :

— J'ai une présentation Lydia Lee ce soir. Les ventes de bijoux à domicile ? Vous connaissez ?

Elle sortit une carte de visite de son sac.

— Et là, c'était l'agence qui me téléphonait pour me dire qu'on enverrait une nouvelle gardienne.

En se tournant vers les triplés qui se roulaient dans l'herbe, elle ajouta sombrement :

— Les garçons n'aiment pas les nouvelles gardiennes.

— Non ! cria l'un d'eux à un de ses frères, en guise de confirmation, aurait-on dit.

La femme sourit, tendit une très belle main aux ongles manucurés.

— Je m'appelle Ronni Reeves.

— Mary Gooch, fit Mary en serrant la main de la femme, frappée par le contraste entre ses propres mains potelées et gercées et les doigts délicats de l'autre.

— Enchantée, Mary Gooch. Merci encore pour l'autre jour. Saluez Jack de ma part. Venez, les garçons.

Mary les vit disparaître à l'intérieur de la maison immodeste où ils vivaient une vie de rêve.

DE QUOI NOURRIR UNE ARMÉE

Plus bas dans la colline, Mary vit la Prius blanche garée dans l'allée de la petite maison des Asquith, mais pas l'autre voiture. Peut-être Gooch avait-il trouvé quelqu'un pour le déposer. Elle imagina son mari géant perché au bord du luxueux canapé, face à sa mère. Il lui décrit les paysages qu'il a vus depuis les sentiers de randonnée, lui fait part de son espoir de se réconcilier avec sa femme. Dans ses bottes, les pieds de Mary étaient brûlants et collants à cause du sang.

Devant la porte, enfin, elle sonna. Comme personne ne répondait, elle s'impatienta. Elle appuya de nouveau sur la sonnette. Au bout d'un moment, Eden entrouvrit.

— Ah, c'est toi, Mary.

— Bonjour, Eden. Désolée de vous déranger, mais…

— Tu ne pourras pas venir sonner chez moi tous les jours jusqu'à son retour, Mary. Nous en avons déjà plein les bras, ici.

Un silence de mort régnait à l'intérieur. Pas de bips en provenance du four à micro-ondes. Pas de véhicule motorisé. Pas un souffle.

— Est-ce que Jack… ?

— Il dort. Chita est malade et il faut que je prépare quelque chose à manger pour le cercle de prière. J'ai dit que je te téléphonerais et je vais le faire.

— J'ai perdu mon téléphone.

— Tu as perdu ton téléphone ?

— Mon sac à main, en fait.

— Tu as perdu ton sac à main !

— Je voulais juste vous rappeler que je suis au Pleasant Inn, au cas où vous auriez besoin de me joindre.

— Tes papiers d'identité !

— Je sais.

— Ta carte bancaire ?

— Je m'en occupe.

— Très bien, Mary. Parfait. Si j'ai des nouvelles de Gooch, je te téléphone à l'hôtel. J'ai tellement de choses à faire…

— Mais je n'ai pas votre numéro. J'en ai besoin. Il n'est pas dans l'annuaire.

— Ça m'a tuée de devoir payer un supplément, se plaignit Eden. Mais le téléphone sonnait sans arrêt. Pauvre Jack. Tu laisses entrer la chaleur, là.

Eden ouvrit la porte et s'engagea dans le couloir. Elle fit signe à Mary de la suivre et, en posant l'index sur ses lèvres, lui intima l'ordre de se taire. Au fond, elles entrèrent dans une cuisine en désordre. Des portes en verre coulissantes s'ouvraient sur une petite terrasse et une piscine négligée à l'eau toute verte.

Eden trouva un stylo et un bout de papier, puis elle écrivit le numéro de ses doigts noueux avant de se mettre à vider les sacs d'épicerie entassés sur la table. Mary remarqua qu'il y avait de la vaisselle sale dans l'évier. La poubelle et le bac à recyclage débordaient.

— Je ne veux pas que Jack te trouve ici et se mette à poser des questions. Ces jours-ci, réfléchir l'épuise.

— Oui, j'imagine, fit Mary en prenant le lourd pot de jus des mains infirmes d'Eden et en sortant les provisions du sac pour les poser sur le comptoir.

— Habituellement, c'est Chita qui fait ça. Les membres du cercle de prière ne se contentent pas de thé glacé et de biscottes. Il leur faut un petit festin.

— Ah bon.

Remarquant soudain les bottes de Mary, Eden fit claquer sa langue pour marquer sa désapprobation et disparut dans le couloir. Au bout d'un moment, elle revint avec une paire de mocassins noirs qu'elle tendit à Mary.

— Tu ne peux pas porter ces bottes en Californie.

Mary la remercia d'un hochement de tête, se débarrassa de ses bottes d'un coup sec, et voulut mettre ses pieds recouverts de chaussettes dans les mocassins.

— Sans tes chaussettes, souffla Eden.

Mary s'assit sur l'un des tabourets du comptoir et s'efforça d'atteindre ses pieds malgré l'obstacle volumineux que représentait son ventre, tout en espérant que sa belle-mère ne s'apercevrait de rien.

— Pour l'amour du ciel, Mary. Tss-tss.

Elle se pencha et grimaça en aidant Mary à enlever ses chaussettes mouillées et tachées. La vue du talon maculé de sang la troubla.

— Il faut nettoyer ça.

— Je sais.

Eden soupira en fouillant dans les tiroirs. Elle finit par trouver la trousse de premiers soins.

— J'espère que j'ai un pansement assez grand.

Comme il était évident que Mary ne pouvait pas traiter sa blessure elle-même, Eden approcha une chaise du tabouret et prit le pied replet de sa belle-fille sur ses genoux maigres.

— On t'a déjà fait un pédicure? demanda-t-elle.

La question, comprit Mary, se passait de réponse. Elle observa le visage sévère de la vieille femme pendant que, sans ménagement, elle nettoyait la coupure.

— Eden?

— Quoi?

— Vous allez me téléphoner si Gooch vous appelle, hein?

— C'est ce que j'ai dit.

Mary hésita.

— Heather a dit que vous mentiriez pour lui.

— Heather a dit que je mentirais, moi?

Eden rit.

— Elle avait l'air bien, Eden. Heather avait l'air bien.

Eden se garda de lever les yeux.

— C'est ce qu'a dit Jimmy, concéda-t-elle.

— Elle a cessé de fumer.

Eden grogna, mais sans s'arrêter de nettoyer la coupure. Elle appliqua un baume cicatrisant et ne posa pas de questions sur sa fille rebelle. Mary se demanda si Gooch avait parlé à sa mère du fils que Heather avait retrouvé et se préparait à le faire lorsqu'elle constata la frustration de la vieille femme, qui tentait de déballer le pansement à l'aide de ses mains maladroites.

— Laissez-moi faire.

Avant de rendre le papier, elle croisa le regard d'Eden et dit:

— Merci.

— C'était moins grave que c'en avait l'air.

Mary glissa ses pieds dans les mocassins toujours étroits.

— Je n'ai pas tellement eu la tête à faire des courses. Avec mon sac qui a disparu et tout ça…

— J'espère que tu ne vas pas me demander de l'argent.

— Non.

Mary vit Eden ouvrir la porte du réfrigérateur et, à sa grande surprise, constata qu'il renfermait de quoi nourrir une armée. Pourtant, l'homme mourant et sa frêle épouse donnaient l'impression de se nourrir uniquement d'espoir.

— Parce que j'ai passé la semaine à faire des chèques. Même si je voulais, je…

— Non, Eden. Non. Je n'ai pas besoin d'argent. Je suis sûre que la banque de Leaford va tout arranger. Ou on va retrouver mon sac. Le bureau du shérif l'a peut-être déjà récupéré.

— Il faut que je m'occupe de la nourriture, annonça Eden en s'emparant d'un couteau.

Ses doigts noueux laissèrent aussitôt échapper l'ustensile en argent, qui tomba bruyamment sur le comptoir.

Mary l'interrompit.

— Laissez, je m'en occupe.

— Il leur faut un festin, rappela Eden, trop soulagée pour protester en voyant Mary chercher une
planche à découper dans les armoires.

— Quel est votre nom de jeune fille, Eden? dit
Mary en se souvenant que c'était l'une des questions
que lui avait posées le directeur de la banque.

— Pourquoi?

— On me l'a demandé, à la banque. Pour me laisser accéder à mon compte. La première école élémentaire de Gooch. Le nom de jeune fille de sa
mère. En sortant d'ici, je retourne à la banque.

— L'école catholique St. Pius. J'étais brouillée avec
ma famille.

Les parents d'Eden, son père agriculteur et sa
mère couturière, étaient originaires de l'Ouest canadien. Enfant unique, elle avait quitté la maison à
quinze ans, s'était mariée à dix-sept ans et avait perdu son mari trois ans plus tard. C'est à ce moment
qu'elle avait rencontré James Gooch père dans un
restaurant d'Ottawa. Elle était d'origine ukrainienne.

— Mon père s'appelait Gus Lenhoff.

Mary sentit la lourdeur des réponses d'Eden.
Quelle qu'ait été la nature de ses relations avec sa famille, elle ne supportait toujours pas, au terme de
toute une vie, de revendiquer le nom pour elle-
même. Mary aurait voulu l'interroger davantage sur
les motifs de la brouille, mais elle vit que la vieille
femme était trop fragile pour ressasser de pareils
souvenirs.

Dans le réfrigérateur, Mary trouva des fraises, du melon, des fromages fins, des œufs durs, des viandes froides et des olives. Quelques semaines auparavant, elle aurait tout avalé à elle seule, dévoré des poignées de petits fruits, englouti tout ronds les cubes de fromage, fait descendre le tout avec une grosse baguette, puis elle aurait roté, toujours affamée. Là, elle contempla la palette de couleurs qui s'offrait à elle, planifia l'organisation et la composition du plateau. Trancha les fraises en deux pour garnir les *crostinis* au fromage de chèvre. Enroba des morceaux de melon dans des tranches de jambon.

— D'habitude, c'est Chita qui fait les courses. Ce matin, j'ai dû y aller moi-même et laisser Jack ici, dit Eden. Si cet homme meurt tout seul, je ne me le pardonnerai jamais.

Mary avait souvent imaginé une mort solitaire. Une crise cardiaque dans son lit, un soir que Gooch travaillerait tard. Dans un fossé sombre, sur une route de campagne. Assise sur le siège des toilettes.

— Pourquoi n'iriez-vous pas vous allonger ? Je vais finir et vous pourrez vous reposer avant l'arrivée de vos invités.

Eden ne se fit pas prier. Elle disparut dans le couloir, laissant à Mary le soin de préparer le festin. Pendant qu'elle dénoyautait, écossait, roulait et tartinait, Mary se remémora un millier de recettes qu'elle avait lues dans ses magazines et qu'elle avait promis à Demain d'essayer, sans faute, mais sa bouche avide se montrait toujours trop impatiente. Elle mangeait à même les sacs, les paquets, les boîtes de conserve.

Elle avait une prédilection pour les recettes où il fallait «vider le contenu dans une casserole et remuer à feu moyen» ou «cuire au micro-ondes à la puissance maximale pendant onze minutes» plutôt que pour celles qui l'auraient obligée à couper, à hacher ou à faire caraméliser. Elle ressemblait peut-être plus à Irma qu'elle aurait voulu l'admettre. Peut-être Gooch avait-il raison. Pendant toutes ces années, elle n'avait pas du tout aimé la nourriture.

Des heures plus tard, lorsque Mary eut tout préparé et lavé la vaisselle, Eden réapparut et promena un regard critique sur la cuisine.

— Nous utilisons les assiettes bleues, dit-elle. Mais ça ne fait rien.

Mary frissonna en entendant Jack tousser violemment derrière la porte close de sa chambre.

Eden grimaça.

— Il vaut mieux qu'il ne te voie pas, Mary. Tu as le numéro, maintenant. Tu devrais téléphoner avant de venir.

— D'accord.

— Nous pourrions être occupés.

— Bien sûr.

— Les matins sont les pires. Un très mauvais moment pour recevoir. Très mauvais.

Le téléphone sonna, fracassant le silence. Eden décrocha.

— Allô? Oui? Allô? Je ne vous entends pas. Allô?

Elle raccrocha.

— Un appel perdu, expliqua-t-elle.

— Un appel perdu?

— Ça arrive tout le temps.

Mary sortit en songeant à l'auteur de l'appel perdu. C'était peut-être Gooch. Elle consulta sa montre, se rendit compte qu'il lui restait seulement une heure avant la fermeture des banques canadiennes. Elle supplia ses pieds d'avancer plus vite, heureuse de la clémence des mocassins noirs étroits.

UN ÉTAT DE DÉTACHEMENT

Mary entreprit l'ascension, en proie au doute, incapable de se débarrasser de l'impression d'avoir vu juste en soupçonnant Eden de protéger Gooch. Pourquoi sa belle-mère lui avait-elle dit qu'ils risquaient d'être en pleine activité, alors que, de toute évidence, leur vie était entièrement vide? Pourquoi avait-elle dit que les visites matinales étaient particulièrement inopportunes, alors que son visage laissait entendre qu'il n'y aurait jamais de bon moment? Soudain, Mary eut la certitude que c'était Gooch qui avait téléphoné et qu'il ne s'était pas du tout agi d'un appel perdu.

Devant la fontaine, au milieu de la côte, elle s'arrêta pour souffler, mais elle ne s'assit pas sur les pierres du bord. Pas de cyclistes dans les rues. Pas de piétons sur les trottoirs. C'était le milieu de l'après-midi, et il faisait beaucoup trop chaud pour de tels efforts physiques. C'est pour cette raison que les gens faisaient du vélo, marchaient et couraient le matin. Ils avaient des périodes d'activité, comme les animaux du zoo. Au loin, Mary entendait le bourdonnement des souffleuses à feuilles et des tondeuses à gazon — les travailleurs. Tiens, il ne faisait pas trop chaud pour eux? Elle grimpa petit à petit et, ensuite, remercia la gravité de l'aider à descendre. Lorsqu'elle fut en bas, elle dut s'abandonner à son corps, qui jura ne pas pouvoir faire un pas de plus.

Elle trouva un haut palmier sur lequel elle s'appuya, heureuse de partager son poids avec le tronc rugueux. L'arbre, cependant, ne la protégeait nullement des rayons pénétrants du soleil, et la chaleur lui faisait tourner la tête. C'était peut-être un autre rêve, un cauchemar ayant pour cadre une contre-utopie inhabitée. S'il y avait eu des voitures dans les parages, elle aurait pu se lancer devant l'une d'elles. *Un coma,* songea-t-elle avec espoir, un bref coma au sortir duquel elle retrouverait la fissure dans le plafond et Gooch à côté d'elle.

— Que quelqu'un d'autre s'en occupe, s'entendit-elle dire. Moi, j'en suis incapable. Je n'en peux plus.

Levant les yeux vers le bleu perpétuel, Mary donna un signal au bon Dieu. *C'est le moment idéal pour envoyer le sauveur réticent. La réponse à mes prières.* Mais il n'y eut pas de miracle. Pas de petit Gros Avi au volant de sa limousine noire ; pas de Mexicain au volant d'une camionnette rouge poussiéreuse. Pas de Gooch qui arrivait derrière elle en criant : «Je t'ai cherchée partout !»

Où est Dieu quand on a besoin d'elle ? Elle administre les derniers sacrements au tiers-monde ? Elle préside sur le cercle de prière des Asquith ? Elle célèbre la victoire divine d'une équipe sportive ? Mary se détacha du palmier et recommença à descendre la côte en direction de la banque. Il le fallait. Elle s'exécuta donc. Et Dieu était là, non pas dans les coulisses, mais en action. À moins que Mary soit victime d'un coup de chaleur. Entre ses yeux, elle massa l'endroit où elle avait mal.

À l'approche du centre commercial, elle se rendit compte qu'elle avait effectué le reste du trajet dans un état de détachement. Elle en était réduite à ses respirations, à l'élan de ses muscles, à une méditation de ruminant. Ce n'est qu'à cet instant qu'elle commença à sentir les ampoules causées par les mocassins trop étroits.

Devant la banque, elle ouvrit les portes et s'abandonna aux bons soins du beau Cooper Ross, avec ses cheveux blond-roux, qui l'installa dans le canapé de chrome et de cuir, brancha la prise du téléphone à côté d'elle et alla même jusqu'à composer le numéro de la banque de Leaford.

Comme le responsable n'avait pas été mis au courant, elle dut répéter toute sa triste histoire, y compris les détails assommants concernant le nom, l'adresse et le numéro de téléphone. Son cerveau perturbé par l'absence de nourriture, elle ne se rappelait plus le nom de l'école élémentaire de Gooch. Saint-Quelque chose. Le nom de jeune fille de la mère de son mari, « Gustoff », était inexact, même si Mary jurait que c'était en plein ce que lui avait dit Eden. Le type n'en démordit pas : il ne libérerait des fonds et ne fournirait des détails au sujet du compte que quand Mary serait formellement identifiée et aurait faxé les documents à son attention. Mary songea au numéro qu'Emery Carr avait noté pour elle, celui d'un membre de l'ambassade du Canada.

Avant de se lever, elle quémanda une dernière faveur. Un taxi pour la ramener à l'hôtel.

— Vous risquez d'attendre une heure, dit Lucy. Nous ne sommes pas à New York, ici.

Mary ne pouvait pas attendre si longtemps. Elle avait beau redouter la perspective de passer la soirée seule à l'hôtel, elle ne pouvait pas rester un instant de plus dans le fauteuil en cuir noir de la banque, dans cet environnement stérile. Elle remercia les employés et se dirigea vers la porte.

Dehors, ses pieds endoloris par les mocassins trop étroits, Mary eut toutes les peines du monde à descendre la rampe qui bordait le stationnement. Les rayons laser du soleil assaillirent ses yeux. Le stationnement. Le sac à main. Il était sûrement là quelque part. C'était la seule possibilité. Caché par une voiture. Il était forcément là. Rassasiée de larmes, elle faillit éclater de rire en se rendant compte qu'elle se languissait de son sac à main.

Un portable sonna tout près, et Mary songea que quelqu'un avait peut-être téléphoné à l'hôtel avec des renseignements concernant ses papiers d'identité. Si Heather avait eu des nouvelles de Gooch? Elle n'avait aucun moyen de communiquer avec Mary. Il faudrait téléphoner au bistro à Toronto. Et Gooch? Et si ce n'était pas lui, l'auteur de l'appel perdu? Il n'avait peut-être même pas de téléphone. S'il avait eu un accident pendant l'une de ses randonnées? S'il s'était perdu et ne disposait d'aucun moyen de communication? Elle éprouva la force familière de la peur centrifuge. Une image d'elle en train de patiner sur la rivière Thames. La chaîne de patineurs, c'est à son tour de se mettre au bout, où ils vont la secouer.

Une motte de gazon dans la glace, une entaille au front, Irma fait son apparition, chaussée de bottes de caoutchouc. L'embarras du sang. Une cicatrice toujours visible.

Sans l'éblouissement du soleil sur ses joues roses et luisantes et la certitude que sa transpiration avait emporté les couches de protection solaire, Mary serait peut-être restée là, dans le stationnement, à ressasser son désespoir. Impossible de rester immobile, elle devait élaborer un plan. Rentrer à l'hôtel. Téléphoner au type que connaissait Emery Carr. Téléphoner à Heather. Attendre. Se reposer. Trouver quelqu'un qui la ramènerait à l'hôtel.

Sauf s'il s'agissait d'aborder les clients de la pharmacie pour leur demander s'ils avaient besoin d'aide, Mary n'avait pas l'habitude d'accoster des inconnus, au demeurant très rares dans la petite ville de Leaford. À la vue d'une jeune femme à l'air agréable qui ouvrait la portière de sa Subaru, Mary s'éclaircit la gorge.

— Pardon, je dois me rendre au Pleasant Inn, au bord de l'autoroute. Ça vous ennuierait de m'y conduire ?

La femme, plus jeune que Mary l'avait d'abord cru, répondit :

— C'est, genre, l'auto de mon père, O.K. ? J'ai pas le droit, t'sais, de prendre des passagers. Surtout pas, genre, des inconnus.

Évidemment, songea Mary. Elle était une inconnue et la prudence s'imposait. Et pourtant, on était à Golden Hills, l'une des villes les plus sûres des États-Unis, où les sacs ne disparaissaient pas et où des inconnus faisaient monter des inconnus dans leur voiture.

Une femme plus âgée, vêtue d'un survêtement noir bien repassé, entassait des sacs dans le coffre de sa voiture. Elle entendit Mary s'approcher, mais ne se retourna pas.

— Pardon, demanda Mary. Excusez-moi de vous déranger. Je dois me rendre au Pleasant Inn et…

La femme se retourna sans sourire.

— Il y a un téléphone public dans la pharmacie. Vous n'avez qu'à appeler un taxi.

— Les taxis sont rares, par ici, expliqua Mary. Nous ne sommes pas à New York.

— Désolée, je ne peux pas. J'ai des produits congelés, dit la femme en montrant ses sacs. Je crois qu'il y a un autobus quelque part. Là-bas. J'ai vu des Mexicains en train d'attendre.

Une femme enceinte s'approcha, précédée par une poussette, mais Mary ne tenta pas de croiser son regard. Depuis longtemps déjà, elle avait appris à éviter les femmes enceintes, qui souriaient à la vue de son ventre rond et qui, avec des airs de conspiratrices, lui demandaient gentiment c'était pour quand. Deux flèches bien acérées cachées dans un seul geste de sororité.

Une autre femme, d'âge moyen celle-là, avec une queue de cheval blonde décolorée, l'air sévère, s'avançait à grandes enjambées vers une voiture à hayon cabossée, dont le coffre était occupé par des produits de nettoyage, des vadrouilles et un aspirateur compact. Mary s'approcha.

— Pardon, madame ?

La femme se retourna en souriant au moment où Mary formulait sa requête.

— Je vous emmène, dit la femme avec un lourd accent dont Mary n'arriva pas à deviner l'origine.

Avant que Mary ait eu le temps d'exprimer sa gratitude, trois autres femmes aux cheveux clairs et au visage dur se matérialisèrent à côté de la vieille voiture. La première exposa la situation dans sa langue maternelle. Le russe, peut-être ? Les autres examinèrent sommairement Mary, puis signifièrent leur accord en haussant les épaules avant de s'entasser sur l'étroite banquette arrière.

Dans la circulation de la rue principale, Mary eut une impression de déjà-vu. La bonté des inconnus. Les femmes parlaient bruyamment dans leur langue maternelle, riaient et se tapaient mutuellement sur les cuisses. Des Arméniennes ? Mary aurait bien voulu comprendre ce qu'elles racontaient, faire partie de leur glorieuse sororité. Le trajet jusqu'à l'autoroute fut plus rapide que celui de la veille, à bord du bolide d'Emery Carr. En voyant le soleil se pencher sur les lointaines collines, elle comprit qu'il était plus tôt, que l'heure de pointe n'avait pas encore débuté.

Lorsque la conductrice s'arrêta au bord du trottoir, près du carrefour où les trois routes se croisaient, Mary mit un certain temps à comprendre que celle-ci l'invitait à faire le reste du trajet à pied. La femme sourit d'un air d'excuse.

— Vous pouvoir marcher? Par là, seulement sens unique. Je devoir revenir et attendre feu.

— Ah bon.

— Je ne pas vouloir rater lumière.

— Bien sûr. Merci. Merci beaucoup.

La voiture s'éloigna et Mary salua les femmes, puis elle appuya sur le bouton du feu pour les piétons. Lorsque la lumière passa au vert, elle s'élança. Mesurant mentalement la largeur des voies, elle eut peur de ne pas pouvoir atteindre l'autre côté avant que la main rouge se mette à clignoter. Plus vite, s'ordonna-t-elle en s'essuyant le front. Elle était si préoccupée par l'imminence du passage du feu au rouge qu'elle n'entendit pas les semelles résonner derrière elle. Elle fut surprise de voir un petit homme à la peau foncée passer devant elle en courant.

La suite fut aussi rapide qu'une rafale de coups de feu, comme autant d'instantanés. Plan oblique de l'homme devant elle : chemise à carreaux rouges, ceinture retenant un jean trop grand, bottes de travail éraflées et sales. Plan moyen sur une fourgonnette blanche effectuant un virage à droite téméraire sur le feu rouge. Le moment de l'impact — la calandre heurte l'homme à la hauteur du torse. L'homme à la peau brune est projeté dans les airs, s'écroule avec un bruit sourd. Les bras en croix, inerte, il gît sur la moquette verte de l'oasis aménagée au bord de la route, et du sang s'écoule de sa bouche.

Mary fut la première à arriver près de lui. Il était plus vieux qu'elle l'aurait cru en le voyant de dos. Elle s'agenouilla, le toucha doucement à l'épaule.

— Monsieur? Monsieur?

Il ouvrit les yeux, désorienté, et saisit la main de Mary en s'efforçant de cadrer son visage.

— Angelica, bredouilla-t-il en crachotant du sang sur le bras de Mary.

— Mary, chuchota-t-elle. Je m'appelle Mary.

Le temps suspendu. Arrêts sur image de quelques secondes qui lui firent l'effet de minutes. Son regard plongeait dans les yeux effrayés de l'homme.

— Ça va, dit-elle. Ça ira.

Pendant que la circulation vrombissait derrière elle, elle se demanda s'il était possible que personne d'autre n'ait été témoin de l'accident. Rien n'avait changé, sinon qu'un homme couché dans l'herbe se cramponnait à sa main.

Dans sa vision périphérique, Mary aperçut un mille-pattes en denim venir vers elle en soulevant un nuage de poussière. Une paire de jambes se détacha de l'ensemble et s'agenouilla à côté d'elle pour fixer le visage de l'homme brisé. Voix grave, puissante.

— Ernesto? Ernesto?

Comme s'il obéissait à un ordre, le blessé se hissa sur les coudes et vomit du sang sur l'ensemble à motifs de Mary.

En levant les yeux, elle constata que la fourgonnette blanche s'était arrêtée au bord de la route et que le conducteur en sortait. Il était au début de la soixantaine, estima-t-elle, avec des touffes de cheveux gris couronnant un visage rougeaud et replet, des membres maigres, un ventre rond et dur sur lequel Mary aurait voulu taper comme sur un melon. Il portait une chemise de travail. Lorsqu'il fut plus près, Mary distingua le nom brodé sur la poche. *Guy.*

Guy se campa au-dessus d'eux en se tordant les mains.

— Il faut l'emmener à l'hôpital, déclara-t-il en parcourant des yeux l'artère passante.

Doucement, Mary fit tourner la joue râpée de l'homme et montra la profonde entaille dans sa langue.

— C'est sa langue, dit-elle. Il s'est mordu la langue.

Avec le tissu de sa jupe, elle épongea la bouche de l'homme.

— Angelica, répéta-t-il avec un sourire en fixant les yeux verts de Mary.

Impatient, le conducteur tapa sur l'épaule de l'autre homme.

— Nous devrions l'emmener à l'hôpital. Tout de suite. Mettons-le à l'arrière ma fourgonnette. Ça ira plus vite qu'en ambulance. Allez.

L'urgence de son ton fit frissonner Mary.

— Il vaut mieux ne pas le bouger, conseilla-t-elle.

L'homme blessé grimaça en portant les mains à son ventre.

Mais l'autre homme se releva rapidement et aida son ami blessé à se remettre sur pied.

— Venez, dit-il en tendant son autre main à Mary pour l'aider à se redresser à son tour lorsqu'il apparut clairement qu'Ernesto n'était pas disposé à la lâcher.

Pendant qu'elle se levait tant bien que mal, Mary plongea le regard dans les yeux brun chaud de l'inconnu. C'était l'homme qu'elle avait déjà aperçu dans le terrain vague poussiéreux. Les larges épaules. La moustache et la barbe taillées avec soin. Il rendit à Mary son regard d'une drôle de manière, comme s'il la reconnaissait.

Guy se hâta d'ouvrir les portières arrière puis de s'installer au volant de la fourgonnette, sur le pare-chocs de laquelle un autocollant proclamait : *Pour contrôler les armes à feu, toujours les tenir à deux mains*. Ernesto s'agrippait à la main de Mary, qu'il implorait en espagnol en l'entraînant vers le véhicule. Son ami traduisit ses propos.

— Il veut que vous veniez avec nous.

— Pourquoi?

— Il pense que vous êtes un ange, répondit l'homme avec une légère trace de dérision et sans le moindre accent.

— Il s'est cogné la tête, dit-elle pour expliquer la confusion du blessé.

Elle grimpa dans la fourgonnette et s'assit sur une banquette faisant face à l'arrière, toujours retenue par l'inconnu. Elle allait protester lorsqu'elle entendit l'homme effrayé se mettre à prier et vit, en guise de réponse, son reflet dans ses grands yeux noirs. Apparition ou non, elle était sa prisonnière puisqu'il avait besoin d'elle. Comme la mère était prisonnière de son bébé et la jeune mariée de son époux.

La fourgonnette blanche projeta du gravier au loin et réintégra la route. Mary vit les hommes en jean réintégrer le terrain vague poussiéreux. Il ne s'était pas écoulé plus de quatre minutes depuis le moment où elle s'était engagée dans le passage pour piétons. Et voilà qu'elle était au fond de la fourgonnette d'un inconnu, la main d'un Mexicain qui pissait le sang dans la sienne. Voilà ce qui arrivait aux gens qui sortaient des ornières de leur quotidien confortable.

— Comment va-t-il? s'enquit le conducteur.

Ernesto montra sa cage thoracique en gesticulant et, en espagnol, dit quelques mots rapides à l'intention de son compagnon. En se retournant, Mary aperçut le visage préoccupé du conducteur dans le rétroviseur.

— Il a peut-être une côte fracturée, affirma-t-elle.

Regardant la route, le conducteur essuya la sueur de son front et lissa une touffe de cheveux gris.

— Vous parlez anglais, les gars? demanda-t-il. *Anglézé?*

— *No anglé-zé,* dit Ernesto.

— *No anglé-zé,* répéta l'autre homme en lançant à Mary un regard pénétrant.

— À l'hôpital, on va vous poser des questions, les prévint le conducteur.

— Il n'y aura personne pour traduire? s'inquiéta Mary.

— Pas pour ce genre de questions.

Elle pivota sur la banquette et aperçut le symbole familier annonçant la proximité d'un hôpital. Prochaine sortie. L'homme passa tout droit. Il connaissait peut-être un raccourci.

— Il a peut-être des blessures internes, dit-elle.

— Si on va à l'hôpital, la police va s'en mêler. *Policio,* Julio. *Policio,* Juan.

Les hommes ne répondirent pas. Mary ne se souvenait pas de les avoir entendus dire leur prénom.

— Vous êtes mon témoin, madame. Il traversait sur un feu rouge.

— Mais le feu était encore au vert. Je traversais, moi aussi. Vous avez tourné à droite sans même regarder, souligna Mary.

Et si j'avais été plus rapide, c'est moi que vous auriez heurtée, pensa-t-elle. Grâce à Dieu, j'ai été épargnée.

L'homme cligna des yeux, évalua le risque qu'il courait.

— Il peut bouger son cou ? Il respire bien ?

Ernesto leva les yeux vers son ami, mais ne dit rien. Mary répondit avec hésitation :

— Il respire mieux. Il a les yeux clairs. Mais je crois vraiment qu'il a une côte cassée.

Avec un lourd accent espagnol, l'ami lança au conducteur :

— *No 'ospital.*

— Mais il faut qu'il voie un médecin, protesta Mary.

— *No 'ospital,* répéta l'autre homme en la réduisant au silence d'un regard sévère.

— *No 'ospital,* confirma Ernesto.

— *No policio, no 'ospitalé,* répéta le conducteur, visiblement soulagé. Sage décision, les gars.

— Il a besoin de radiographies, soutint Mary.

Le conducteur rit de bon cœur.

— Tu es assuré, Miguel ?

Apparemment en pleine incompréhension, les deux hommes ne répondirent rien.

— Près Avenida de los Árboles. Hundred Oaks, dit l'ami avec le même accent à couper au couteau. Maison. *Por favor.*

Le conducteur hocha la tête.

— Hundred Oaks. Nous allons dans la bonne direction.

Dans le plus grand silence, la fourgonnette quitta l'autoroute et, lentement, à travers la circulation dense, s'avança vers l'artère principale d'une ville dont l'arrière-plan de montagnes était plus sauvage, dont les terre-pleins centraux aux plantes ratatinées étaient d'éclatantes preuves de négligence civique. Après avoir roulé dans une large rue bordée de succursales de grandes chaînes, ils débouchèrent dans un quartier fait de minuscules maisons au revêtement en bois, où des vélos enchaînés à des clôtures tenaient lieu d'arbres bien taillés et les jouets en plastique de jardins de roses. Dans les rues étroites, nulle trace des cent chênes annoncés. Mary ne discerna que quelques érables, un certain nombre de hauts conifères, çà et là un sycomore. Pendant que la fourgonnette roulait lentement dans la rue, des mastiffs montraient les dents derrière des barrières en fer rouillé.

L'ami d'Ernesto désigna une petite maison carrée au coin de la rue où, sur un bout de pelouse brune et raide, des enfants sautaient dans l'eau propulsée par un arroseur rotatif. Mary vit une multitude de corps se déplacer à l'intérieur, derrière les fenêtres ouvertes, et, à travers les planches de la clôture, un groupe d'hommes réunis autour d'un barbecue fumant.

Lorsque la fourgonnette se glissa dans l'entrée, les enfants disparurent, et les hommes que Mary avait vus dans la cour entrèrent vite dans la maison. Aux fenêtres, les mouvements cessèrent lorsque le conducteur fit lentement le tour du véhicule pour ouvrir les portières arrière. Ernesto consentit enfin à lâcher Mary. Elle sortit et regarda l'homme plus jeune et plus fort aider son ami blessé à entrer dans la maison. Il s'arrêta avant d'ouvrir la porte, lança un regard à Mary et la gratifia d'un pâle sourire, qu'elle lui rendit avant de se tourner vers le conducteur.

— Il devrait vraiment aller à l'hôpital.

— Il devrait vraiment retourner à Tijuana, lança l'homme sur un ton méprisant. Comme Pancho et Raul m'ont transformé en chauffeur de taxi, vous voulez aller où, vous? Me dites pas Reseda parce que je retourne pas là-bas à l'heure de pointe.

— Vous ne pouvez pas le laisser comme ça. Vous ne lui avez même pas donné vos coordonnées, lui rappela Mary.

— Écoutez-moi bien, ma p'tite dame.

Cette façon qu'il avait de dire «ma *p'tite* dame»...

— Si on l'avait attrapé à la frontière, je serais pas en train de causer avec vous ici en ce moment. Regardez-moi ça.

Il gesticula en direction de la maison minuscule, de la dizaine de vélos enchaînés à la barrière.

— Je gage qu'ils sont au moins vingt là-dedans.

— Vingt?

— Ces salauds-là vont pas me faire de misères, rugit-il en campant fermement ses pieds sur le sol, intimidant. Vous allez m'en faire, vous?

— Vous devriez lui donner de l'argent, dit-elle sans réfléchir. Au cas où il aurait besoin de voir un médecin, après tout.

— Je devrais appeler l'Immigration, oui.

— Dans ce cas, vous devriez me donner de l'argent à moi, répliqua-t-elle en élevant la voix, tremblante. J'ai noté ton numéro de plaque, Guy.

Il la dévisagea longtemps. L'odeur âcre de la conviction qu'il avait d'être dans son bon droit suintait par tous les pores de sa peau. Il sortit son portefeuille de sa poche et en tira une liasse de billets.

— Tiens, v'là deux cents dollars. Tout ça, c'est fini. Même que c'est jamais arrivé.

Sur ces mots, il se dirigea vers l'avant de la fourgonnette, s'installa derrière le volant et, en s'éloignant, lâcha :

— Grosse truie sale.

L'insulte fit à Mary l'effet d'un grain de sable. Elle était grosse. Indéniablement. Mais elle n'était ni une truie ni sale. Elle s'appelait Mary Gooch et, pendant qu'elle faisait route vers une existence peu commune, des enfants mexicains, par une fenêtre ouverte dans une ville du nom de Hundred Oaks, l'enveloppaient de leurs regards scrutateurs. En comptant l'argent, elle gravit les quelques marches qui conduisaient à la porte et sonna. Elle sonna encore, mais personne ne vint ouvrir. Derrière les rideaux, les enfants restaient silencieux. Elle cogna, impatientée par sa fâcheuse situation. Il faudrait encore qu'elle attende un taxi pendant une heure. Qui savait combien lui coûterait une course aussi longue ?

Elle inspira à fond, cogna de nouveau, de petites crampes convulsives parcourant son corps tout entier, de ses orteils couverts d'ampoules à son crâne rouge et calciné. Au bout d'un moment, l'homme fort à la barbe entrouvrit la porte. Elle n'attendit pas qu'il ouvre la bouche. Elle lui fourra l'argent dans les mains et dit :

— Il a laissé ça pour vous. Au cas où votre ami aurait besoin de quelque chose.

Il prit l'argent, regarda derrière elle, constata que l'homme l'avait abandonnée.

— J'ai besoin d'un taxi pour me ramener à Golden Hills.

— Je vais vous y conduire dès que mon cousin sera de retour avec la camionnette.

Il scruta les alentours avant d'ouvrir.

— Venez. Entrez.

374

La première chose que Mary remarqua fut les chaussures proprement alignées dans le vestibule : une rangée de bottes de travail, une autre de tennis et une pile de sandales de toutes les tailles et de toutes les formes. Une centaine, lui sembla-t-il. Les pièces, trop nombreuses pour une maison si petite, étaient peintes de couleurs vives : grenade, safran, bleu azur, aubergine. L'homme cria quelque chose en espagnol, sans doute pour signifier que la voie était libre, car les enfants et les adultes sortirent d'une petite pièce, au fond, en examinant l'inconnue qui se trouvait parmi eux. Ils s'échangeaient de riches voyelles qui roulaient sur leur langue et restaient en suspension dans l'air, pleines de sous-entendus. Ils parlaient de l'accident, sans doute, s'interrogeaient sur le rôle qu'elle avait joué, compte tenu des taches de sang sur son ensemble, se demandaient pourquoi l'homme, à qui ils vouaient de toute évidence un grand respect, l'avait laissée entrer.

Mary le suivit jusque dans une cuisine bien ordonnée, au fond. Là, elle trouva le vieil Ernesto affalé sur une chaise, torse nu, la gravité de ses blessures plus apparente. Des bleus à l'endroit où une ou deux côtes étaient vraisemblablement fracturées. Sur son épaule osseuse, plusieurs couches de peau râpées. Sa joue lacérée par les herbes du terre-plein. La langue sanguinolente. Une femme ratatinée, un foulard noué sur la tête, nettoyait les écorchures, tandis qu'une toute petite fille au visage solennel pressait un linge humide contre la peau hérissée de poils de son menton.

À la vue de Mary, les yeux d'Ernesto s'ouvrirent tout grands. Et ils étincelèrent lorsqu'il aperçut les dollars dans les mains de l'autre homme.

— *Gracias,* dit-il. *Gracias, María.*

— Comment dit-on « je vous en prie » ? demanda Mary à l'autre homme.

— *De nada,* répondit-il, amusé. Ça veut dire « de rien ».

Et ce n'était rien, songea-t-elle. Pas besoin de remerciements. Elle avait fait ce qu'on fait dans de telles circonstances. On vient en aide à ceux qui en ont besoin. Elle n'avait rien décidé. Pas moyen de faire autrement. Elle avait simplement réconforté un homme apeuré, lui avait tenu la main.

— *De nada,* répéta-t-elle timidement.

Levant les yeux, elle constata que l'autre homme l'observait et rougit. Il tendit la main, pas pour serrer celle de Mary, mais bien pour la prendre, la soulever et la tenir avec douceur et fermeté, avant de se présenter.

— Je m'appelle Jesús García.

— Hé-Zou ? répéta Mary en faisant rouler le nom inconnu sur sa langue.

— Ça s'écrit comme « Jésus ».

— Ah bon ?

Elle ricana et craignit de perdre connaissance dans la chaleur de la petite pièce humide.

— Mary, dit-elle. Mary Gooch.

Elle se dit qu'il avait à peu près le même âge qu'elle. Un peu plus vieux peut-être, ou un peu plus jeune. Son visage brun était creusé de profonds sillons. Au-dessus de sa barbe taillée, ses joues étaient rondes et pleines, presque angéliques. C'était son physique — dos fort et droit, pieds tournés en dedans quand il marchait, comme ceux d'un athlète — qui dégageait une impression de relative jeunesse. Dans l'emprise de son regard, elle se sentit sur le point de défaillir.

Lisant dans ses pensées — ou peut-être alerté par les oscillations de Mary —, Jesús García tira une chaise et l'aida à s'asseoir à côté d'Ernesto.

— Vous me faites penser à une femme que j'ai connue, dit Jesús. Elle s'appelait Mary, elle aussi.

On ne lui avait encore jamais rien dit de tel. Elle eut du mal à concevoir un monde dans lequel un homme tel que Jesús García avait pu rencontrer une femme comme elle.

Il attira l'attention d'un des enfants.

— *Agua para la señora,* fit-il.

L'enfant secoua la tête et, en gesticulant, indiqua que le robinet de l'évier ne fonctionnait pas. Jesús ferma brièvement les yeux et sortit une bière du réfrigérateur. Il fit sauter la capsule et tendit la bouteille à Mary. *Agua* — eau, traduisit-elle pour elle-même.

Le liquide âpre et ambré lui piqua la gorge, mais elle but une longue rasade. Le rot qui lui échappa lorsqu'elle décolla le goulot de ses lèvres la plongea dans un profond embarras.

— Votre robe est fichue, constata Jesús García en désignant les taches de sang sur sa jupe. Le sang ne part pas.

Elle hocha la tête, but une gorgée de bière et admira subrepticement le dos large de l'homme lorsqu'il se retourna vers la fenêtre. Des épaules et des bras énormes — ceux d'un haltérophile, sans doute —, des fesses sculptées sur des cuisses épaisses, musclées. Il surprit le regard de Mary. Son visage resta inexpressif.

Les autres occupants de la maison, une fois informés des circonstances de l'accident et du rôle légèrement héroïque que Mary y avait tenu, regagnèrent leurs postes respectifs : les hommes s'attroupèrent autour du barbecue et les femmes mirent de la lessive à sécher dans la fumée du gril. Les enfants, cependant, ne retournèrent pas jouer dans l'eau. Ils restèrent dans la cuisine, où les plus vieux, armés de couteaux, préparèrent les pommes de terre en prévision du repas du soir, tandis que les plus jeunes épluchaient les épis de maïs qu'ils tiraient d'un sac posé près de l'évier sans eau.

Un portable sonna. Jesús García sortit un appareil de sa poche, consulta le numéro sur l'écran et agita la main en direction de l'assemblée, où le silence se fit instantanément. Il prit l'appel et parla rapidement en espagnol en se dirigeant vers un coin isolé de la cour.

En entendant un râteau racler le sol, Mary eut la nostalgie de Leaford, où le soleil ne brillait pas toujours, mais où elle était au fait des us et coutumes, où elle comprenait la langue d'usage. La toute petite ville rurale de Leaford, où il n'y avait qu'une poignée d'immigrants de fraîche date qui, pour la plupart, s'exprimaient raisonnablement bien en anglais. Elle songea à la couleur du comté de Baldoon. Composé surtout de Blancs. Et de quelques Noirs. Non loin de là, il y avait Rusholme, où vivaient les descendants des esclaves qui avaient fui le sud des États-Unis, les Jones, les Bishop et les Shadd, qui avaient défriché la moitié du comté de Baldoon, aux côtés des Brody, des Zimmer et des Flook, mais leur immigration était vieille de plus de cent ans, et, dans le tissu du comté, leurs luttes se confondaient avec les premières coutures. Plus récemment, on avait accueilli M. Chung, le propriétaire du restaurant. Les quatre familles coréennes qui régnaient sur le royaume du Quick Stop. Et une famille indienne qui exploitait les deux Tim Horton de Leaford.

À propos des immigrants de fraîche date, Orin et Irma avaient moins des opinions que des émotions. Ils enviaient et méprisaient les propriétaires d'entreprises. «Si je vendais du pain rassis à quatre dollars, je serais riche, moi aussi», avait dit Irma à propos des Coréens. «Le Chinois se fait creuser une piscine, avait déclaré Orin. Il doit penser qu'il est mort et qu'il est monté… là où vont les Chinois quand ils meurent.» Un jour, après une visite dans un Tim Horton, où ils étaient allés prendre un café, Orin s'était écrié sur un ton éploré : «Ce Vikram roule en Lincoln!»

Pour les immigrants qui avaient moins de chance, par exemple la jeune mère célibataire du bout de la rue, venue des Antilles, dont le fils adolescent avait mal tourné et qui faisait ses courses avec des bons alimentaires et avait touché de l'assurance-chômage lorsque sa petite entreprise avait fait faillite, ils n'avaient que du mépris. «Tout le temps en train de téter les mamelles du gouvernement», disait Orin. «Quelle image dégoûtante. Franchement, Orin», répliquait Irma.

Derrière Mary, un enfant transporta un panier d'épis huilés et assaisonnés jusqu'au barbecue, au moment même où une assiette remplie de grillades luisantes faisait son entrée dans la cuisine. Les enfants sourirent en voyant le plateau offert tel un gâteau d'anniversaire, les plus petits se hissant sur la pointe des pieds pour mieux voir. Mary fit le décompte des enfants réunis dans la cuisine, ajouta la vieille femme, Ernesto et les hommes qu'elle apercevait dans la cour par la fenêtre, les femmes qui allaient et venaient d'une pièce à l'autre au fond du couloir. Le conducteur de la fourgonnette avait vu juste : ils étaient bien une vingtaine en tout. Les grillades entassées sur le plateau, bien qu'abondantes, ne suffiraient jamais à nourrir tant de gens. Pas plus que les pains ronds et plats, la douzaine d'épis de maïs, ni même les pommes de terre en petits dés qui rissolaient dans le vieux four fatigué.

Prise de panique, Mary eut peur qu'on l'invite à souper. Pour elle, il était tout aussi inconcevable de mâcher et d'avaler de la nourriture au milieu de tous ces étrangers que de les priver d'une part de leurs maigres rations. Elle pria pour que Jesús raccroche et que le cousin revienne vite avec la camionnette. Elle se concentra sur les photos retenues par des aimants sur la porte du vieux Frigidaire. Il s'agissait dans la plupart des cas de photos d'une famille — celle de Jesús García. Une jolie femme rondelette aux yeux en amande et aux cheveux foncés et ondulés. Deux jeunes fils pourvus de la même crinière de cheveux noirs hérissés, avec les yeux brun chaud de leur père. Secrètement, Mary s'était réjouie d'avoir été enfant unique. Elle était certaine que sa sœur aurait été « la mince ».

La porte de devant s'ouvrit et un vieillard qui boitait entra dans la cuisine en faisant tinter ses clés. Plus vieux qu'Ernesto, il était desséché par le soleil. Il croisa le regard de Mary, son expression limpide criant : *Elle ne devrait pas être ici.* Les plis de son front se creusèrent lorsqu'il vit Ernesto, blessé, grimacer alors que la vieille femme appliquait de l'antiseptique sur ses coupures. Le vieillard suspendit les clés à un crochet, près de la porte, et interpella les hommes réunis autour du barbecue. Il avait parlé espagnol, mais Mary n'eut aucune difficulté à traduire : *Qu'est-il arrivé à Ernesto ? Qui est cette grosse Blanche ?*

Au moment où le repas était servi, une femme offrit une assiette à Mary et lui sourit d'un air encourageant.

— *Buen provecho,* dit-elle. *Metele mano.*

— *Bouenne provéquo,* répéta Mary.

Un des garçons, tout près, traduisit pour elle :

— Mangez. Elle vous dit de manger. Goûtez, c'est bon.

Au risque de sembler impolie, Mary ne put que secouer la tête, expliquer futilement :

— Je suis encore trop bouleversée par l'accident.

La foule empressée fondit sur la cuisine, mais sans pagaille. Les enfants se servirent en premier, choisirent les morceaux de bœuf plus petits posés sur le côté du plateau, une moitié d'épi de maïs, trois olives dans un bol. Puis ce fut au tour des adultes, qui remplirent leurs assiettes en fonction de leur rang et de leur appétit. Quel bavardage ! Ils mangeaient debout ou adossés à un mur. L'assiette sous le menton. Des bouches moites et avides s'ouvraient et se refermaient sur des fourchettes. Des dents arrachaient des grains de maïs, broyaient des dés de pomme de terre. Mary ne sentait pas l'odeur de la nourriture, mais elle éprouvait sa douleur. Avec une certitude grandissante, elle comprit que, si elle restait une minute de plus en présence de toute cette nourriture, elle allait dégueuler.

— Venez, dit Jesús en prenant les clés sur le crochet. Je vous ramène chez vous.

ÉTOILES FILANTES

Bien calée dans la camionnette crasseuse, parmi le flot de véhicules qui convergeaient vers l'autoroute, Mary imagina Wendy envoyer aux autres un courriel disant : *En Californie, Mary Gooch est montée dans la voiture d'un Mexicain à la mine patibulaire et s'est fait trancher la gorge. C'est bête, hein ?*

Elle coula un regard au profil de l'inconnu. Elle avait vu comment les autres habitants de la maison le traitaient. Il n'était pas grand, mais, avec sa mâchoire impérieuse et son regard imperturbable, il les dominait. Son pathos et sa gravité. La femme rondelette des photos posées sur le réfrigérateur n'était pas avec les autres dans la pièce. Sa femme. Elle n'aurait su dire lesquels étaient les enfants de cet homme.

La nuit était tombée rapidement, les montagnes qui se dressaient devant eux ayant bu le soleil. Des étoiles, autant de trous crevant la nuit veloutée, lui rappelèrent la comptine qu'Irma lui avait apprise : *Petite étoile/Petite étoile/Étincelle/Dans le ciel/On voit de la Terre/On voit de la Terre/Ta lumière/Ta lumière.*

Jesús García s'éclaircit la gorge.

— Merci, dit-il.

— Je n'ai rien fait.

— Ernesto vous a demandé de venir. Vous êtes venue. Il vous en est reconnaissant.

— Il a cru que j'étais un ange.

Silencieux, Jesús se concentrait sur la route. Il ne jura pas comme l'aurait fait Gooch lorsqu'une BMW bleue lui coupa le chemin. Et il n'accéléra pas dans l'intention de fusiller l'autre conducteur du regard, comme l'avait fait Orin à de nombreuses occasions. Elle suivit son regard jusqu'aux étoiles.

Elle sentait la chaleur de l'homme comme elle avait senti celle de Gooch, rayonnante et constante, dans la camionnette, sur le canapé ou au lit. Soudain, il y eut un incendie dans le ciel nocturne, une queue cosmique explosive qui déchira l'horizon noir. Brillante. Une étoile filante. Brève, comme un éclair. Comme une vie humaine. Un tour de passe-passe de Dieu. *Comment est-ce qu'elle a fait ça ?*

— Vous avez vu ? demanda Mary en montrant le ciel dans l'espoir qu'il s'agissait d'un signe.

Jesús hocha la tête, peu impressionné.

— Je n'avais encore jamais vu d'étoile filante, souffla-t-elle.

— Jamais ?

— Il faut que je fasse un vœu, non ? C'est ce qu'on fait dans ces cas-là, non ?

Jesús García lui jeta un regard de côté et loucha d'un œil, comme s'il lui coûtait beaucoup de la détromper.

— Ce ne sont pas vraiment des étoiles, vous savez.

— Ah bon?

— Ce sont des fragments de météorite qui se consument à cause de la pression de l'atmosphère terrestre. Rien de magique.

— On dirait pourtant le contraire.

— Certaines des étoiles que nous voyons aujourd'hui sont mortes il y a longtemps.

— C'est magique. Ça, je crois que je le savais. Je vais quand même faire un vœu, au cas où.

Elle ferma hermétiquement les yeux, souhaita le retour rapide de Gooch. Les rouvrant, elle s'émerveilla à la vue du ciel.

— Chez nous, les étoiles n'ont pas l'air de ça. Même par les nuits les plus claires.

— C'est où, chez vous?

Bien que réticente à l'idée de mettre un inconnu au courant des détails de sa vie, Mary voulut éviter de donner l'impression de se méfier. Dans l'espoir que leurs déracinements respectifs créeraient des liens entre eux, elle dit:

— Je viens du Canada.

— Le Canada, répéta-t-il en hochant la tête d'un air approbateur.

— Une frontière différente, c'est tout.

Il se tourna vers elle, en proie à l'incompréhension.

— Le Mexique, le Canada, expliqua-t-elle.

— Je suis américain, dit-il, irrité.

— Ah bon?

Elle avait envie de s'excuser, mais elle n'était pas certaine de la nature de l'offense qu'elle avait commise.

— Né et élevé à Detroit.

— Detroit! Mais c'est à une heure de Leaford! Juste de l'autre côté de la frontière. C'est de là que je viens.

— Ma famille tenait un restaurant dans le quartier mexicain, dit-il avec espoir. Casa García?

Mary secoua la tête.

— Je ne suis jamais allée à Detroit.

Il sembla surpris. Ou déçu.

— Mon mari avait l'habitude d'aller au Salon de l'auto.

Mon mari. *Mon* mari. *Mon mari*. Combien de fois Mary Gooch avait-elle utilisé ces mots au cours des vingt-cinq dernières années? «Mon mari va bien.» «Mon mari aime son steak saignant.» «Mon mari et moi avons un compte conjoint.» Aussi, un grand nombre de ses phrases commençaient par «Gooch dit que» ou «Gooch pense que». Si Gooch, son mari, n'était plus là, à qui se réfèrerait-elle?

Jesús García signala son intention de changer de voie.

— Votre mari vous attend à l'hôtel ?

— Dans l'immédiat, en fait, je ne suis pas exactement ici avec mon mari, dit Mary, consciente de parler comme une folle.

Elle soupira.

— Faire un vœu à la vue d'un fragment de météorite est moins poétique, hein ? Le ciel est toujours aussi clair, la nuit ?

Il montra l'horizon.

— Vous connaissez les constellations ? La bande de lumière, là-bas ? C'est la Voie lactée. Vous voyez la Grande Ourse ?

— Celle-là, je la connais.

Elle vit les doigts trapus de l'homme tracer la forme de la louche dans le ciel.

— Et le motif, là, entre la Petite Ourse et la Grande Ourse ? C'est Draco, le Dragon.

Elle ne voyait pas le Dragon, mais elle hocha quand même la tête.

— Vous devriez plutôt conduire, Hé-zou.

Il rit, puis reprit sur un ton plus réfléchi.

— Le meilleur endroit pour voir les étoiles, c'est au bord de l'océan.

— Je n'ai jamais vu l'océan.

— Il faut absolument le voir.

— C'est ce qu'on dit.

En se retournant, il la gratifia d'un sourire radieux, le premier.

— J'ai dû apprendre le nom des constellations dans mes cours de science, dit-elle. Je devais savoir que les étoiles filantes n'étaient pas de vraies étoiles. Je retiens seulement les informations quand j'en ai besoin. Et je n'en ai pas souvent besoin. Vous avez appris tout ce que vous savez sur les étoiles dans vos cours de science ?

— À la bibliothèque. J'y ai passé beaucoup de temps après... quand j'étais en chômage.

— Pour étudier les constellations ?

— Je me promenais dans les allées. Je prenais les livres au hasard.

— Je suppose que c'est ce que les jeunes font en... *googlant,* ou je ne sais pas trop.

— Je ne suis pas trop porté sur les ordinateurs.

— Vous préférez choisir les livres au hasard.

— Pas seulement les livres. J'aimais bien l'endroit. La bibliothèque. La poussière. Le calme.

Comme preuve de son inclination, l'homme sombra de nouveau dans le silence. Mary observa le ciel nocturne dans l'espoir de voir un autre fragment de météorite prendre feu au contact de l'atmosphère terrestre.

— J'habite tout près de l'autoroute. Au Pleasant Inn, fit-elle.

Enhardie par l'étoile filante ou peut-être par la bière qu'elle avait bue, elle demanda :

— Pourquoi avez-vous fait semblant de ne pas parler anglais ?

Il haussa les épaules.

— Des fois, c'est plus facile.

Heather Gooch avait dit la même chose. *Des fois, c'est plus facile d'être quelqu'un d'autre.*

Lorsqu'ils s'arrêtèrent devant le carrefour, les yeux de Mary se posèrent sur le terrain vague, le lieu du crime, là où elle avait d'abord vu Jesús García parcourir la route des yeux. Il suivit son regard jusqu'au poteau d'électricité, et elle eut la sensation d'avoir été prise en flagrant délit.

— C'est sûrement dur d'être journalier, ajouta-t-elle en réussissant l'exploit d'avoir l'air à la fois apitoyée et condescendante.

— Je travaille au centre commercial, au bout de la rue, dit-il. Mon oncle, celui qui a la hanche amochée ? Il vient nous chercher ici en sortant de la vallée, Ernesto et moi, quand il peut.

— Et quand il ne peut pas ?

— Nous prenons l'autobus.

Il était clair, d'après les vêtements qu'il portait, qu'il ne travaillait pas à la banque. Comme il n'ajoutait rien sur la nature de son emploi, Mary eut assez de retenue pour ne pas poser de questions. Mais sa curiosité était piquée à vif. La pharmacie. L'agence de voyage. Elle avait aussi vu l'enseigne d'une boutique de chaussures. Le restaurant.

Jesús García aida Mary à descendre de la camionnette et l'accompagna jusque dans le hall de l'hôtel, où il lui prit la main.

— Merci, Mary. *Gracias*.

— De rien, Hé-Zou.

Un air amusé se profila sous les moustaches de l'homme et elle espéra qu'il la gratifierait de nouveau de son radieux sourire.

— Je prononce bien? Hé-zou?

— C'est parfait.

Mary le vit franchir les doubles portes de l'hôtel et se diriger vers sa camionnette. La réceptionniste, la même que la veille au soir, lança :

— Madame Gooch?

— Oui?

Puis elle vit les taches sur l'ensemble de Mary.

— C'est du sang?

— Il y a eu un accident, expliqua Mary. La journée a été longue.

La jeune femme sourit.

— J'ai votre sac à main.

LE SANG NE PART PAS

Les retrouvailles joyeuses de Mary et de son sac en vinyle brun tournèrent au vinaigre dès que la réceptionniste lui eut répété les propos des policiers. Un chien pisteur avait retrouvé le sac dans un buisson, non loin du terrain vague du carrefour. Le sourcil arqué de la femme semblait incriminer les journaliers mexicains, insinuation que Mary jugea injuste. Quelques articles personnels se trouvaient toujours dans le sac, mais pas son portefeuille. Ni son téléphone. Ni son passeport. Le shérif avait peu d'espoir de retrouver ses papiers d'identité.

— Mon gérant a dit que nous aurons besoin d'une empreinte de carte de crédit si vous comptez rester après la nuit de demain.

De retour devant sa chambre, Mary constata que, par inadvertance, elle avait laissé l'affichette « Ne pas déranger » sur sa porte. À l'intérieur, rien n'avait changé. Le lit fait. Les barres de protéines sur la table. L'eau. La lotion solaire. Elle envoya valser ses chaussures étroites et s'assit sur le couvre-lit pour ouvrir son sac, pleine d'amertume à l'idée qu'il avait refait surface, mais sans son portefeuille.

Elle surprit son reflet dans le miroir de la commode. Sans amarres, non identifiée, non identifiable. Si seulement vingt personnes comme elle s'entassaient dans la chambre, vingt personnes issues du même monde, aux prises avec la même fâcheuse situation, aussi peu sûres qu'elle de la conduite à adopter. Elle avait besoin non pas de compagnons de misère, mais bien d'une bande de frères et de sœurs, tels les immigrants mexicains. D'une tribu. Ce qu'il lui fallait, c'était une tribu. Quelle folie, aussi, de faire de Gooch l'unique centre de son existence.

Jesús García avait une tribu. Il était le roi de la tribu réunie dans cette maison éclaboussée de couleurs sur laquelle une centaine de chaussures posées près de la porte montaient la garde. Elle se souvint de photos de la famille de Jesús accrochées au réfrigérateur, de la jolie femme aux yeux en amande et des beaux garçons aux cheveux foncés. Peut-être était-ce parce qu'il était déjà comblé qu'il pouvait s'abstenir de faire un vœu à l'apparition d'une étoile filante. En pensée, elle revit son visage au moment où il désignait la Voie lactée. Il avait eu beau déclarer que les étoiles n'avaient rien de magique, il avait malgré tout semblé sous leur emprise.

Après avoir fait le numéro de l'assistance-annuaire et obtenu une téléphoniste canadienne, Mary demanda le numéro du Bistro 555. Le plan était boiteux, mais elle n'en avait pas d'autre. Elle expliquerait la situation à Heather et lui demanderait de lui envoyer une petite somme, qu'elle lui rembourserait dès que tout serait arrangé.

Mary attendit, fébrile, et reconnut la voix à l'autre bout du fil.

— Bonjour, fit-elle. J'aimerais parler à Hea… à Mary Brody, s'il vous plaît.

— C'est de la part de qui?

— Sa bel…. Une vieille amie. Je suis passée cette semaine. Vous êtes l'acteur, non?

— Ouais. Je me souviens.

La grosse qui cherchait un grand.

— Ne quittez pas.

À cinq mille kilomètres de là, le combiné heurta le comptoir en nickel brossé. Le bruit de fond était assourdissant. Pendant qu'elle attendait, Mary examina sa trousse de toilette, qui semblait ne pas avoir été ouverte. Elle fut heureuse de retrouver sa brosse à cheveux, l'hôtel n'ayant mis qu'un peigne à sa disposition. Qui aurait bien pu vouloir de son uniforme marine de rechange? L'acteur-barman revint enfin.

— Il paraît qu'elle est partie en voyage.

Mary le remercia de son aide et lui donna le numéro d'Eden, que Mary Brody devrait appeler dès son retour.

Où était donc la carte de visite sur laquelle Emery Carr avait griffonné le numéro du type de l'ambassade? Elle balaya la chambre des yeux. Personne n'avait fait le ménage. La carte était donc forcément là quelque part. Mary se leva, examina les moindres surfaces. Jeta un coup d'œil dans la poubelle. Elle se revit en pensée à côté de la Mazda sport d'Emery

Carr. Il lui avait tendu la carte et… Mais oui! Elle l'avait glissée dans la poche de son ensemble à motifs!

Qu'elle avait lavé la veille. Découragée, elle fourra la main dans la poche de l'ample jupe et récupéra le rectangle tout mou. L'encre noire avait coulé. Le numéro était indéchiffrable. Et Emery Carr était parti faire la tournée des vignobles de Sonoma avec son copain.

Elle téléphonerait à Wendy, se dit-elle en prenant conscience qu'elle était à court d'idées. Ou à Pete. Elle pourrait joindre Pete au travail. Elle lui demanderait d'envoyer de l'argent par câble ou elle s'adresserait à Joyce. Elle avait laissé des chèques postdatés à St. John. Elle pourrait peut-être accéder à ses fonds grâce à eux.

Il était vingt heures trente, mais, compte tenu des trois heures de décalage, plus rien ne serait ouvert, et il était même trop tard pour faire appel aux vieux amis. Lesquels, de toute façon, étaient plutôt liés à Gooch. Appuyée sur la table solide, Mary déballa une barre de protéines. Avant de prendre une première bouchée, elle vit le sang séché sur son bras et pencha sa tête fatiguée pour évaluer l'étendue des taches de couleur rouille qui avaient éclaboussé le tissu délicat.

Elle déboutonna la blouse, fit descendre la jupe sur ses jambes et, après avoir roulé ses beaux vêtements en boule, les lança dans la poubelle. *Le sang ne part pas.* Une fois de plus, elle n'avait rien à se mettre. Elle se souvint alors de l'uniforme marine qu'on avait mis dans un sac en plastique au salon de beauté.

Pendant que de l'eau froide coulait dans le lavabo peu profond, Mary fouilla dans les grandes poches et eut l'heureuse surprise de mettre la main sur une autre carte de visite. *Gros Avi. Service de limousine Miracle.* Plus que jamais, Mary croyait aux miracles. Dans l'autre poche, sa main rencontra un livret petit et mince. Elle comprit aussitôt qu'il s'agissait de son passeport, qu'elle se souvenait à présent d'avoir glissé là lorsque le chauffeur de limousine s'était arrêté devant elle à l'aéroport de Los Angeles. *Son passeport.*

L'horrible photo. Mary Gooch. Citoyenne canadienne. Née le 1er mars 1964. En examinant la photo, preuve de son identité, elle s'arrêta pour digérer les événements de la journée, les drames, banals et extraordinaires, les miséricordes, grandes et petites. La joie… Elle ajouta la joie au répertoire de ses émotions récentes et songea : *Je suis guérie.* Elle n'était plus la victime d'un vague malaise. Aucun de ses sentiments n'était vague. Elle aurait pu nommer chacune de ses magnifiques sensations — espoir, excitation, panique, chagrin, peur — et dessiner une carte de leurs dérivés. Voilà aussi ce qui arrivait aux personnes qui s'extirpaient des ornières de leur moquette, songea-t-elle. Elles se retrouvent dans des montagnes russes et prennent goût aux montées d'adrénaline.

397

Il était à peine vingt et une heures en Californie. Les Torontois qui mangeaient tard finissaient tout juste leur repas. La nourriture! Encore une fois, elle avait oublié de manger. Ou négligé de manger. Ou trop eu la nausée pour pouvoir manger. Elle chercha une barre de protéines, mais elle fut distraite par son uniforme marine, qu'elle devait laver. *Le passeport!* N'ayant personne avec qui partager la bonne nouvelle, elle remercia Dieu, la providence, le destin et Gros Avi.

Après avoir frotté ses vêtements avec vigueur, elle les essora et les repassa avec le fer de l'hôtel avant de les accrocher, encore humides, aux dossiers des chaises posées près de la fenêtre. De retour dans la salle de bains, elle se glissa sous le jet chaud et pulsé de la douche. En haut. En bas. Penchée dans les courbes. Elle se sentait vivante.

Le passeport. Perdu et retrouvé. Comme le fils de Heather. Un miracle. Si elle ne l'avait pas perdu, rien de tout cela ne serait arrivé. Elle ne serait pas retournée à la banque. Elle n'aurait pas demandé aux femmes de ménage de l'emmener à l'hôtel. La fourgonnette blanche aurait-elle heurté Ernesto? Qui lui aurait tenu la main? Sans parler de tout ce qui pourrait se produire maintenant qu'elle l'avait récupéré. Établir le solde de son compte. Accéder à ses fonds. Elle pourrait rester à l'hôtel en attendant le retour de Gooch. Quelques jours. Une semaine, peut-être. Deux, à la rigueur.

Après avoir séché sa peau et ses cheveux, Mary se mit au lit, mais elle fut incapable de trouver le sommeil. Elle tendit la main vers la télécommande de la télé, mais elle suspendit son geste. Le roman. Avant que le taxi l'emporte pour la journée, elle l'avait caché sur la tablette la plus haute de la bibliothèque. Or elle n'avait pas de vêtements secs à enfiler pour descendre dans le hall. Elle s'empara du téléphone et fit le numéro de la réception.

— Désolée de vous déranger, commença-t-elle, mais je lisais un livre que j'ai laissé, que j'ai caché, en fait, sur la tablette la plus haute de la bibliothèque, derrière les livres de voyage. Quelqu'un pourrait-il me l'apporter ?

— Tout de suite, madame Gooch, répondit la femme, même si Mary ne s'était pas présentée.

Tout de suite, madame Gooch. C'était donc vrai. Demandez et vous recevrez. Jusque-là, Mary n'avait pas exigé grand-chose, en particulier d'elle-même.

Quelques minutes plus tard, on cogna timidement, et elle accepta le livre par la porte entrebâillée.

— Une seconde, dit-elle, malgré la crainte qui la tourmentait de passer pour une riche.

Elle trouva la liasse, en tira un billet de cinq dollars et le tendit au garçon brun et trapu qui attendait derrière la porte.

— *Gracias,* lança-t-il avec enthousiasme.

— *De nada,* répondit Mary en se rendant compte qu'elle s'était montrée trop généreuse.

Elle se jeta sur le roman comme elle se jetait autrefois sur les plats à emporter de chez Chung, l'eau à la bouche. Elle se replongea dans la saga familiale, montagnes russes fictives, mais non moins excitantes. Dans les chapitres suivants, l'héroïne était lavée des soupçons qui pesaient contre elle, le fils adolescent, après avoir frôlé une mort tragique, trouvait le salut dans le suicide assisté de sa tante atteinte d'une maladie en phase terminale, et le père infidèle, l'auteur cherchant une ultime vengeance, devenait impuissant. Moins il lui restait de pages, plus Mary ralentissait sa lecture. Elle ne voulait pas que le roman s'achève.

Les étoiles s'encadraient dans la grande fenêtre, au bout du lit. Elle déposa le livre et, adossée à une montagne d'oreillers, fixa le cosmos en songeant à l'expression qu'avait eue Jesús García en voyant son visage pour la première fois, une tendre réminiscence. Elle se rappela aussi son commentaire, qui expliquait son air : *Vous me faites penser à une femme que j'ai connue. Elle s'appelait Mary, elle aussi.* Pour la première fois, d'aussi loin qu'elle se souvienne, Mary, avant de s'endormir, ne réserva pas sa dernière pensée à Gooch.

UN *FAIT ACCOMPLI**

Le matin venu, Mary avait oublié ses rêves. En revan-
che, elle se rappela avoir été réveillée pendant la nuit
par un son lugubre. En titubant, elle s'était dirigée
vers la fenêtre, la tête pleine de M. Barkley, son chat.
Les collines noircies restaient invisibles, mais elle
comprit que c'étaient des coyotes qui hurlaient dans
le *chaparral* aux buissons denses. Au cours d'une
lointaine conversation téléphonique, Eden avait un
jour fait allusion aux coyotes. Un voisin, qui se prélassait dans son spa, avait été surpris par une de ces
bêtes : ayant pris sa tête pour une proie velue, l'animal avait refermé ses mâchoires sur le crâne du malheureux. C'était sûrement une invention. Mary se
rendit compte qu'elle ne pouvait pas se fier à la parole d'Eden. En particulier au sujet de Gooch. Toute
mère mentirait pour protéger son fils.

Glissant ses pieds couverts d'ampoules dans les
mocassins d'Eden, Mary songea à la centaine de
chaussures rangées près de la porte de Jesús García.
La chemise à carreaux. L'accident. La langue mordue,
les bleus sur la peau sépia du vieil homme. La viande
sur le plateau. L'aimable sourire de la femme qui
avait dit : « *Buen provecho.* » Distraitement, Mary toucha la paume de sa main droite, que Jesús García
avait tenue fermement dans la sienne.

Elle avait hâte de se rendre à la banque, mais
celle-ci ne rouvrirait pas avant un long moment.

Mary savait qu'Eden serait réveillée, à supposer qu'elle ait pu fermer l'œil. Elle balaya du regard la chambre d'hôtel bien rangée, se souvint de la veille, du désespoir qu'elle avait ressenti à l'idée d'y passer une longue soirée solitaire. Elle avait plutôt été entraînée dans une autre voie par un énigmatique inconnu.

Vêtue de son uniforme marine bien repassé, Mary mit un billet de cinq dollars sur le lit et se rendit à la réception. Là, elle demanda au préposé, qu'elle n'avait encore jamais vu, de lui appeler un taxi. Avant qu'il ait pu lui répondre, elle dit :

— Je sais que ce sera long. Je vais lire là-bas en attendant.

— Le chauffeur de taxi est là, fit le jeune homme en montrant le restaurant de l'hôtel, au bout du couloir. C'est le gros, là, avec une moumoute.

Il rougit, conscient soudain de son impair.

Dans le restaurant, elle aperçut le chauffeur rondelet attablé près d'une fenêtre, perdu dans la lecture d'un journal.

— Pardon, commença-t-elle en montrant le stationnement. C'est votre taxi ?

L'homme posa son journal et sourit avec chaleur.

— Où allez-vous ?

Réprimant le désir de retoucher la coiffure de l'homme, Mary répondit :

— Willow Drive.

Au contraire du chauffeur de la veille, l'homme était aimable et causant.

— Vous avez de la chance de m'avoir attrapé avant que je commande, dit-il. Le déjeuner est bon. Et vous adoreriez le buffet du midi.

De loin, elle dénombra près d'une douzaine de journaliers attendant près du poteau d'électricité. Elle eut beau plisser les yeux au passage du taxi, elle ne reconnut pas Ernesto. Jesús García avait dit travailler au centre commercial. Pourtant, Mary fut déçue de ne pas le voir au milieu des hommes affamés réunis dans le terrain vague poussiéreux.

Entre les jeans bleus délavés des hommes, elle entrevit un éclat de couleur — des roses roses dans une bouteille de soda transformée en vase. Et, non loin, un autre bouquet éparpillé sur le sol. Elle se dit que l'un des journaliers avait apporté des fleurs pour embellir leur environnement. Ou encore que de jeunes amoureux s'étaient donné rendez-vous à cet endroit, la veille.

— Ah, les Mexicains, marmonna le chauffeur entre ses dents.

Lorsque la voiture s'engagea dans l'artère principale conduisant vers les Willow Highlands, au milieu des multitudes, le chauffeur se vanta de connaître les moindres ruelles et les moindres rues transversales, de Camarillo à Pasadena, et dévoila avec prodigalité ses secrets professionnels concernant les itinéraires à emprunter pour se rendre dans des lieux où Mary n'irait jamais, selon le moment de la journée et le jour de la semaine.

— Pour aller à L.A., vous devez vous mettre en route avant six heures, sinon, à la 405, vous êtes cuit.

— Vingt-quatre, dit Mary.

— Vous pensez à la 23, qui mène à la vallée de Simi.

— Vingt-quatre, répéta-t-elle. Juste là. La maison. S'il vous plaît.

Elle remarqua la Prius dans l'entrée, mais pas l'autre voiture. Gooch n'était pas là. Pas encore.

En remontant l'allée craquelée de la petite maison blanche, elle fut incapable de concilier le dur éclat du soleil avec le froid qu'elle ressentait. Une odeur. Familière. Celle de l'électricité, mais pas de l'orage, qui était passé. Quelque chose de brûlé. Des cheveux sur le fer à friser d'Irma. Du pop-corn dans le four à micro-ondes. Un *fait accompli**.

Sentant une présence, elle cogna une fois à la porte. Eden ouvrit, son visage lifté complètement affaissé, ses yeux écarquillés, ahuris. La démence que Mary avait déjà vue dans les yeux d'Irma, celle du cerf prisonnier des phares d'une voiture. Une confusion figée qu'elle connaissait bien. D'où le froid.

— J'ai fait du thé, dit Eden en se mettant en route vers la cuisine.

Avant de la suivre, Mary referma la porte, mise au tombeau. Jack. Où était Jack? Elle vit clairement la situation. Jack était mort, et Eden, abasourdie. D'où son expression. La mort, même attendue, même miséricordieuse, était toujours choquante. Là aujourd'hui, parti demain. Jack présent. Jack cueilli. Plus question pour lui de sauter par-dessus la chandelle[3].

— Tu as retrouvé ton sac, remarqua Eden au seuil de la cuisine.

Mary hocha la tête et, par-dessus l'épaule de sa belle-mère, jeta un coup d'œil dans la chambre où dormait le malade. Le lit était vide. Elle s'avança pour voir le fauteuil motorisé. Il n'était pas non plus dans la chambre.

— Où est Jack, Eden?

— Il n'était pas ici. Dieu merci.

— Où est-il?

— On est mardi, aujourd'hui. Ou jeudi?

Mary n'aurait pu jurer de rien, mais, au meilleur de sa connaissance, c'était un mercredi.

— Tous les deux jours, le comité de l'église emmène quelques malades au parc pendant une heure. Je ne me souviens jamais du deuxième jour.

Elle s'adossa au comptoir.

---

3. Allusion à l'ancienne comptine *Jack Be Nimble* dans laquelle le personnage éponyme saute par-dessus une chandelle. (N.d.t.)

— J'ai fait du thé.

— J'en prendrais volontiers.

— Par ici, ils boivent tous du thé glacé. Je n'ai jamais pu m'y habituer. J'aime mon thé chaud. Avec deux sucres. Tu en prends un ou deux?

Habituellement, Mary prenait son thé avec quatre carrés de sucre et de la crème de préférence au lait.

— Noir, s'il vous plaît.

— Je suppose que l'argent et le reste étaient partis.

— Le portefeuille, oui, dit Mary en prenant une gorgée, mais j'ai retrouvé mon passeport.

Eden hocha la tête sans avoir entendu.

— Tu n'as pas eu de nouvelles de Jimmy, hein?

Le ton de sa belle-mère laissait entendre que, finalement, elle ne cachait rien au sujet de Gooch.

— Il n'a aucun moyen de me joindre, Eden. Il ne sait pas où je suis. Vous vous souvenez?

Quelque chose attira l'attention d'Eden. L'instant d'après, elle avait franchi les portes coulissantes de la terrasse. Contournant la piscine à l'eau trouble, un balai à la main, elle se mit à cingler violemment un buisson vert tout recroquevillé de peur.

— Sors de là! hurla-t-elle. Sors de là!

Mary avait devant les yeux la mère que Gooch lui avait décrite, ce premier soir-là, sous un grave clair de lune. Celle qui piquait des crises. Celle qui avait lancé les vêtements de son mari dans le canal Rideau. Pendant un moment, Mary se demanda si Eden avait recommencé à boire.

Sortant à son tour, Mary ne vit aucune créature détaler du buisson que sa belle-mère frappait sans merci, cassant les branches, éparpillant les feuilles.

— Eden ? Eden ?

Évitant les coups de balai, Mary se rapprocha.

— Il est parti. Il s'est enfui par là, dit-elle.

Eden déposa son arme.

— C'était un rat ?

— Non ! Mon Dieu, vous avez des rats ? s'étonna Marie.

— Bien sûr que nous avons des rats. Tout le monde en a. Et, dans cette maison, on n'invoque pas le nom de Dieu en vain. Jack serait bouleversé d'entendre une chose pareille.

— De quoi faut-il rendre grâce à Dieu, au juste ? Qu'est-ce qu'il ne fallait pas que Jack entende ?

— Le coup de fil, soupira Eden en cherchant le rongeur des yeux.

— Le coup de fil ?

— On a trouvé Heather.

Mary eut pitié de la confusion de la pauvre femme, puis elle fut prise de panique.

— Vous ne voulez pas dire que c'est Gooch qu'on a retrouvé? Eden? Qui a téléphoné?

— La police.

Le cœur de Mary battait la chamade.

— On a retrouvé Heather. Dans un motel de Niagara Falls, lâcha Eden.

— Heather?

— Une overdose accidentelle, à ce qu'il paraît.

— Heather?

— Quand le policier m'a dit qu'on ne soupçonnait pas d'acte criminel, j'ai failli éclater de rire. C'est un crime, tout ça. Une vie gâchée.

— Une overdose? répéta Mary, certaine qu'Eden avait mal entendu.

Elle venait de voir Heather, Heather avec son beau visage, son gros pendentif en argent, ses gommes à la nicotine et son fils nouvellement retrouvé.

— Quand? À quel moment?

— Hier.

— Mais je viens de la voir. Je l'ai vue à Toronto. Elle était différente, Eden. Elle avait changé. Je vous l'ai dit.

— Ce coup de fil, je l'attends depuis qu'elle est adolescente, Mary. Les gens ne changent pas.

Les gens changeaient, pourtant. Des pays tout entiers changeaient. Ils n'étaient tous que la somme de leurs habitudes.

— Elle avait changé.

— Ils ont dit qu'elle utilisait un nom d'emprunt, ajouta Eden, ironique. Mary Brody.

Mary avait du mal à respirer. Heather Gooch, morte à quarante-neuf ans. Dans un motel de Niagara Falls. Overdose accidentelle ? Non, se dit Mary. Un risque calculé, plutôt. Morte d'un risque calculé. La mort proprement dite avait été accidentelle, mais Heather était consciente des risques qu'elle courait. En entreprenant ce voyage criminel, entraînée par d'anciens complices, attirée par les sirènes de l'état de conscience modifié, elle s'était peut-être dit : *Une dernière fois*. Ayant succombé à l'appel du Kenmore pendant la majeure partie de sa vie, Mary ne comprenait que trop bien.

Acte criminel. Vie gâchée. Comment ? Aux toilettes ? Seule ? Quelqu'un lui avait-il tenu la main ? Quelqu'un l'avait-il entendue demander pardon ? Murmurer ses adieux ? Heather. Ah, la beauté. Un *fait accompli**. La règle de trois. Le triangle achevé. Bientôt, cependant, Jack en amorcerait un autre. Et recommenceraient alors la peur du deuxième, l'angoisse du troisième. *Tu peux réunir les malheurs par groupes de trois ou de trente, Mare.* Peut-être Gooch avait-il eu raison à ce sujet-là aussi.

— Il y aura des funérailles?

Eden secoua la tête.

— Elle avait fait un testament. Peux-tu croire ça? Quelqu'un d'aussi insouciant et irresponsable qu'elle s'était donné la peine de faire un testament… Elle veut être incinérée. Pas de funérailles. Elle a tout légué à Jimmy. Surtout des dettes, j'en suis sûre. À son retour, Jimmy va devoir s'occuper des cendres. Moi, je ne saurais pas quoi en faire.

— Gooch saura, lui, dit Mary, émue de constater qu'Eden croyait dur comme fer qu'il reviendrait.

— Que Dieu ait pitié de son âme, murmura Eden en levant les yeux au ciel.

Mary se surprit elle-même en répondant:

— *Amen.*

Eden prit une autre profonde inspiration et posa son regard sur la piscine verte.

— Là où nous habitions avant, nous avions une piscine pour les longueurs. J'en faisais cent par jour.

— Cent longueurs?

Cent chênes. Cent chaussures. Cent Heather.

— J'étais en très bonne forme pour mon âge.

Eden n'avait plus rien à dire à propos du décès prématuré de sa fille. Ni confessions, ni remords, ni regrets. Pas de lamentations déchirantes. Pas de larmes brûlantes dans les yeux.

De retour dans la maison, Mary, observant le désordre, demanda :

— Votre bonne est encore malade ?

— Cette fois-ci, c'est son fils. Elle a quatre enfants et il y en a toujours un de malade. C'est la troisième fille que nous essayons depuis que nous sommes ici.

— À quelle heure est le cercle de prière ?

— Deux heures et demie.

— Vous voulez vous étendre ?

— Oui, Mary, je veux bien, répondit Eden en se traînant les pieds jusqu'à la porte.

Elle s'arrêta, puis, après avoir poussé un profond soupir, confia aux murs du couloir :

— Je voudrais que Jimmy soit là.

Inutile de dire à Eden, avec ses yeux secs, de se laisser aller. Elle se laisserait aller quand elle serait prête à le faire, pas avant. De cela, Mary était certaine.

— Moi aussi, répliqua-t-elle.

Peu de temps après, pendant que Mary recouvrait les petits plats de pellicule plastique, la porte de devant s'ouvrit, et elle entendit des bruits métalliques et des voix paisibles. Jetant un coup d'œil dans le couloir, elle vit Jack entrer dans son fauteuil motorisé avec l'aide de deux hommes à l'aspect agréable. Elle attendit que les hommes l'aient installé dans sa chambre avant de sortir par la porte de derrière. Pressée de retourner à la banque pour s'occuper de son compte, elle se sentait pourtant obligée d'attendre qu'Eden se réveille. Mary croyait aux adieux.

Elle s'arrêta dans la cour pour profiter de la brise tiède, puis, repoussant les branches brisées qui jonchaient le sol, s'assit sur une chaise au bord de la piscine à l'eau toute verte. Levant les yeux sur le ciel bleu, elle songea à l'étoile filante et, avec un sentiment de honte, se souvint de la gratitude dans les yeux de l'homme qui saignait. Elle avait fait si peu pour Ernesto. Et *nada* pour Heather. Au cours des vingt-cinq dernières années, elle en avait moins fait pour sa belle-sœur toute brisée qu'une demi-douzaine d'inconnus en avaient fait pour elle depuis quelques jours. Elle imagina la notice nécrologique de Heather dans le *Leaford Mirror*. Elle laisse dans le deuil sa mère, Eden Asquith, de Golden Hills, en Californie, son frère, James Gooch, et sa belle-sœur, Mary Gooch, tous deux de Leaford, en Ontario, de même que son fils James, étudiant en médecine à Toronto.

Mary songea à ceux qu'elle avait elle-même laissés. Une mère, un mari, les os d'un chat. Heather Gooch avait laissé un fils qui trouverait peut-être un jour un remède contre le cancer. Sauverait des vies. Apporterait une importante contribution à la société. Mary s'autorisa un soupçon d'amertume. Elle-même ne ferait pas d'orphelin de mère, ne laisserait aucune empreinte sur la société. Elle n'allait même pas voter.

Elle entendit un tic-tac rythmique. Celui non pas de l'horloge, mais bien d'un pic-bois juché dans un vertigineux eucalyptus, près de la clôture. Elle songea au réveille-matin posé sur la table de chevet dans sa petite maison à la campagne. Le tic-tac du temps. Le dédale du déni. Mais sa faim de déni, au même titre que sa faim de nourriture, était restée dans les barquettes brunes et cannelées des chocolats Laura Secord.

En voyant son large reflet onduler sur l'eau verte et poisseuse de la piscine, Mary se demanda comment une femme si grosse avait pu avoir un effet si limité sur son monde si petit. Bien sûr, certains la regretteraient, la regrettaient à présent. Les vieillards de la maison de retraite St. John. Chez Raymond Russell, quelques clients avaient sans doute demandé où elle était. Mais que laisserait-elle vraiment derrière elle ? Comme d'une tribu et d'un plan, chacun avait besoin d'un héritage à transmettre. Elle s'en rendait aussi compte à présent.

Vers quatorze heures, incapable d'attendre plus longtemps, Mary entra à pas feutrés dans la chambre du fond et secoua doucement Eden par l'épaule.

— J'ai mis de la pellicule plastique sur tous les plats.

Eden hocha la tête, puis elle se leva. En entendant des haut-le-cœur dans la chambre voisine, elle se précipita dans le couloir. Mary s'immobilisa, indécise, tandis que la toux sèche et les haut-le-cœur se poursuivaient de plus belle. Au bout d'un moment,

Eden réapparut, une serviette maculée de mucus sanglant à la main. Mary détourna les yeux.

— N'entre pas là-dedans, s'il te plaît, dit Eden en
guise d'au revoir.

Pressée de partir, Mary se dirigea vers la porte.

— Mary ? appela Eden.

Mary se retourna, attendit.

— Tu veux bien revenir demain ? fit Eden d'une
toute petite voix. Je ne peux vraiment pas compter
sur Chita.

Mary hocha la tête, cachant sa surprise.

— Je peux aussi venir ce soir, proposa-t-elle avec
espoir.

— Viens plutôt dans la matinée. Il reste quelques
heures sans dormir. Des fois, il pleure.

Pauvre Eden, songea Mary. Une fille perdue. Un
mari sur le point de la quitter. Jamais Mary n'avait
pensé qu'elle aurait un jour autant de choses en
commun avec sa belle-mère.

En sortant de la maison, Mary ne put s'empêcher de penser à Heather Gooch. Elle était si perdue dans la contemplation de la vie et de la mort de sa belle-sœur qu'elle ne vit pas le véhicule noir arriver derrière elle et ne reconnut pas la voix de Ronni Reeves qui, par la vitre du conducteur, demandait :

— Je peux vous déposer quelque part ?

La jeune maman semblait différente. Pas de rouge à lèvres. Des mèches blondes mal peignées s'échappaient du foulard à motif floral qu'elle avait noué sur sa tête. Il y avait sur la peau de son front des boutons que Mary n'avait pas encore remarqués. Elle décida de ne pas considérer l'apparition de cette femme comme un miracle. Ni même comme une coïncidence improbable. Après tout, la ville était aussi petite que Leaford et la femme habitait la même rue.

— Merci, dit Mary en ouvrant la portière. Je vais seulement à la banque du centre commercial.

— Facile, fit Ronni en repoussant de la main les Cheerios qui parsemaient le siège en cuir.

Jetant un coup d'œil sur la banquette arrière, Mary vit les triplés en kimono de karaté, deux des frères endormis en appui l'un sur l'autre. Joshua, le petit diable fugitif, tenait sur ses genoux un énorme sac de Cheetos. Ses lèvres, ses doigts et son uniforme blanc avaient pris la couleur orange du couchant. Il étudia Mary depuis sa place et grimaça.

— Votre voiture est en panne? Vous vous appelez Mary, n'est-ce pas? demanda Ronni Reeves pendant que Mary bouclait sa ceinture.

— Mary Gooch. Je n'ai pas de voiture.

— Vous n'avez pas de voiture?

— Non.

— Vous êtes infirmière?

— Non, répondit Mary en baissant les yeux sur son uniforme marine tout moite.

Tournant brièvement la tête vers la banquette arrière, Ronni dit:

— Tu te souviens de la gentille dame, Joshua? C'est elle qui t'a trouvé dans le stationnement, l'autre jour. Dis: « Bonjour, madame Gooch. »

Le petit garçon dévisagea Mary en plissant les yeux.

— Tu pues, lança-t-il en lui jetant un de ses Cheetos à la tête.

— Joshua! s'écria sa mère en lui arrachant le sac des mains. Excuse-toi et je te le rendrai.

Mary songea à l'émission de la *nanny* britannique dont elle avait regardé quelques épisodes à la télévision. Et aussi au film qu'elle avait vu avec cette merveilleuse actrice britannique dont elle admirait tant la grâce et qui, sur les photos prises à l'occasion des galas de remise de prix, semblait toujours si parfaite. Ces *nannies* à l'accent britannique ne rendraient pas le sac de Cheetos au petit mal élevé, même s'il présentait des excuses. Mary se dit que les enfants d'outre-Atlantique devaient être adorables.

— Comment va Jack?

Mary secoua la tête d'un air accablé. Au même moment, elle sentit un petit coup à l'arrière de sa tête.

— Joshua! hurla Ronni. Enlève tes doigts crottés des cheveux de la dame!

Mary dégagea les doigts orange de ses cheveux.

— Mon mari nous a quittés il y a six semaines.

Ronni s'interrompit pour reprendre son souffle, comme si elle revivait le choc initial.

— Les garçons sont perturbés.

— Comment ça s'est passé avec la nouvelle gardienne? demanda Mary, qui n'avait trouvé rien d'autre à dire.

Ronni Reeves, épouse abandonnée avec des triplés, secoua sombrement la tête en fonçant vers le panneau d'arrêt du bout de la rue, heureuse que son fils, pour se distraire, ait commencé à peindre la vitre de la voiture à l'aide de ses doigts orange et mouillés de salive. Jusqu'à ce qu'il se mette à battre du pied contre le siège de Mary.

— Arrête ça, siffla sa mère.

Elle se tourna vers Mary.

— C'est l'heure de son dodo. Mais j'ai dû déplacer leur cours de karaté. Jacob avait rendez-vous chez l'optométriste. Et il faut encore que je voie l'avocat. Nous devions aussi aller visiter des jardins d'enfants.

La liste. Voyant la longue liste de choses que Ronni ne parvenait pas à faire, Mary détecta l'odeur nauséabonde de son vague malaise. Même sa richesse était un fardeau.

Le sac de la jeune mère sonna. En regardant la jolie femme conduire d'une main, Mary saisit l'essentiel de la conversation. On proposait à Ronni d'offrir une autre présentation de bijoux pour Lydia Lee, le soir même. Or il était impossible de trouver une gardienne à la dernière minute.

— Je peux les garder pour vous, si vous voulez, lança Mary, incertaine de ce qui l'avait motivée à faire pareille proposition.

— Non. Je ne peux pas vous demander ça.

— Puisque c'est moi qui vous l'offre.

— Vous savez y faire avec les enfants?

— Je sais y faire avec les vieillards.

— Mais je vous connais à peine.

— Vous connaissez Jack, dit Mary, consciente soudain de l'horreur que lui inspirait la perspective de passer une longue soirée dans sa chambre d'hôtel.

— C'est vrai. Vous êtes pratiquement une amie de la famille. Et ce n'est pas comme si je connaissais les femmes que l'agence m'envoie, se rappela-t-elle à elle-même. Ce serait seulement pour quelques heures. Vous êtes sûre ?

Devant la banque, les femmes échangèrent leurs numéros de téléphone et convinrent du moment. Dix-huit heures. Ronni la remercia copieusement, mais Mary l'arrêta d'un geste de la main. Puis le gros VUS, dont la plaque annonçait RoNTom, amalgame des prénoms de la femme et de l'homme désormais séparés, s'éloigna.

Mary entra dans la banque, son sac à main en vinyle brun sous le bras, son passeport en sécurité dans une pochette fermée. Avec le document confirmant son identité et l'aide de Cooper, de Lucille et du directeur de la banque de Golden Hills, la banque canadienne régularisa la situation et promit d'envoyer une nouvelle carte d'accès aux soins de l'établissement de Golden Hills.

Mary retira quelques centaines de dollars pour tenir le coup jusqu'à l'arrivée de la nouvelle carte et attendit fébrilement de voir le solde sur le relevé que lui tendit Cooper. Aucun changement par rapport à la dernière fois. Voilà tout. Tout quoi ? Gooch n'avait pas retiré d'argent. Mais s'il le faisait ? C'était possible, comprit-elle. Il pouvait tout prendre d'un coup.

Mary songea aux romans à suspense qu'elle avait lus dans sa jeunesse, aux thrillers qu'elle appréciait à la télévision. Elle se demanda si son propre mystère serait élucidé par petites touches ou tout d'un coup, à la faveur d'un tragique dénouement-surprise. Comme la mort de Heather.

Après avoir remercié les employés de la banque et mis les billets en sécurité dans le compartiment fermé de son sac, Mary se rendit à la boutique de chaussures de l'autre côté du stationnement. Dehors, il y avait un présentoir d'articles à prix réduit, mais aucune des chaussures ne convenait à des pieds aussi larges que les siens. À l'intérieur, elle dénicha des tennis de la bonne taille, un paquet de six chaussettes blanches et, dans un étalage de sacs à main près de la vitrine, un fourre-tout sport en toile bleue avec des ornements couleur argent. Elle régla ses achats et, chaussée des tennis, sortit de la boutique. De retour à l'extérieur, elle mit le contenu de l'ancien sac dans le nouveau, sans oublier son passeport, puis elle laissa cérémonieusement tomber celui en vinyle brun dans une poubelle.

Un reflet dans la vitrine du service d'entretien des piscines attira son attention. Lentement, une créature frêle et voûtée s'approcha d'elle, un nid de cheveux dorés en équilibre précaire sur une tête inclinée. À sa vue, Mary songea à une des clientes âgées de la pharmacie, celle qui avait pleuré lorsqu'on avait cessé de fabriquer son rouge à lèvres Elizabeth Arden. Cette femme souffrait d'une perte osseuse telle que sa colonne vertébrale s'était repliée vers l'avant, donnant à son corps l'aspect d'un «r» minuscule.

Celle que Mary avait sous les yeux était courbée, elle aussi, mais de façon moins dramatique. Plus impressionnants que sa posture et sa démarche traînante étaient son visage, à la peau si tendue qu'elle se serait déchirée si la femme avait tenté de cligner des yeux ou de fermer la bouche, et ses yeux, si écarquillés qu'elle donnait l'impression d'être au seuil de la terreur. Elle portait un jean serré qui pinçait la peau flasque de sa taille et un t-shirt moulant à manches longues qui faisait penser à des tatouages. Mary, qui ne pouvait s'empêcher de fixer la femme, ne se rendit compte qu'elle bloquait le passage qu'au moment où cette dernière dit :

— Excusez-moi.

Faisant un pas en arrière pour la laisser passer, Mary vit le derrière plat de la vieille femme dans le jean serré et un gonflement qu'elle reconnut aussitôt : celui d'une protection contre l'incontinence. Lorsque la femme tourna la tête et la surprit en train de la regarder, Mary eut honte, mais elle s'émerveilla malgré elle du corps de cette femme, semblable à une œuvre d'art brisée. Elle s'interrogea sur son aspect d'autrefois et sur le parcours qui l'avait transformé.

En se retournant, elle vit dans la vitrine une affiche qui disait : *Service d'entretien de piscine Gold. Super offres pour les nouveaux clients.* Spontanément, Mary entra dans la boutique et fit le nécessaire pour qu'on s'occupe de la piscine de sa belle-mère. Eden ne pourrait plus faire cent longueurs, mais elle réussirait peut-être à en effectuer une ou deux, se dit

Mary. Pourquoi ne pas essayer d'alléger les souffrances de la vieille femme ?

Lorsqu'elle ressortit, quelques instants plus tard, elle remarqua un homme campé devant le présentoir à chaussures de la boutique, à quelques portes de l'endroit où elle se trouvait. Il avait quelque chose de familier, mais le soleil l'éblouissait. Aussi ne reconnut-elle pas toute de suite le type qui tenait une paire de sandales jaunes pour femme dans ses grosses mains brunes. Une fois ses yeux acclimatés, elle comprit qu'il s'agissait de Jesús García. Elle était sur le point de l'interpeller lorsqu'elle le vit fourrer les sandales sous son veston et s'éloigner d'un long pas élastique.

Aussitôt, Mary revit en pensée la petite épicerie des Klik. Elle achetait tant de bonbons aux Klik qu'ils ne l'auraient jamais crue capable d'en voler en plus. Lorsqu'ils servaient d'autres clients, elle dérobait, subtilisait, piquait des tablettes de chocolat, les cachait au fond de ses poches, l'air innocent, dans l'attente de se gaver.

Ébahie par la rapidité et la drôle de nature du larcin, elle regarda Jesús García s'éloigner sur le trottoir du centre commercial. Désirant avoir des nouvelles d'Ernesto, elle s'élança à sa suite, mais se ravisa, de crainte qu'il se doute qu'elle avait été témoin du crime. Elle avait peur de l'embarrasser ou, pis encore, de le mettre en colère. Elle ne l'aurait pas pris pour un voleur. Et pourtant… Tout le monde avait des secrets.

Les apparences étaient toujours trompeuses.

Depuis le départ de Gooch, Mary marchait avec plus d'aisance, et ses nouveaux tennis lui facilitèrent encore la vie. Elle remarqua à peine la distance qu'elle avait parcourue avant d'appuyer sur le bouton du feu pour les piétons au carrefour. Elle balaya des yeux le terrain vague, au coin, surprise de trouver de petites femmes à la peau brune agglutinées autour du poteau d'électricité, et une douzaine de bouquets de fleurs sauvages éparpillés sur le sol. Était-ce ces femmes qui avaient apporté les fleurs ? Mary ne les avait encore jamais vues à cet endroit.

Elle traversa la rue, attirée par les fleurs, cherchant à se convaincre que l'hommage ne pouvait pas être destiné à Ernesto. Si son grand ami venait de mourir, Jesús García n'aurait certainement pas eu le cœur de voler des chaussures. Pourtant, les femmes et le modeste mémorial planté au bord de la route avaient piqué sa curiosité. Sans se soucier le moins du monde de la fine poussière qui salissait ses tennis blancs flambant neufs, Mary s'avança vers elles.

Sur le poteau était punaisé un écriteau décoré d'une unique couronne de fleurs en plastique décolorées. Il portait une légende en espagnol.

— C'est pour quoi ? demanda Mary.

Les femmes se mirent à parler à toute vitesse en espagnol.

— Pas Ernesto? ajouta-t-elle, soudain moins certaine.

Les femmes, qui avaient pour la plupart à peu près le même âge qu'elle, ne comprirent pas. Elle montra l'écriteau.

— C'est au sujet d'un homme qui s'appelle Ernesto?

Cependant, l'arrivée d'une fourgonnette argentée détourna l'attention des femmes. Le conducteur, un homme mince aux cheveux coupés ras et aux joues grêlées, s'immobilisa. En baissant la vitre, il posa brièvement les yeux sur Mary et fit signe à la plus corpulente des Mexicaines, qui était aussi la plus vieille, la plus grisonnante et la plus lasse.

— Faut y aller, Rosa. Nous avons une heure.

L'homme maussade sortit de son véhicule et vint ouvrir la portière latérale. Les femmes s'y engouffrèrent. Il s'arrêta un moment pour dévisager Mary.

— Je ne suis pas avec elles, expliqua-t-elle.

Il rit et Mary se retourna dans l'intention de quitter les lieux, vaguement insultée. Mais, au même instant, elle ressentit une douleur fulgurante, comme si une balle de fusil l'avait traversée, une sensation cuisante entre les yeux, qui gagna sa poitrine et affola son cœur. Elle s'agrippa au poteau d'électricité.

L'homme cessa aussitôt de rire.

— Ça ne va pas? Vous avez besoin d'une ambulance?

— Non, répondit Mary. Il faut juste que je reprenne mon souffle.

Il sourit et haussa les épaules, l'air de dire : *J'aurai essayé*. Il allait refermer la portière lorsqu'il compta les femmes.

— J'ai dit de venir me trouver ici avec quatre femmes, Rosa. *Cuatro chicas*.

— *Sí*, fit la femme à l'air las depuis la banquette arrière.

Comme preuve de sa bonne foi, elle compta les femmes réunies dans la fourgonnette.

— *Cuatro*.

— Quatre avec toi. Pas quatre plus toi. Mon patron a dit quatre. Je ne peux pas en prendre cinq.

— Pas problème, promit-elle. Nous partager argent.

— Je ne peux pas en prendre cinq. Pas quand il a dit quatre. Il faut qu'une de vous descende.

Devant un tel outrage, les femmes restèrent silencieuses. Grimaçant sous l'effet de la douleur, Mary les vit se tourner vers Rosa et, à coups d'écarquillements des yeux, de froncements des sourcils et de moues des lèvres, entreprirent une conversation muette qui ne s'arrêta que lorsque la question fut tranchée. Huit yeux bruns se posèrent sur la plus petite des femmes, qui était aussi la plus jeune. Lorsqu'elle descendit du véhicule, Mary constata qu'elle était enceinte jusqu'aux yeux.

En toussant dans la poussière soulevée par la fourgonnette, qui s'éloignait déjà, la jeune femme sortit un portable de son sac et tenta en vain de faire un appel. Après avoir juré dans sa langue, elle se tourna vers Mary, et son sourire étira la profonde cicatrice qui marquait le coin droit de sa lèvre supérieure. Elle semblait trop enceinte pour travailler comme femme de ménage. Et trop jeune pour être enceinte.

— Vous avez téléphone cellulaire ?

— Non, pas de téléphone, dit Mary sur un ton d'excuse.

La fille enceinte compta les sacs dans ses mains, puis elle leva les yeux au ciel, livide. Déjà, la fourgonnette disparaissait au loin. Elle jura de nouveau en espagnol.

Cette sensation, Mary ne la connaissait que trop bien.

— Vous avez perdu quelque chose ? s'enquit-elle. Vous avez oublié quelque chose ?

— Mon repas, répondit la fille dans une langue hésitante, avant de prononcer encore quelques gros mots.

Elle frotta son ventre encombrant et contempla la rue.

— Il y a autobus? demanda-t-elle.

Mary pivota sur elle-même à la recherche d'un abri d'autobus et sentit une fois de plus l'horrible douleur dans sa tête.

— Vous malade? l'interrogea la jeune femme avec un léger mouvement de recul.

— Non, dit Mary, vacillante.

Elle ferma les yeux et, malgré le vrombissement de la circulation, entendit presque le tic-tac du réveille-matin dans la nuit. Devant le mémorial orné d'une couronne de fleurs d'un terrain vague de Golden Hills, en Californie, elle attendit en vain que la douleur s'en aille et se dit que sa dernière heure avait sonné. Jamais elle n'avait imaginé une fin pareille, et l'imprévisibilité de la situation lui procura une étrange satisfaction. La dernière image qu'elle emporterait avec elle serait donc celle du ciel bleu et du soleil réparateur. Les derniers sons, des coups de klaxon sur l'autoroute 101. Et la dernière personne qu'elle verrait serait une petite Mexicaine enceinte, avec une cicatrice sur la lèvre supérieure. Peut-être cette petite était-elle Dieu. Peut-être avait-elle le pouvoir de tout pardonner.

Avec difficulté, Mary ouvrit les yeux dans l'espoir d'avoir un aperçu de la divinité. La fille avait disparu. Aucun signe d'elle sur la route. Peut-être n'avait-elle jamais été là. Comptant les battements de son cœur, Mary attendit le pincement final, mais sa poitrine finit par se décoincer et elle inspira à fond, fit entrer de la poussière dorée dans ses poumons. La douleur dans sa tête s'apaisa à son tour. Pas maintenant. Pas ici. Pas encore. Dans l'air immobile, elle pria.

Si les automobilistes de passage s'étonnèrent de la présence d'une grosse femme blanche appuyée au poteau d'électricité du terrain vague poussiéreux où attendaient habituellement les Mexicains, aucun d'eux ne s'arrêta pour se renseigner. Agrippée au poteau, Mary eut une impression de déjà-vu, se souvint de son brave moi juvénile tenant le manche en métal d'une vadrouille pendant un orage électrique. Elle tentait alors, comme aujourd'hui, d'accéder à l'extraordinaire.

Poussant sur le poteau pour se donner un élan, elle se mit en route vers l'hôtel, à petits pas hésitants d'abord, puis à grandes enjambées. *Pas moi. Pas ici. Pas maintenant.* Elle aurait voulu être écrivain, comme Gooch, et composer un poème qui dirait sa reconnaissance pour le cadeau des deuxièmes chances.

Essoufflée, la peau lustrée par l'éclat de la victoire, elle entra dans le hall de l'hôtel et se souvint de la promesse qu'elle avait faite d'aller garder les enfants. Elle se demanda si la sensation de chaleur qu'elle éprouvait était attribuable aux endorphines sécrétées par son corps soumis à l'effort ou à l'impatience avec laquelle elle attendait la soirée. Les petits garçons incarnaient peut-être la tribu dont elle rêvait. En passant devant le restaurant, elle jeta un coup d'œil par la vitre et fut surprise de voir la jeune Mexicaine enceinte attablée devant un verre de thé glacé, dans un des box du fond.

Elle étudia la fille, qui promenait nerveusement ses yeux de sa montre-bracelet au stationnement, derrière la fenêtre, tout en lorgnant le déjeuner qui, devant le vieil homme installé à la table voisine, restait intouché. Même si Mary évitait en général les restaurants et ne mettait jamais les pieds dans les buffets, elle entra, mue par un curieux élan. Lorsque, dans le restaurant bondé, tous les yeux — certains plus discrètement que d'autres — suivirent son trajet vers le buffet, elle se mit à suer abondamment. *À quoi diable joues-tu ?* se cria-t-elle en silence.

Devant le festin offert — d'épaisses tranches de rosbif juteux, du poulet au poivre et au citron, des macaronis crémeux, des pommes de terre sautées, du riz au beurre —, elle comprit tout à coup pourquoi elle était entrée. Prenant un plateau et une assiette, elle s'attaqua d'abord à la viande. Hésitant entre le bœuf et le poulet, elle se servit des deux. Elle ajouta une cuillérée de macaronis, du riz, un épi de maïs fumant et quelques petits pains beurrés. Lorsqu'elle posa dans son plateau du flan dans un verre à parfait et une part de tarte aux cerises, elle sentit les yeux des autres clients trouer les tissus de son dos. Deux berlingots de lait. Une bouteille de thé glacé. Lorsque Mary paya le repas, la caissière ne croisa pas son regard.

Passant devant les autres clients, Mary trouva la fille avec la cicatrice sur la lèvre et posa devant elle la montagne de nourriture. La fille leva la tête. Elle avait de jolis yeux en amande, comme sur la photo de la femme de Jesús García. Elle était assez jeune pour être sa fille. Ou celle de Mary.

— *Buen provecho,* dit-elle. Mange.

La fille exprima sa gratitude en acceptant l'offrande et en s'attaquant au bœuf. Mary resta devant la table, émue par les mastications de la fille, vivant pleinement sa propre faim, qui n'était pas une faim de nourriture. Étourdie par sa gloutonnerie, la fille enceinte, au contraire des autres clients, ne vit pas Mary sortir du restaurant, la gorge serrée.

Dans sa chambre, Mary essaya de lire, mais elle n'arrivait pas à se concentrer. Ronni Reeves ne l'attendait pas avant deux bonnes heures. Elle avait largement le temps d'attendre un taxi. Les petits caractères devinrent flous ; la douleur entre ses yeux se fit plus aiguë et le visage de Heather envahit son champ de vision.

Elle referma le livre et repoussa les images de Heather pour fantasmer sur le retour de Gooch. Il faudrait qu'elle trouve quelque chose à se mettre. Du vert pour aller avec ses yeux. Elle décida que, plutôt qu'à l'hôtel, elle préférerait le retrouver chez Eden, dans la cour, sous l'eucalyptus chatoyant. Elle songea à la tête que ferait Gooch en la voyant, à la manière dont il hausserait les épaules et la gratifierait de son sourire pâle, sa façon à lui de dire *Ah ! La vie, quelle histoire...* Elle hocherait deux fois la tête avant de l'incliner, sa façon à elle de dire *Je sais*.

Quelles que soient les conclusions auxquelles il en serait arrivé et la lumière qu'il aurait trouvée dans ses conversations avec Dieu, la mort de sa sœur le bouleverserait. Mary espéra qu'Eden n'aurait pas à lui apprendre la nouvelle. En esprit, elle se vit avec Gooch, en route vers le Canada, coincés dans leurs sièges trop étroits, en train de se demander ce qu'il fallait faire des cendres de Heather. «Quand elle était petite, elle aimait l'eau, chuchoterait peut-être Gooch. Un vrai poisson.» Ou, recourant à l'humour noir, il proposerait de saupoudrer ses cendres sur un champ de pavot ou peut-être de chanvre.

Mary téléphona à la réception pour qu'on lui appelle un taxi et, lorsqu'il arriva, s'installa silencieusement derrière. Devant le mémorial qui grandissait, au carrefour, elle parcourut les visages des quelques hommes présents et se demanda si Jesús García attendait parmi eux son oncle à la hanche blessée, les sandales jaunes cachées dans le sac de marin qu'il prenait pour le travail.

Imaginant les sandales jaunes au milieu du tapis que formaient les chaussures près de la porte de la maison grouillante de monde, Mary se rappela que Jesús García avait dit travailler au centre commercial. Le délit n'en était que plus téméraire. Elle se dit que les sandales étaient un présent qu'il offrirait à sa jolie femme aux formes généreuses. Mais cela ne lui paraîtrait-il pas bizarre? En avait-il déjà volé d'autres, de tailles et de styles différents, pour ajouter à l'impressionnante collection étalée devant la porte?

Contrariée par la curiosité que lui inspirait Jesús García, Mary s'efforça de penser à Gooch. Le mystère d'un seul homme lui suffisait amplement dans l'immédiat. Elle se demanda si Gooch aimerait ses cheveux roux.

Lorsque Mary sortit du taxi à six heures moins le quart, la Lincoln Navigator noire était garée dans l'entrée de Ronni Reeves, épouse abandonnée, à côté de la grosse camionnette Ram. En s'approchant, elle entendit la symphonie qui fusait par les portes et les fenêtres : les cris martelés de la mère, les trilles du trio d'enfants et les jappements bas du chien. Soudain, la perspective de passer une nuit tranquille à l'hôtel sembla plus invitante ; cependant, Mary ne put empêcher ni ses pieds de la conduire devant la porte ni son doigt d'appuyer sur la sonnette.

Les hurlements furent aussitôt remplacés par les jacasseries d'un téléviseur jouant à tue-tête. Au bout d'un long moment, la porte s'ouvrit. Ronni Reeves, le visage rougi et les yeux bouffis, s'efforça de sourire.

— Bonjour, Mary. Entrez.

— Dans la rue… j'ai entendu… on aurait dit…

— Tout va bien, l'assura Ronni, surprise de constater que Mary portait le même uniforme marine que plus tôt. Ils sont juste un peu énervés ce soir.

Mary lissa sa blouse sur son ventre rond, dans l'espoir, semblait-il, de se faire pardonner ses piètres goûts vestimentaires.

— On s'habitue au vacarme, je suppose.

Une commotion éclata derrière la porte. Un cri de douleur. Des hurlements d'enfants. Ronni inspira à fond.

— Les garçons ! hurla-t-elle en tapant dans ses mains.

Pendant que les garçons vociféraient à qui mieux mieux, le chien, dans une pièce lointaine, se mit à aboyer.

— Oh, là, là, fit Mary.

— Mon mari nous a quittés il y a six semaines, dit Ronni. Nous avons tous du mal à nous en remettre.

— Vous me l'avez déjà dit.

— Je vous ai dit ça, moi ? Je vous en ai déjà parlé ? Mon Dieu, les voisins ne sont même pas au courant.

Un bruit de verre brisé. Les femmes échangèrent un regard puis foncèrent dans le couloir et trouvèrent les garçons au milieu des restes d'un gros téléviseur. Frappés de stupeur par l'accident, les triplés obéirent lorsque Mary ordonna :

— Ne bougez pas.

Elle cueillit les garçons un à un et les fit passer au-dessus des éclats de verre avant de les déposer dans les bras de leur mère brisée.

— J'ai vraiment envie de hurler, souffla Ronni à voix basse.

Mary, qui la comprenait, l'escorta jusqu'à la porte.

— Allez. Sortez.

— Vous êtes sûre ?

— Ça ira. J'ai votre numéro. Allez-y.

— Merci, Mary. Merci.

Ronni prit son sac, embrassa les garçons sur la tête et dit :

— Soyez gentils avec Mme Gooch, les enfants.

Ronni donna moins l'impression de quitter la maison que de prendre la fuite. Mary la vit sortir de l'allée et, en se retournant, trouva les enfants sur ses talons.

— Je veux regarder la télé ! cria Joshua.

Les deux autres manifestèrent bruyamment leur accord. Mary les étudia pendant un moment.

— D'accord, comme vous voulez.

Elle les entraîna jusque dans la pièce du fond. Là, feignant la surprise, elle s'écria :

— Ah non, les garçons. La télé est cassée.

— Mais nous, on veut la regarder ! hurla Joshua.

— Elle est cassée.

— C'est pas juste ! cria-t-il.

— Télé, télé, télé ! scandèrent les deux autres.

— Désolée, les garçons, mais j'ai cassé votre télé, expliqua Mary.

Joshua cessa aussitôt de glapir.

— C'est pas toi qui l'as cassée.

— Ah bon?

— C'est nous qu'on l'a cassée, insista-t-il, indigné.

— Ah bon? Dans ce cas, vous n'avez qu'à vous en prendre à vous-mêmes, dit Mary en haussant les épaules.

Les triplés examinèrent la drôle de bonne femme qui se dirigeait vers la cuisine.

— Qu'est-ce qu'on va faire?

— Quand j'étais petite, j'aimais bien dessiner. Je pourrais vous montrer à faire un petit chien.

Ils haussèrent les épaules à leur tour, puis prirent place autour de la table de la cuisine.

— Les trucs de bricolage sont là, indiqua Joshua en montrant du doigt un panier à moitié rempli de cahiers à colorier déchirés et de crayons de couleur tout abîmés. Mary trouva quelques pages blanches et s'assit avec eux.

— Je connais deux ou trois trucs pour dessiner un petit chien, dit Mary. Même un enfant de deux ans peut le faire.

— On a trois ans, nous, déclarèrent-ils à l'unisson.

— Trois ans ? Dans ce cas-là, ça va être facile. Si vous avez trois ans, je peux aussi vous montrer comment faire un chaton et un cheval.

Une fois les enfants attelés à leurs activités artistiques, leurs doigts boudinés poussant les crayons, leur langue rose dépassant de leurs lèvres, Mary s'arrêta pour jeter un coup d'œil sur la magnifique maison à aire ouverte. Elle s'émerveilla du plaisir manifeste que Ronni avait pris à la décorer, même si, en l'occurrence, ses choix s'étaient révélés peu judicieux. Les meubles, trop élégants pour un foyer abritant trois jeunes garçons, étaient éraflés et déchirés, tachés et entaillés. Que cela signifiait-il pour le mariage de cette pauvre femme ? Il était inconcevable que ces trois magnifiques garçons aient ruiné l'union de leurs parents de la même façon qu'ils avaient gâché le décor, mais Mary imaginait sans mal la trajectoire : la mère harassée et à bout de nerfs, le mari mal apprécié et négligé. Comme elle était trop lasse et pleine de ressentiment pour l'aimer, il avait cherché ailleurs. Le miracle, se dit Mary, c'était qu'il y ait des mariages qui tiennent le coup.

Jusqu'à ce que la mort nous sépare. Les futurs mariés se faisaient-ils encore cette promesse ? Le cas échéant, n'était-ce pas le comble de l'hypocrisie ? Au moment de s'unir l'un à l'autre, un homme et une femme étaient parfaitement conscients du fait qu'ils avaient une chance sur deux de rester ensemble. Mary se demanda si, en Amérique du Nord, l'obésité avait progressé au même rythme que le taux de divorce. Prendre la gloutonnerie pour une forme de réalisation de soi. Souvent, les conjoints en voulaient plus. Avaient besoin de plus. Restaient sur leur faim. Son propre mariage avait été moins durable qu'enduré, du moins selon la perspective de Gooch, comme en faisait foi son départ. Qu'est-ce donc qui les avait gardés ensemble pendant toutes ces années ? À part l'inertie ?

Une force unissait certainement leurs deux corps, même après qu'ils eurent cessé de communier au sens physique. L'amour, ou le puissant souvenir de l'amour, mystérieux et complexe. Elle se souvint d'un épisode, survenu peu après la fête du Travail. En riant, elle lui avait dit avoir entendu Ray raconter une blague à propos de son gros cul. Furieux, Gooch s'était levé de la chaise en vinyle rouge de la cuisine et avait foncé vers la porte. Avec toutes les peines du monde, elle avait réussi à le retenir de se rendre à la pharmacie pour dire sa façon de penser au propriétaire, mais, en secret, elle avait goûté sa colère. Sa loyauté. Exprimée non pas par un anneau en or au doigt consacré, mais inscrite au tréfonds de soi, tel un organe vital.

Elle s'était immobilisée, le crayon violet en suspension au-dessus d'une feuille de papier vierge, l'esprit en arrêt sur une image du jour de ses noces, lorsqu'un petit doigt à l'ongle rongé s'enfonça dans son ventre.

— T'es grosse, dit Joshua, dont la main avait disparu dans le pli du nombril de Mary.

Chatouillée par l'intrusion et séduite par la bouche grimaçante du petit blondinet, Mary trouva la main du garçon.

— Il ne faut pas dire aux gens qu'ils sont gros, expliqua-t-elle calmement.

— Pourquoi?

— Parce qu'ils sont déjà au courant, répondit Mary en lui faisant un clin d'œil.

— Tu es plus grosse qu'oncle Harley, décida Jacob.

Elle rit. Les garçons semblaient ne donner aucune connotation négative au mot. Comme si, dans leur cœur élémentaire, il s'agissait simplement d'une forme comme une autre. Rond. Carré. Gros.

Après avoir colorié pendant un certain temps, Mary fabriqua des avions en papier pour Jacob et Jeremy. Lorsqu'ils commencèrent à se laisser tomber des bombes en crayons sur la tête, elle dénicha une bibliothèque remplie de livres pour enfants et invita les petits à s'asseoir près d'elle dans le salon. Bientôt, les trois silhouettes grouillantes s'étaient blotties contre son corps chaud, et elle lut à voix haute les livres qu'ils lui mettaient entre les mains, l'un posant ses doigts collants sur son bras, l'autre enroulant machinalement une mèche de ses cheveux roux, le troisième à califourchon sur sa cuisse, tous captivés par les récits les plus simples. Mary soupira, apprécia d'être touchée avec tendresse par des mains autres que les siennes.

Après avoir lu onze livres, dont trois à deux reprises, elle était morte de soif, mais elle fut malgré tout déçue d'entendre une voiture se garer dans l'allée. S'arrachant du canapé, elle se dirigea vers la fenêtre où, pendant une seconde, son cœur s'arrêta de battre : il s'agissait non pas de la Navigator noire, mais plutôt d'une Mercedes argentée. Elle ordonna aux enfants de rester là où ils étaient pendant qu'elle allait ouvrir.

— Bonsoir, dit-elle à l'homme maigre et nerveux, aux cheveux foncés, qui se tenait devant elle.

— Qui êtes-vous ? demanda-t-il en essayant de voir par-dessus son épaule.

— La gardienne.

L'expression de l'homme trahissait le peu de bien qu'il pensait de la taille et de la mise de Mary.

— C'est l'agence qui vous a envoyée ?

— Je suis une amie de la famille, répondit Mary avec assurance.

— Où est Ronni ?

Il essaya de la contourner, mais elle lui bloqua le passage.

— Les garçons ! lança-t-il à la cantonade. Joshua ! Jacob ! Jeremy !

Les triplés se précipitèrent dans le couloir et se ruèrent dans les bras de l'homme maigre et nerveux en criant : « Papa ! »

Le gros chien hirsute, qui dormait près du canapé, se mit à japper et à hurler en mordillant les talons du père.

— Je les emmène manger une crème glacée, cria l'homme pour se faire entendre malgré les aboiements du chien.

Les garçons ravis sous ses bras, il se dirigea vers la voiture, dont le moteur tournait toujours.

— Non! fit Mary en s'interposant. Vous ne pouvez pas faire ça! Vous ne pouvez pas les emmener avec vous!

Il fit monter les garçons dans la voiture, malgré les cris de Mary et les protestations du gros chien qui jappait rageusement. Mary contourna la voiture pendant que l'homme refermait la portière sur ses fils.

— Vous ne les avez même pas attachés! s'indigna-t-elle.

Mais il s'installa derrière le volant et passa la marche arrière. Prise de panique, Mary se planta derrière et posa les deux mains sur le coffre pour arrêter la voiture. Le chien vint vers elle. À présent, c'était contre elle qu'il en avait.

Le père fit descendre sa vitre et rit devant l'absurde tableau : une grosse femme aux cheveux roux assiégée par un chien aboyant et campée derrière sa voiture.

— Non, mais c'est pas possible! fit-il.

Le chien courut vers lui et, par la fenêtre ouverte, se jeta sur son visage. Mary se croisa les bras, son derrière appuyé sur le coffre. Peu impressionné par le manège, il lâcha le frein. Mary refusa de céder, malgré le souffle chaud du pot d'échappement qui lui brûlait la jambe.

Du coin de l'œil, elle vit Ronni Reeves arriver en trombe et bloquer le chemin de la Mercedes avec son Navigator. La mère sortit du véhicule en lançant des obscénités à la tête de l'homme, qui la dévisageait d'un air furieux. Mary ouvrit la portière de la Mercedes et fit sortir les enfants, et le chien les mena en troupeau jusqu'à la maison, leur épargnant ainsi la leçon de gros mots que leurs parents, engagés dans un combat sanglant, étaient en train de donner dans l'entrée.

Quelques minutes plus tard, Ronni franchit le seuil, de toute évidence lessivée.

— Je suis sincèrement désolée, Mary.

— Maintenant, les voisins sont au courant, dit Mary.

— Quel trou du cul, celui-là.

— Chut. Les garçons risquent de vous entendre, fit Mary.

En fait, ils s'étaient retirés dans la cuisine, où ils taquinaient le chien, qui aboyait toujours.

— Vous ne voudrez plus jamais les garder, hein? demanda Ronni en se mordant la lèvre. C'est dur. Vous ne pouvez même pas vous imaginer.

Mary hésita.

— Mon mari m'a quittée, moi aussi.

Ronni posa sa jolie main sur le bras charnu de Mary.

— Pour une plus jeune?

— Il a besoin de temps pour réfléchir.

— C'est ce que Tom a dit, lui aussi. Il n'a pas dit qu'il avait besoin de temps pour réfléchir à la présence de sa queue dans la bouche de sa petite amie. Ça, je l'ai déduit toute seule.

Mary fut aussi choquée par le langage de Ronni Reeves que fascinée par sa rage.

— Désolée, ajouta Ronni. Je suis sûre que vous comprenez ce que je ressens. J'allais vous demander de revenir demain soir.

— Demain soir? Hmm. Je ne sais pas, hésita Mary.

— J'ai l'occasion de faire une autre présentation de bijoux. J'ai besoin de cet argent.

Elle sortit quelques billets de son portefeuille et voulut les mettre dans la main de Mary. Les repoussant, celle-ci lança:

— Non, je vous en prie.

— J'ai l'habitude de payer mes gardiennes.

— Disons que je vous ai rendu un service. Je suis une amie de la famille. Vous aviez oublié?

— L'amie de la famille accepterait-elle de revenir demain?

— Je suppose que oui, dit Mary en se demandant combien de livres elle pourrait lire tout haut avant de perdre la voix.

— On pourrait peut-être même rendre la chose plus officielle. Pendant que vous êtes en ville. Quelques heures l'après-midi et les soirs où je dois travailler ? fit Ronni, pleine d'espoir.

— Je ne sais vraiment pas combien de temps je vais rester.

— Bien sûr. Vous attendez que Jack…

— J'attends Gooch. Mon mari.

— Vous venez de dire qu'il vous a quittée.

— Oui, mais pas de façon définitive.

— Ah bon. Et quand est-ce qu'il revient ?

— Quand il aura eu le temps de réfléchir. Il fait de la randonnée quelque part et il a dit qu'il repasserait voir sa mère, expliqua Mary. Je tiens à être là quand il va revenir.

— Pour le convaincre de rentrer à la maison avec vous ?

— J'ai tellement de choses à lui dire.

Ronni Reeves serra le bras de Mary.

— Peu importe ce que vous allez lui dire, peu importe la manière dont vous vous y prendrez, croyez-en mon expérience : il a déjà pris sa décision.

UNE PLUIE DE MÉTÉORITES

Le chant de la longue nuit blanche, que Mary connaissait autrefois si bien, s'était transmué : le lourd requiem qu'elle entendait à Leaford avait été remplacé par l'opéra rock explosif de Golden Hills, le vrombissement du Kenmore par les hurlements des coyotes, le tic-tac du réveille-matin par le refrain des oiseaux nocturnes : *Il a déjà pris sa décision*. Des scènes fulgurantes dans lesquelles des inconnus foulent une terre étrangère, accompagnés par la morsure de guitares électriques. Ronni, l'épouse amère. Tom, le mari infidèle. Même ses beaux-parents étaient des inconnus. Les femmes de ménage blondes. Ernesto, qui l'avait prise pour un ange. Jesús García et les sandales jaunes qu'il avait volées.

Lorsque l'aube éclaira le flanc des collines, Mary songea à la Mexicaine enceinte aux yeux en amande, se souvint de son appétit vorace. Quant à elle-même, Mary ne savait même plus à quand remontait son dernier vrai repas. Elle se dit qu'elle devrait avoir faim et se rendit compte qu'il n'en était rien.

Elle repassa mentalement son emploi du temps pour la journée. Aller à la banque chercher sa nouvelle carte d'accès, attendue ce jour-là. Craignant que l'argent disparaisse aussi soudainement qu'il était apparu, elle avait hâte de vérifier le solde du compte. La constance des objets ne lui inspirait aucune confiance. Après la banque, elle irait chez Eden préparer la nourriture pour le cercle de prière et faire tout le nécessaire, dans l'hypothèse où la bonne ne serait pas venue. Un après-midi de détente à l'hôtel avec un bon livre. Puis la soirée en compagnie des petits Reeves.

Lorsqu'elle arriva au bord de la route, le soleil s'était levé et elle décida de faire à pied le trajet jusqu'à la banque pour prendre un peu d'exercice. L'éclat de la large route bétonnée la fit grimacer. Le point entre ses yeux recommença à l'élancer, et elle craignit de s'être blessée plus gravement qu'elle l'avait cru en se cognant la tête sur le volant dans le stationnement de Chatham. Les aspirines ne lui faisaient aucun effet. Il lui fallait des analgésiques plus puissants.

Un peu plus loin, elle vit des hommes, et non des femmes, en train d'attendre dans le terrain vague. Il y avait désormais des dizaines de bouquets sous le mémorial. Plus bas, à côté de la bouteille dans laquelle se trouvaient les fleurs fanées, elle vit un gros bocal rempli de pièces de monnaie et de billets de banque. Une photo était punaisée sous l'écriteau du poteau d'électricité. Mary se rapprocha. C'était une photo démodée, en noir et blanc. Un jeune homme aux yeux d'acier sous un feutre mou. De toute évidence, il ne s'agissait pas d'Ernesto. Elle sourit à quelques journaliers, qui la dévisagèrent avec méfiance.

— Y a-t-il parmi vous quelqu'un qui parle anglais ? demanda-t-elle timidement.

— Vous avez besoin d'ouvriers ? répondit un homme avec empressement.

— Non. Non, non. Je n'ai même pas de voiture. Je voulais juste avoir des nouvelles d'Ernesto. Il a eu un accident ici, il y a quelques jours. Je sais que ce n'est pas lui, fit-elle en montrant la photo. Quelqu'un connaît Ernesto ? Quelqu'un sait comment il va ?

L'homme que la perspective d'une journée de travail avait enthousiasmé secoua la tête.

— Ce n'est pas Ernesto.

— Non, je sais.

— C'est Guillermo.

— Guillermo ?

— Il est mort dans un champ. À cause de la chaleur, dit-il en accusant le soleil.

— Ah ! C'est terrible. Absolument terrible.

— Oui.

— L'argent, c'est pour sa famille ?

L'homme secoua la tête.

— C'est pour ses funérailles.

Sous leurs casquettes de base-ball, les autres hommes regardèrent Mary s'avancer vers le poteau. Après avoir étudié la photo pendant un moment, elle mit la main dans son fourre-tout bleu aux ornements en argent tout neuf, en sortit une liasse de billets et se pencha pour déposer dans le bocal tout l'argent qu'elle avait sur elle.

Parmi les joggeurs, les marcheurs et les cyclistes, sur les trottoirs aux abords paysagés, Mary fit le trajet jusqu'à la banque en se demandant si Gooch, informé par une force cosmique de la tragédie de Heather, serait rappelé auprès de sa mère par l'entremise du cercle de prière.

Sa nouvelle carte était arrivée, comme promis, et elle alla aussitôt en faire l'essai dans le guichet automatique installé devant l'immeuble. Elle retira le montant maximal et consulta le relevé. Un autre retrait avait été effectué. Quatre cents dollars. Gooch... Aucune autre explication possible. Depuis qu'il l'avait regardée d'un drôle d'air, la veille de leur anniversaire, et qu'il lui avait dit «Ne m'attends pas», cette transaction était le contact le plus étroit entre eux.

Elle traversa le stationnement, le cœur palpitant d'espoir. Le retrait prouvait qu'il était encore vivant. Il n'était pas tombé du haut d'une crête. Il n'était pas perdu dans les bois. En ce moment, il fonçait peut-être sur l'autoroute, ayant trouvé les réponses aux questions qu'il se posait. Il avait peut-être retiré cet argent pour pouvoir faire la dernière partie du voyage qui le ramènerait auprès d'Eden. Mary arpenta les allées de la pharmacie, son optimisme tempéré, petit à petit, par la douleur entre ses yeux. Elle s'approcha du pharmacien et lui réclama son analgésique le plus puissant. Se rendant compte qu'elle ne pourrait pas accomplir à pied le trajet jusqu'à la maison d'Eden, elle demanda au pharmacien de faire venir un taxi pour elle.

— Je vais attendre à l'ombre, près du restaurant.

— Ça va prendre...

— Je sais.

Elle sourit.

En respirant à fond l'air du dehors, Mary détecta non pas une odeur, mais plutôt une teneur en eau. Le chauffeur de la limousine avait dit que l'océan se trouvait à l'opposé de la route de Golden Hills. Un petit quart d'heure en voiture par rapport à l'endroit où elle se trouvait. Elle avait follement envie d'y aller, de rouler le bas de son pantalon et de marcher dans les vaguelettes, de sentir les embruns iodés sur son joli visage et d'implorer le retour de son mari au dieu de la mer.

Depuis son banc, elle ne voyait pas la route, cachée par une rangée de cyprès élancés. De la musique de danse, genre *big band,* montait à plein volume du haut-parleur dissimulé dans le faux rocher à ses pieds. Elle ferma les yeux, puis, blottie dans des bras forts et noueux, se balança doucement au rythme de la musique. Elle aurait pu compter sur les doigts de la main les fois où elle avait dansé avec son mari, toujours à l'occasion des noces auxquelles ils avaient assisté au fil des ans. Gooch insistait pour avoir la dernière danse, l'obligeait à se lever et se penchait pour lui embrasser l'oreille parce qu'il avait envie de sexe.

Elle passait le reste de la soirée à grignoter des dragées, puisées dans de petites pochettes en gaze

449

blanche. Chaque fois, Mary se félicitait de son indépendance. Elle ne tenait pas à ce que Gooch reste assis près d'elle simplement parce qu'elle n'aimait pas danser, ne savait pas danser ou ne pouvait pas s'imaginer en train de remuer son ample postérieur au milieu d'inconnus. Plus que seulement indépendante, elle était confiante et sûre d'elle, encourageait Gooch à danser avec d'autres femmes. *Va faire tourbillonner Wendy. Va danser le boogie-woogie avec Kim et Patti.*

Toutes les femmes voulaient danser avec Gooch. Se sentir toutes petites dans ses gros bras forts, possédées par cette énorme main posée au creux de leurs reins, feindre l'innocence au contact d'une cuisse contre une hanche, de doux cheveux contre des joues rougissantes. Des fautes flagrantes pardonnées ou oubliés du fait de la gueule de bois du lendemain. Bassins ondulants. Lolos agités. Culs balancés. Une pluie de punitions pour avoir retenu.

Gooch se plaisait à dire que, à l'occasion de ces mariages, Mary jouait les mères maquerelles. «Va donc danser avec la tante de Dave. Son mari est mort il y a cinq ans.» Ou : «J'ai dit à Joyce que tu la ferais danser. Son mari a la goutte.»

Lors du dernier mariage auquel ils avaient assisté, celui de la fille aînée de Theo Fotopolis avec un jeune Athénien, ils ne connaissaient personne. La table de dix qu'on leur avait assignée était la plus éloignée des mariés, ce qui dénotait clairement le rang et le statut des Gooch parmi les invités. Cette situation convenait parfaitement à Mary, qui n'avait rien trouvé de décent à se mettre et qui, avec son ensemble jupe et blouse décontracté, jurait au milieu des paillettes et des soieries. Après avoir fait connaissance avec ses voisins de table, elle comprit qu'ils étaient eux aussi des esseulés et des parias : le veuf morose, la tante, une vieille fille bavarde, le photographe célibataire, le prêtre et sa mère.

La chaise voisine de la sienne était restée libre pendant tout le long et délicieux repas grec, qui avait eu sur la bouche de Mary l'effet que les rapports sexuels avaient autrefois sur son moi intime. Une dépendance instantanée. Elle en voulait plus, toujours plus. Même si elle avait horreur de manger en public, elle dévora tous les plats qu'on lui servit, jusqu'au dessert. C'est alors que la dernière invitée vint prendre sa place.

Mary avait alors environ trente-cinq ans. La femme avait le même âge, mais semblait plus jeune. Elle était beaucoup plus grande et élancée, avec de courts cheveux bruns très «tendance» et une robe bleue toute simple qui moulait sa haute poitrine et ses hanches galbées. Elle s'assit et, à l'oreille de Mary, chuchota sur un ton sororal :

— La table des célibataires, hein? Je déteste les mariages.

Puis, après avoir aperçu Gooch, vêtu de son costume foncé, elle avait souri et ajouté :

— Peut-être pas tant que ça, au fond.

Un toast spontané à la santé de la mariée avait empêché Mary de présenter Gooch comme son mari. Sentant des gaz lui gonfler le ventre, Mary, comprenant qu'elle avait trop mangé et trop vite, laissa le gâteau bourré de miel dans son assiette, s'excusa et mit le cap sur les toilettes.

À son retour, elle trouva l'orchestre en train de jouer ses premières notes. La nouvelle venue entraînait Gooch vers la piste de danse. Le *big band* jouait un slow. Gooch aperçut Mary au milieu de la foule. Il haussa les épaules, l'air de dire : *Qu'est-ce que tu veux que je fasse ?* Mary tourna les talons et se dirigea vers le stationnement où, appuyée sur la calandre de la camionnette, elle écouta la musique charriée par la brise. Elle se demanda après combien de pièces Gooch se rendrait compte qu'elle était sortie.

Il ne mit qu'un instant. Encadré par les grandes portes en chêne massif de la salle, il parcourut le stationnement des yeux. Il s'avança sur ses longues jambes, en colère.

— Tu n'as pas le droit de disparaître comme ça.

— Rentrons.

— Pas question, trancha-t-il, inébranlable.

— Je rentre.

— Moi, je reste, Mary, dit-il.

Joignant le geste à la parole, il pivota et regagna la salle.

Mary avait beau maîtriser à la perfection l'art du déni, elle ne pouvait pas laisser son mari seul à des noces. De retour dans la salle, elle vit la jolie femme s'approcher de Gooch au bar. Pendant qu'il lui parlait au milieu du vacarme, Mary observa leur langage corporel. La femme jeta un coup d'œil à Mary, puis se retourna vers Gooch en souriant. Celui-ci ajouta quelques mots. La femme regarda de nouveau Mary, d'abord sidérée, puis contrite, navrée, gênée. Mary lui pardonna, car qui, dans un jeu d'associations comme ceux qu'on destinait aux enfants d'âge préscolaire, aurait tracé un trait au crayon entre Gooch et elle?

Juste avant la dernière danse de la soirée — la dernière de toutes, pour eux —, Gooch s'approcha avec un sourire effronté, la main tendue.

— Dansons, Mare.

Elle sourit, tendit la main à son tour et le laissa l'entraîner sur la piste de danse. Sa main sur ses reins, dodus plutôt que creux, il la serra contre lui et la fit tourner lentement parmi les quelques danseurs qui restaient. Il se pencha pour lui embrasser l'oreille.

— Je t'aime, chuchota-t-il.

Ils remuaient doucement, et Gooch chantait dans l'oreille de Mary avec son souffle chaud, sa voix rauque comme celle d'un rockeur. Mary se blottit contre lui, ferma les yeux, les rouvrit au contact d'une autre croupe. La jolie femme à la robe bleue. Elle dansait avec le neveu du marié, un garçon de douze ans, aux joues écarlates, en proie à une félicité absolue, la bouche fendue d'un sourire incontrôlable. Mort, il était monté au paradis. Mary en eut la nausée.

Pendant la danse, Mary se dit que Gooch voyait la femme chaque fois qu'elle-même la perdait de vue. Elle s'imagina qu'il ne tournait plus du tout, qu'il fixait le joli butin du garçon. Il pinça la graisse de son dos et elle grimaça. Lorsqu'elle sentit la bosse de son érection, elle le repoussa et déclara :

— Allons-nous-en, Gooch.

Gooch, qui avait mal interprété le geste, fut désemparé lorsque, dans la camionnette, il lui prit un sein et fut récompensé par une tape sur la main.

— Pas quand je conduis, le réprimanda-t-elle.

Elle s'éclaircit la voix et tenta de ne pas prendre un ton accusateur.

— Je sais à quoi tu penses, Gooch.

— Je croyais que tu pensais à la même chose que moi, dit-il en tendant la main vers sa cuisse.

— Je sais à quoi tu penses, Gooch, répéta-t-elle en songeant à la femme à la robe bleue.

Son excitation n'ayant d'égale que son incompréhension, Gooch, sentant bien que la soirée ne se terminerait pas comme il le souhaitait, secoua la tête.

— Je me disais seulement que ça fait longtemps, Mare. Je me disais seulement que j'avais envie de faire l'amour à ma femme.

Mary frissonnait au souvenir de cette dernière danse lorsque le taxi arriva, beaucoup plus tôt qu'elle l'avait escompté, conduit par l'homme aimable qui dispensait des conseils sur la circulation.

Devant la maison d'Eden, elle constata que seule la Prius était garée dans l'entrée et conclut que Chita avait de nouveau fait faux bond à ses employeurs, exactement comme Eden l'avait craint. Mary sonna. Personne ne répondit, et Mary se demanda si Eden était dans la cour en train de matraquer des rats dans les buissons. Elle parut enfin, toute rouge et essoufflée.

— Il est à l'hôpital. Il a eu une crise en soirée, durant la visite de l'infirmière. J'ai passé la nuit avec lui. Je viens juste de rentrer.

— Oh, Eden, fit Mary en pénétrant dans la maison sombre et humide.

Sans pouvoir s'empêcher de remarquer le désordre, elle suivit la vieille femme dans le couloir jusqu'à la chambre de Jack.

— Chita a démissionné, dit Eden. Elle a téléphoné hier.

Dans la chambre de Jack, les rideaux étaient tirés, mais Mary vit le matelas creusé à l'endroit où il avait dormi, les flacons de médicaments éparpillés sur les tables de chevet, les draps tachés par terre. Pour la première fois, elle se réjouit d'avoir le sens de l'odorat limité. Eden tira sur les rideaux de la fenêtre pleine hauteur, mais une des attaches était coincée dans la tringle. Elle tira, tira de nouveau sur le tissu, jusqu'à ce que la tringle se décroche et que les rideaux tombent par terre. La chambre du malade baignait dans une vive lumière, et Eden s'éloigna de la fenêtre pour ouvrir la porte du placard.

— Il faut que je décide lequel de ses costumes je vais faire nettoyer.

Mary remarqua une collection de photos sur la commode de Jack et songea au magnifique album que Wendy aurait pu tirer de telles preuves du durable amour de Jack et d'Eden. Des photos de vacances prises dans des lieux exotiques. Des photos sur lesquelles ils se tenaient la main à bord du bateau de Jack, devant la maison et la piscine pour les longueurs.

— Jack avait un bateau ?

— Il adorait l'océan. Ne plus pouvoir naviguer a été pour lui un coup dur. Plus dur encore que de ne plus pouvoir conduire. Qu'est-ce que tu en penses ? Le bleu ou le gris ?

Mary, qui comprenait bien qu'elles étaient en train de choisir les vêtements dans lesquels Jack serait inhumé, réfléchit avant de répondre.

— Le bleu.

En examinant de nouveau les photographies, elle se souvint.

— Jack a des filles, non ?

— Trois. L'aînée est à Redding. Les deux autres dans les environs de la baie de San Francisco.

— Elles sont là?

— Non.

— Elles vont venir?

Eden haussa les épaules.

— Elles sont au courant?

Eden ne répondit rien.

— Il faudrait les mettre au courant, non?

— Elles n'avaient jamais le temps de dire bonjour. Pourquoi est-ce qu'elles auraient celui de dire adieu?

— Ce sont ses enfants.

— Elles ne téléphonaient jamais. Elles ne venaient jamais le voir. Elles diabolisaient le pauvre homme. Elles gobaient tout ce que sa première femme racontait. Jack n'a jamais vu ses petits-enfants. Chaque soir, il priait pour que ses filles voient la lumière. Elles lui ont brisé le cœur.

La sonnerie du téléphone posé sur la table de chevet les fit toutes deux sursauter.

— Allô? fit Eden dans le combiné. Allô? Allô?

Au bout d'un moment, elle raccrocha.

— Un appel perdu.

— Et si c'était Gooch? Si c'était à propos de Jack?

— Si c'est important, on va rappeler.

Les deux femmes fixèrent l'appareil.

— Nos noces d'argent sont en janvier, dit Eden en faisant tourner le cercle de diamants sur l'annulaire crochu de sa main gauche.

Mary admira la façon dont les pierres fragmentaient la lumière.

— Nous avons eu les nôtres il y a quelques semaines.

Eden se retourna, prise d'un éclair de lucidité.

— En octobre. Oui. Ça me revient.

Elle remarqua l'annulaire de Mary.

— Ton jonc…

— Il a fallu que je le fasse couper il y a des années. Mon doigt était devenu trop gros.

— Jimmy portait le sien. Quand il est venu. Pour ce que ça vaut, j'ai remarqué qu'il avait son jonc en or.

Mary sourit.

— Bon, dit Eden en jetant un coup d'œil au téléphone. Je suppose que ce n'était rien d'important. Il faut que je m'allonge une minute.

Elle inspira, mais n'ajouta rien. Elle s'engagea dans le couloir d'un pas traînant, tourna la poignée avec ses doigts cruellement tordus et se glissa dans sa chambre.

Mary regarda ses propres mains, dont l'extraordinaire mécanique l'émerveillait, et remercia ses dix doigts pour leurs années de bon fonctionnement. Elle allait tourner les talons lorsqu'elle aperçut un détail dans le miroir de la commode de Jack. Une tache d'argent sur son cuir chevelu. Déjà, les repousses se voyaient.

Attirée par le soleil, elle laissa ses pieds la guider jusqu'à la terrasse adjacente à la piscine. Elle se demanda si le préposé de l'entreprise dont elle avait retenu les services avait été renvoyé par Eden ou si, au moment de son passage, il avait trouvé la maison vide. Dans les eaux vertes et troubles, elle vit, en train de la regarder, le reflet de son âme, différent de la dernière fois. Sa nouvelle perception du temps avait altéré la somme de ses reflets. Elle n'était plus la servante du passé ni la conspiratrice du camarade miroir. Le bonheur insaisissable à propos duquel elle s'était si souvent interrogée? Peut-être le bonheur était-il en général mal compris, se dit-elle. Et si le bonheur n'était qu'une absence de peur? Elle eut le sentiment d'être à l'aube de sa propre transformation et regretta de ne pas avoir une bouteille de champagne à fracasser sur son genou. À la vue de son image dans l'eau ondulante de la piscine, elle eut la bizarre envie de crier : «Vive la révolution des grosses!»

À quoi tout cela rimait-il? Le départ de Leaford? Le défaut d'appétit? L'abandon de la peur? Une révolution non pas contre elle-même, mais plutôt pour elle-même? À maints égards, elle devait une fière chandelle à Gooch. Mais elle se rendait bien compte que la révolutionnaire risquait de perdre le sens des proportions. Et aussi de perdre patience.

Un peu plus tard, elle entendit des bruits dans la cuisine et alla trouver Eden.

— Je retourne à l'hôpital, fit celle-ci.

— Vous voulez que je vous accompagne?

— Non. Mais tu peux rester ici, si tu veux.

— Vous voulez que je reste? Jusqu'à votre retour?

— Je me suis seulement dit que ce serait plus agréable pour toi que l'hôtel.

Après le départ d'Eden, Mary ôta les draps du lit de Jack et ouvrit les fenêtres pour aérer. Elle aspira les peaux mortes qui parsemaient la moquette élimée et gondolée et épousseta les photographies encadrées de la commode. Après avoir bien nettoyé la chambre de Jack, elle fit la vaisselle et la lessive, puis elle balaya les carreaux de terre cuite du couloir. Elle fredonna en travaillant et s'interrogea sur les motifs de son contentement. «Vous connaissez cette impression?» lui avait demandé Gros Avi à propos de l'idée de servir.

Comme Eden ne rentrait toujours pas, Mary tapota les coussins du canapé Ethan Allen et s'assit pour prendre un peu de repos. Les rideaux étaient à moitié tirés et, dans la pénombre de la pièce, elle étudia la bibliothèque, où s'alignaient des dizaines de vieux livres, dont certains lui étaient familiers, ainsi qu'une grosse bible reliée en cuir. Elle ouvrit la bible, sortit quelques billets de son sac et les glissa proprement entre deux pages avant de la remettre à sa place. La sonnerie du téléphone la fit sursauter. Elle se demanda si elle devait répondre, puis paniqua à l'idée que c'était peut-être Gooch qui appelait.

— Allô? fit-elle d'une voix hésitante.

La communication fut rompue. À moins qu'il n'y ait jamais eu personne. Encore un appel perdu. Eden avait dit que c'était un phénomène fréquent. Comme celui des épouses abandonnées, supposa Mary.

En déposant le combiné, elle vit une Chevy turquoise se garer dans l'allée. Une belle voiture d'époque que Gooch aurait adorée, mais elle constata que ce n'était pas Gooch qui tenait le volant. Il n'était pas non plus parmi les passagers qui sortaient de la voiture. Elle avait décidé de ne pas ouvrir et se cachait dans le couloir lorsqu'elle entendit cogner à la porte.

— Il y a quelqu'un? demanda une voix.

En se retournant, Mary vit le visage d'un jeune homme aux yeux bleus qui regardait par la minuscule fenêtre voisine de l'entrée. En ouvrant, elle trouva quatre personnes en train de la fixer. Le jeune homme aux yeux bleus. Une vieille femme aux yeux gris. Un vieil homme maigre à la barbe blond-roux et aux yeux noirs. Un homme d'âge moyen aux yeux verts qui portait un survêtement en tissu élastique et aurait été chez lui sur une piste d'athlétisme ou dans les pages d'un magazine de conditionnement physique.

— Je m'appelle Berton, dit le vieil homme maigre. Je vous présente Michael.

Le coureur.

— Donna.

La vieille femme.

— Et Shawn.

L'homme aux yeux bleus.

Ils sourirent au moment où l'homme maigre ajoutait :

— Vous devez être Mary.

— Oui, répondit-elle en se demandant qui pouvaient bien être les membres de ce quatuor et pourquoi ils la connaissaient.

— Nous sommes là pour le cercle de prière, expliqua l'homme en regardant par-dessus l'épaule de Mary.

— Oh, là, là, fit Mary. Eden a oublié de vous prévenir ? On a emmené Jack à l'hôpital.

Compte tenu de l'état de Jack, les membres du cercle de prière semblèrent démesurément étonnés.

— Le cercle de prière est annulé, je suppose, déclara-t-elle.

Le jeune homme tressauta.

— On n'annule pas le cercle de prière.

— On n'annule jamais le cercle de prière, confirma Berton en gesticulant en direction de la maison.

Mary fit un pas de côté pour les laisser passer. Elle avait imaginé un groupe moins hétéroclite. Eden n'avait-elle pas dit qu'ils étaient six ?

— Je n'ai rien préparé, se désola-t-elle.

Elle fut soulagée lorsque la vieille femme, Donna, sourit en lui tapotant le bras.

— Vous joindrez-vous à nous, Mary ? demanda Berton en se dirigeant vers le salon.

À contrecœur, faute de raisons de s'en abstenir, elle les suivit. Elle plissa les yeux lorsque Shawn tira les rideaux pour laisser entrer les rayons du soleil. Berton et Michael prirent place près de la fenêtre. Mary s'installa sur le canapé, entre les deux autres.

— Gil et Terri ne viendront pas, annonça Berton avant de prendre la main du coureur d'un côté et celle de l'homme aux yeux bleus de l'autre.

Mary tendit une de ses mains au jeune homme et l'autre à la vieille femme, qui prit aussi une de celles du coureur.

Ils s'étudièrent un moment et Mary, les imitant, plongea son regard dans les yeux bleus, gris, noirs et verts. Elle s'étonna de constater qu'aucun membre du cercle de prière n'avait de bible à la main. Elle se demanda si l'un d'eux risquait de prendre celle d'Eden et de découvrir les billets qu'elle y avait cachés. C'est Shawn qui rompit le silence, et les vibrations de sa voix douce et juvénile, issues de sa gorge, descendirent le long de son bras et passèrent de sa main à celle de Mary.

— Nous, Shawn, Donna, Berton, Michael et Mary, sommes tes humbles serviteurs, dit-il en regardant Mary. Nous sommes réunis aujourd'hui afin de prier pour Jack. Dieu, aie pitié de notre frère Jack.

— Prions, murmurèrent-ils à l'unisson.

— Nous sommes aussi venus prier pour Mary, ajouta Shawn.

Tous les yeux se tournèrent vers elle. Elle dégagea ses mains de celles des inconnus.

— Inutile de prier pour moi.

Shawn inclina la tête.

— Eden nous a dit pourquoi vous étiez ici.

L'épouse du fils. Bien sûr, Eden avait parlé aux membres du cercle de prière de la grosse belle-fille venue en Californie dans l'espoir de retrouver son mari volage. À leurs expressions, elle comprit qu'ils avaient déjà prié pour elle. Pour Gooch aussi, sans doute. Mary se demanda si Eden avait parlé de Heather à ces gens. L'homme aux yeux bleus ne parla pas de prier pour l'âme de la fille égarée.

— S'il vous plaît, Mary.

Coincée entre la vieille femme et le jeune homme, Mary, consciente de ses obligations vis-à-vis d'Eden et n'ayant plus rien à perdre, reprit les deux mains. Dans l'éclat du soleil cuisant, elle frissonna lorsque Shawn déclara :

— Seigneur, aide Mary Gooch à trouver ce qu'elle cherche.

Les membres du groupe murmurèrent leur assentiment.

— Prions.

Mary baissa les yeux en même temps que les autres et attendit le début du cercle de prière. Elle se dit qu'ils liraient des passages de la bible à tour de rôle avant de prier pour le salut de l'âme de Jack. Et de méditer sur sa propre quête à elle. Elle espéra qu'ils prieraient pour Heather. Il fallait que quelqu'un prie pour Heather.

L'horloge égrenait ses tic-tacs, mais personne ne rouvrait les yeux. Le soleil en plein visage, les corps serrés contre le sien, la chaleur de mains inconnues dans les siennes, Mary observa les quatre têtes penchées. Étaient-ils vraiment en conversation avec

Dieu? Pouvait-on lire une telle communion sur un visage?

Elle songea à Jack, se désola de la fin qui l'attendait, même s'il était à peine plus qu'un inconnu. Elle se désola aussi du sort d'Eden qui, comme elle, resterait seule. Que Dieu lui vienne en aide, pensat-elle pour ensuite se demander s'il s'agissait d'une vraie prière. Combien de fois et pendant combien de nuits avait-elle prié Dieu? Adressé des souhaits à Dieu? Offert des remerciements creux. Formulé des vœux superficiels. Incertaine de la nature de celui ou de celle qu'elle tentait de joindre. Elle réfléchit à la nouvelle relation qu'elle entretenait avec son propre esprit. À des milliers de kilomètres de chez elle, elle était différente. Les gens changeaient. Il arrivait que le sentier de la vie oblique brusquement à gauche et offre un avenir sensiblement différent.

Concentrée sur sa respiration, Mary, pensant à la vie à moitié vécue de Heather, décida que sa propre fin ne serait pas le résultat d'un risque calculé. Elle vit le sentier de sa vie s'élever devant elle : il s'agissait non pas d'une tranchée creusée dans la vase, mais d'une route de pavés surmontée d'une canopée d'arbres. Elle attendait le début du cercle de prière lorsqu'elle se rendit enfin compte qu'il était déjà en cours.

Après, elle se sentit frustrée par la brièveté de leur prière commune et silencieuse ; en consultant l'horloge, elle fut stupéfaite de constater qu'une heure s'était écoulée. Les membres du quatuor se retirèrent aussi subitement qu'ils étaient arrivés, sans roulements de tonnerre, sans rhétorique tonitruante, sans platitudes, sans prosélytisme. Sans un mot.

Lorsque la Prius se gara dans l'allée, un peu plus tard, Mary s'offrait un temps de repos sur le canapé Ethan Allen.

— J'ai oublié de lui apporter des photos, lança Eden en fonçant dans le couloir.

— On vous a dit combien de temps il resterait à l'hôpital ? demanda Mary. J'ai nettoyé sa chambre. Les draps sont dans la sécheuse.

— Il ne reviendra pas à la maison, Mary, affirma Eden avec raideur.

— Pourquoi ne pas vous asseoir une minute ?

Eden prit place à côté d'elle sur le canapé.

— Que diriez-vous d'une tasse de thé ?

— Je ne veux pas de thé, répondit Eden. Je veux Jimmy. Je veux Heather. Qu'est-ce que j'ai fait, Mary ?

Mary prit les doigts d'Eden entre ses mains.

— La dernière fois que j'ai vu ma fille, elle avait du vomi sur son chandail, raconta Eden. Je n'arrête pas d'y penser.

— La dernière fois que je l'ai vue, moi, dit Mary en se rappelant le médaillon de Heather, elle souriait.

Au bout d'un moment, Mary, en entendant une respiration paisible à côté d'elle, comprit que la vieille femme s'était endormie. Telle la mère fatiguée d'une enfant malade, Mary ferma les yeux à son tour. Lorsqu'elle les rouvrit, elle était seule. Dans la cuisine, au bout du couloir, Eden entrechoquait des assiettes. Mary suivit les sons et s'arrêta sur le seuil au moment où Eden annonçait :

— Il faudrait manger quelque chose.

— Oui, acquiesça Mary.

Elles ne bougèrent pas.

— Il faut que je téléphone à l'agence avant de retourner à l'hôpital, dit Eden pour elle-même.

— Pas la peine de remplacer Chita. Je peux vous aider, Eden. Je vais vous aider.

Eden marqua une pause.

— Tu veux bien rester avec moi ?

— Vous voulez que je reste ?

— Tu pourrais t'installer dans la chambre de Jack.

Mary consulta l'horloge, se rappela qu'elle avait promis de garder les enfants.

— Je ne serai pas là avant neuf heures.

— Pourquoi ?

— Je garde les enfants d'une femme qui habite en haut de la côte.

— Comment ça ?

— C'est une femme que j'ai rencontrée. Elle vous connaît, Jack et vous. Elle s'appelle Ronni Reeves. J'ai déjà gardé ses enfants hier soir.

— C'est vrai que tu as toujours eu le don de te lier facilement.

Rien n'était plus faux, songea Mary, mais elle dit :

— Ouais.

— De toute façon, je vais rentrer tard. C'est l'idée de dormir seule à la maison que je ne supporte pas.

Après avoir avalé de force du pain grillé et quelques fraises et avoir obligé sa belle-mère à faire de même, Mary partit régler sa note à l'hôtel. En remontant la colline des Highlands, elle s'interrogea sur l'origine de sa propre force et sur l'influence du groupe de prière sur le Créateur.

De nouveau, les montagnes russes. Plongeons, vacillements, oscillations entre l'espoir et le désespoir. Au volant de chacune des voitures qui passaient en vrombissant, Mary croyait voir Gooch. Gooch devrait être là. Sa mère avait besoin de lui. Sa femme avait besoin de lui. Fermant les yeux, elle lança un appel dans le vent. *Jack se meurt, Gooch. Reviens, s'il te plaît.*

En pensant à son beau-père tassé dans son fauteuil roulant, elle se rappela que Gooch l'avait vu, lui aussi, et savait forcément que la fin de l'homme était imminente. Gooch n'avait même pas laissé un numéro de téléphone où le joindre, au cas où Jack mourrait. *Va au diable, Gooch,* songea-t-elle soudain.

Allez tous au diable. Elle se souvint d'un des mots de la courte lettre qu'il lui avait envoyée. Lâche. *Oui.*

Marchant dans la poussière de la rue, elle se rappela qu'elle avait eu l'intention de s'arrêter au centre commercial pour appeler un taxi. C'était trop tard à présent. Elle était trop fatiguée pour continuer. Trop avancée pour revenir sur ses pas. Les rues étaient congestionnées, mais les trottoirs étaient pratiquement déserts. En entendant des pas derrière elle, elle serra son fourre-tout bleu contre sa poitrine. Les bruits de pas se rapprochèrent. Elle aurait donné cher pour avoir en sa possession un vaporisateur de poivre de Cayenne comme on en voyait dans les films, au cas où celui qui fondait sur elle serait l'unique voleur de sacs de Golden Hills.

Un adolescent passa près d'elle, masse indistincte de testostérone, et retrouva une fille de son âge, surgie du couvert des arbres. Ils s'embrassèrent — mains baladeuses, bouches avides —, captivés l'un par l'autre. En les voyant, elle songea aux premières heures de ses amours avec Gooch. Ils s'étaient aimés avec un tel abandon.

Mary ne remarqua que la fille portait des écouteurs que quand elle sortit un bouton d'une de ses oreilles pour le mettre dans une de celles du garçon. Il la prit par la taille et commença à osciller, son bassin pressé contre celui de la fille, les yeux plongés dans les siens. Tout en lui en voulant à mort de sa lâcheté, Mary, en ce moment, aurait donné sa vie pour danser une dernière fois avec Gooch.

PEUR DU NOIR

Malgré sa fatigue bien visible, Ronni Reeves, lorsqu'elle ouvrit, était élégante avec sa robe en tricot
rouge, ses hautes bottes de cuir et ses bijoux en
argent qui cliquetaient.

— Tom est parti en voyage aujourd'hui. Il ne
risque pas de vous faire une autre scène, Mary. Comment va Jack?

— Il est à l'hôpital, répondit Mary. Il ne rentrera
plus chez lui. Je vais m'installer avec Eden.

— Je suis désolée.

Mary hocha la tête et, pour alléger l'atmosphère,
désigna d'un geste la robe de Ronni.

— Cette couleur vous va bien.

Ronni la remercia en s'efforçant de ne pas s'attarder sur l'uniforme marine.

— Je n'ai pas eu le temps de faire des courses, expliqua Mary en tirant sur sa blouse. Au fait, j'ai oublié
de vous demander à quelle heure les enfants se
couchent.

Ronni plissa le nez.

— Ils n'ont pas d'heure précise.

Une fois Ronni sortie, Mary trouva les garçons qui l'attendaient sur le canapé du salon, à côté d'une pile de livres. Elle s'installa près d'eux pendant qu'ils se chamaillaient pour lui faire lire leur histoire favorite.

— Celui-là, madame Goochie, supplia Joshua.

— Goochie! entonnèrent les deux autres.

— Que diriez-vous de m'appeler Mary? fit-elle en riant.

Après avoir lu une dizaine de livres, elle constata que les garçons commençaient à avoir sommeil.

— On va se mettre en pyjama, annonça-t-elle.

Sans télé à réclamer, ils la suivirent docilement dans le somptueux escalier jusqu'à l'énorme chambre à coucher qu'ils partageaient. Là, ils eurent un regain d'énergie et se mirent à se pourchasser en sautant par-dessus le trio de lits minuscules. Mary essaya de les arrêter en criant:

— On ne court pas comme ça avant de se mettre au lit!

Jeremy rigola.

— Nous, oui.

— Les garçons, dit-elle en tapant dans ses mains, comme elle avait vu leur mère le faire.

Le geste se révéla tout aussi inefficace pour elle. Jacob lui lança un oreiller au visage. Elle trouva l'interrupteur, éteignit et ferma la porte pour plonger la pièce dans l'obscurité.

— Non! cria Jeremy.

— Rallume! hurla Jacob.

Elle obéit. Ils la regardèrent d'un drôle d'air puis recommencèrent à jouer, à se lancer des oreillers et à sauter sur les lits. Elle éteignit de nouveau.

— Rallume! Rallume!

Elle appuya sur l'interrupteur. Le manège se poursuivit jusqu'à ce que les triplés, dont le labeur, c'est-à-dire jouer et cesser de jouer, était plus exigeant que le sien, abandonnent enfin.

Après les avoir bordés, Mary les embrassa sur le front.

— Tu vas laisser la lumière du couloir allumée, hein, madame Mary? supplia Jeremy.

Elle aurait voulu pouvoir leur dire qu'ils avaient beaucoup plus à craindre que le noir.

À son retour, Ronni fut désarçonnée par le calme qui régnait dans la maison et surprise de trouver Mary en train de lire sur le canapé.

— Où sont-ils?

— Ils dorment.

— Pas d'histoires? Pas de crises?

— Aucune.

— Vous ne vous appelez pas Mary Gooch. Vous vous appelez Mary Poppins.

Ronni compta quelques billets dans son sac et les tendit à Mary.

— Je me sens mal à l'idée de ne pas vous payer, insista-t-elle. Et j'ai fait de bonnes affaires, ce soir. Merci.

Repoussant l'argent, Mary dit :

— Je ne peux pas toucher de paie. Je n'ai pas le droit de travailler. Vous vous souvenez ? Je suis canadienne. Et je n'ai vraiment pas besoin d'argent.

— Tout le monde a besoin d'argent, rétorqua Ronni en venant retrouver Mary sur la véranda.

Elle poussa de nouveau les billets vers elle.

— Pas moi. Je vous assure. Mon mari a gagné à la loterie.

— Vous me faites marcher.

— C'est vrai. Avec un billet à gratter. Il a déposé vingt-cinq mille dollars dans mon compte en banque.

— Il a gagné à la loterie et il a déposé vingt-cinq mille dollars dans votre compte en banque avant de vous quitter, répéta Ronni de façon comique.

— Oui.

Ronni comprit que Mary était sérieuse.

— Combien a-t-il gagné? Comme vous êtes sa femme, vous avez droit à la moitié.

— Gooch est sûrement au courant. Je parierais qu'il a gagné cinquante mille dollars.

— Vous n'en êtes pas sûre?

— Je le connais. Je suis certaine qu'il a agi correctement.

— Il vous a quittée. Il a gagné de l'argent et il vous a quittée. Mais vous êtes certaine qu'il a agi correctement?

Le ton de Ronni fit frissonner Mary. Elle s'engagea dans l'allée en déclarant:

— Il vaut mieux que j'y aille. Ma belle-mère a peut-être…

— Pourquoi vous ne louez pas une voiture?

— On m'a volé mon sac et je n'ai pas encore reçu mon nouveau permis de conduire.

Ronni Reeves sourit, mue par une idée. Elle rentra dans la maison et réapparut au bout d'un moment avec une clé qui pendait au bout de sa jolie main.

— Prenez la Ram.

Elle montrait la grosse camionnette blanche garée dans l'allée.

— Pardon?

— Vous n'avez pas de voiture. Prenez la Ram. En échange de vos services. Tant et aussi longtemps que vous serez là. C'est ma façon de vous dédommager.

— Vous voulez que je prenne la Ram ?

— Elle est à Tom. Pour ses week-ends guerriers. Il a dit qu'il serait parti pendant quelque temps. Vous avez déjà conduit une camionnette ?

Au volant de la Dodge Ram, Mary descendit la côte en direction de la maison d'Eden, étourdie à la pensée de la liberté que lui conféraient ces quatre roues, et se souvint de la terrible envie qu'elle avait eue de monter sur la mobylette de Christopher Klik, ce jour-là, des années auparavant. Elle se gara dans l'entrée, surprise d'y trouver la Prius puisqu'Eden avait eu l'intention de passer la soirée à l'hôpital.

Elle entra dans la maison à pas de loup, au cas où Eden dormirait, et trouva sa belle-mère assise sur le canapé Ethan Allen, le téléphone sur les genoux. Elle regardait droit devant elle, absente, et sursauta en entendant Mary.

— J'ai emprunté un véhicule. Une camionnette. Je peux la laisser dans l'entrée ?

— Qui t'a prêté une camionnette ?

— Mon amie Ronni Reeves. Elle vit en haut de la côte. Celle dont j'ai gardé les enfants.

— Ton amie ?

Mary se souvint d'Irma à l'âge moyen, du début de sa confusion figée.

— Je l'ai rencontrée il y a quelques jours, Eden. Je vous ai déjà parlé d'elle. Son père est allé à l'université avec Jack. Ronni Reeves ?

Eden secoua la tête.

— Jack connaissait tout le monde. On ne pouvait pas aller au restaurant sans tomber sur quelqu'un qui le reconnaissait. C'est devenu irritant, à la longue. En tout cas, c'est bien que tu sois motorisée. Tu as gardé des enfants, c'est ça ?

— Je me disais que j'irais faire un tour au bord de l'océan.

— Il est tard, Mary.

— Mais ce n'est pas loin, non ? Et je ne suis pas fatiguée. Vous voulez venir avec moi ?

— Je retourne passer quelques heures à l'hôpital. Je suis juste venue donner quelques coups de fil.

Elle marqua une pause avant d'annoncer :

— Les deux qui vivent dans les environs de la baie de San Francisco seront là demain matin.

— Les filles de Jack ?

— L'autre va téléphoner dès qu'elle aura trouvé un vol.

Eden se leva, ses cheveux coupés carré se balançant de part et d'autre de ses joues creusées.

— J'ai déterré deux ou trois vieux polos de Jack. Pendant un bout de temps, il a été plutôt bien en

477

chair. On ne dirait pas ça à le voir aujourd'hui. Il y en a peut-être un qui te fera, Mary.

Elle prit un chandail suspendu à un crochet près de la porte.

— On gèle dans cet hôpital.

Après avoir dit au revoir à Eden, Mary trouva effectivement quelques polos posés sur le lit et choisit le plus grand, couleur vert menthe. Après avoir retiré sa blouse d'uniforme, elle enfila le maillot en coton, heureuse de constater qu'il couvrait la montagne de son ventre.

Après s'être hissée dans la Ram, Mary, impatiente, se dit qu'elle n'avait jamais songé à voir l'océan avant que Gros Avi lui montre dans quelle direction aller. À présent, c'était comme une mission. La route qui descendait jusqu'à la mer lui fit l'effet d'une nouvelle série de montagnes russes à négocier dans le noir. Elle tournait, tournoyait, grimpait, se précipitait le long de paysages invisibles que Mary avait peine à imaginer. Au sortir d'un virage, elle aperçut le miroir lointain du Pacifique et tomba sous le charme de la nuit noire étoilée. Elle continua de rouler, longea jusqu'au bord de l'eau les grandes demeures éclairées comme des paquebots, nichées dans les collines, baissa les vitres de la camionnette, laissa le vent lui fouetter le visage.

Sur le littoral, elle trouva un endroit où se garer au bord de la route. La plage était déserte et sombre, mais le ressac enterrait la voix de sa peur. Elle descendit de la camionnette en évaluant la distance qui la séparait de l'eau noire, puis elle enleva ses tennis et s'avança dans le sable frais.

Elle marcha bravement en direction des vagues, le souffle haletant, et sentit son âme se soulever en même temps que son corps, comme si elle cherchait à s'élever pour mieux voir. Avec la seule lueur de la route pour l'éclairer. Elle s'arrêta au bord de l'eau, la main sur le cœur, non pas en raison de la douleur familière, mais bien parce qu'elle était saisie par la beauté de la nuit, l'eau noire qui montait jusqu'à elle, la proximité des cieux et le sentiment qu'elle avait d'être toute petite, semblable à l'un des grains de sable sous ses pieds, et si légère que la brise nocturne risquait de l'emporter. Elle s'arrêta pour adorer l'océan à ses pieds, admettre la petitesse et la brièveté de la vie, prier pour l'humanité des contrées lointaines de l'autre côté de l'océan et dire merci, car le monde était une merveille.

— *Agua,* dit-elle à haute voix.

Elle souleva le bas de son pantalon et trempa ses pieds roses et potelés, choquée par le froid glacial, et imagina Gooch debout dans les vagues du même océan. À quoi pensait-il? À ce stade-ci, il avait sûrement tiré des conclusions sur sa vie, son mariage. *Il a déjà pris sa décision.*

Elle trouva dans le sable un petit coin frais et sec où s'installer. Après s'être assurée qu'il n'y avait personne en vue, elle s'allongea sur les grains blancs, les bras en croix, telle une enfant faisant des anges dans la neige. Une fois de plus, elle se souvint de la nuit où, à Leaford, elle s'était couchée nue sous l'orage. Elle repéra la Grande Ourse, la Petite Ourse, la bande lumineuse qui, selon Hé-zou, était la Voie lactée, et laissa son regard partir à la dérive. Elle espérait apercevoir une étoile filante pour pouvoir faire un vœu. Tant pis si Jesús García lui avait dit que le cosmos était dépourvu de magie ; étendue sous la canopée étourdissante du ciel, elle comprit pourquoi les gens croyaient que leurs morts montaient au ciel. Pourquoi ils imaginaient Dieu dans le ciel. Après un certain temps, elle ferma les yeux, chercha la lumière dans ses paupières, espéra que Dieu elle-même y mettrait son grain de sel.

Orin lui avait conseillé de boire de l'eau au tuyau d'arrosage de la cour et de poursuivre son chemin. Heather lui avait fait la même recommandation. Mais s'il fallait pour cela qu'elle rentre au Canada sans avoir vu Gooch, c'était au-dessus de ses forces. Chaque fois qu'elle s'imaginait sur le point de partir, une voix insistante la mettait en garde : si elle s'en allait, elle passerait peut-être à côté de quelque chose d'essentiel. Elle décida que son attente, à tout le moins, n'était pas vaine. Eden l'appréciait. Ronni et ses fils aussi. Elle avait un véhicule à sa disposition, de l'argent en banque. Cette vision de sa situation était toute nouvelle. Pas de spirale de désespoir. Qu'une contemplation tranquille de son existence. Une révolution intérieure.

Sans tirer de conclusions ni amalgamer les métaphores, Mary cessa de se poser des questions sur son mari pour s'interroger avec curiosité sur son absence d'appétit. Elle aurait pu nommer chacune des bou-

chées qu'elle avait prises au cours des dernières semaines, moins de nourriture qu'elle n'avait autrefois
l'habitude d'en consommer en une seule journée. La
faim démoniaque, compagne de tous les instants,
s'était métamorphosée en garde-barrière.

Un objet perdu pouvait toujours être retrouvé.
Comme son sac à main. Son mari. Mais peut-être son
appétit était-il parti pour toujours, comme ses bébés.
Heather. Gooch ? Elle ne voulait plus jamais entendre
le rugissement de l'obête, mais elle se rendait bien
compte qu'elle ne pourrait vivre indéfiniment avec la
vague nausée qui la prenait à l'évocation de la nourriture.

Elle se leva, se mit en marche dans le sable, sortit
la clé de la poche de son pantalon marine humide,
bizarrement réconfortée par l'idée de porter le vieux
polo de Jack, comme si elle avait emporté du coup
l'essence de cet homme, lui avait permis de faire ses
adieux à la mer.

Sur la route de Golden Hills, Mary s'immobilisa au
feu où les douze voies se croisaient et jeta un coup
d'œil au terrain vague sombre, où on avait rendu
hommage au compagnon disparu. La douleur entre
ses yeux, qu'elle avait tenue en respect grâce aux
comprimés recommandés par le pharmacien, explo-
sa sans avertissement, et elle se demanda si elle devait se ranger sur le côté. Mais la sensation passa.

Comme toutes choses. Toutes choses.

AVEUGLE DU TROISIÈME ŒIL

En se réveillant le lendemain matin, Mary s'attendait à voir l'aube saluer les collines blanchies au-delà du motel et comprit à quelle vitesse l'inconnu était devenu familier. Jusqu'à tout récemment, Leaford avait été son seul chez-elle. Sans jamais avoir eu l'envie ou l'intention de partir, elle s'était rapidement habituée à la vue qu'elle avait depuis sa fenêtre de Golden Hills, aux terre-pleins centraux paysagés de la petite ville, au ciel bleu étincelant et au soleil intense, bienfaisant. Elle se demanda combien de temps Eden mettrait à s'habituer à l'absence de Jack. Et elle à celle de Gooch. Qui s'ennuierait de Heather? Avait-ton prévenu son fils?

La chambre de Jack. Au-delà des fenêtres pleine hauteur, d'où la tringle était tombée, Mary vit le vertigineux eucalyptus et le rectangle trouble de la piscine. La présence de Jack persistait dans la chambre, telle une odeur, et son énergie résiduelle avait craqué et crépité pendant la nuit. Dans le lit trop mou, Mary avait dormi d'un sommeil agité. Suffoquant, elle avait, dans le courant de la nuit, retiré l'uniforme marine qu'elle utilisait comme pyjama et l'avait jeté sur la commode où s'entassaient les photographies de Jack et d'Eden. Elle remarqua que la courroie de son soutien-gorge gris élimé ne tenait plus qu'à un fil.

En regardant la brise taquiner les buissons aux feuilles nacrées de la cour, elle enveloppa dans ses bras son corps presque nu sous le drap blanc, non pas pour mesurer ses proportions, mais bien pour profiter des plus récentes réalisations de ce vaisseau. Escalader des collines. Marcher longuement. Soulever, tourner, soupeser, déplacer. Embrasser de petites têtes blondes. Se tenir au bord de l'océan. Elle caressa comme un chat endormi son ventre qui rétrécissait.

Elle sursauta à la vue de la silhouette sombre d'un homme derrière les arbres de la cour. Elle s'assit en plissant les yeux, le cœur affolé. Gooch? Non. L'homme n'était pas assez grand. Il portait une salopette bleue et une casquette de base-ball avec de longs rabats en tissu destinés à protéger son cou et son visage des rayons du soleil. Il se glissa dans la remise qui se dressait derrière la piscine verte. Mary attendit, le cœur battant. Lorsque la porte de la remise se rouvrit, elle constata que l'homme avait ôté la partie supérieure de sa salopette, dont il avait noué les bras vides autour de sa taille, exposant du même coup une poitrine large, bronzée et musclée. Armé d'une épuisette, il sifflait en travaillant.

En étirant la tête du côté gauche, Mary vit dans le miroir le reflet de la camionnette bleue du service d'entretien garée dans l'allée. N'ayant aucune expérience des piscines, elle en vint à la conclusion que la légende des préposés sexy avait des fondements dans la réalité.

Vu l'absence de rideaux à la fenêtre de Jack, on pouvait la voir en entier depuis la cour. Elle remonta les draps blancs sur son soutien-gorge gris en priant pour être invisible. Elle ne pouvait pas, sans se lever, atteindre son uniforme marine sur la commode ; elle ne pouvait pas non plus risquer d'être vue. Lorsque l'homme s'approcha, elle ferma les yeux de peur qu'il la surprenne en train de le reluquer.

Au bout d'un moment, incapable de supporter un tel suspense, elle risqua un coup d'œil pour voir où l'homme se trouvait et fut incapable de détacher les yeux de son corps. Pendant qu'il ramassait les feuilles, elle vit les muscles noueux de son dos et de ses épaules larges rouler sous l'effort, ondes épaisses qui durcissaient sous les poils frisés de son torse, les pointes des seins raidies au centre des aréoles brunes. Gooch soutenait que la réification du corps faisait partie de l'ordre naturel des choses. Mary remarqua les fossettes qui se creusaient au-dessus des fesses sculptées de l'homme et fut stupéfaite de reconnaître en elle les premiers signes de l'excitation.

L'homme se mit au travail, frottant les parois de la piscine et lançant dans l'eau verte des comprimés qu'il manipulait avec des gants jaunes. Mary entendit le pic-bois dans l'eucalyptus et, une fois de plus, eut le sentiment que le tic-tac du réveille-matin, au lieu de battre et de cogner, s'accélérait follement. L'homme venait à peine de commencer, lui sembla-t-il, que déjà il disparaissait. L'instant d'après, il sonnait à la porte de devant.

En toute hâte, elle sortit du lit et enfila le bas de son uniforme marine et le vieux polo vert de Jack. Elle avait promis, se rappela-t-elle, de régler la note en argent comptant et espéra atteindre la porte avant

Eden. En fait, la Prius blanche n'était déjà plus dans l'entrée. Elle ouvrit en comptant les billets dans sa main. Impossible pour elle de regarder l'homme dans les yeux, même s'il avait remonté le haut de sa salopette.

Lui-même préparait sa facture et ne leva pas le regard en expliquant :

— Nous avons nettoyé la piscine et administré un traitement de choc. D'ici la fin de la semaine, vous pourrez nager.

Elle reconnut immédiatement la voix. Une voix grave de baryton. Derrière la casquette aux rabats, le visage de Jesús García.

— Hé-Zou !

— Mary ?

— Mon Dieu ! fit-elle en riant, l'argent à la main. Vous travaillez pour le service d'entretien des piscines ?

— Vous viviez à l'hôtel.

— C'est la maison de ma belle-mère. Maintenant, je reste avec elle.

Mary et Eden partageaient une petite maison et attendaient leurs maris. Le départ de l'un, le retour de l'autre.

— Et votre ami Ernesto?

Jesús García hocha la tête.

— Côtes fracturées. Il ne travaillera pas de sitôt.

— Désolée de l'apprendre. Et vous, Hé-Zou? Vous allez bien?

— Oui, merci.

— Et votre femme et vos enfants? Noël approche. Ils doivent être fous d'excitation.

Il s'éclaircit la gorge, mais ne répondit pas. Il constata que Mary avait fait une erreur de calcul et lui rendit un billet de vingt dollars.

— Gardez-le, insista-t-elle. Pour votre peine.

— Pas de pourboire. C'est une politique de l'entreprise.

— Ah bon?

— Mais nous avons le droit d'accepter de l'eau, fit-il en arquant un sourcil.

Mary ouvrit la porte et précéda Jesús García dans la cuisine. Dans le réfrigérateur, elle trouva une bouteille d'eau et la lui tendit. Plissant les yeux sous l'effet de la douleur, elle trouva ses analgésiques et fit tomber dans sa main un trop grand nombre de comprimés.

— J'ai mal là, dit-elle. Juste entre les yeux. Ça ne part pas.

— Votre troisième œil, déclara-t-il.

— Mon troisième œil?

— Dans certaines religions orientales, on croit qu'il y a un troisième œil entre ceux qui voient. C'est celui qui permet d'accéder à la conscience supérieure. De voir l'avenir.

— Vous avez vraiment passé beaucoup de temps à la bibliothèque.

Il haussa les épaules et détourna les yeux. Elle sourit et ajouta :

— Je suis peut-être devenue aveugle du troisième œil.

À bien y penser, cependant, elle se demanda si son troisième œil, au lieu de perdre la vue, n'était pas en train d'en accoucher, si la douleur qu'elle ressentait ne s'apparentait pas au travail de la parturiente.

— Vous pourriez essayer l'écorce de saule bouillie. Ça vous éviterait de prendre des pilules.

— De l'écorce de saule ?

— Elle contient de la salicine, comme l'acide salicylique de l'aspirine.

— Encore des livres lus au hasard à la bibliothèque ?

— Non, ça, je le tiens de ma mère. Nous n'avions pas la Croix bleue. Comme assurance, nous avions la *Cour arrière*. La digitale jaune contre l'hypertension de mon père. L'écorce de saule contre la douleur et les inflammations. Pour tout le reste, l'*yerba buena*. Vous en avez justement au fond, là-bas.

Il montra le buisson innocent qu'Eden avait fla-
gellé avec le balai.

Elle le raccompagna jusqu'à la porte. En passant
devant son fourre-tout suspendu à un crochet, elle
fut prise d'une impulsion soudaine.

— Attendez.

Elle ouvrit son sac et en sortit une épaisse liasse
de billets. En lui mettant l'argent dans les mains, elle
dit :

— Avec ça, vous pourrez faire quelques cadeaux
de plus aux enfants.

Fermant le poing pour refuser l'offrande, il évita
les yeux de Mary, les mâchoires serrées.

— Non. Je vous en prie.

Elle regretta aussitôt son geste, manifestement mal
interprété, et mit l'argent dans la poche du polo.

— Il vaut mieux que j'y aille, dit-il.

— Je ne vous faisais pas la charité, Hé-Zou,
s'empressa-t-elle d'expliquer en constatant qu'elle
l'avait blessé dans sa fierté. De toute façon, cet argent n'est pas à moi. Pas vraiment. Mon mari l'a
gagné à la loterie.

Il remit la casquette à rabats sur sa tête.

— Il vaut mieux que j'y aille, répéta-t-il.

Il s'éloigna promptement, comme après avoir volé
les chaussures. En regardant la fourgonnette bleue

sortir de l'entrée, elle vit la grosse Dodge Ram blanche. Elle prit les clés et s'avança vers la camionnette.

Ronni Reeves fut surprise de trouver Mary sur le pas de la porte.

— Bonjour, Mary. Vous avez oublié quelque chose, hier soir?

Les garçons accoururent, culbutèrent à ses pieds en scandant son prénom. Confuse, Mary sentit ses joues rougir, puis elle se rendit compte que leur affection était sincère, qu'elle avait rapidement gagné leur confiance. Elle en oublia presque le motif de sa visite.

— Je suis venue vous rendre la camionnette, dit-elle lorsque les triplés eurent disparu dans le couloir.

— Vous ne pouvez pas vivre ici sans véhicule.

— Mais c'est la camionnette de votre mari. Ce n'est pas bien.

— Tom ne rentrera pas de sitôt, je vous l'ai déjà dit. D'ailleurs, ça me fait plaisir de penser que la Ram sert à faire le bien et non le mal. S'il vous plaît. Faites-le pour moi. Vous vous occupez des garçons. Disons que c'est un échange de bons procédés.

— Bon, d'accord, fit Mary à contrecœur.

— Le jeu des lumières, c'est quoi?

— Pardon?

490

— Les garçons me demandent de jouer au jeu des lumières.

— Nous nous sommes bien amusés.

Mary prit une profonde inspiration, consciente de ne pas être venue uniquement pour la camionnette.

— Je pense que j'ai insulté le type de la piscine.

— Pardon ?

— Le type qui s'occupe de la piscine. J'ai voulu lui donner plus d'argent pour le… pour sa famille. Il a refusé de le prendre.

— À votre place, je ne me ferais pas trop de souci pour lui, la rassura Ronni, devinant que Mary avait quelque chose à ajouter. Si ça se trouve, il ne comprend pas notre langue.

Mary hésita.

— Hier soir, j'ai peur de vous avoir donné la mauvaise idée à propos de mon mari.

— Celui qui vous a quittée après avoir gagné à la loterie ?

— Vous voyez ? C'est en plein ce que je voulais dire.

— Ne faites pas attention à moi, Mary, déclara la femme en se radoucissant. Je suis passée au stade de la colère. Vous en êtes encore au déni.

— Vous ne connaissez pas Gooch.

— Vous voulez entrer prendre un café ?

Soudain, Mary comprit que c'était pour cette raison qu'elle était venue : deux femmes abandonnées réunies autour d'une cafetière. Elle suivit Ronni dans la cuisine, en proie à une grande excitation nerveuse. La sensation était toute nouvelle, car jamais encore elle n'avait tenté de se faire une amie.

Assises à la table de la cuisine, tandis que les garçons jouaient par terre près d'elles, les femmes partagèrent leurs histoires. Ronni parla à Mary de son enfance dans l'Est, de la cour délirante que Tom lui avait faite, à l'époque où ils étaient tous deux jeunes étudiants en droit, de la joie qu'elle avait ressentie à la naissance des triplés, du calvaire qu'était devenu son mariage. Mary parla à Ronni de la colite d'Orin, de la maladie d'Alzheimer d'Irma, de sa liaison sordide avec l'inertie.

— Je pense que votre mari ne vous mérite pas, affirma Ronni.

— Ce n'est pas ce que vous croyez.

— J'espère en tout cas que ce n'est pas ce que *vous* pensez. Je n'aime pas voir les femmes se sous-estimer.

— Il y a eu des… malentendus.

Ronni hocha la tête.

— Les hommes raisonnent avec leurs couilles.

— Nous ne communiquions pas très bien.

— Mars et Vénus.

— Nous n'étions pas honnêtes.

— Il n'était pas honnête, vous voulez dire. C'est lui qui refusait de parler, non?

— Gooch parlait, parlait tout le temps. Mais nous ne parlions jamais des vraies choses. Nous avons passé une si grande partie de notre vie ensemble.

Mary ferma les yeux.

— Affamés, ajouta-t-elle.

Les femmes bavardèrent jusqu'à ce que Mary s'aperçoive qu'il se faisait tard. De l'intérieur de la Ram, elle salua Ronni d'un geste, lui promit de revenir. Au-dessus de la lointaine chaîne de montagnes, le soleil avait commencé à descendre, et la rugissante circulation de l'heure de pointe envahissait toutes les routes. Mary ne s'étonna pas en tournant à droite, en direction de l'autoroute, plutôt qu'à gauche, en direction de la maison d'Eden. Sans se raconter des mensonges, elle roula jusqu'au terrain vague poussiéreux, à la recherche de Jesús García. Malgré ce que lui avait dit Ronni Reeves, elle se faisait du souci pour la fierté blessée du type de la piscine. Elle ne savait pas très bien ce qu'elle lui dirait lorsqu'elle le trouverait. Il avait peut-être besoin d'aide, mais il n'en voulait pas, et elle se sentait l'obligation de mieux s'excuser.

Aux feux où les douze voies se croisaient, elle le vit, exactement comme elle l'avait espéré, debout avec trois autres hommes armés de leurs thermos.

Son apparition eut l'effet d'un miracle. Pour ne pas éclabousser les journaliers de poussière, elle entra lentement dans le terrain vague. Tous les hommes, sauf Jesús, accoururent et, avant que Mary ait pu les en empêcher, grimpèrent sur le plateau de la camionnette. Elle fit descendre sa vitre.

— Hé-Zou? lança-t-elle.

Surpris de la voir, il s'avança vers la camionnette, son sac de marin sous le bras.

— Vous avez besoin de travailleurs? demanda-t-il, déconcerté.

Elle secoua la tête.

— Je suis venue vous voir.

— Moi?

— Je tenais à m'excuser. Je ne voulais pas…

Il l'interrompit, prononça quelques mots en espagnol aux hommes qui avaient envahi la camionnette. Ils redescendirent en maugréant.

— Ils ne rentrent pas chez eux? s'étonna-t-elle. La nuit tombe.

— Si vous avez du travail, ils vont travailler.

— Je n'ai malheureusement rien à leur offrir. De toute façon, je suis venue vous présenter des excuses.

— Vous n'avez rien fait de mal.

— Je vous ai offensé en vous proposant de l'argent.

— Ce n'est rien.

Elle se mordit la lèvre, sceptique.

— Vous attendez votre cousin?

— Il est en retard.

— Je vous ramène.

Comme il avait secoué la tête, elle insista.

— S'il vous plaît.

Il contourna la camionnette au pas de course et s'installa à côté d'elle, malgré les protestations des autres hommes.

Mary trouva seule l'autoroute.

— Vous m'indiquerez la sortie. Je sais que c'est quelque part dans Hundred Oaks.

Il inspira.

— Vous ne pouvez pas offrir de l'argent aux gens comme ça. Même si votre mari a gagné des millions.

— Pas tant que ça.

— Ça ne me regarde pas. Mais vous devriez vous méfier un peu plus.

— Vingt-cinq mille dollars. C'est la somme qu'il a versée dans mon compte.

— Il ne faut pas le dire à tout le monde.

— J'ai passé ma vie à ne rien dire à personne, Hé-Zou. Mon mari, Gooch, a gagné à la loterie avec un billet à gratter, puis il m'a quittée. C'est pour ça que je suis venue en Californie. Il avait besoin de temps pour réfléchir. C'est la raison de ma présence. Je ne crois pas que je vais m'attarder encore longtemps. En fait, j'attends de ses nouvelles d'une minute à l'autre. C'est lui qui a gagné l'argent. Vous voyez ce que je veux dire? À propos de l'argent? J'ai l'impression qu'il ne m'appartient pas vraiment.

Il se tortilla, mal à l'aise.

Elle se tourna, s'adressa à son profil.

— Vous devez vous dire que je suis une imbécile.

— Non.

— Pathétique, dans ce cas. Vous devez vous dire que je suis pathétique. Une femme pathétique venue jusqu'en Californie pour attendre son mari qui l'a quittée.

Il haussa les épaules en contemplant l'horizon.

— Je ne vais pas attendre éternellement.

— Non.

— Mais encore un moment, oui.

— Évidemment.

Jesús s'efforça de changer de sujet.

— C'est bientôt l'Action de grâce. Au Canada aussi, non? À Detroit, nous préparions nos traîneaux en prévision de la première neige. Nous faisions aussi du ski. Nous étions les seuls Mexicains à Pine Knob.

— Je n'ai jamais fait de ski.

— Vous avez patiné, au moins? Tout le monde patine.

— Un peu. Sur la rivière Thames. À présent, elle ne gèle plus.

— Le réchauffement de la planète, fit-il en hochant la tête.

— Vos enfants ont déjà vu la neige?

Il fit signe que non.

— Vous devriez les emmener là-haut, un de ces jours. Pour glisser, patiner, tout ça.

— Oui.

— Ils ont déjà joué au hockey? C'est notre sport national. Vous qui êtes de Detroit, vous avez sûrement joué au hockey. Je suppose qu'il n'y a pas beaucoup de patinoires, par ici. Ils jouent? Vos garçons?

— Ils ont été tués il y a trois ans. Ma femme. Mes fils.

La nouvelle était si horrible que Mary se demanda si elle avait bien entendu. Le ton terre à terre employé par Jesús l'avait mystifiée.

497

— Ils rentraient à pied de l'école. Un type ivre les a fauchés sur le trottoir. Un récidiviste. Avec un permis suspendu.

Mary avala sans un mot, les fantômes de la famille de Jesús aspirant tout l'air. Un *fait accompli**. *Bois au tuyau d'arrosage du jardin et poursuis ton chemin.* Mais comment continuer après une perte aussi inimaginable? Comment, matin après matin, s'habiller, manger, marcher ou même respirer sous le poids d'un tel chagrin?

— Je travaillais pour Amgen. Nous épargnions pour acheter une deuxième voiture. Encore deux paies et on y était. Après, je ne suis plus sorti de la maison, sauf pour aller à la bibliothèque. Puis ma belle-mère est arrivée du Mexique. Suivie de mon beau-frère. Ensuite... eh bien... vous les avez vus.

Cent chaussures. Cent chagrins.

— Je n'ai pas d'enfants, dit-elle.

L'homme ne sembla pas juger le commentaire incongru.

— Je n'aurais pas dû vous parler de ça. S'il vous plaît, ne pleurez pas.

Mary tenta de se maîtriser. C'était le moins qu'elle puisse faire pour cet homme fort et brisé. Ils roulèrent en silence jusqu'à la petite maison avec son carré de pelouse brune et clairsemée. Jesús s'attarda.

— Vous êtes gentille, Mary. J'espère que votre mari reviendra bientôt.

Elle hocha la tête en l'observant et, lorsqu'il entra dans la maison, le salua de la main.

Elle baissa la vitre et regagna l'autoroute en passant devant les grands magasins et les succursales des méga-chaînes. Comme elle se sentait engourdie tout entière, elle se demanda comment son pied faisait pour appuyer sur l'accélérateur et ses mains pour tenir le volant. Elle n'aurait su dire ce qui la poussa à obéir à l'enseigne rouge et jaune qui lui faisait signe : *Entrez*. Elle entra effectivement, se gara devant le menu et, tremblante, dit dans le micro :

— Trois cheeseburgers doubles. Un combo poulet extra-croustillant. Un milk-shake aux fraises. Un sandwich au poisson.

Elle prit les sacs luisants de graisse et, en réponse à la question du caissier, hocha la tête pour signifier que tout allait bien.

Mary trouva une place de stationnement et, en oubliant presque de mettre le frein d'immobilisation, déchira les sacs, empoigna les frites brûlantes, mordit dans un hamburger, se bourra la bouche de poulet frit salé. Son corps repoussa l'assaut. Elle n'arrivait plus à avaler. Elle ouvrit la portière et, prise de haut-le-cœur secs, rendit tout. Elle alla jeter les sacs dans une poubelle voisine et leva les yeux au ciel sur les étoiles mortes depuis longtemps.

LA MISÉRICORDE

Jack prit du mieux, s'affaiblit, reprit du mieux, traîna en longueur pendant des semaines et non des jours, tellement que même Eden mit en doute la miséricorde de Dieu. Le temps s'accéléra, et Mary vit l'eau trouble de la piscine devenir de plus en plus limpide, passer du vert au bleu. Le jour du nettoyage, ce ne fut pas Jesús García que le service dépêcha. Il avait été remplacé par un homme plus grand qui ne baissa pas le haut de sa salopette et n'utilisa pas de gants jaunes pour manipuler les comprimés. Mary était certaine que la disparition de Jesús avait quelque chose à voir avec sa terrible confession, et elle fut triste à l'idée de ne plus le revoir.

Le cercle de prière prit l'habitude de se réunir dans la chapelle de l'hôpital, mais Mary, malgré l'invitation d'Eden, refusa de s'y associer, convaincue que Jack avait besoin de l'attention soutenue des membres, et non des divagations d'une femme en quête de sens.

Le soleil se leva et se coucha, au gré des jours, tandis que Mary dansait au rythme d'une vie nouvelle. À l'aube, elle allait prendre le *Los Angeles Times* au bout de l'allée blanchie par le soleil. Pendant qu'Eden dormait ou se préparait à aller à l'hôpital, Mary lisait les petits caractères, accro aux nouvelles du monde comme elle l'avait été aux potins de vedettes.

À titre d'étudiante novice des journaux du matin, elle se rendit compte que les subtilités politiques lui échappaient toujours. Son incompréhension s'expliquait peut-être aussi par sa méconnaissance du pays qui l'accueillait. Elle lut avec intérêt un article sur l'attitude des électeurs devant les affiliations religieuses de candidats. L'auteur s'interrogeait sur les effets bons ou mauvais du dieu d'untel ou d'untel dans les sondages. Elle aurait voulu que Gooch soit à ses côtés pour combler ses lacunes et que Dieu leur dise à tous de cesser de la mêler à la politique, que diable.

Après avoir lu le journal, elle faisait le ménage, préparait des repas qui restaient intouchés. Puis elle montait dans la camionnette et allait passer l'après-midi avec les triplés, armée d'une boîte remplie de cure-pipes, de terre glaise, de colle et de paillettes. Elle fut ravie de constater que les triplés étaient des artistes enthousiastes et se souvint de la sensation que procurait le fait de créer. Et elle était heureuse de la compagnie de leur mère, dont l'amitié tombait à point nommé.

Tous les jours, elle téléphonait à St. John pour prendre des nouvelles d'Irma. Le soir, si elle ne gardait pas les garçons, elle allait faire une grande promenade dans les Highlands. Tous les deux jours, elle se rendait à la banque. Quelques retraits supplémentaires avaient été effectués. Quatre cents dollars. Quatre cents dollars. La dernière fois, elle avait découvert un retrait de cinq mille dollars, ce qui l'avait lancée dans une véritable spirale, car le sens lui en échappait. Un billet d'avion pour une destination lointaine? Le remboursement d'une dette de jeu?

En parcourant la jolie petite ville au volant de la camionnette qu'on lui avait prêtée, Mary avait remarqué d'autres messages commémoratifs peints sur la lunette arrière de voitures et de camions. Et il y avait tant de plaques personnalisées! Tant d'autocollants sur les pare-chocs! Tout le monde avait le sien. Elle aimait bien celui qui affirmait : *Il faut parfois croire pour voir*. Elle en vit aussi quelques-uns qui proclamaient : *L'Amérique : à prendre ou à laisser*. La déclaration, conclut-elle, était résolument antipatriotique. Elle réfléchit aux personnalités contrastées du Canada et des États-Unis, se demanda quelles conclusions Gooch en tirait, lui qui, où qu'il soit, fraternisait avec des Yankees. Elle l'imagina engagé dans des débats politiques enflammés dans le saloon d'une petite ville. Mais Ronni Reeves lui avait appris que les Américains parlaient rarement de politique, sauf avec ceux qui pensaient comme eux.

Gooch s'était fait des amis, elle l'aurait juré, et elle se demanda si, au sein de ce cercle, il avait trouvé une amoureuse. Aussi terrifiée soit-elle à l'idée de le perdre pour toujours, elle ne pouvait pas lui en vouloir pour les infidélités qu'elle lui prêtait en imagination. Elle comprenait sa solitude. Avait même quelques souvenirs fugaces du désir. Peut-être cependant restait-elle en partie emmurée dans le déni, car elle imaginait Gooch trop préoccupé par ses réflexions pour tomber amoureux.

Tous les jours, Mary passait par le carrefour. Parce que, se disait-elle, elle préférait la station-service voisine du terrain vague ou qu'Eden avait besoin de quelque chose au magasin du coin, et non parce qu'elle espérait entrevoir Jesús García. Elle arpentait le centre commercial en passant devant le service d'entretien des piscines. Pour l'exercice, se disait-elle, et non dans l'espoir de tomber sur lui à la fin de sa journée de travail. Ou encore elle épiait la boutique où il avait piqué une paire de sandales jaunes.

Lorsqu'elle savait qu'Eden passerait un long moment à l'hôpital, elle descendait sur la plage pour étudier les étoiles. Les matins où elle était debout de bonne heure, elle y retournait pour voir le soleil se lever au-dessus des falaises, transportée par la splendeur de la nature. En même temps qu'elle rapetissait, Mary grandissait.

Alors que tous les habitants de Golden Hills se gavaient de dinde rôtie et de tarte aux patates douces, Jack poussa son dernier souffle dans son lit de malade chronique, entouré d'Eden et de ses trois filles. Eden jugea de bon augure cette mort coïncidant avec l'Action de grâce. Les motifs de gratitude étaient nombreux. Vingt-cinq années de mariage avec l'homme qu'elle aimait. L'ultime miséricorde dont Jack avait fait preuve en pardonnant à ses filles qui vivaient dans l'erreur. Ou était-ce le contraire ?

Lorsqu'elle sortit de sa chambre, le matin des funérailles de Jack, Eden, habillée en noir de la tête aux pieds, avait l'air minuscule et effrayée. Mary l'entraîna vers la table du jardin, où elle lui servit une tasse de thé. Elles ne firent même pas mine de vouloir manger.

— La nuit dernière, j'ai rêvé de Jimmy, dit Eden.

Mary rêvait encore de lui toutes les nuits.

— J'ai rêvé que nous étions en train de jeter de la terre sur le cercueil de Jack. Puis, en levant les yeux, j'ai vu Jimmy. J'avais oublié qu'il était si beau. Il paraît qu'on oublie de quoi les morts avaient l'air. Il paraît que leurs traits s'effacent. Il paraît que, après un certain temps, on ne se souvient plus de leur visage.

— Vous n'allez pas oublier le visage de Jack.

— En me réveillant, j'ai eu le sentiment d'être en retard pour l'hôpital. Je suppose que je vais mettre un certain temps à m'habituer.

Mary hocha la tête, certaine qu'il en serait ainsi.

— Une des dames a dit qu'elle me trouverait une place dans le village de retraite de Westlake. On donne des subventions aux personnes dans ma situation. Tôt ou tard, je vais devoir y penser.

— Oui.

Mary admirait l'instinct de survie d'Eden.

— J'ai toujours pensé que je mourrais avec Jack. Pourtant, je suis encore là.

— Vous êtes encore là.

— Dieu a d'autres projets pour moi. Je dois m'en remettre à lui, c'est tout.

Eden poussa un profond soupir en regardant une grosse corneille noire se poser dans le grand eucalyptus derrière la piscine miroitante.

— Jack adore les oiseaux. Il avait l'habitude de les nourrir, ici, mais ils faisaient un tel gâchis. Après l'enterrement, nous allons libérer des colombes blanches. Le cercle de prière a tout prévu.

Mary prépara la nourriture pour la veillée funèbre, heureuse d'avoir un prétexte pour ne pas assister aux funérailles, car elle avait promis de garder les garçons de Ronni Reeves. Eden ne protesta pas, et Mary se demanda si c'était parce qu'elle n'avait parlé à personne de son fils perdu et de sa belle-fille venue l'attendre en Californie et que l'idée de ne pas avoir à fournir d'explications l'arrangeait. Peut-être aussi avait-elle compris que Mary n'aurait rien eu à se mettre. Avec son pantalon marine et le polo de Jack, elle aurait beaucoup trop détonné.

Les triplés furent tout excités de trouver Mary à leur porte.

— Qu'est-ce qu'on va bricoler aujourd'hui ? s'écrièrent-ils.

Ronni ne partait pas toujours tout de suite après l'arrivée de Mary. Le jour des funérailles de Jack, Mary recouvrit les garçons de sarraus et leur proposa de faire de la peinture aux doigts à l'extérieur. Tandis qu'ils éclaboussaient leurs toiles de couleurs, Ronni s'attarda près de la porte.

— Tu as vérifié le compte aujourd'hui ?

Mary fit signe que oui.

— Il a fait un autre retrait.

— Et tu as demandé de quel endroit l'argent était tiré ?

— On m'a répondu qu'on ne fournissait pas ce genre de renseignements au téléphone.

— Les salauds.

— Je suis sûre qu'il a ses raisons.

— Et s'il avait juste décidé de vivre en ermite, Mary ?

Évidemment, Mary avait envisagé ce scénario. Gooch disparu, mais pas présumé mort. Les gens font parfois des choses surprenantes.

— As-tu réfléchi à ce que tu allais faire ? l'interrogea Ronni.

Après le départ de Ronni, Mary nettoya les garçons couverts de peinture et punaisa leurs créations au tableau en liège de la cuisine. Elle ouvrit la porte du réfrigérateur, dégoûtée par l'odeur des restes du repas de l'Action de grâce. Lorsqu'elle leur proposa des sandwichs à la dinde comme collation, les garçons firent la grimace.

— La dinde, ça sent le pet, déclara Jeremy.

En imaginant les colombes battre des ailes au-dessus du cimetière, Mary tartina des tranches de pomme de beurre d'arachide.

— Moi, j'aime les beignes, dit Joshua sur un ton geignard.

— Moi aussi, avoua Mary.

Elle sourit en songeant à la pâtisserie Oakwood.

— Mais eux ne m'aiment pas, ajouta-t-elle.

— Tu donnes des beignes à tes enfants ? demanda Jeremy.

— Je n'ai pas d'enfants.

— Pourquoi ? fit Joshua en léchant le beurre d'arachide.

— C'est comme ça, répondit-elle en avalant la boule dans sa gorge.

— Si t'avais des enfants, tu leur donnerais des beignes ? lança Jacob.

— Des fois, je suppose. Mais ils ne sont pas bons pour le corps. Ils sont sucrés et gras.

— J'aime ça, moi, quand c'est sucrégras.

— Possible. Mais ton corps, lui, n'en veut pas.

— Oui, il en veut, rectifia Joshua. Si t'as des enfants, tu vas leur en donner, des beignes ?

Mary sourit et se leva de table pour couper court à la conversation sur les enfants et les beignes. Elle aperçut son reflet dans l'acier scintillant du réfrigérateur Sub-Zero : l'énorme polo, le pantalon d'uniforme qui, de jour en jour, lui semblait plus grand, l'éclat des repousses argentées au ras de son crâne. Elle consulta le calendrier punaisé au tableau en

liège et compta les jours depuis ses noces d'argent.
Cinq semaines.

Ronni Reeves arriva plus tard, un sac à la main et
un sourire aux lèvres. Elle entraîna Mary dans le salon et tira des vêtements du sac : un jean à cordon,
quelques jolies blouses et une longue jupe noire.

— Mais ils sont beaucoup trop grands pour toi, dit
Mary.

Ronni rit.

— Ils sont pour toi !

— Pour moi ?

— J'étais au centre commercial, à Hundred Oaks.
Comme tu n'es pas d'ici, je me suis dit que tu ne savais peut-être pas où aller pour faire des courses.

Mary prit les vêtements, consulta les étiquettes et
se rendit compte qu'ils étaient trois tailles en dessous
de ceux qu'elle portait d'habitude.

— Je n'entrerai jamais là-dedans.

— Essaie-les toujours. S'ils ne te font pas, j'irai les
échanger.

— Combien je te dois ?

— Rien du tout. C'est moi qui te suis redevable,
Mary. C'est égoïste, je sais, mais j'espère que tu ne
rentreras jamais au Canada.

Mary éclata de rire et emporta le ballot de vêtements dans l'intimité de la salle de bains. Devant le

miroir en pied, elle ôta son polo et son pantalon marine. L'affreux soutien-gorge gris, tout plissé à la hauteur des seins, pendait sous ses bras. Sa culotte, à force d'être lavée tous les jours, était difforme. Elle étudia son reflet. Un oreiller qui perd ses plumes, un ballon qui se dégonfle. Des couches d'épiderme vieillissant, privé de collagène, formaient des poches sur son pubis et des plis sur son torse. Elle se demanda où cela s'arrêterait.

Les vêtements lui faisaient. Ils étaient même légèrement trop grands. Elle s'imagina entrer à St. John, habillée de son jean à la taille élastique et d'une blouse impeccable, et trouver sa mère dans son fauteuil près de la fenêtre. Irma ne la reconnaîtrait pas, même si elle en était encore capable. Ronni accueillit avec ravissement le retour de Mary dans le salon.

— Tu as rajeuni de dix ans. Sauf que tu vas devoir faire quelque chose à propos de ces repousses grises.

Il faisait noir lorsque Mary revint chez Eden et elle fut surprise de trouver la maison déserte et déjà rangée. Tout était comme avant. Plus rien n'était comme avant. Elle fit le tour de la maison, jeta un coup d'œil dans chacune des pièces et trouva Eden dans la cour, les yeux levés sur l'eucalyptus, comme ce matin-là.

Eden aperçut Mary du coin de l'œil et leva le doigt pour lui intimer l'ordre de se taire, puis elle désigna l'arbre. Mary mit un certain temps à découvrir, au milieu des feuilles, la forme indistincte d'un hibou trapu, perché sur une haute branche grise.

— C'est une effraie, chuchota Eden. Mais elles ne sont pas vraiment effrayantes. Leur cri ressemble à celui d'un bébé.

L'oiseau s'envola, insulté.

— C'est à cause d'elles qu'il n'y a pas de chats errants par ici. Sans oublier les coyotes. Pas question non plus de laisser un petit chien passer la nuit dehors.

Mary s'avança vers la piscine, enleva ses chaussures et trempa ses orteils dans l'eau fraîche et propre.

— Tu as meilleure apparence, fit Eden en désignant les nouveaux vêtements. Tu as toujours eu un si joli visage. Je me souviens de m'être fait cette réflexion le jour de vos noces. Tu faisais une très belle mariée.

— J'avais perdu le bébé, dit Mary en agitant l'eau avec son pied.

Eden marqua une pause.

— Je sais.

Mary leva les yeux.

— J'ai perdu le bébé la veille. J'ai fait une fausse couche la veille. Avant les noces.

— Je sais.

Mary était sidérée.

— Quand nous sommes allés à l'hôpital pour te voir, Jack et moi, j'ai croisé le médecin et il m'a tout dit, de but en blanc, raconta Eden.

— Il vous a tout dit?

— Il a cru que j'étais ta mère. Il m'a demandé si tu avais eu des crampes, la veille, et il a ajouté que tu avais probablement perdu… euh… que tu avais vraisemblablement perdu le bébé la veille, peut-être sans t'en rendre compte.

— C'est vrai.

— Même à ce moment-là, je savais que tu savais.

— Vous en avez parlé à Gooch?

— Évidemment.

Ébranlée par la confession d'Eden, Mary cacha son visage dans le ciel.

— Il a dit que ça ne changeait rien.

— Ah bon?

— Il a dit qu'il t'aimait. Il a dit que personne ne te connaissait aussi bien que lui.

Le secret de Mary n'en était donc pas un. *Gooch était au courant depuis le début.*

— Quand tu as perdu le deuxième bébé, je me suis dit que c'était une bénédiction, Mary. C'est la vérité. Je n'ai jamais cru que vous resteriez ensemble, tous les deux. Dans mon esprit, un enfant aurait seulement compliqué les choses. J'ai peut-être eu tort.

Mary hocha la tête avant de se détourner.

— Une des dames de l'église m'a invitée à une retraite à Santa Barbara.

— C'est bien.

— Je pars dans quelques jours. Je vais passer deux ou trois semaines là-bas. J'espère que tu vas rester, Mary, parce que l'idée de retrouver la maison vide… Et puis, tu voudras être là, au cas où Jimmy téléphonerait. Tu… Tu n'as pas changé d'avis à ce propos, non ? Tu ne songes pas à rentrer au Canada ?

Mary fit signe que non. Elle avait oublié le visage de Leaford.

Eden désigna la piscine qui étincelait sous les étoiles.

— Tu as fait venir un service pour la piscine.

— Ne vous en faites pas pour les coûts.

— J'ai vu quelqu'un ici ce matin. Si j'avais un maillot, je me baignerais maintenant.

— C'est froid.

— J'aime l'eau froide. C'est vivifiant.

— Allons-y, dit Mary, subitement.

— Je viens de te dire que je n'ai pas de maillot.

— Moi non plus.

Mary montra les arbres et la haute clôture en cèdre.

— Personne ne peut nous voir.

— Tu veux que je me baigne toute nue ? Je n'ai pas fait ça depuis quarante ans.

Eden promena les yeux autour d'elle.

À distance respectueuse l'une de l'autre, les femmes se déshabillèrent, puis, en évitant soigneusement de se regarder, elles escortèrent leurs corps fragiles jusqu'au bord de la piscine. Au contact de l'eau avec ses orteils crochus, Eden haleta, puis elle descendit lentement en poussant de petits cris. Mary laissa son corps nu glisser le long de l'échelle et tomba dans l'eau profonde en faisant des éclaboussures. Lorsqu'elle remonta pour reprendre son souffle, elle poussa un cri strident, et elles rirent toutes les deux comme des petites filles.

— C'est glacé ! fit Mary.

— Oui, mais ça fait du bien, répondit Eden.

— C'est vrai.

En état d'apesanteur, leurs corps fluides n'étaient plus des formes faites de chair et de sang. Ils s'étaient transformés en charges et en impulsions électriques qui libéraient des éclairs de peur et de chagrin. Elles nagèrent en silence, reconnaissantes de la présence de l'autre, de la magie des étoiles, de la froide étreinte de l'eau, de chaque souffle qui leur rappelait : *Ah ! La vie, quelle histoire.*

Mary, qui nageait le matin et marchait en soirée, prit note de la métamorphose que subissait son corps, salua avec satisfaction les muscles qui se pointaient timidement sous les coussins dégonflés des tissus adipeux. Le poids qu'elle perdait, elle s'en rendait compte, traduisait simplement ses autres pertes, comme ses autres gains. Son appétit, comme Gooch, l'avait abandonnée.

Ce dernier continuait de retirer de l'argent du compte. Quatre cents dollars. Encore quatre cents dollars. Debout devant le guichet automatique, par une chaude journée ensoleillée, Mary s'était soudain demandé s'il était possible que les retraits soient stratégiques. Était-il de retour à Leaford, où il retirait de l'argent pour l'inciter à rentrer, elle, comme si c'était elle qui se cachait ? Peu vraisemblable. De la même façon qu'il était peu vraisemblable qu'il ait quitté l'État sans avoir à tout le moins passé un coup de fil à Eden.

Mary lisait des romans jusqu'à ce que sa vision s'embrouille et, au gré des jours, avalait de force de minuscules bouchées de pomme et de pain grillé. Cherchant à mieux aider Ronni Reeves, elle prit l'habitude de passer à l'épicerie pour garnir le Sub-Zero de fruits et de légumes frais. Elle sevra les garçons de leur régime d'aliments rapides et transformés, notamment en ajoutant aux périodes de bricolage des cours de cuisine à l'occasion desquels ils pouvaient concocter des trempettes pour les bâtonnets de carotte et de céleri et confectionner des muffins avec des bananes en purée et de la compote de pommes.

Mes garçons, avait-elle pris l'habitude d'appeler les triplés, qui se jetaient dans ses bras à son arrivée et s'accrochaient à ses jambes à son départ. Depuis le soir où il était venu dans l'intention d'enlever ses fils et de leur offrir une crème glacée, leur père n'était pas revenu, mais il avait informé Ronni de son intention de s'établir en Floride avec sa nouvelle petite amie. Ronni avait sangloté sur l'épaule de Mary : elle qui rêvait d'une réconciliation dut admettre qu'il n'y avait plus d'espoir. Mary avait flatté le dos de son amie et s'était retenue de dire que c'était mieux ainsi.

Tout de suite après l'Action de grâce, des lumières de Noël avaient fait leur apparition dans tout le voisinage, et les Willow Highlands brillèrent bientôt avec autant d'éclat que les rues de Las Vegas que Mary avait vues à la télévision. De minuscules ampoules clignotantes grimpaient sur les troncs épais des palmiers. Des lumières multicolores en forme de cônes enveloppaient des conifères d'une taille vertigineuse. Des lumières en forme de glaçons pendaient aux clôtures et aux gouttières où on ne voyait pas de feuilles mortes. D'une taille démesurée, des rennes et des pères Noël gonflables oblitéraient des fenêtres en baie. Des anges scintillants montaient la garde sur les toits. D'énormes bonshommes de neige synthétiques jalonnaient des pelouses vertes fraîchement tondues. On était encore à quelques semaines de Noël.

— Il finira bien par revenir, affirma Eden en bouclant sa valise le matin de son départ pour Santa Barbara. Il va sûrement rentrer pour Noël. Tu sais comme moi combien Jimmy aime Noël.

Mary avait hoché la tête et dit au revoir du haut des marches en songeant : *Vous savez, Eden, il y a de bonnes chances qu'il ne revienne jamais.* Elle se rendit aussi compte que sa belle-mère ne savait presque rien de son unique fils. Gooch détestait Noël.

Sur ce plan, ils étaient parfaitement compatibles, elle et lui. Aux yeux de Gooch, Noël était d'abord et avant tout une entreprise commerciale ; Mary, pour sa part, était perturbée par les aliments alléchants et la gaieté feinte. Au fil des ans, ils avaient passé l'après-midi de Noël chez Pete et Wendy ou chez Kim et François, avaient vu leurs enfants mal élevés descendre des sodas et dévorer des gâteaux, aussi odieux que des ivrognes. À l'heure du repas, Gooch et Mary allaient à St. John tenir compagnie à Orin et à Irma, partager la dinde tragique et les pommes de terre gluantes préparées d'avance par la cuisinière. De retour à la maison, seuls, ils déballaient les cadeaux qu'ils avaient choisis pour eux-mêmes en chargeant l'autre de les acheter. Pour Gooch, c'étaient invariablement des best-sellers à couverture rigide provenant de la librairie de Ridgetown. Pour Mary, du parfum et de la lotion pour les mains parce qu'elle n'avait pas d'autres idées.

Mary se réveilla dans la petite maison d'Eden, seule pour une deuxième semaine, en proie à la douleur désormais familière entre ses yeux. Elle pensa aux analgésiques qu'elle conservait dans son sac bleu, mais elle ne se leva pas pour aller les chercher. Elle tressaillit en percevant un mouvement dans le jardin et se rappela que c'était le jour de l'entretien de la piscine. Elle attendit, observa la silhouette de l'homme en train de ramasser les feuilles dans l'eau. Jesús García.

Luttant contre son envie de se précipiter dans la cour, elle prit sa blouse et son jean neufs à côté du lit et se glissa dans le couloir pour pouvoir s'habiller. Lorsqu'il sonna, elle avait eu le temps de se peigner et de se brosser les dents.

— Hé-Zou, dit-elle en ouvrant la porte.

Il sembla surpris de la voir.

— Bonjour, Mary, fit-il en lui tendant la facture.

— Entrez, je vais chercher mon sac.

Jesús García obéit et, pendant que Mary se rendait au salon, attendit.

— Vous voulez boire de l'eau?

— Non, merci, répondit-il.

— Vous avez faim? Le congélateur est plein de restes des funérailles.

— Les funérailles?

— Mon beau-père est décédé. Il était malade depuis longtemps.

— Désolé.

— Je croyais que vous aviez démissionné, déclara-t-elle en riant pour cacher son embarras.

Comment, en effet, expliquer qu'elle ait remarqué son absence?

— On a changé mon itinéraire. Puis on l'a changé de nouveau.

— Vous voulez que je vous fasse décongeler un muffin? Du gâteau?

À cette évocation, l'estomac de Mary se révulsa. Depuis l'incident du stationnement, où elle avait vomi le fast-food, elle avait à peine pris une bouchée de nourriture solide.

— Non, merci, Mary, dit-il gentiment en se préparant à sortir.

— Ne regrettez pas de m'avoir tout raconté, je vous en supplie, lança-t-elle. Ce qui est arrivé à votre famille, je veux dire.

Il s'éclaircit la gorge.

— Je n'en parle jamais.

— Je sais. Mais ne regrettez pas de m'avoir mise dans la confidence.

Il hocha sèchement la tête.

— Quand vous avez cessé de venir nettoyer la piscine, j'ai cru que…

— Je pensais que vous seriez rentrée au Canada, à présent.

— Je n'ai toujours pas eu de nouvelles de mon mari.

Il détourna le regard.

— Vous aviez raison à propos de l'océan, Hé-Zou.

— Vous y êtes allée?

— C'est le meilleur endroit d'où observer les étoiles.

— Je n'y ai pas mis les pieds depuis des années.

— Je vous ai vu voler des chaussures, laissa-t-elle échapper subitement.

Il la regarda sans comprendre.

— Au centre commercial. Des sandales jaunes.

Il se tortilla dans ses bottes de travail.

— Ernesto était le jardinier du propriétaire.

— Ah bon?

— Il lui a volé un mois de salaire.

— Ah bon?

— Encore une paire, et nous sommes quittes.

Mary réfléchit à la manière dont les gens se volaient les uns les autres. Rationnellement. Impunément.

— Comment se porte Ernesto?

— Bien. Mais il n'est toujours pas de retour au travail. Et vous, Mary? Il y a un emploi qui vous attend chez vous?

Elle secoua la tête.

— J'ai l'argent que Gooch m'a laissé. À m'entendre, on dirait qu'il est mort.

Ils furent interrompus par l'apparition de l'antique Chevy bleue dans l'entrée. Un homme décharné en sortit, un plat recouvert de papier d'aluminium à la main. Encore de la nourriture. La dernière chose dont Mary avait besoin.

— Bonjour, Berton, dit-elle en acceptant le plat.

Le vieil homme mesura Jesús García du regard, prit note de l'uniforme du service d'entretien des piscines et décida qu'il ne représentait pas une menace.

Jesús sourit à Mary.

— On se revoit la semaine prochaine.

Elle le vit se diriger vers sa fourgonnette à grandes enjambées. C'est à peine si elle entendit Berton dire :

— Je sais qu'Eden est à Santa Barbara. Mais viendrez-vous nous retrouver cet après-midi chez Shawn, Mary?

Elle fut assaillie par la douleur entre ses yeux au moment même où elle secouait la tête pour refuser. Elle avait déjà accepté de garder des enfants, expliqua-t-elle. Une fois la fourgonnette et la Chevy parties, elle retira ses vêtements et alla nager nue dans la piscine toute propre.

Plus tard ce jour-là, après avoir fait la lecture aux garçons, joué au jeu du mouchoir, nettoyé les petits dégâts et reçu les baisers les plus tendres de la part de Jeremy, en général le plus réservé des triplés, Mary refusa la proposition de Ronni, qui l'avait invitée à prendre le thé glacé sur la terrasse. Elle avait mal entre les yeux. Elle avait prévu aller passer un moment au bord de l'océan, mais elle rentra plutôt chez Eden, étourdie par le manque de nourriture.

Lorsqu'elle ouvrit la porte, le téléphone sonnait. Elle souleva le combiné, n'entendit que de la friture.

— Allô?

Pas de réponse. Encore un appel perdu. Elle ne se demandait plus si c'était Gooch à l'autre bout du fil.

Elle se rendit dans la cuisine, mais fut incapable d'ouvrir la porte du réfrigérateur qui, elle le savait, ne contiendrait rien d'appétissant. En fait, la plupart des aliments qui s'y trouvaient lui donneraient la nausée. Elle s'assit à la table. *Je mangerai demain matin*, promit-elle aux armoires. Mais elle prit conscience qu'elle dupait une fois de plus son vieil ami Demain. Demain, à qui elle avait promis l'équilibre. Demain, où elle s'efforcerait de trouver la grâce. Si elle n'avait pas été si fatiguée, elle serait restée debout jusqu'à l'aube et elle aurait prié pour qu'on lui accorde une dernière chance.

UNE CERTAINE FORME DE LIBERTÉ

Le lendemain matin, Mary fit du ménage avant de se rendre chez Ronni pour s'occuper des garçons. À la porte, elle se pencha pour les embrasser et rit de bon cœur lorsque Ronni lui reprocha de n'avoir toujours rien fait à propos de « ces affreuses repousses grises ». Elle proposa une visite au salon de coiffure pour faire retoucher la couleur, mais Mary déclina l'offre. Le roux avait prix une vilaine teinte de rouille à cause des produits chimiques de la piscine, mais elle n'entendait pas renoncer à nager uniquement pour le bénéfice de ses cheveux. Devant l'insistance de Ronni, elle accepta toutefois de se prêter à une séance de maquillage.

Dans l'immense salle de bains de la chambre des maîtres, les garçons, bouche bée et silencieux, assistèrent à sa transformation. Lorsque leur mère eut finit de rougir les joues de Mary, de noircir ses cils, de foncer ses paupières et de peindre ses lèvres, Jeremy déclara Mary très belle. Joshua dit qu'elle avait l'air d'un clown. Jacob déclara simplement :

— J'aime pas toutes ces couleurs sur ta face.

Mary non plus.

Pendant que Ronni fouillait dans un tiroir, Mary aperçut une paire de ciseaux.

— Coupe mes cheveux, Ronni, dit-elle spontanément.

— Non !

— Oui. S'il te plaît. Coupe-les. Jusqu'aux repousses argentées.

— Oui ! s'écria Joshua. L'argent, c'est joli.

— Oh, Mare, protesta Ronni. Tu vas avoir l'air... Je ne sais pas...

— Oui ?

— D'une gouine.

— Ça ne me fait rien. Je n'y vois pas d'inconvénient.

Elle songeait à Mme Bolt.

— J'en ai assez des repousses. J'en ai assez du roux.

Elle ferma les yeux.

— Coupe-les. S'il te plaît.

Les garçons applaudirent et, dans la glace, virent leur mère, malgré ses réticences, approcher les lames de la nuque de Mary.

— Jusqu'au bout, lui rappela Mary en évitant de regarder.

Ronni inspira, referma les ciseaux et coupa une mèche de cheveux endommagés par la piscine. Trop tard pour demander à Mary si elle avait changé d'idée.

Les triplés recueillaient les mèches au fur et à mesure qu'elles tombaient, et Mary leur proposa de les mettre avec leur matériel de bricolage. Ses cheveux ne lui avaient jamais semblé beaux. Leur longueur n'avait jamais été qu'une autre forme d'inertie, et leur élimination lui fit l'effet d'une certaine forme de liberté. Sentant l'air souffler sur son crâne et le poids des dernières mèches disparaître, elle rouvrit enfin les yeux.

— Fini, souffla Ronni.

Dans le miroir, Mary vit une femme de forte taille : un petit casque de cheveux épais, doux et argentés encadrait un crâne bien conformé et un joli visage aux yeux verts expressifs, des lèvres roses et charnues, le menton creusée d'une profonde fossette.

— Voilà, dit-elle.

C'est moi, songea-t-elle.

Même Ronni dut convenir que le look austère lui allait bien.

— Ça fait glamour.

— Vraiment, admit Mary.

Pour parfaire le tout, Ronni dénicha de grosses boucles d'oreilles en argent et un petit collier dans sa réserve de bijoux Lydia Lee. Comme ils ignoraient le sens des mots « glamour » et « gouine », les garçons déclarèrent d'une seule voix que Mary avait l'air d'un homme portant des bijoux, et les deux femmes éclatèrent de rire. *La vérité sort de la bouche des enfants.* Lorsque Mary annonça son intention de les inviter au restaurant pour les remercier de sa coupe de cheveux, Ronni secoua la tête.

— Tu en as déjà assez fait. Je vais cuisiner pour toi.

En voyant Mary manger sa salade et son poulet grillé du bout des dents, Ronni demanda :

— Ça ne te plaît pas ?

— C'est très bon, répondit Mary. Tu as oublié ce que je t'ai dit ? J'ai complètement perdu l'appétit.

— Je pensais que c'était seulement parce que tu n'aimais pas manger toute seule. Regarde-moi. J'ai pris quatre kilos depuis que Tom m'a quittée, confessa Ronni. L'effet conjugué des chips, de la crème glacée et de très mauvaises sitcoms.

Mary opina du bonnet en se souvenant de ses vieux démons.

— Gooch a encore retiré quatre cents dollars.

Ronni secoua la tête.

— Il reste combien ?

— Quinze mille et des poussières.

— Tu pourrais le poursuivre en justice.

— Je ne ferais jamais une chose pareille à Gooch.

— Tu as vérifié auprès de ses amis, à la maison?

— Ils ont promis de téléphoner.

— Tu les crois?

Mary haussa les épaules.

— Tu penses quand même qu'il va revenir? continua Ronni.

— Je ne sais plus quoi penser.

— Je parie qu'il est à Las Vegas. Je parie qu'il est à Las Vegas depuis le début.

— J'en ai assez de chercher à deviner.

— Sors tout! s'exclama soudain Ronni. Prends tout l'argent et ne lui laisse rien.

— Et s'il en a besoin?

— Qu'il aille se faire foutre, articula Ronni en silence pour ne pas que les enfants l'entendent.

— Jamais je ne pourrais le laisser dans le pétrin comme ça.

— Comme il l'a fait avec toi? ajouta Ronni d'un ton plein de sous-entendus.

Plus tard, après que les deux femmes eurent fait à tour de rôle la lecture aux garçons ensommeillés, Mary les embrassa en leur souhaitant bonne nuit et accepta de boire un verre de vin sur la terrasse avec Ronni. À son plus gros, Mary s'enivrait facilement; cette fois-là, elle sentit la chaleur de l'alcool monter en elle au bout de quelques gorgées seulement. Elle poussa un profond soupir en observant le ciel étoilé et, sur un ton méditatif, déclara :

— Dire qu'il y a deux mois, je travaillais dans une pharmacie à Leaford, en Ontario, et que je pensais à m'acheter des bottes d'hiver.

— On planifiait des vacances à Aruba, Tom et moi. Il n'avait absolument pas l'intention de partir avec moi, remarque !

Mary songea à la croisière dont elle avait privé Gooch.

— Tu es… si belle, Ronni. Tu vas rencontrer quelqu'un.

Ronni rit et se resservit de vin.

— J'ai trois garçons de trois ans, Mary. Par ici, c'est ce qu'on appelle avoir un lourd passif. Et quand je pense à toutes les simagrées qu'il faut faire, j'aime autant donner rendez-vous à mon vibrateur.

Libérée par l'alcool, Mary gloussa.

— Gooch ?… commença-t-elle.

— Ouais ?

— … a un gros pénis.

Ronni rejeta la tête en arrière.

— Mary Gooch !

— Un très gros pénis, même.

— Tu m'as dit que c'était le seul homme avec qui tu avais couché ! Comment peux-tu comparer ?

— J'ai regardé autour de moi, répondit Mary, sûre de son fait. En plus, nous avons la télévision par câble depuis un moment.

— Espèce de petite polissonne !

On n'avait encore jamais traité Mary de « petite » ni de « polissonne ». Elle prit une bonne gorgée de vin.

— Je n'ai pas fait l'amour depuis six ans.

Ronni cessa de rigoler.

— Pourquoi ?

Mary s'assombrit.

— Mon corps… Je…

— Je ne peux pas m'imaginer m'en passer pour toujours, dit Ronni. C'est vrai. Pas pour le côté relationnel, mais pour le sport.

— Je n'ai jamais considéré les rapports sexuels comme un sport.

— Tu te vois coucher avec quelqu'un d'autre ?

— Non, répliqua Mary. Il n'y a que Gooch. Il n'y a jamais eu que Gooch.

DU SUR-PLACE

Le solde du compte en banque de Mary, qu'elle consultait chaque jour, était tout ce qui la reliait encore à Gooch. À seule fin de maintenir le contact, elle continua de retirer de l'argent par tranches de cent dollars. Un après-midi que Ronni avait emmené les garçons voir leur père, de passage en ville pour un rendez-vous d'affaires, Mary se rendit au gros centre commercial à Hundred Oaks, où elle acheta des jouets à mettre sous l'arbre des triplés. Ronni et elle avaient convenu de ne pas échanger de cadeaux. Leur amitié leur suffisait.

Au magasin de jouets, elle choisit des jeux d'âge préscolaire, des trousses d'artiste en herbe et des petits livres. Elle évita un étalage de semi-automatiques qui lançaient des fléchettes en mousse, tout en se disant que les triplés les auraient adorés. Les garçons et leurs armes à feu... Quand leurs enfants étaient petits, Pete et Wendy observaient une stricte politique anti-armes, mais, dans les petites mains sales des garçons, les balais devenaient des carabines et les tue-mouches des épées. Quand le premier avait pris l'habitude de mordre dans ses sandwichs de façon à les tailler en forme de pistolet, ils avaient capitulé. Le lien des Américains avec les armes à feu était bien connu, savait Mary, mais le droit historique de porter des armes était à ses yeux une notion tout à fait étrangère, et elle n'en comprenait pas le sens. Ronni avait avoué garder une arme dans une boîte à chaussures au fond de son placard, mais, à cause de ses lectures, Mary savait que son amie était plus susceptible de s'en servir pour abattre son mari infidèle que pour se défendre d'un intrus.

En arpentant les couloirs du centre commercial, ses sacs à la main, elle fut attirée par la vitrine d'une boutique dans laquelle se dressaient des mannequins de forte taille, aux courbes généreuses. Elle avait besoin de nouveaux vêtements. En effet, le jean à la taille élastique que lui avait offert Ronni était désormais trop grand. Étant donné la faiblesse des ventes au détail, les vendeuses furent ravies de voir Mary faire son entrée.

Dans la spacieuse cabine d'essayage au triple miroir amincissant, elle s'en voulut, se demanda ce qui l'avait poussée à entrer dans la boutique et pourquoi elle n'avait pas protesté quand la femme lui avait fait voir une collection de robes pour les fêtes. Elle enfila quelques ensembles pratiques de hauts et de pantalons, puis, à son corps défendant, la robe noire en jersey extensible que l'autre avait insisté pour lui faire essayer. Elle regarda son reflet dans la glace, sans ciller. Les cheveux argentés coupés court. Les bijoux Lydia Lee. Ses amples proportions adorées par le tissu moulant nuit noir.

— Vous pourriez être mannequin ! s'écria une vendeuse.

— On dirait que cette robe a été taillée sur mesure pour vous ! s'enthousiasma une autre.

Mary protesta :

— En fait, j'étais entrée pour acheter des soutiens-gorges et des petites culottes.

Une autre fille s'élança et revint les bras chargés d'un ahurissant choix de sous-vêtements en dentelle. Mary essaya la lingerie, incrédule devant son propre reflet, jusqu'au moment où elle dut se rendre à l'évidence : elle était sexy et se sentait sexy.

Écarlate, elle laissa tomber les vêtements et la lingerie sur le comptoir.

— Je prends tout, annonça-t-elle.

Lestée de ses sacs, elle traversa le centre commercial en s'efforçant de combattre son sentiment de culpabilité, de concilier le plaisir que lui procuraient les jolis vêtements et la conviction qu'elle avait de ne pas les mériter. Son troisième œil lui faisait mal. Elle s'arrêta, posa ses sacs près d'une haute fontaine et s'assit, étourdie. *Il faut que tu manges quelque chose,* se dit-elle, mais l'idée de mâcher lui donnait la nausée, et elle n'aurait rien pu avaler à cause de la boule dans sa gorge.

Elle trouva un mélangeur dans une des armoires d'Eden et tenta de réduire en purée des fruits et du yogourt, mais elle eut du mal à garder l'épais liquide. Depuis quelque temps, elle n'arrivait à avaler que quelques gorgées de jus d'orange plusieurs fois par jour, et même Ronni avait remarqué que son énergie commençait à fléchir.

À bord de la grosse Dodge Ram, Mary, qui rentrait par le chemin qu'elle avait emprunté avec Jesús, laissa ses yeux dériver vers les étoiles. Elle s'interrogea sur l'essence de la force et du magnétisme de Jesús García. «On se revoit la semaine prochaine», avait-il dit. Elle espéra qu'il aurait de nouveau le temps de s'attarder, de boire un verre d'eau, de lui parler un peu plus du troisième œil. Puis elle se rappela que se languir d'un seul homme aurait dû lui suffire. Seulement, elle n'aurait su dire avec certitude si l'homme en question était Jimmy Gooch ou Jesús García.

Plus tard, en nageant nue dans la piscine, Mary s'arrêta dans la section peu profonde et sentit son cœur s'affoler, sensation désormais familière. Pas maintenant, supplia-t-elle. Pas tout de suite. Pas au moment où elle avait le sentiment d'être si près. De quoi? Elle l'ignorait, mais elle sentit un autre changement dans le vent, un orage imminent. Gooch, peut-être. Elle se promit de tenter de boire une autre boisson fouettée aux fruits. Si Gooch rentrait, elle aurait besoin de toutes ses forces.

C'est la boisson qui fit remonter en elle le souvenir d'une soirée particulière. C'était une dizaine d'années après leur mariage. Mary était clouée au lit depuis une semaine, terrassée par une grippe qu'elle avait attrapée à la pharmacie. En se rendant compte que sa femme n'avait même pas la force de se lever pour aller aux toilettes, Gooch avait pris congé pour s'occuper d'elle. Il veillait sur elle comme une mère, lui apportait de la soupe fumante sur un plateau, lui préparait des boissons aux fruits un peu grumeleuses à l'aide d'un pilon à pommes de terre et d'un fouet.

À la fin de sa convalescence, Mary recouvra l'appétit et entendit de nouveau l'appel du Kenmore. Croyant Gooch sorti, tant la maison était silencieuse et paisible, elle fut surprise de le trouver assis à la table de la cuisine, les yeux vitreux, en train d'écrire dans un carnet. Il leva les yeux, l'air coupable. Pris sur le fait.

— Tu es debout! lança-t-il d'un ton inepte.

— C'est quoi? Qu'est-ce que tu écris?

— Rien.

Il referma le carnet.

— Gooch.

— Rien.

— Qu'est-ce que c'est?

— Rien, je te dis.

— Alors laisse-moi voir.

— C'est personnel, Mare.

— Personnel?

— Ce n'est rien. Juste une histoire.

— Une histoire?

— J'écris une nouvelle, avoua-t-il avec lassitude. C'est bête. Je… Le *Leaford Mirror* organise un concours de nouvelles et je… C'est bête.

Elle fit de son mieux pour dissimuler sa surprise.

— Laisse-moi lire.

Elle s'attendait à ce qu'il refuse. Elle ne l'avait jamais vu aussi vulnérable qu'au moment où il lui tendit le carnet.

— C'est seulement un premier jet. Ça ne vaut rien.

Armée du carnet et d'un pot d'arachides, Mary, en s'installant dans son lit, sentit une peur cuisante se mêler aux derniers vestiges de sa fièvre. Ce qu'elle craignait, ce n'était pas que l'histoire soit mauvaise et qu'elle soit forcée de mentir. Au contraire, elle avait peur qu'elle soit bonne et qu'elle doive avouer à Gooch et s'avouer à elle-même qu'il avait raté sa vocation à cause d'elle. Ou, pis encore, qu'elle soit si bonne qu'il la présenterait au concours et l'emporterait, qu'il se rendrait compte qu'il n'était pas destiné à être celui qu'il était devenu, qu'il la quitterait pour vivre la vie de rêve d'un écrivain célèbre.

La première ligne plongea Mary dans le découragement. C'était l'histoire d'un livreur de meubles qui tombait amoureux d'une jeune veuve, tandis que son épouse se mourait à la maison d'un mal qui ressemblait étrangement à un vague malaise. Le personnage principal avait livré une cuisinière défectueuse à la veuve et, chaque jour, trouvait toutes sortes de prétextes pour venir s'informer du rendement de l'appareil et avaler une incroyable quantité de biscuits brûlés, pendant que son épouse se languissait dans son lit. La prose était vigoureuse et dépouillée, émouvante et drôle. À la fin, l'homme ne consommait pas la relation et retournait auprès de sa femme, mû par l'obligation et le sens du devoir. Mary lut la dernière ligne, brûlante d'indignation, mais elle ne convoqua pas Gooch dans la chambre.

Une heure passa. Mary entendit Gooch allumer le téléviseur dans le salon. Elle attendit, bouillant de colère, certaine que le récit était autobiographique, certaine qu'il était sur le point de tout avouer. Au bout du compte, ce fut la faim qui la tira du lit. En l'entendant s'avancer lourdement dans le couloir, Gooch éteignit le poste. Depuis la porte, il la regarda fouiller dans le réfrigérateur, à la recherche du fromage et du saucisson.

— Et alors? demanda-t-il.

Mary mâchouilla d'un air pensif et soupira.

— Je n'ai pas compris, annonça-t-elle en s'attablant.

— C'est seulement le premier jet, lui rappela-t-il.

— Sa femme est mourante, déclara-t-elle en lançant les mains en l'air.

— Justement.

— Justement! s'écria-t-elle en soufflant comme un bœuf. Comment peut-il faire une chose pareille alors que sa femme se meurt?

— Il ne s'agit pas de toi, Mare, dit-il, crispé.

— Je sais.

Elle hésita.

— Mais tu livres des meubles. Les gens vont croire qu'il s'agit de toi.

— C'est un monde que je connais, point. Ça n'a rien à voir avec toi. Avec nous.

— En tout cas, dit-elle, il n'est pas très sympathique.

Malgré elle, pourtant, Mary avait ressenti de la sympathie pour le mari en manque et la veuve esseulée.

— Il pourrait livrer autre chose, poursuivit-elle.

— Oui, je suppose.

— Il pourrait être célibataire.

— Mais c'est de là que vient le déchirement intérieur.

— O.K.

— Et l'écriture ? demanda-t-il.

Elle secoua la tête.

— Certains mots sont un peu…

Elle roula les yeux. Il prit le carnet des mains graisseuses de sa femme.

— Bon. Ça n'a pas d'importance.

— Gooch, protesta-t-elle. Tout ce que je dis, c'est que tu utilises des mots que les gens vont devoir chercher dans le dictionnaire, et ils risquent de se sentir idiots.

Il hocha la tête et regagna le salon, où il s'assit au calme. Elle termina sa collation et enfila le couloir dans le sens inverse. Lorsque Gooch entra dans le lit, elle fit semblant de dormir en se demandant comment l'écrivain même le plus doué aurait pu, sans une connaissance intime et directe du sujet, rendre un tel désir avec autant de justesse.

Mary se dit que Gooch n'avait pas présenté la nouvelle au concours. S'il l'avait fait, croyait-elle, il aurait sûrement gagné.

Elle sortit de la piscine, nue, se reposa un moment sous l'épais voile de la nuit. On sonna à la porte. Elle mit une vieille robe de chambre de Jack, trouvée dans son placard, et traversa la maison pour aller répondre. Pour la première fois, elle ne rêva pas de trouver son mari volage sur le seuil. Même si son troisième œil avait pu conjurer son image, elle se serait méfiée de sa vision de l'avenir. Elle était trop lasse pour espérer.

À la porte, il y avait des garçons et des filles qui chantaient des cantiques de Noël — dix enfants affublés de costumes dickensiens, dirigés par une femme appartenant à un groupe religieux : ils recueillaient des fonds, expliqua-t-elle, pour une école en difficulté de l'est de Los Angeles. Mary se tint à la porte, mouillée et frissonnante dans sa robe de chambre. Elle entendait non pas les voix des enfants, mais plutôt un fredonnement collectif dans l'air nocturne. Après, elle sortit de son sac quelques centaines de dollars et les tendit à la femme, éberluée et reconnaissante.

Le canapé Ethan Allen l'invitait à se reposer un peu en lui tendant les bras, mais le réfrigérateur carillonna, lui rappela qu'elle devait se sustenter. Elle se traîna de force jusqu'à la cuisine, ouvrit la porte et sortit une pomme fraîche et froide. Assise devant le comptoir, elle porta la pomme à sa bouche. Une voix la suppliait : *Il faut que tu manges quelque chose.* Pendant un moment, elle fut transportée dans le corps de l'anorexique agonisante qu'elle avait vue dans un documentaire, des années plus tôt, et reposa le fruit sur la table.

Se débarrassant de sa robe de chambre, Mary regagna la cour et l'eau froide de la piscine, s'avança vers la portion la plus profonde avant de se rendre compte qu'elle n'avait plus la force de faire des longueurs. Les bras en croix, battant des jambes, immatérielle mais lourde, elle lutta contre la métaphore. Son attente de Gooch n'avait-elle été que du surplace ?

Plus tard, elle fut tirée du sommeil par la sonnerie du téléphone et tendit la main pour prendre le combiné sur la table de chevet.

— Joyce ? fit-elle, groggy.

— Mary ? Mary ? Ça va ?

— C'est à propos de ma mère ?

— Mary ? C'est Ronni. Qu'est-ce qui t'arrive ? Je me faisais du souci à ton sujet. J'étais sur le point de faire monter les garçons dans la voiture pour venir te voir.

Mary s'assit, surprise de trouver la chambre inondée de soleil. Elle consulta le réveille-matin. Il passait midi.

— Je dormais. J'ai fait la grasse matinée. Désolée. Je vais être là dans quelques minutes.

— Non, Mary, c'est bon. J'emmène les garçons au centre commercial. Nous avons des courses à faire. J'ai décidé de retourner dans l'Est pour Noël. Nous partons la semaine prochaine.

Mary fut incapable de répondre. Partir?

— Tu es là? demanda Ronni.

— Je suis là.

— Les garçons et moi voulons fêter Noël avec toi d'avance. D'accord?

— D'accord.

— Mary?

— Je suis là.

— Ta belle-mère va être rentrée, hein? Tu ne vas pas être toute seule?

— Elle sera là, mentit Mary.

Eden avait téléphoné la veille pour lui dire qu'elle avait décidé de passer les fêtes à Santa Barbara, où elle tenait compagnie à un vieil ami de Jack. Au ton de sa belle-mère, Mary avait senti qu'il y avait de l'idylle dans l'air. Comme Eden avait commencé à fréquenter Jack quelques semaines à peine après l'accident mortel de James, Mary ne manifesta aucune surprise. Mais elle se demanda d'où venaient la force et la résilience de cette femme.

Elle s'arracha du lit avec difficulté, puis elle enfila un de ses ensembles neufs avant d'aller chercher le journal au bout de l'allée. Elle s'installa pour lire, mais n'arriva pas à se concentrer. Elle alla à la cuisine et contempla le réfrigérateur d'un air contrit. Elle décida de prendre la camionnette pour aller à la banque.

Devant l'immeuble, elle vérifia le solde du compte. Gooch avait de nouveau retiré de l'argent. Avec maladresse, elle réinséra sa carte dans le guichet automatique et sortit le montant maximal. *Je vais tout prendre, Gooch,* s'entendit-elle penser. Cet argent m'appartient. Elle songea à la rage de Ronni, qui s'apaisait de jour en jour, tandis que la sienne montait. *Tu m'as plantée là sans un mot. Espèce de lâche. Et tu prends l'argent qui me revient de droit. Salaud.*

Elle glissait les billets de vingt dollars dans son portefeuille lorsqu'elle faillit entrer en collision avec un homme qui sortait de la banque.

— Emery Carr, dit-elle.

En raison de ses cheveux argentés coupés ras et du poids qu'elle avait perdu, il ne la reconnut pas.

— Mary Gooch. Vous m'avez conduite à l'hôtel le jour où j'ai perdu mon sac.

— Ça alors ! s'exclama Emery Carr en se remémorant l'incident et en la reconnaissant enfin. Vous avez changé.

— Oui.

— J'étais sûr que vous étiez rentrée au Canada. Lucy m'a dit que tout s'était arrangé. Ce sont de longues vacances.

— Ce ne sont pas vraiment des vacances, dit-elle en marchant à côté de lui.

— Vous êtes complètement transformée. Avez-vous participé à une de ces émissions où les participants se métamorphosent ? J'adore *Prêt à changer*.

Mary rit.

— Oui, en quelque sorte.

— Eh bien, le résultat me plaît énormément.

Elle rougit, se rendit compte qu'ils avaient marché en direction du restaurant et qu'il tenait la porte pour elle.

— Je dîne en retard. Vous m'accompagnez ?

À l'intérieur, Mary, luttant contre la nausée, commanda du café, des œufs brouillés et du pain grillé. En la voyant chipoter, Emery Carr l'interrogea du regard.

— Vous voulez retourner votre assiette ?

— Je suis incapable de manger, confessa-t-elle.

— Il faut manger quelque chose, insista-t-il. Vous suivez un régime, je le vois bien, mais…

— Je ne suis pas au régime. C'est juste que… Je n'y arrive pas. Je ne peux rien avaler.

Emery lui tapota la main.

— Vous avez perdu beaucoup de poids. Par rapport à la première fois que je vous ai vue, je veux dire.

— Je sais.

— C'est très bien. Seulement… Il faut manger quelque chose.

Elle hocha la tête, fit semblant de grignoter son pain. Le café noir lui procura une fausse énergie, mais c'était la proximité de l'homme qui la ranimait. Ils discutèrent du climat politique.

— On dirait qu'il y a deux Amériques, déclara-t-il. Nous pensons différemment. Nous interprétons la Constitution différemment. Nous sommes divisés en deux, et chacun suit la ligne du parti. C'est la même chose au Canada ?

— Je ne sais pas. Je ne crois pas. Selon mon mari, les mots « libéral » et « conservateur » n'ont pas le même sens qu'ici. Nous avons aussi plus de partis. Le NPD et les Verts.

Fière de sa mémoire, elle n'aurait toutefois su expliquer les programmes des partis en question. Elle se demanda si elle devrait acheter un ordinateur pour pouvoir approfondir ces sujets.

— Vous, Canadiens, êtes plus progressistes.

— Parce que nous avons un régime national d'assurance-maladie?

— Le socialisme fait peur.

— Parce que nous contrôlons les armes à feu?

— Ne me lancez pas sur ce sujet.

— Le mariage homosexuel?

— Le mariage homosexuel… De toute façon, je ne crois pas au mariage, gay ou hétéro. C'est contre nature. Mais l'interdire? C'est de la discrimination pure et simple.

— Mon mari dit que les gens s'opposent au mariage homosexuel parce qu'ils ont peur que vous commenciez à recruter.

— À propos de votre mari, fit-il. A-t-il vu votre nouveau look?

Mary leva les yeux de sa tasse de café, prit une profonde inspiration et, en exhalant, raconta au séduisant caissier l'histoire de sa vie d'épouse.

Dehors, il surprit Mary en la serrant gentiment contre lui.

— J'ai senti que vous en aviez besoin.

— Effectivement.

— Vous n'allez pas mourir, vous savez. Vous allez vous relever, puis vous allez essuyer la poussière de vos vêtements. Vous êtes une femme. Écoutez-vous rugir.

Elle rit et hocha la tête.

Plus tard ce soir-là, Mary, assise au bord du lit de Jack, fixa son reflet dans le miroir de la commode. *Vous n'allez pas mourir,* avait dit Emery Carr.

Dans les pages publicitaires des journaux, Mary avait été agressée par des invitations à des dizaines de réveillons de la Saint-Sylvestre. Mary détestait la Saint-Sylvestre avec autant de passion que Noël. Elle avait passé de trop nombreuses nuits d'insomnie à faire des promesses à Demain, et les promesses faites au Nouvel An, les *résolutions,* semblaient avoir un caractère encore plus contraignant. *L'année prochaine sera différente. L'année prochaine sera celle où j'apprendrai à me maîtriser. Je parlerai à Gooch. J'écouterai Gooch. J'accompagnerai Gooch quand il me le demandera.* Bien avant de commencer à lire les journaux, elle était au courant des données relatives à la dépression du temps des fêtes. La spirale lui était familière.

Si, au cours des dernières semaines, elle n'avait jamais envisagé que Gooch puisse ne pas être de retour pour Noël, elle était à présent convaincue qu'il ne reviendrait pas avant le Nouvel An et peut-être pas avant son anniversaire à elle, en mars. Elle s'était extirpée de son ancienne vie, mais Gooch aussi, et il avait moins de raisons qu'elle de revenir. Elle avait même cessé de voir le solde du compte en banque comme un baromètre. Rentrerait ? Rentrerait pas ? Gooch était débrouillard. Peu importaient l'argent dont il disposait et l'endroit où il se trouvait, il survivrait.

En nageant, ce matin-là, elle pensa à Eden et à Jesús García qui, seuls, dépossédés des leurs, avaient poursuivi. En sortant de l'eau, elle sentit sa poitrine se serrer à la pensée de la petite maison de Leaford avec la porte au carreau cassé et les taches de sang sur les murs. Elle songea à Irma avec sa bouche béante et ses yeux enfoncés, distants. À la large rivière Thames où, enfant, elle avait patiné. Elle avait oublié le visage de Leaford, mais elle entendit son appel hivernal et austère.

En arrivant chez les Reeves pour célébrer Noël en compagnie des garçons, Mary plaqua de force un sourire sur ses lèvres. Lorsqu'ils se réunirent autour de l'immense sapin artificiel du salon, elle accepta les câlins et les baisers des triplés et sa gorge se noua à la vue des cadeaux qu'ils avaient fabriqués pour elle : leur photo dans des cadres qu'ils avaient eux-mêmes décorés à l'aide de paillettes et d'autocollants en forme de cœur. Elle leur fit chanter des cantiques de Noël et avala péniblement quelques bouchées de pommes de terre grumeleuses, que les garçons avaient eux-mêmes réduites en purée, ainsi que de la salade qu'ils avaient aidé Ronni à faire spécialement pour elle. À la fin du repas, Ronni était aussi crevée qu'elle, et il fallait encore qu'elle boucle leurs valises en prévision de leur voyage dans l'Est.

En embrassant son amie, Ronni lui donna l'assurance que la semaine serait vite passée.

— Toi, au moins, tu as une seule parente sur les bras, dit Ronni. Moi, vingt-quatre, et tous, sans exception, auront leur mot à dire sur ce qui nous est arrivé, à Tom et à moi. Rien que d'y penser, j'en suis malade.

— Ça va faire du bien aux garçons d'être dans leur famille.

— L'idée de te savoir seule avec ta belle-mère ne me plaît pas du tout.

Dans la camionnette, Mary se mit en route vers la maison, mais, spontanément, elle rebroussa chemin et décida d'aller au bord de l'océan pour observer les étoiles. Au carrefour, elle jeta un coup d'œil dans le terrain vague et, à sa grande stupeur, vit Jesús García seul près du poteau d'électricité. Lorsque le feu passa au vert, elle entra dans le terrain vague. En reconnaissant la Dodge Ram, il sourit de toutes ses dents.

— Mary! cria-t-il, surpris et confus.

Il s'approcha du véhicule et s'arrêta à la vue des cheveux argentés coupés ras.

Elle porta la main à son crâne.

— C'est affreux, hein?

— Ça vous va bien.

— Je descends voir l'océan. Laissez-moi d'abord vous ramener chez vous.

— Vous n'avez rien de mieux à faire?

Elle rit.

— Non.

Il monta dans la camionnette.

— Dans ce cas, je vous accompagne.

— Sur la plage ?

Il hésita, indécis.

— Si ça ne vous ennuie pas.

Les joues écarlates, elle sortit du terrain vague poussiéreux et s'engagea sur la longue route accidentée.

— Vous allez peut-être voir une autre étoile filante, ajouta-t-il en lui décochant son sourire étincelant.

Chemin faisant, Mary lançait des regards de côté à son passager.

— Vous avez dit que vous n'aviez pas été au bord de l'océan depuis des années. Pourquoi ?

— Le temps. Les circonstances. J'ai d'autres obligations.

— Mais vous aviez l'habitude d'y aller avec votre famille ?

— Nous avions l'habitude d'y aller, oui. Mais jamais pour nager. J'avais quinze ans quand nous avons quitté le Michigan pour venir ici. Cet été-là, un garçon de quinze ans s'est noyé. Ma mère m'obligeait à m'arrêter quand j'avais de l'eau aux genoux. Elle avait peur que les contre-courants m'emportent.

— Ça me rappelle ma mère. L'hiver, elle avait peur que la glace se casse sous moi.

— Ma mère a fait un rêve, elle a eu une vision de moi noyé dans l'océan.

— C'est terrible. Quelle terrible chose à dire à un enfant.

— Je ne sais pas nager. Encore aujourd'hui, je m'arrête quand l'eau m'arrive aux genoux.

— Mais vous êtes tellement fort.

— Je ne laissais pas mes garçons aller plus loin non plus.

— Votre femme vous trouvait fou?

— Elle croyait aux visions, elle aussi. Aux miracles.

Mary n'eut pas besoin de lui demander s'il croyait à ces phénomènes-là, lui.

— Elle était du genre à faire un vœu à la vue d'une étoile filante, avança Mary.

— Évidemment.

— Je n'ai jamais beaucoup nagé, lui confia-t-elle.

— Vous aviez peur?

— Pas de l'eau.

Ils firent le reste du trajet en silence, apaisés par le mouvement des collines.

Une fois garés au bord de la route, ils décidèrent de s'offrir une courte balade sur la plage. La nuit était tombée, mais Mary se sentait en sécurité auprès de Jesús, puisait dans sa force celle de progresser dans le sable.

— Il fait tellement noir, dit-elle.

— C'est pour ça qu'il n'y a pas de meilleur endroit pour observer les étoiles.

— Comment dit-on « étoiles » en espagnol, Hé-Zou ?

— *Estrellas.*

— *Es-tre-yas,* répéta-t-elle.

Levant les yeux, Mary regarda le ciel et fut soudain toute triste à la pensée de la communauté d'âmes à laquelle elle avait autrefois appartenu, debout sur les carreaux froids, le nez dans le réfrigérateur, une seringue dans le bras, une cigarette au bec. Elle inhala l'air salin, se concentra pour tout enregistrer : l'eau, la brise sur son crâne presque rasé, les *estrellas* éblouissantes devant elle.

Au bord de l'eau, ils ôtèrent leurs chaussures et remontèrent le bas de leurs pantalons. Heureuse du couvert de la nuit, Mary demanda :

— À qui est-ce que je vous fais penser, Hé-Zou ? Ce jour-là, vous avez dit que je vous rappelais quelqu'un.

— Mon institutrice de cinquième année. Mlle Maynard. Mary Maynard.

— Je vous rappelle votre institutrice ?

— L'année de mes dix ans, je me suis cassé la jambe. C'était en novembre. Pendant les récréations et à l'heure du midi, je devais rester avec elle. Elle me donnait de la réglisse en ficelle et du travail supplémentaire. Elle disait que j'étais brillant. Une fois, elle m'a embrassé sur le front. J'aurais voulu que le printemps n'arrive jamais.

— Elle me ressemblait ?

— Elle prononçait mon prénom comme vous : Hé-Zou.

— Elle était grosse ? Comme moi ?

— Oui, répondit-il simplement. Elle sentait les biscuits. De jolis yeux verts. J'avais drôlement le béguin pour elle.

L'océan consignait leur passage dans le sable.

— Allons de ce côté, proposa Jesús.

— Hé-Zou ? fit-elle. Je ne vous vois plus.

Il fit un pas en arrière, la trouva au bord de l'eau.

— Prenez ma main.

Elle tendit la sienne, chercha ses doigts, éprouva un choc délicieux au contact de leurs paumes. Ils marchèrent, laissant dans le sable des empreintes que l'eau bouillonnante emportait aussitôt. Elle ne se rappelait pas la dernière fois que Gooch l'avait prise par la main. Si elle avait su ce qui se tramait, elle ne l'aurait jamais lâchée.

— Vous voyez la crête là-bas? demanda Jesús en désignant une ombre légère dans le lointain. C'est le meilleur endroit d'où observer les baleines. Elles viennent tout près.

— J'aimerais bien voir ça.

— Elles migrent au printemps.

Mary s'arrêta, frappée par une révélation soudaine.

— Je ne serai plus ici au printemps.

— Votre mari sera revenu avant.

Comme lui, Mary se mit à observer le ciel.

— Mon mari ne va pas revenir.

— Vous avez eu de ses nouvelles?

Elle secoua la tête dans le noir.

— Non. Je voulais juste prononcer les mots à voix haute. Pour voir quel effet ça fait.

— Et c'est comment?

— Comme je l'imaginais, en gros.

— Vous avez fini d'attendre?

Elle sombra dans le silence.

Les mains sur ses épaules, Jesús la força à regarder les étoiles.

— L'automne est un bon moment pour observer la constellation d'Andromède.

Elle suivit du regard la main qu'il pointait.

— Persée. Et là, en bas, vous voyez le V? C'est Andromède. Et, en dessous, le carré : Pégase.

Il interrogea le ciel encore un peu.

— Les poissons. Vous les voyez?

— Les poissons... En principe, c'est moi. Artistique et sensible.

— Vous l'êtes?

Dans le noir, elle se tourna vers lui, prit son visage entre ses mains et pressa sa bouche contre la sienne, dans un élan aussi surprenant pour l'embrassé que pour l'embrasseuse. Sentant les lèvres de Jesús froides et rigides, elle s'arrêta.

— Désolée.

— Il ne faut pas.

— Je ne sais pas pourquoi j'ai fait ça.

— C'est oublié, dit-il sèchement. Venez. Marchons.

L'humiliation provoquait en elle une sensation cuisante.

— Je ne m'imaginais pas que... Je n'imagine pas que...

— Je vous en prie, Mary.

— Je sais pourquoi j'ai fait ça, avoua-t-elle. J'ai peur. J'ai peur qu'on ne m'embrasse plus jamais. Mon mari ne va pas revenir.

Mon mari ne va pas revenir. La brise océane balaya les mots et les jeta aux parques pour en faire un destin.

— Venez. Marchons, répéta-t-il.

Il avançait rapidement en l'entraînant par la main. Elle faillit trébucher.

— On peut s'arrêter ? S'il vous plaît ?

Il s'arrêta.

— J'ai été la femme de Gooch pendant vingt-cinq ans.

— C'est long.

— Si je ne suis plus la femme de Gooch, je ne sais pas qui je suis.

— Vous allez devoir improviser, au fur et à mesure.

— Qu'est-ce que je vais faire, Hé-Zou ?

— Vous allez faire ce que vous faites.

— Mais je ne fais rien.

— Alors il faut faire quelque chose, Mary.

— Si seulement c'était si facile…

— Qui a dit que ce serait facile ? demanda-t-il. Dites-vous que le pire est derrière vous.

— Je ne lui ai pas dit adieu. Je crois que c'est ça, le plus dur.

Puis elle se rappela que cet homme avait été, de façon cruelle, privé d'adieux, lui aussi.

— Je suis désolée, Hé-Zou.

Il dégagea sa main et, d'une voix sèche, déclara :

— Ne me plaignez pas. S'il vous plaît. J'ai horreur qu'on ait pitié de moi.

Elle fut saisie par la vitesse de sa transformation.

— Je ne voulais pas…

— Ne comptez pas sur moi pour vous fournir des réponses, Mary. Je ne parle pas de ça. Je n'y pense pas. Je n'ai pas de stratégies de survie. Je m'en remets aux bons vieux clichés, comme tout le monde — un pas à la fois, un jour à la fois. Je ne veux surtout pas que vous vous fassiez de fausses idées.

Elle ouvrit la bouche.

— Ne me dites pas que vous êtes désolée. Ne vous excusez pas. S'il vous plaît. Ne dites rien.

Entre eux, l'énergie n'était plus la même. Le lien s'était rompu. En se traînant les pieds dans le sable, ils rejoignirent la route où ils avaient laissé la camionnette. Ils rentrèrent à Hundred Oaks dans un silence épais, tels des amoureux après une prise de bec. Ils ne savaient ni qui avait porté le premier coup, ni où ils avaient mal, ni comment tout avait commencé.

Devant la maison de Jesús García, Mary attendit. Il avait posé la main sur la poignée.

— Bonne nuit, dirent-ils en même temps.

Il s'engagea dans l'allée, puis revint vers elle au pas de course. Elle fit descendre sa vitre en massant son sternum, à l'endroit où son cœur était cassé en deux.

— Noël, fit-il en grimaçant.

— Oui.

— Dans deux jours.

— C'est vrai? Oui, vous avez raison.

— Votre belle-mère sera de retour?

Mary hocha la tête.

— Oui.

— Vous mentez.

— Elle reste à Santa Barbara.

— Vous allez être seule.

— Ça ne fait rien.

— Vous ne pouvez pas rester seule à Noël.

— Ça ne fait rien.

— Vous allez venir ici.

— Non, c'est impossible, Hé-Zou. Les membres de votre famille seraient mal à l'aise.

— Ils ne remarqueront même pas que vous êtes là.

Il sourit de son sourire étincelant.

—Je vais passer vous prendre avec la camion-nette. En matinée, pendant qu'ils seront à l'église. Inutile de discuter.

Mary hésita puis elle répondit :

— Merci.

La bonté des inconnus. Elle se dit que quelqu'un s'était sans doute montré aimable avec Jesús dans les jours suivant la terrible perte qu'il avait subie et qu'il retournait simplement la faveur cosmique. Elle s'éclaircit la gorge.

—Je sais que vous ne pensez pas que… Je sais que vous n'envisageriez jamais de…

— C'est bon d'être avec quelqu'un de nouveau, dit-il.

— Oui. Oui, c'est vrai.

—Je passe vous prendre à dix heures.

Elle hocha la tête, se crispa lorsque la douleur monta de son cœur à l'espace entre ses yeux.

— Ça va ?

— Oui, mentit-elle.

— Vous êtes sûre ?

Elle fit signe que oui.

Jesús García se retourna deux fois en franchissant la courte distance qui le séparait de la maison et la salua de la main avant d'entrer.

Sur la route des Willow Lowlands, les profondes inspirations que Mary tenta de prendre pour s'apaiser la laissèrent à bout de souffle. La douleur entre ses yeux était insupportable.

Dans la cuisine, elle sortit les analgésiques de son fourre-tout. Son cœur battait au rythme des stridulations du grillon, derrière les portes en verre coulissantes.

— *Écoutez-moi rugir,* pensa-t-elle.

Le lendemain, Mary fut incapable de se concentrer sur les journaux : en esprit, elle dérivait vers Jesús García, se rejouait la scène au bord de l'océan, redoutait de passer Noël chez lui. Elle était certaine qu'il regrettait de l'avoir invitée tout autant qu'elle-même regrettait d'avoir dit oui. Elle gâcherait le Noël de la famille aux chaussures rangées près de la porte ; s'il ne voulait pas de sa pitié, elle ne voulait pas de la sienne non plus. Elle songea à se rendre au service d'entretien des piscines pour lui laisser un mot, mais elle craignit que le geste soit mal interprété par son employeur. Dans la cuisine, où l'absence d'Eden se faisait cruellement sentir, elle fit bouillir de l'eau pour le thé.

Sourde à l'appel du réfrigérateur et aux cris des armoires, elle monta à bord de la grosse camionnette et se rendit à la banque. Emery Carr ne sourcilla pas lorsqu'elle lui demanda de l'aider à retirer trois mille dollars en argent comptant. Son expression disait : *Vas-y, ma fille.* Malgré tout, il ne put s'empêcher de se faire du souci :

— Vous ne devriez pas vous balader avec autant d'argent liquide, Mary.

Sentant le poids de la somme dans son fourre-tout bleu, Mary ne se demanda pas si le tarissement du compte en banque ramènerait Gooch. Le moment venu de prendre sa décision, elle n'avait pas tenu compte de lui, sauf pour s'exonérer de la culpabilité qu'elle avait ressentie. L'argent de la loterie avait été à la fois une libération et un asservissement. Il avait financé une évasion et un cheminement. Sa présence la liait à Gooch, et elle était pressée de s'en débarrasser, comme elle l'avait été de mettre un terme à l'attente de son mari volage. Bien sûr, elle savait qu'elle aurait besoin d'argent plus tard, mais elle était fatiguée, trop fatiguée pour parer à autre chose qu'au plus pressé.

Elle songea à se rendre au centre commercial de Hundred Oaks pour choisir des cadeaux à offrir aux enfants qui vivaient chez Jesús García, mais elle ne connaissait ni leur nombre ni leur âge. À la pharmacie, elle trouva une boîte de cartes disant *Feliz Navidad* et décida de glisser dans chacune un des billets de cent dollars qu'Emery Carr lui avait remis, à l'intention des enfants comme des adultes. Elle espérait que Jesús ne s'en offusquerait pas, mais, le cas échéant, elle décida qu'elle s'en moquait. Devant le comptoir, tremblante à cause de la malnutrition, elle prit une barre de protéines sur l'étalage et la remit aussitôt à sa place : elle avait eu la nausée à l'idée de la bouillie qui se formerait dans sa bouche.

C'était déjà le milieu de la matinée et, lorsqu'elle entra dans le terrain vague au volant de la grosse Dodge Ram, seuls quelques hommes y faisaient encore le pied de grue. Elle s'approcha du poteau d'électricité et tendit à chacun un billet de cent dollars tiré de la liasse dans son sac.

— *Feliz Navidad,* dit-elle aux hommes qui acceptaient ses largesses.

Elle évitait leurs yeux. Elle se soulageait de son fardeau et elle ne voulait pas de leur reconnaissance.

Elle ne s'attendait pas à trouver Jesús García parmi eux, mais elle fut quand même déçue.

C'était une journée inhabituellement chaude pour la fin décembre, même dans le sud de la Californie. Mary songea à Leaford. Là, les saisons marquant le cours du temps. Les balades au lac pour voir les feuilles changer de couleur. Irma apportait la salière pour les pommes vertes sures qu'ils achetaient dans un kiosque au bord de la route. La grêle. Les bottes qui crissent sur la neige glacée. Les orages. Les ciels maussades. Les chiens des Merkel aboyant au loin.

Mary entra dans la piscine sous le soleil qui lui piquait la peau. Ayant ample matière à réflexion, elle se dit que l'eau froide la revigorerait. Elle traversa la piscine et fit du sur-place jusqu'à ce que ses muscles crient leur fatigue. Avec à peine assez de force pour gravir l'échelle, elle s'allongea sur une chaise longue et laissa le soleil sécher son corps nu. Dans l'eucalyptus qui la dominait, le pic-bois faisait tic-tac, tel le réveille-matin dans la nuit, lui rappelant son ancienne vie, qui lui semblait désormais appartenir à quelqu'un d'autre. Elle se concentra sur les battements de son cœur.

Depuis son départ de Leaford, Mary avait fait plusieurs rêves érotiques. La plupart mettaient en scène Gooch, et certains autres, sans surprise, Jesús García.

Dans un cas, la rencontre sexuelle avec le bel homme à la peau foncée fut si réaliste qu'elle avait été tirée du sommeil par son corps frissonnant pendant l'orgasme. Quand elle sentit un doigt toucher son pied et entendit une voix douce murmurer «Mary», elle se dit que c'était encore un rêve. Lorsqu'elle ouvrit les yeux, cependant, elle constata que le soleil avait changé de position et que Jesús García se tenait devant elle, en salopette, son épuisette à la main, et qu'il observait son gros corps blanc qui, brûlé par le soleil, avait pris une teinte écarlate.

— Mon Dieu, souffla-t-elle.

— Vous êtes brûlée.

Elle voulut se lever, mais répugnait à l'idée de s'exposer davantage.

— Dans la maison. Derrière la porte-fenêtre. Il y a une robe de chambre.

Vite de retour, Jesús grimaça à la vue de la peau rosie des cuisses et du dos de Mary.

— Vous allez devoir traiter vos coups de soleil.

— Oui. Je suis sûre qu'Eden a une lotion à l'intérieur, dit-elle en enfilant la robe de chambre.

— Vous êtes tellement pâle. Vous croyez que c'est une bonne idée de prendre un bain de soleil toute nue?

— Je ne vous attendais pas avant demain, déclara-t-elle. Je me suis endormie.

— Vous avez de la chance que je sois passé aujourd'hui.

— Je suis morte de gêne.

Il haussa les épaules.

— Quand on a vu une Canadienne rose, on les a toutes vues.

— Pourquoi êtes-vous venu aujourd'hui?

— J'ai modifié l'horaire. L'autre soir, vous m'avez semblé…

Comme il était clair qu'elle avait peine à se déplacer toute seule, il l'aida à entrer.

— Je vais chercher de la lotion.

Mary s'engagea dans le couloir en gémissant doucement à cause de la douleur. Il l'arrêta.

— Allez plutôt vous allonger. Je vais jeter un coup d'œil dans la salle de bains.

Elle trouva le lit de Jack et s'étendit à plat ventre, les bras le long du corps, brûlée de la nuque aux chevilles, la chair de ses fesses rouges torturée par le poids de la robe de chambre pourtant légère.

Jesús revint au bout d'un moment, les bras lestés d'une grosse plante en pot qu'il avait trouvée dans le salon.

— C'est de l'*aloe vera,* expliqua-t-il en brisant une des épaisses feuilles épineuses.

Un gel clair et frais se répandit sur les mollets cuisants de Mary.

— Ça va vous faire du bien. Ça soulage les brûlures.

— Merci, parvint-elle à articuler. C'est terrible. Je suis désolée. Rien ne vous oblige à faire ça.

— Ça va. Ça ne me dérange pas.

— Je vous assure, Hé-Zou.

— On ne peut pas laisser votre peau comme ça.

Du bout des doigts, Jesús enduisit de gel l'arrière des cuisses de Mary et s'arrêta à l'ourlet de la robe de chambre,

— Vous pouvez… atteindre vous-même cette partie ? demanda-t-il.

Mary retira la robe de chambre, oublia sa nudité, pressée seulement de sentir la caresse salvatrice du gel sur sa peau enflammée.

— S'il vous plaît, murmura-t-elle.

Les yeux clos, elle ne le vit pas briser une autre feuille de la plante et fut incapable d'imaginer l'expression de son visage au moment où il pressa le gel sur ses épaules et le fit tomber goutte à goutte sur le bas de son dos, sur les monticules de ses fesses écarlates, criblées de fossettes. Il enduisit de gel les collines du corps de Mary, son toucher professionnel, tel celui d'un médecin, d'un père ou d'une mère.

Elle s'efforça de ne pas gémir.

— Merci, dit-elle.

— Vous avez de la chance que nous soyons en décembre et non en juillet. C'est probablement moins grave que c'en a l'air.

— J'aimerais pouvoir dire la même chose à propos du reste. *C'est moins grave que c'en a l'air.*

Il brisa une autre feuille, puis une autre, et la peau de Mary buvait le liquide apaisant. Elle s'imagina que les mains de Jesús s'attardaient sur ses cuisses. Elle s'imagina que les intentions de Jesús avaient changé. La sonnerie du téléphone les fit sursauter tous les deux. Mary tendit la main vers le combiné posé sur la table de chevet.

— Allô?

Elle s'attendait à entendre la voix d'Eden. Ou celle de Ronni. Depuis la mort de Jack, le téléphone sonnait moins souvent. C'était un appel automatisé, on voulait lui vendre quelque chose, et elle raccrocha brusquement.

Jesús se leva.

— Il vaut mieux que j'y aille.

— Attendez. Vous avez faim? demanda-t-elle en s'assoyant.

Il mangea le pain qu'elle avait coupé et se servit une portion de la lasagne aux légumes qu'elle avait fait réchauffer au four à micro-ondes. Leur aisance avait quelque chose de bizarrement post-coïtal, elle, nue sous la vieille robe de chambre de Jack, lui, vêtu de sa salopette, qu'il avait descendu jusqu'à la taille, son maillot de corps blanc serré sur ses pectoraux, ses biceps pareils à des collines parcourues par les sentiers bleus des veines. Elle sentait son odeur, mélange de terre humide et de chlore.

— Vous ne mangez pas, remarqua-t-il.

Elle haussa les épaules.

— J'ai été longtemps sans pouvoir manger, dit-il.

— Je ne veux pas vous forcer à en parler.

— Je n'arrivais pas à avaler. J'avais une grosse boule dans la gorge.

— Pendant toute ma vie, j'ai essayé d'éviter de trop manger. Là, je ne peux plus manger du tout.

— Vous pouvez, insista-t-il en pressant la fourchette dans sa main.

— Non.

Un *fait accompli**.

— Je ne peux pas, ajouta-t-elle.

— On ne peut pas vivre sans nourriture, Mary.

— Dans ce cas-là, il me reste seulement à espérer un miracle.

— On mange parce qu'il le faut. On goûte parce qu'on peut. Des fois, on savoure parce qu'on est vivant.

— Vous avez lu ça quelque part?

— C'est la vie qui me l'a appris.

Il prit la fourchette de Mary, y posa un peu de nourriture et la porta à sa bouche. Elle secoua la tête.

— Ouvrez, murmura-t-il.

Elle mit la main sur celle de Jesús.

— Et si je ne peux plus m'arrêter? Quand j'aurai recommencé à manger? Si je ne peux plus m'arrêter?

— Vous êtes capable de tout, dit-il. C'est ça, le miracle.

Elle entrouvrit les lèvres, subjuguée par l'odeur de la tomate, du poivron rouge, de la courgette. Elle fit entrer la nourriture dans sa bouche.

— Mâchez.

Elle obéit, reconnut la douceur du fromage crémeux, l'amertume de l'origan, la morsure du basilic. Le goût. Le parfum. Il porta une autre bouchée à ses lèvres et elle savoura l'expression de son visage, celle du petit garçon qui vient d'apprivoiser un chat sauvage. Elle aurait voulu qu'il continue de la nourrir, mais il lui tendit la fourchette.

— Encore un peu.

Elle prévoyait une vague de nausée qui ne vint pas. Il attendit qu'elle ait pris encore quelques bouchées avant d'aller mettre les assiettes dans le lave-vaisselle. Elle observa son dos large, évalua la force de ses membres.

— Vous pourriez aller un peu plus loin, Hé-Zou. Dans l'océan, je veux dire. Rien ne vous oblige à vous arrêter quand l'eau vous arrive aux genoux.

Il sourit et ouvrit la bouche pour dire quelque chose, mais son portable sonna. Il eut un regard désolé et parla rapidement en espagnol sous les yeux de Mary, hypnotisée par le mouvement de ses lèvres sous la moustache impeccable. Il mit fin à l'appel et s'excusa.

— Je dois me sauver, Mary. On se voit demain matin.

— Je serai prête.

Il se pencha et posa sur sa joue un baiser si doux qu'elle n'aurait pas pu jurer qu'il l'avait réellement embrassée.

— *Feliz Navidad*, dit-il.

— *Feliz Navidad*.

Le réveille-matin dans la nuit ne fit pas tic-tac, ne bourdonna pas, ne fit aucun bruit, mais, comme sa peau chauffait et grattait à cause de ses coups de soleil, Mary n'arriva pas à trouver une position confortable dans le lit. Elle déchira la dernière épaisse feuille d'*aloe vera* et fit couler le gel transparent sur ses épaules et derrière ses jambes.

Au lieu d'être prise au dépourvu par son reflet, elle le chercha dans la glace de la porte, laissa la robe de chambre tomber par terre en s'approchant. Elle se rappela cette fille, Mary Brody, seule et peu sûre d'elle-même. La jeune mariée avec son lourd secret. L'épouse qu'elle était devenue. Une vie consumée par la faim. Elle n'était plus cette femme. Elle percevait la beauté de sa silhouette, ses subtiles animations, ses intentions mystérieuses et ses conclusions universelles. Semblable aux ondulations des collines brunes à l'horizon. Aux cimes des vagues de l'océan. Elle n'avait pas mal à la tête. Pas de palpitations cardiaques. Elle eut le sentiment qu'elle risquait d'être électrocutée par la lumière qu'elle sentait en elle.

Dans la pénombre, elle gagna la piscine et immergea ses jambes dans l'eau fraîche. Flottant sous les étoiles, elle songea au jour où elle avait quitté son emploi à la pharmacie Raymond Russell. Le jour de l'inventaire. *Tu en as fait du chemin, bébé,* se dit-elle, avant de se rendre compte qu'il s'agissait du slogan d'une marque de cigarettes qui congratulait faussement la femme sur son émancipation.

Au souvenir des questionnaires des magazines qui résumaient les vies des vedettes, elle se dit qu'elle modifierait la plupart de ses réponses. À la question «Votre plus grande aventure?» elle avait désormais une réponse à fournir. Mary Gooch avait grimpé jusqu'au sommet de Golden Hills. Terrassé la bête en elle. Cherché Dieu. Appris à s'accepter. «Votre plus grand regret?» Pour elle, finis les regrets. «Votre plus grand amour?» Elle garderait Gooch avec elle dans un médaillon accroché à son cou. Une image sur un t-shirt. Son nom gravé sur la lunette arrière d'une voiture.

Pendant qu'elle contemplait son avenir, son potentiel applaudissait du haut des arbres qui frissonnaient derrière la piscine. Elle pouvait escalader l'Everest, devenir membre de Greenpeace. S'inscrire à l'université, apprendre l'espagnol, lire les classiques. Aller voter. En voyant le sentier de sa vie aller par monts et par vaux, tourner brusquement au bord de falaises accidentées, elle se souvint des exhortations de Mme Bolt. Plus de moquette usée à la corde. Plus d'ornière confortable. Une existence éblouissante et remplie d'incertitude lui faisait signe. Preuve que les miracles existent.

Demain arriva, et Mary, tel le phénix, se leva dans la timide lueur de l'aube. Elle couvrit son corps de la vieille robe de chambre de Jack, se dirigea vers la cuisine et le réfrigérateur. Elle avait faim. Elle n'était pas affamée. Elle ne crevait pas de faim. Elle n'était pas désespérée, pas en manque. Elle avait juste faim. Comme les gens ont faim. Dans une armoire, elle trouva une boîte de thon. Elle coupa des tranches de tomate et d'avocat, sortit du congélateur du pain à grains entiers. Elle s'attabla et mangea lentement, mastiqua et avala avec application, attentive aux nuances des goûts et des textures, satisfaite d'une modeste quantité. Il n'y avait pas de bête dans son ventre, garde-barrière ou autrement.

Que Mary Gooch, qui mangeait à sa faim.

REMERCIEMENTS

Je souhaite remercier les femmes de ma vie professionnelle, celles qui m'ont guidée tout au long des années au cours desquelles nous avons publié trois romans. Je suis particulièrement reconnaissante à mon agente de longue date, Denise Bukowski, que je remercie de son œil critique, de la franchise dont elle fait preuve dans nos discussions, de ses sages conseils et de son amitié en dehors du travail. Je dois aussi beaucoup aux talentueuses réviseuses qui m'ont aidée à donner forme à *La Ballade des adieux* et aux *Filles* et dont la perspicacité a eu un effet capital sur la version finale de *Un si joli visage*: Judy Clain de Little, Brown and Company, Diane Martin de Knopf Canada de même que Lennie Goodings et Ursula Doyle de Virago U.K.

Merci aussi à Michael Pietsch de Little, Brown and Company et à Louise Dennys de Knopf Canada. Sharon Klein, Marion Garner, Deirdre Molina, Carolyn O'Keefe, Heather Fain, David Whiteside, Nathan Rostron, Jericho Buenida et Gena Gorrell, mes remerciements vont à vous également.

Sur un plan plus personnel, je tiens à exprimer toute ma gratitude à mes enfants, dont l'amour est divin, ainsi qu'à l'homme auquel je suis mariée depuis vingt-cinq ans et qui continue de m'inspirer. Comme les recherches que j'ai effectuées pour ce livre ont pour la plupart pris la forme de conversations et d'observations, je remercie mes parents, Judy et Phil, mes frères, Todd et Curt, Kelley (ma sœur-amie), Sherry et Joyce, mes amies les plus vieilles et les plus chères, sans oublier Allegra. Merci aussi à la famille de mon mari et aux nombreuses personnes, dont certaines ne sont pas des épouses ni même des femmes, avec qui j'ai échangé des confidences au fil des ans et qui, sans le savoir, ont apporté une contribution à mon récit.

Une fois de plus, je dois beaucoup au sud-ouest de l'Ontario. C'est dans les souvenirs de cette région que je trouve le comté de Baldoon. Enfin, je tiens à remercier les membres de ma tribu du sud de la Californie, les habitants de mon coin d'adoption, au-delà des monts Santa Monica, et avant tout le groupe de mères d'une école de Topanga qui ont accueilli parmi elles la Canadienne transplantée que je suis, au moment même où j'écrivais l'histoire d'une étrangère à la recherche de sa place au soleil.

Correction : Marie Pigeon Labrecque
Composition : Isabelle Tousignant
Conception graphique : Antoine Tanguay et Hugues Skene

Éditions Alto
280, rue Saint-Joseph Est, bureau 1
Québec (Québec) G1K 3A9
www.editionsalto.com

ACHEVÉ D'IMPRIMER
CHEZ TRANSCONTINENTAL GAGNÉ
LOUISEVILLE (QUÉBEC)
EN MARS 2011
POUR LE COMPTE DES ÉDITIONS ALTO

GARANT DES FORÊTS
INTACTES

L'impression de *Un si joli visage* sur papier Rolland Enviro100 Édition
plutôt que sur du papier vierge a permis de sauver l'équivalent de 61 arbres,
190 719 litres d'eau et d'empêcher le rejet de 2 407 kilos de déchets solides
et de 6 253 kilos d'émissions atmosphériques.

EcoLogo   100 %

Dépôt légal, 1er trimestre 2011
Bibliothèque et Archives nationales du Québec